J.D. BARRETT

# Das geheime Rezept für zweite Chancen

J. D. BARRETT

# Das geheime Rezept für zweite Chancen

Roman

Deutsch von
Stefanie Retterbush

blanvalet

Die Originalausgabe erschien 2016 unter dem Titel
»The Secret Recipe for Second Chances« in Australien bei
Hachette Australia Pty Ltd., Sydney.



MIX
Papier aus verantwortungsvollen Quellen
FSC® C014496

Verlagsgruppe Random House FSC® N001967

1. Auflage

Redaktion: Susann Rehlein
Umschlaggestaltung: © NETWORK! Werbeagentur
Umschlagmotiv: © Janet Hill
NG · Herstellung: sam
Satz: Vornehm Mediengestaltung GmbH, München
Druck und Bindung: GGP Media GmbH, Pößneck
Printed in Germany
ISBN 978-3-7341-0442-8

www.blanvalet.de

*Für Charles und Eve Hughes*
*zu Ehren der Mahlzeiten, die wir*
*miteinander geteilt haben*

# 1

## Lucy

Ich weiß gar nicht genau, ob es da ein bestimmtes Essen gab, bei dem ich zur Gänze begriff, dass das mit Leith und mir vorbei war. Wobei ... doch, gab es. Es muss der in Folie gegrillte Snapper gewesen sein, mit einer Füllung aus Kaffirlimette, Ingwer und Zitronengras, den ich während unseres gemeinsamen Urlaubs in Seal Rocks zubereitet habe ... Da hatten wir eigentlich wieder zueinanderfinden wollen, einen Neuanfang wagen. Und dann hat er eine Gräte als Zahnstocher benutzt. Leith missbraucht so ziemlich alles, jedes Ding, jeden Gegenstand, jedes Kleidungsstück, jede Speisekarte und alles, was nicht bei drei auf den Bäumen ist, als Zahnstocher ... weshalb er vermutlich auch so strahlend weiße, gesunde Zähne hat.

Lag es am Fisch oder an der gruseligen Erkenntnis, dass mich sein ganzes Essverhalten zutiefst anwiderte: wie er mit dem Kiefer klapperte, wie laut er schluckte, wie er sich mit der Gabel die Erbsen in den Mund schaufelte? An dem Tag ertappte ich mich jedenfalls dabei, wie ich mir vorstellte, meine Gabel zu nehmen, ihm schwungvoll die Erbsen über den Kopf zu streuen und ihm dann mit voller Wucht die Zinken in den Handrücken zu rammen.

Nein, Zen war das nicht unbedingt, es war nicht nett, und es war nicht real, aber das berauschende Glücksgefühl bei dieser Vorstellung brachte mich zu der Erkenntnis, dass es für uns beide keinen Neuanfang geben würde.

Das und die Tatsache, dass er drei andere Frauen gevögelt hatte, zwei davon waren unsere Angestellten.

Aber der schlimmste und unverzeihlichste seiner unzähligen Fehler war, dass er nicht gerne sein Essen teilte. Wie hatte ich bloß jemanden heiraten können – einen Kochkollegen noch dazu –, der nicht gerne sein Essen teilte? Für Leith ist es jedes Mal ein kleiner Wettkampf: Wer bestellt das bessere Gericht, die bessere Salatkombination, das bessere Getränk? Mit ihm war keine Harmonie zu finden, weder in einer Schüssel Pasta noch sonst wo.

Aber ich will erst gar nicht damit anfangen, mich zu fragen, was ich mir bloß dabei gedacht habe – das tun meine beste Freundin und meine Mutter schon zur Genüge –, zumal ich ihn mal sehr geliebt habe und das mit uns beiden damals wirklich schön war.

Gemeinsam haben wir das Circa aufgebaut, unser Restaurant, das zu einer angesagten Location für Yuppies mittleren Alters geworden ist, die mittels exklusiver Speisekarte und Service wie aus dem Bilderbuch ein bisschen Ablenkung suchen von ihrer sterbenslangweiligen Spießerehe.

Ich frage mich manchmal, wie viele der Gerichte, die wir hier täglich servieren, tatsächlich Menschenleben retten, einfach weil sie die Leute für eine Weile von ihrem tristen Alltagsleben ablenken – *kannst du mal bitte kurz aufhören, dich in Selbstmitleid zu suhlen, da auf dem Tablett ist ein brennendes Hühnchen, und es wird gerade an unseren Tisch gebracht.* Sicher mehr als man glaubt. Zwischenzeitlich ist das Circa auch ein Lieblingsort für gut betuchte Hipster geworden, die ihrer Liebsten einen unvergesslichen Heiratsantrag machen wollen. Ich muss schon sagen, es entbehrt nicht einer gewissen bittersüßen Ironie, dass ich in den vergangenen drei Jahren unendlich viele Verlobungsringe in Torten, Soufflés, Suppen und

Salaten habe verschwinden lassen (verschluckt wurde bisher noch keiner – das betreffende Gericht wird allerdings in den seltensten Fällen auch tatsächlich gegessen, weil alle Beteiligten so damit beschäftigt sind, es ausgiebig von allen Seiten zu fotografieren), während meine eigene Ehe den Bach runtergegangen ist.

Die allermeisten Antragsteller entscheiden sich allerdings dafür, der Liebsten den Ring schlicht und ergreifend an den Finger zu stecken. Einige gehen dafür sogar auf die Knie. Und immer kurz vor dem Dessert. Weshalb die Anzahl der Pannacottas, Crèmes brûlées und anderen sahnig-buttrigen Kreationen, die liebevoll und perfekt zubereitet unsere Küche verlassen und dann auch tatsächlich verspeist werden, gegen null tendiert. Die Kniefälligen machen mich immer nervös. Nicht nur, weil ich stets befürchte, einer der Kellner könnte über sie stolpern. Nein, auch weil sie immer ein bisschen verzweifelt rüberkommen, um nicht zu sagen albern, wenn sie in einem brummend vollen Restaurant auf die Knie gehen. Ich meine, was, wenn die Antwort Nein ist?

Wie dem auch sei, wir – Gastronomen im Allgemeinen und unser Restaurant im Besonderen – scheinen das beliebteste Ziel für Romantiker aller Art geworden zu sein. Vom Valentinstag will ich erst gar nicht anfangen. Für Restaurantbetreiber und Floristen weltweit ist das offiziell der mörderischste, desillusionierendste und undankbarste Tag des ganzen Jahres. Es ist irgendwie ironisch und schmerzhaft zugleich, demütigend und schlichtweg beschissen, dass Leith und ich es geschafft haben, mit unserem Restaurant eine moderne Ikone romantischer Liebe zu erschaffen und dabei unsere eigene Ehe elendig verkümmern und schlussendlich erbärmlich zugrunde gehen zu lassen.

Meine beste Freundin Julia sagt, ihre Ehe mit Ken ähnele ein bisschen dem Sonntagsbraten ihrer Mutter: etwas zäh und trocken, auch nicht richtig heiß, aber trotzdem anheimelnd und sättigend und etwas, worauf man sich die ganze Woche freut. Braten hat meine Mutter nie gemacht – das war ihr zu spießig und bürgerlich, und außerdem ging es so gar nicht zusammen mit ihrem Vegetarier-Hippie-Ding. Ihre kulinarischen Bemühungen gipfelten in irren Tofukreationen; Tofu in diversen Zubereitungsarten, allesamt ungenießbar: Mikrowellentofu, gedämpfter Tofu und die mit Abstand abgefahrenste Variante Tofutitten (zwei Scheiben Dosenananas, belegt mit zwei Kreisen angebratenem Matsche-Tofu, darauf zwei Kleckse Austernsoße). Die Kochkünste meiner Mutter konnten einem fast den Lebenswillen rauben, aber eins muss man ihr lassen, experimentierfreudig war sie. Ich bin in einer Kommune aufgewachsen, in der sie als kulinarische Rebellin und leidenschaftlicher Essens-Antichrist galt. Was allerdings wesentlich anerkennender klingt, als es tatsächlich gemeint war. In der Konsequenz bedeutete es nur, dass sie nicht oft zu kochen brauchte, weil niemand ihre so eigenwilligen wie unverdaulichen Kreationen essen wollte. Und ich verbrachte große Teile des Jahres damit, die Tage bis zu den nächsten Ferien herunterzuzählen, die ich meistens bei meinen Großeltern in einem kleinen idyllischen Küstenstädtchen namens Manyana verbrachte, wo ich reichlich mit köstlichstem Essen versorgt wurde – Futter für die Seele, herrliche, bodenständige, selbst gekochte Hausmannskost: saftiger Hackbraten mit Kartoffelpüree und grünen Bohnen, Fischpastete mit Sahnesoße und frischen Kammmuscheln, Lammkarree mit Großvaters Minzsoße, die Minze frisch im Garten gepflückt und nur mit Essig, einer Prise Zucker und Wasser angerührt. Ich träumte von Großmutters himmlischem Apfelkuchen und schrieb ihr schwärmerische Briefe, in denen ich von dem Gebäck fantasierte. Irgendwann entlockte ich ihr das Rezept und übte während der Ferien backen und kochen, damit ich, wenn ich wieder zurückmusste in die Hitze und Hässlichkeit der Kommune, ein bisschen Heimat und Zuhause mitnehmen konnte. Mum betrachtete das als Affront.

Die Kommune lag im Norden von New South Wales. Geleitet wurde sie vom angesagtesten Superstar-Guru – oder Bhagwan – der damaligen Zeit, und alle trugen wahlweise orange oder rote Klamotten. Was eigentlich der Versuch sein sollte, eine Gesellschaftsutopie aufzubauen, war in Wirklichkeit einfach bloß heiß und stickig und die Hölle – es wimmelte nur so von Fliegen, Esoterikjunkies und Studienabbrechern, die glaubten, durch freie Liebe mit wechselnden Partnern zur Erleuchtung zu gelangen. Für die Erwachsenen gab es abends meistens Satsang, gefolgt von ausgedehntem Haschischkonsum und Love-ins, während wir Kinder uns selbst überlassen blieben. Oft haben wir uns weggeschlichen und auf einer nahe gelegenen Rinderfarm rumgehangen, um dann stundenlang von Hamburgern zu schwärmen. Manchmal trampten wir auch in die nächste Stadt, um uns welche zu besorgen. Mit dem Burgerbrötchen, eingewickelt in fetttriefendes, mit Ei und Fleischsaft gesättigtes Papier, durch das die Barbecuesoße suppte, standen wir dann vor einer Telefonzelle Schlange und riefen reihum Freunde von der anderen Seite an – alle anderen, die nicht wie wir gezwungen waren, in der Kommune zu leben.

Essen war wohl schon immer mein Rettungsring in stürmischen Zeiten. Und in gewisser Weise ist es stets auch eine kleine Rebellion gegen meine Mutter gewesen. Die wohl bald wieder als Letzte lachen wird.

Nachdem ich die vergangenen sieben Jahre mit Leith in einer traumhaft schönen Wohnung mit Blick auf den Hafen von Elizabeth Bay gelebt habe, fünf davon als verheiratetes Paar, bleibt mir jetzt nichts anderes übrig, als zu meiner Mutter in ihr winziges Häuschen in Glebe zu ziehen – ohne Job, ohne Rücklagen, ohne Habe und ohne echte Perspektive.

Haben Sie den auch schon mal zu hören gekriegt, diesen Ratschlag, man solle plötzlichen Eingebungen grundsätzlich misstrauen? (Er kommt in der Regel von Menschen, die schon mal auf eine spontane Eingebung gehört haben und hinterher einsehen mussten, dass dabei großer Bockmist rauskommen kann.) Tja, ich wünschte, es hätte mich jemand gewarnt, bevor ich meiner Eingebung folgte.

Sie kam ganz plötzlich und unverhofft, kurz nachdem ich den beinahe unwiderstehlichen Drang verspürt hatte, Leith mit der Gabel aufzuspießen. »Los, verschwinde! Sofort!«, schrie die Stimme meiner Ahnen. Ich spürte sie förmlich in meinen Adern pulsieren. Kaum aus dem Urlaub in der Hölle nach Hause zurückgekommen, begann ich sämtliche Verhaltensweisen an den Tag zu legen, die so typisch sind für Menschen mit einer spontanen Eingebung: hoffnungslose Tagträumerei, Tagebuchschreiben, Vision-Board-Basteln, Immobilien googeln, die man sich nie im Leben leisten kann, und zielloses Herumfahren auf der Suche nach … wonach eigentlich? Innerem Frieden? Antworten? Bisher weiß ich nur, dass der Weg, der mich hier herausführen wird, auch diesmal wieder das Essen sein wird.

Früher oder später lande ich bei meinen ausgedehnten Spazierfahrten immer bei Harry's Café de Wheels, und die ersehnten Antworten nehmen die Form eines Chili-Hotdogs an, den ich auf der Stelle gierig verschlinge, während ich mit Blick auf den Marinestützpunkt dasitze und dem bunten Treiben der Anwohner, Angestellten und Gäste zuschaue, die sich um mich herum in dem lang gezogenen Gebäude tummeln. Früher war das mal ein Schafstall, heute wird dort gelebt, gearbeitet und gespielt. Und meistens landet ein Teil des Hotdogs unweigerlich auf meinen Klamotten. Aber wenn es darum geht, Antworten auf Lebensfragen zu finden, ist der Chili-Hotdog mir immer eine große Hilfe. Von Harry's Café de Wheels fahre ich dann ziellos durch Woolloomooloo und Potts Point und betrachte versonnen die Straßen, die sich noch etwas von ihrem alten Flair bewahrt haben – weil sie unter Denkmalschutz stehen und bislang nicht von Investoren und Yuppies mit Beschlag belegt wurden.

Mit Potts Point ist es seltsam – es ist fast, als gäbe es am Brunnen in der Macleay Street, wo sie in die Darlinghurst Road übergeht, eine unsichtbare Bruchlinie. Alles südlich davon wirkt schäbig und heruntergekommen, während im Norden Edelfloristen, Gourmetmetzgereien und Designerschuhgeschäfte wie Pilze aus dem Boden schießen und hippe Hundefriseure, angesagte Leinen-Shopping-Tempel und hochpreisige Käseläden boomen. Je weiter man nach Norden kommt, desto höher ist das Durchschnittsalter der Bewohner, und proportional dazu auch das Einkommen; elegante Art-déco-Häuser beherbergen berühmte Schauspieler, Frauenärzte und ihre hochhackigen PR-Ehefrauen, viel zu schöne Männer und Dutzende hervorragende Cafés. Die Latte und das Essen in dieser Ecke der Stadt sind absolut unschlagbar. Die Mietpreise für Restaurants liegen meilenweit über meinem Budget, aber wenn man weitergeht in Richtung Woolloomooloo (womöglich das wunderbarste Wort aller Zeiten – seinen Ursprung hat es wohl in der Sprache der Ureinwohner, wo es so viel bedeutete wie *Ort des Überflusses*), bekommt man die wilde Mischung aus bodenständig und abgehoben, die ich so liebe: abgerockte Sozialbauten, vor denen schicke Radler im Lycra-Dress mit hochrotem Gesicht den Berg hinaufstrampeln. In den Seitenstraßen gibt es jede Menge Gebäude, die ihren Wurzeln im Arbeitermilieu noch deutlich näher sind als der fortschreitenden Gentrifizierung, die nur ein paar Straßen weiter unaufhaltsam wütet.

Und hier entdecke ich es. Es liegt in einer der wenigen Seitenstraßen ohne Blick auf den safirblauen Hafen oder die früher so fledermausfreundlichen Gärten darunter. Und zwar in einer winzigen heruntergekommenen Sackgasse, in der die wenigsten Menschen gerne ihr Auto abstellen würden. Da an der Ecke steht es, klapprig, abgeliebt, frei stehend, einstöckig – ein Haus, das irgendwann mal zartrosa gestrichen war. Aber über die Jahre ist die Farbe abgeblättert, und der graue Unterputz ist zum Vorschein gekommen. Es sieht aus wie eine ältliche Tante, der das Rouge von den Wangen bröckelt. Ich stelle den Lieferwagen ab, einst der ganze Stolz meines Großvaters, steige aus und schaue mich um. Tut mir leid, wenn ich wie ein Hippie klinge – glauben Sie mir, ich weiß nur zu gut, wie nervtötend die sein können –, aber das Haus wirkt einsam auf mich, und ich glaube fast, es seufzen zu hören, als ich die Hand auf die Tür lege. Ich spähe durch ein verdrecktes, mit Spanplatten vernageltes Fenster und erwarte fast, da drinnen ein paar Obdachlose zu sehen, die sich häuslich eingerichtet haben. Aber ich sehe nur einen dunklen, lange verlassenen Raum voller leerer Tische und Stühle ... Ich fasse es nicht, das ist ein Restaurant! Die Wahrscheinlichkeit, dass eine arbeitslose, bald obdachlose, unter akutem Liebeskummer leidende Köchin ein altes verlassenes, vergessenes Restaurant entdeckt, ist ungefähr genauso hoch wie die, dass eine Frau über dreißig in Sydney noch einen Ehemann abbekommt.

Angestrengt schaue ich hinein, kann aber nicht viel mehr sehen als die Tische und Stühle – allesamt aus den Siebzigern, wie es scheint –, die staubbedeckt herumstehen. Etliche Salz- und Pfefferstreuer stehen und liegen wahllos auf den Tischen verstreut, dazwischen hier und da eine kleine Vase für eine einzelne Blüte. Ich gehe um das Haus herum zur Rückseite, die ein Pissoir für Hunde, Penner und auf Abwege geratene Nachtschwärmer zu sein scheint. Auf dieser Seite des Gebäudes gibt es nur ein Fenster, und das ist so hoch, dass ich nicht reingucken kann. Also schnappe ich mir in Ermangelung einer Leiter einen Müllcontainer und schiebe ihn unter das Fenster. Ich bin zwar nicht gerade für Sportlichkeit und Gelenkigkeit bekannt, aber irgendwie schaffe ich es hinaufzuklettern und mich dann wackelig aufzurichten und hineinzulinsen. Es ist ganz zweifellos ein Restaurant. Ein gigantischer Gasherd dominiert die Küche, und überall stehen Küchengeräte aus den Achtzigern herum wie eine stumme Erinnerung an die letzten Essen, die hier gekocht wurden. Arbeitsstationen, Speisenwärmer, Kühlschränke.

Mir klopft das Herz bis zum Hals vor Aufregung, da taucht plötzlich ein Obdachloser auf und blafft mich unvermittelt an, was mir einfällt, seine Mülltonne zu verrücken, und unterbricht sich dann abrupt, als er das Chili-Hotdog-Massaker auf meiner Bluse sieht. Er mustert mich noch mal kurz und fragt mich dann nach einer Zigarette. Ich habe aber bloß noch zwei Rippen eines Schokoriegels. Die reiche ich ihm runter. Er nimmt sie misstrauisch an sich.

Ich frage ihn nach dem Restaurant, aber er lacht bloß und gluckst und sagt mir, ich soll die Mülltonne wieder dahin zurückstellen, wo ich sie herhabe, und warnt mich dann, dass ich hier sehr schnell ein Knöllchen wegen Falschparkens kassieren könne. Brav steige ich ab, schiebe den Müllcontainer zurück an seinen Platz und steige in meinen Lieferwagen.

Dort fange ich sofort hektisch an, nach weiteren Informationen über das Haus zu suchen, bis ich mich zufällig selbst im Rückspiegel sehe. Ich sehe aus wie eine Wahnsinnige, mit verfilzten blonden Haaren und Tomatensoße im Gesicht. Die Sonne geht gerade unter, und bald wird Leith unser gemeinsames Restaurant für die Gäste öffnen ... Ich muss an Julia denken, die mir raten würde, tief durchzuatmen und wieder auf den Boden der Tatsachen zurückzukommen. Ich weiß, dass ich nicht auf sie hören werde; es ist zu spät – eine einmal gewonnene Erkenntnis kann man nicht zurückgeben.

Ich fahre zurück zu Leiths und meiner gemeinsamen Wohnung, packe meine Siebensachen in den Lieferwagen und ziehe kurzerhand zu Mum.

# Chili-Hotdogs

## Zutaten

*Für das Chili*

- 2 Esslöffel Olivenöl plus etwas mehr zum Einpinseln
- 500 Gramm Rinderhack
- ½ Teelöffel geräuchertes Paprikapulver
- 1 Speisezwiebel, fein gewürfelt
- 2 Knoblauchzehen, fein gewürfelt
- 2 Esslöffel Tomatenmark
- 1 Teelöffel Worcestershiresoße
- 1 rote Bird's Eye Chili, entkernt und fein gehackt oder 2 Teelöffel Chilipulver oder ½ Teelöffel Chiliflocken
- 400-Gramm-Dose gewürfelte Tomaten
- Salz nach Geschmack

*Für die Hotdogs*

- 6 heiße Frankfurter Würstchen
- 6 gewärmte Hotdog-Brötchen, halbiert
- saure Sahne
- geriebener Käse (ich bevorzuge einen würzigen)

## Zubereitung

Für das Chili das Öl bei mittlerer Hitze in einem Topf erhitzen. Das Hackfleisch dazugeben und mit einem Kochlöffel so lange rühren, bis es gleichmäßig verteilt und leicht gebräunt und der Saft ausgetreten ist. Dann Paprikapulver, Zwiebeln und Knoblauch dazugeben und unter ständigem Rühren anbraten lassen, bis die Zwiebeln leicht gebräunt sind. Anschließend Tomatenmark, Worcestershiresoße und Chili dazugeben und umrühren. Zum Schluss die Tomaten hinzufügen, und alles auf kleiner Flamme köcheln lassen, dabei gelegentlich umrühren, ungefähr eine halbe Stunde, bis die Soße eingedickt ist. Mit Salz abschmecken.

Eine Grillpfanne auf mittlerer Hitze vorheizen. Die Würstchen längs halbieren, dabei aber nicht ganz durchschneiden, und die Schnittfläche mit etwas Öl bepinseln. Auf beiden Seiten anbraten, bis sie kross und heiß sind. Oder in einem Kochtopf für fünf Minuten in heißem Wasser erwärmen und dann abgießen.

Die Würstchen in die aufgeschnittenen Brötchen legen, dann Chili, saure Sahne und Käse darübergeben.

Oder man fährt einfach bei Sonnenuntergang mit einer Flasche Sekt und massenweise Servietten zu Harry's Café de Wheels. Bestellen, auf die Hand bekommen – hinsetzen und genießen.

# 2

## Lucy

Ich könnte nicht behaupten, dass Mum außer sich ist vor Freude mich zu sehen – aber immerhin ist sie wach.

»Ich habe Leith verlassen.«

»Wurde aber auch langsam Zeit.«

»Er ist ein Betrüger.«

»Sind wir das nicht alle?« Sie nimmt den Blick nicht von dem gigantischen Fernseher, der den Ehrenplatz gleich neben ihrem anderen Altar hat – ihrer Puja.

Meine Mutter ist kein großer Fan von monogamen Beziehungen – die Philosophie der Kommune kam ihr da sehr gelegen –, und vor einigen Jahren hat sie, nach einem sehr erfüllten Liebesleben und zahllosen hoffnungslosen Liebhabern, wohl den Entschluss gefasst, sich nur noch an ihre Katze, ihren Fernseher und ihre »Medizin« zu halten. Für den medizinischen Nachschub bin ich zuständig; andauernd muss ich für sie backen. Das ist aus der Frau geworden, die vor einer gefühlten Ewigkeit mal zu etlichen Kunsthochschulen zugelassen wurde und in ihrem Heimatort Manyana als eine der schönsten Frauen weit und breit galt. Okay, Manyana hat bloß 798 Einwohner, aber als junges Mädchen war sie ein echter Hingucker: olivbrauner Teint, grüne Augen, ein perlendes Lachen und die Fähigkeit, die Männer wie Marionetten tanzen zu lassen – sehr zum Verdruss meiner Großeltern. Ich glaube, Mum dachte, das sei die aussichtsreichste Karriere für sie – Männer dazu zu bringen, nach ihrer Pfeife zu tanzen und ihr jeden Wunsch von den Augen abzulesen. Von einer abgebrochenen Lehre als Goldschmiedin mal abgesehen, hat sie noch nie in einem Brotjob gearbeitet. Einer der Gründe, warum ich diesem ganzen spirituellen New-Age-Quatsch so misstrauisch gegenüberstehe. Ich glaube, Mum verwechselte das Leben in einer Kommune – Haschisch rauchen, chanten und mit ihren diversen Lovern streiten – mit einer Berufung. Früher wollte sie immer einen Liebesroman schreiben, aber sie wollte auch ein Teehaus oder Café eröffnen oder einen Friseursalon für Hunde, oder ein Guru werden. Augenblicklich rennt ihr niemand die Bude ein, um ihr den Weg zu einer dieser Aufstiegschancen zu ebnen, also bleibt ihr nur Hardcore-Rumlümmeln auf der Couch, unterbrochen von gelegentlichen Ausflügen zu diversen Jahrmärkten mit ihrer Tarotkiste.

Man sollte den Glamourfaktor meines Lebens nicht unterschätzen.

Mum, inzwischen in ihren frühen sonnigen Sechzigern, ist immer noch echt gut aussehend, wenn vielleicht auf eine »Ex-It-Girl trifft Hippie trifft Kewpie-Puppe«-Art. Die Männer stehen zwar noch immer Schlange bei ihr, aber es interessiert sie nicht mehr. Ich glaube, im Grunde genommen hat sie die Nase gestrichen voll.

»Ich muss eine Weile bei dir wohnen«, sage ich.

»Gut.«

»Ich habe kein Geld«, füge ich hinzu.

Die finanziellen Unwägbarkeiten des Lebens haben sie noch nie interessiert, nonchalant zuckt sie die Achseln. Diese Gelassenheit hat sie mir leider nicht vererbt.

»Ich will mein eigenes Restaurant eröffnen«, erkläre ich mit einer Chuzpe, die ich eigentlich gar nicht habe.

An diesem Punkt würden die meisten vernünftigen Eltern

sich ihre Kinder zur Brust nehmen, ein ernstes Wörtchen mit ihnen reden, ihren Finanzberater anrufen und ihnen diese Flausen wieder ausreden. Oder, in der besten aller möglichen Welten, ihnen großherzig ihre Hilfe anbieten.

Mum sieht mich immerhin kurz an, bevor ihr Blick wieder zu ihrer Tierarztserie *Bondi Vet* auf der Mattscheibe zurückkehrt.

»Toll.«

Und das ist alles.

Ich schleppe Koffer und Kisten mit meinen mehr schlecht als recht verpackten Habseligkeiten ins Gästezimmer und schaffe ein bisschen Platz zwischen den Trümmern und Überresten von Mums neuestem Hobby: Quilts nähen. Dieses Zimmer ist ein Schrein ihrer unvollendeten Hobbys – Makramee, Grußkarten, Kreuzstickerei, »Nähen für Dummies« (mit Schwerpunkt Frotteejogginganzüge). Zahllose Handarbeitsprojekte, von denen kein einziges zu Ende gebracht wurde, liegen auf dem Bett verstreut. An den Wänden reihen sich gerahmte Spruchweisheiten und Bilder des Bhagwan aneinander, darunter auch eins, bei dem ich immer lachen muss: Es zeigt Mum in einem apricotfarbenen Taftdings, kniend zu Füßen des Bhagwan, der mit einer Pfauenfeder segnend ihren Kopf berührt und ihr dabei unverhohlen in den Ausschnitt glotzt. Auf dem Banner über seinem Thron steht: »Bhagwan Santosha World Tour 1987 – Gnade und Segen im Überfluss«.

Ich räume ein Fleckchen auf dem weich federnden Einzelbett frei, lege mich hin und starre an die Decke, während ich die Zeit herunterzähle, bis mein Handy läutet. Julia ruft jeden Abend um Punkt sieben an, gleich nachdem sie Attica ins Bett gebracht hat. Die Frau ist ein Phänomen. Nicht nur, dass sie nie einen Anruf auslässt, nein, sie lässt sich auch nicht davon beirren, dass ich um diese Zeit normalerweise in der Restaurantküche stehe und um mich herum die Hölle los ist. Wenn Julia eine Verpflichtung eingeht, dann steht sie zu ihrem Wort, und oft bleibt den Umstehenden nichts anderes übrig, als zähneknirschend mitzuziehen.

»Bist du bei Sara?«

»Yep.«

»Du weißt schon, dass du auch bei uns wohnen kannst. Du bist einer der wenigen Menschen, die Ken wirklich mag.«

»Danke, aber Mum ist fürs Erste wohl die beste Lösung.«

»Womit du mir noch mal unter die Nase reibst, wie wenig attraktiv man mit einem dreizehn Monate alten Baby ist.« Julias Stimme lässt die Welt wieder vernünftig erscheinen. »Wie hat Leith es aufgenommen?«

»Unbeeindruckt.«

»Äußerlich vielleicht. Ich wette, der macht sich gerade in die Hose, weil er Schiss hat, ohne dich eine Kochmütze zu verlieren.«

»Vielleicht hat er ja auch Schiss, *mich* zu verlieren.« Ich weiß selbst, dass hinter dieser Bemerkung nicht viel mehr steckt als eine fadenscheinige, stetig schwindende Hoffnung.

Julias Stimme bekommt plötzlich einen warnenden Unterton. »Ihn ängstigt eher die *Vorstellung*, dich zu verlieren.«

»Ich weiß nicht, ob man da um drei Uhr morgens noch große Unterschiede macht.« Lucy ... Ich setze mich auf und frage mich unvermittelt, wie ich das Thema zur Sprache bringen soll. »Ich habe eine Bekanntschaft gemacht«, stammele ich.

Julia hält die Luft an. Ihre Freude ist wohl stärker als der Drang zu atmen.

Ich rede weiter, ehe sie etwas sagen kann. »Ein Restaurant.« Sie holt Luft und macht so ein kleines »Hmmm«-Summen.

»In Potts Point.« Julia steht total auf Potts Point.

»Das kannst du dir nie im Leben leisten.«

»Fast näher an Woolloomooloo.«

»Du kannst es dir trotzdem nicht leisten *und* wirst zusätzlich noch ausgeraubt und/oder vergewaltigt.«

»Ich habe das Gefühl, es hat geseufzt, als ich es gefunden habe. Fast, als wäre es erleichtert.«

Pause.

»Schatz, hast du von Saras Keksen genascht?«

»Ich meine das ganz ernst. Es ist ein altes Restaurant, das aussieht, als stünde es seit Jahrzehnten leer.«

»Was in einer Stadt wie Sydney einen guten Grund haben wird.«

»Aber ...«

»Süße«, unterbricht sie mich und kommt regelrecht in Fahrt, als sie in ihren »Betreutes-Wohnen-für-emotional-Minderbemittelte«-Modus wechselt. »Zuerst holst du jetzt mal deine restlichen Sachen aus eurer gemeinsamen Wohnung, verarbeitest in Ruhe die Trennung von Leith und suchst dir dann einen Job. Du findest bestimmt was ganz Tolles. Neil würde dich jederzeit wieder einstellen ... Hörst du mir überhaupt zu? Lucy?«

Ich fummele an einem von Mums unfertigen Makramee-Aufhängern herum. Vielleicht versuche ich es auch mal mit Makramee ... Vielleicht lege ich einfach auf und gönne mir ein heißes Bad und denke ganz in Ruhe über alles nach.

»Ja, ich bin da. War ein ziemlich anstrengender Tag ...«

»Und Finger weg von den Keksen deiner Mutter.«

»Versprochen.«

»Lucy, du hattest schon genug Herzschmerz, das ist jetzt nicht der richtige Augenblick, dich mit Haut und Haaren in die Neueröffnung eines Restaurants zu stürzen. Wenn einer weiß, wie leicht man damit scheitern kann, dann doch wohl du!«

Das stimmt, gut ein Viertel der viel umjubelten, gefeierten Neueröffnungen enden jedes Jahr in Insolvenz und Pleite. Aber ich habe ihnen etwas voraus – ich habe nämlich nichts mehr zu verlieren.

»Mum ruft mich«, sage ich.

»Nein, tut sie nicht.«

»Stimmt, ich muss aber jetzt trotzdem Schluss machen.«

Julia seufzt, dann erklärt sie sehr bestimmt: »Ich hole dich morgen früh um acht ab, und dann fahren wir da mal vorbei.«

Das liebe ich so an Julia: Sie hat kein Problem damit, sich im Namen unserer Freundschaft im selben Satz mehrfach zu widersprechen.

»Ich hab dich lieb. Gute Nacht.« Und dann lege ich auf und starre auf den Dreimonatspachtvertrag in meinen Händen. Wie bitte eröffnet man mit fünfhundert Dollar ein Restaurant?

# 3

## Lucy

Ich wache auf, und mein Blick folgt den Schatten an der Decke, die zu einem einheitlichen Muster verschmelzen, das an Verlust und Einsamkeit gemahnt. Wie kommt es nur, dass sich um drei Uhr morgens alle Sicherheit des Tages in einer Panikattacke und unerträglichem Weltschmerz auflösen kann? Behaupten spirituelle Gurus deswegen, das sei die beste Zeit zum Meditieren? Ich habe mich schon oft gefragt, würde man einen Querschnitt sämtlicher Menschen in meiner Zeitzone sehen, wie viele andere lägen dann wohl auch um drei Uhr morgens wach? Und ich meine damit nicht die Besoffenen oder die Nachteulen, die es noch gar nicht ins Bett geschafft haben. Ich meine die von uns, die mit einem Schlag hellwach sind und sich unvermittelt ihrer eigenen Sterblichkeit bewusst werden, als erwachten sie aus einem Traum, der ihr alltägliches Leben ist. Das gedämpfte Hintergrundgemurmel, das sich zu einem gestochen scharfen Relief aus Panik, Schmerz und Verlust formt. Darum erfreuen sich wohl auch Blog-Kommentarspalten und Chatrooms um diese Uhrzeit so großer Beliebtheit – im Cyberspace kann man Gleichgesinnte treffen und sich vormachen, man sei nicht allein auf der Welt.

Aber hier gibt es, außer Mums gleichmäßigem Schnarchen aus dem Nebenzimmer, überhaupt nichts. Keine Nachrichten von Leith, keine göttliche Eingebung, wie man ohne Geld für drei Monate ein Pop-up-Restaurant eröffnet. Julia hat recht, ich mache mir das Leben wirklich unnötig schwer. Warum nur?

Ich will nicht hier sein. Eigentlich gibt es nur einen Ort, an dem ich sein möchte, und das ist …

Kurz darauf halte ich vor dem Hort meiner wildesten Träume. Der Penner steht vor dem Haus und schwadroniert lauthals gegen eins der geschlossenen Fenster. Als er mich sieht, schüttelt er nur den Kopf, winkt ab und verzieht sich.

Ich habe den Schlüssel in der Hand. Eigentlich wollte ich bis morgen früh warten und mit Julia herkommen. Ich zittere leicht und bin felsenfest davon überzeugt, gleich überfallen/vergewaltigt/gemeuchelt zu werden – danke, Julia.

Ich stecke den Schlüssel ins Schloss und höre wieder dieses Beinaheseufzen. Ich drehe ihn um, und wundersamerweise öffnet sich die Tür vollkommen widerstandslos. Wobei ich gar nicht weiß, was daran so wundersam ist – schließlich habe ich den Immobilienmakler ausfindig gemacht, einen befristeten Pachtvertrag unterzeichnet und die Pacht für drei Monate im Voraus bezahlt. Ich bin es wohl einfach nicht gewohnt, dass Dinge reibungslos laufen. Der Immobilienmakler war erstaunt, dass ich das Haus für ein Pop-up nutzen will. Er hat außerhalb meiner Hörweite ein paar Telefonate geführt, und als er zurückkam, schien er sehr erpicht darauf, dass ich den Vertrag gleich unterschreibe. Woraus ich messerscharf schloss, dass er mich in irgendeiner Art und Weise aufs Kreuz gelegt hat. Gemacht hab ich's aber trotzdem.

Natürlich gibt es noch keinen Strom, also nehme ich mein Handy, um ein bisschen Licht ins Dunkel zu bringen. Alles ist totenstill, verstaubt, starrend vor Schmutz von den vielen Jahren, in denen sich niemand um das Haus gekümmert hat. Hier ist Platz für höchstens fünfzig Gäste. Ach herrje, und bestimmt gibt es Mäuse. Obwohl der Maklerfuzzi meinte, der Kammerjäger sei erst kürzlich durchgegangen. »Kürzlich« war sicher vor mindestens fünf Jahren. Trotzdem, der Raum strahlt so viel Wärme aus, dass man fast glaubt, noch den Nachhall vieler wunderbarer Mahlzeiten zu spüren ... Jemand muss mal richtig Herzblut in diesen Laden gesteckt haben. Ich gehe weiter in die Küche. Alles ist an seinem Platz – als schrieben wir das Jahr 1982. Da wurde das Restaurant wohl geschlossen. Es heißt *Fortune*. Glück. Oder Schicksal. Wie man's nimmt. Was irgendwie nicht einer gewissen Ironie entbehrt. Ein Kenwood Mixmaster wie der von meiner Oma steht stolz und aufrecht neben einer altertümlichen Küchenmaschine, und die Kochmesser sind auch noch da, wo sie hingehören. Ich gehe weiter zum Herd, einer riesengroßen achtflammigen Gasmonstrosität, woraus ich messerscharf schließe, dass der Kerl, dem dieser Laden mal gehörte, es heiß mochte.

Ich spaziere zu den Schubladen, die vollgestopft sind mit brauchbaren Sachen. Eine ist randvoll mit Kochbüchern und *Vogue Entertainment, Gourmet Traveller* und anderen Feinschmeckerzeitschriften von damals. Es kommt mir vor, als hätte ich einen Schatz entdeckt, als mein Blick auf Hunderte von Rezepten fällt, die in unserer kollektiven Erinnerung heute gar nicht mehr existieren – bis auf einige wenige in urbanen Hipster-Neuinterpretationen. Ich bin im Himmel, aber mein Akku ist gleich leer. Und dann entdecke ich es. Versteckt in einer Ausgabe *Gourmet Traveller* vom Dezember 1981 – ein schmales rotes Büchlein. Es ist randvoll mit Rezepten, geschrieben in einer klaren, unverwechselbaren Handschrift. Traumhafte, gewagte Rezepte, Kreationen mit Leidenschaft und Stil. Essen aus meiner Kindheit, Gerichte, bei denen ich mir glückliche Familien und distinguierte Paare am fein gedeckten Tisch vorstelle: Hummer Thermidor, Beef Wellington ... Ich sterbe vor Hunger. Die meisten Rezepte sind mit gekritzelten Notizen und Anmerkungen versehen, sowie einer Reihe von Daten, womöglich wann die Gerichte gekocht wurden. Ich blättere zur französischen Zwiebelsuppe und sehe dort nur ein Datum, meinen Geburtstag. Sprich, der Tag, an dem ich geboren wurde – 11. Juli 1980. Vielleicht war die Suppe nichts und wurde nie wieder gekocht? Aber es ist so ein liebevoll ausgearbeitetes Rezept: die Menge an Zwiebeln, wie sie angeschwitzt werden sollen, wie das Baguette aufgeschnitten und mit Gruyère überbacken wird. Am Rand stehen nur zwei Wörter: *Vollkommene Perfektion*.

Das Summen meines Telefons reißt mich aus den Tagträumen meines Käse-Utopias. Leith. Sein Bild wirft einen verzerrten Schatten an die Wand, und ich starre sein Gesicht auf dem Display entgeistert an. Ich gehe nicht ran, ich gehe nicht ran; o Gott, er ist anscheinend genauso einsam und verzweifelt wie ich. Ich bin kurz davor, das Gespräch anzunehmen, da schlägt unvermittelt eine Tür zu, und der Akku schmiert ab. Danke, liebes Universum. Jetzt muss ich nur noch im Stockdunkeln den Weg nach draußen finden.

Wo bitte ist mein Leben?

# 4

## Lucy

Julia drückt auf die Hupe, und Mum verdreht die Augen. Die beiden sind sich von Herzen abgeneigt. Wobei sie sich vollkommen einig bezüglich dessen sind, was in meinem Leben schiefläuft und dringender Veränderung bedarf. Es kam auch schon vor, dass sie sich gegen mich verbündet haben … und sie sind vereint in ihrem Hass auf Leith.

»Sag ihr, sie soll einfach reinkommen.«

»Geht nicht, wir sind spät dran. Willst du mitkommen?«

Mum trägt ihren scharlachroten Hausmantel und hat die Füße auf ihrem Relaxsessel hochgelegt. In den Mundwinkeln kleben Browniekrümel.

»Meine Arthritis macht wieder Mucken, und Sandy wollte nachher vorbeikommen und Reiki mit mir machen.«

Sandy und Reiki in einem Satz zu hören, verursacht in mir den unwiderstehlichen Drang, fluchtartig das Haus zu verlassen.

»Okay.«

»Wird schon alles gut gehen.«

»Ich glaube, es gibt da Ratten.«

»Es ist deine Bestimmung.«

Ich gebe Mum einen Kuss auf die Stirn. Auf ihre verrückte Art ist einfach immer Verlass. Wieder die Hupe.

»Ach Klappe, Julia«, schimpft Mum und macht dazu eine nicht genauer identifizierbare Geste – irgendwas zwischen Vogel zeigen und die Fernbedienung schwenken.

Ich gehe nach draußen, um mich meiner Bestimmung zu stellen, die mich in Gestalt von Julia und ihrem überdimensionalen, völlig stadtuntauglichen SUV erwartet. Julia sieht aus und fährt wie eine Frau, deren ganzes Leben umfassend versichert ist. Auf dem Rücksitz ist mit nahezu militärischer Präzision ein Kindersitz mit dazugehörigem Kleinkind festgeschnallt. Julia und ihr Auto lassen Attica und mich wie Däumlinge wirken, die sich ins Land der Riesen verirrt haben.

Ich klettere hinein und gebe sowohl Julia als auch ihrer Miniaturausgabe ein Küsschen auf die Wange.

»Ich kann nicht fassen, dass du den Pachtvertrag unterschrieben hast, ohne mir den Laden vorher zu zeigen.«

»Guten Morgen. Ich zeige ihn dir ja jetzt«, entgegne ich, und es kommt fast so was wie pubertärer Trotz in mir auf.

Julia stöhnt mit jener elterlichen Strenge, an der es meiner Mum immer gemangelt hat. Wenn man bedenkt, dass ich inzwischen Ende dreißig bin, sollte man eigentlich annehmen, ich hätte das nicht mehr nötig, aber gibt es für dämliche Entscheidungen eigentlich eine Altershöchstgrenze? Wie heißt es so schön: Alter schützt vor Torheit nicht. Ich schmolle ein bisschen, und wir fahren los. Das durchdringende Schweigen im Wagen wird nur von dem Kleinkindgebrabbel vom Rücksitz unterbrochen.

»Leith hat angerufen«, sage ich schließlich.

»Hat er dir eine Partnerschaft am Circa angeboten?«

»Ich weiß nicht, was er wollte. Mein Akku war leer.«

»Umso besser«, sagt sie.

Wir fahren vorbei an den Geschäftsleuten in der Macquarie Street, die unterwegs sind zu den superwichtigen Terminen ihrer superwichtigen Jobs. Die wirken alle so erwachsen und abgeklärt, wie sie da herumlaufen vor dem Hintergrund von Sydneys zusammengewürfelter Kulisse aus spiegelverglasten

Hochhäusern und archaisch anmutenden Sandsteinrelikten. Selbst Attica, die mich, ohne zu blinzeln, vom Rücksitz anstarrt, wirkt reifer als ich. Julia wird das Restaurant hassen.

»Also, ich habe die Anschrift gegoogelt. Die Straße ist der Horror, und das Restaurant ist seit neunzehn zweiundachtzig geschlossen.«

»Hm.« Ich hätte allein fahren sollen.

»Ein Restaurant steht nicht ohne guten Grund so lange leer.«

»Danke, Konfuzius.«

»Da hat wohl jemand heute Morgen noch keinen Latte gehabt.«

»Mum hat was gegen Koffein ... Bei der gibt's nur Haschisch.«

Im strahlenden Sonnenschein eines weiteren Bilderbuchsommertags, an den sich die meisten Menschen schon bald nicht mehr erinnern werden, fahren wir am Park vorbei und an der Werft. Julia drückt auf die Hupe und gibt anderen Autofahrern, die sie nicht hören können, deutliche Anweisungen, während aus den Lautsprechern nervtötend das Lied der Schlümpfe scheppert.

Mir ist schlecht. Selbst nach unserer Kaffeepause noch. Ich weiß, Julia muss sich das Restaurant ansehen, aber ich weiß auch, sie ist der Lackmustest, der meinen Abstecher in den Wahnsinn offiziell machen wird.

Vor dem Restaurant halten wir an. Der Obdachlose hockt vor dem Eingang und säubert sich gerade mit einem Streichholz die Fingernägel. Mein Winken quittiert er mit einem unbeteiligten Achselzucken. Julia macht dieses Schluckgeräusch, als wollte sie sich eine abwertende Bemerkung verbeißen ... fürs Erste zumindest.

»Gibt's den gratis dazu?« Julia parkt den Wagen in der zweiten Reihe, wir steigen aus, und sie schließt sorgfältig ab.

»Jules, und was ist mit Attica?«

»Mist.« Hastig stürzt sie zu ihrem Baby. »Manchmal vergesse ich glatt, dass ich sie habe.«

Wie schön zu sehen, dass auch Julia menschlich und fehlbar ist. Ich glaube, manchmal vergessen wir beide das.

Gemeinsam gehen wir rein, Eimer und Chlorbleiche im Anschlag. Unsere Mission, wenn Julia denn mal mit ihrer Gardinenpredigt durch ist, besteht darin, die ersten der vielen Schmutzschichten, die das kleine Restaurant überziehen, zu entfernen.

Attica untersucht neugierig die Steckdosen und wird vom besorgten Mutterschiff umgehend an Bord genommen. Julia macht zwei Schritte in die Mitte des Raums, drückt Attica noch ein bisschen fester an sich und schaut sich mit großen Augen um.

»Was für ein Saustall.«

»Danke, Jules.«

»Bette Davis, *Der Stachel des Bösen*.«

Ich liebe Julias Leidenschaft für alte Filme. Die bringen ihre romantische Seite zum Vorschein. »Ja?«, sage ich aufmunternd und lächele.

»Tja, wenn es nun mal passt ... Ach Lucy, was hast du dir bloß dabei gedacht?«

Es ist, als könnte Julia meine Gedanken lesen. Im grellen Tageslicht wirkt der winzige Laden noch desolater und heruntergekommener als vorher.

»Riecht allerdings gar nicht so streng ... seltsam.« Witternd schnüffelt sie in alle Richtungen.

»Die Wände sind bestimmt vom Kochdunst imprägniert.«

»Ofenkartoffeln«, sagt sie wie auf eine ungestellte Quizfrage.

Sie hat recht; es riecht nach dem Sonntagsbraten bei meinen Großeltern.

Irgendwas raschelt. Julia macht einen Schritt zurück. »Ach du lieber Himmel, in der Ecke ist ein Vogelnest.«

Wir beide schauen erst uns an und dann das Nest mit dem dazugehörigen Spatzen.

»Wenigstens keine Taube. Oder Ratte.« Ich komme mir vor wie Pollyanna, die verzweifelt versucht, all dem Schrecklichen noch etwas Gutes abzugewinnen.

Julia nimmt meine Hand, guckt mich durchdringend an und sagt dann ganz langsam, als redete sie mit jemandem, der nicht mehr alle Tassen im Schrank hat: »Hase, wenn wir jetzt gleich zu diesem Immobilienmakler gehen, dann kann ich die Anwaltskarte ausspielen, und wir könnten versuchen, dich aus dem Vertrag rauszubekommen.«

Hätte Julia den Immobilienmakler erlebt, wüsste sie, wie unwahrscheinlich das ist.

»Nein. Ich ... ich habe mir fest vorgenommen, es wenigstens zu versuchen.« Ich nicke. Sie starrt. Ich nicke noch heftiger und garniere das Ganze mit einem manischen Grinsen und hochgezogenen Augenbrauen. Sie seufzt lang und tief. Ich nicke noch ein bisschen mehr ... zur Bestätigung sozusagen. Schließlich gibt Julia auf.

»Also, du hast einen Pachtvertrag für drei Monate. Wann willst du eröffnen?«

Ich zögere kurz und tue, als müsste ich mir erst einen Überblick verschaffen über die gewaltige Auswahl potenzieller Premierenabende. »Donnerstag.«

Wieder wirft Julia mir einen Blick zu, als wollte sie sagen: *Du hast wirklich einen Sprung in der Schüssel.* »Kommenden Donnerstag?«, fragt sie.

»Nein, Dummie.«

Julia starrt mich in Grund und Boden. »Wann?«

»Donnerstag in drei Wochen.« Ich konzentriere mich darauf, nicht zu blinzeln. Dieses Blickduell gegen Julia gewinne ich.

»Einschließlich oder ausschließlich des gestrigen Donnerstags?«

Ich blinzele. »Einschließlich.«

Ich weiß schon, was jetzt als Nächstes kommt – sie wird aus »gut« ein zweisilbiges Wort machen.

»Guhut.«

Bingo.

»Dann bleiben dir noch etwas mehr als zwei Wochen, um ein Restaurant aus dem Hut zu zaubern.« Bei ihr klingt das, als müsste ich, in einen Kerker eingesperrt, Stroh zu Gold spinnen.

»Das ist die Idee hinter einem Pop-up. Sonst wäre der Name unzutreffend. Es poppt halt … einfach auf …« Ich verstumme.

»Wie? Wer? Ich meine, wer außer mir hilft dir dabei?«

»Na ja, ich habe Maia und Hugo angesprochen, und die beiden klangen ganz begeistert.«

»Hast du Geld, um sie zu bezahlen?«

»Noch nicht.«

Julia kneift die babyblauen, viel zu klugen Augen zusammen. »Wie viel Geld hast du, Lucy?«

»Ein bisschen … Ich habe Maia angeboten, als Juniorpartnerin mit einzusteigen.«

»In diese Geschichte?« Langsam dreht Julia sich um die eigene Achse, und ihr Blick geht über die abblätternde Wandfarbe, die angestoßenen Fußleisten und den tatsächlichen und sprichwörtlichen Müll, der überall herumliegt. »Ich wette, sie hat sich gar nicht mehr eingekriegt vor Begeisterung.« Dann nimmt sie mich wieder ins Kreuzverhör. »Dann weiß Leith also Bescheid?«

»Nicht so richtig.«

»Hase, wenn du versucht hast, zwei seiner engsten Mitarbeiter abzuwerben, dann kannst du Gift darauf nehmen, dass er Bescheid weiß – und es wird ihm nicht gefallen. Ich persönlich habe kein Problem damit, aber trotzdem, du weißt, was für ein hinterhältiger Mistkerl er sein kann, und du hast ihn eiskalt abserviert, bist klammheimlich ausgezogen und hast beschlossen, ganz allein ein verrücktes Pop-up-Restaurant-Dings aufzuziehen, und das innerhalb von gerade mal vierundzwanzig Stunden.«

O Gott, ich bin wirklich vollkommen irre.

»Und du willst ganz sicher nicht zurück?«

Ein neues Blickduell beginnt, da knallt auf einmal eine Tür zu. Das muss die Tür zu den Toiletten sein, die gestern Abend auch schon zugeschlagen ist.

»Wir sind seit einem Monat getrennt, das weißt du. Ich bin bloß gestern Abend erst offiziell ausgezogen.«

»Mhm. Los, lass uns anfangen. Ich muss Attica um zwei zur musikalischen Frühförderung bringen.«

Und damit schnappt Julia sich einen Besen und legt los. Attica krabbelt geschäftig herum und stopft einen Stapel Papier in einen Eimer, um dann fröhlich lachend alles wieder rauszuholen. Ich marschiere in die Küche und mache mich an die Arbeit. Der Obdachlose pinkelt von draußen singend gegen die Hauswand. Wir sind doch alle eine große glückliche …

# 5

## Lucy

Ich habe mich gerade mit der Scheuerbürste bis zum mittleren Fach des Kühlschranks vorgearbeitet, als der Strom angeht und Julia vor Schreck aufschreit. Die Lichter flackern. Ich stürze rüber in den Gastraum.

»Hey!«

»Das Licht funktioniert.« Sie schaut nach oben und weist auf das Prunkstück des Raums, einen alten, verdreckten Kristalllüster an der Decke, der sich laut sirrend alle erdenkliche Mühe gibt zu strahlen.

»Ist mir auch aufgefallen.«

»Und ich habe gerade in Hundert-Watt-Großaufnahme gesehen, was das hier für ein Drecksloch ist.«

Wieder flackert das Licht. Hinter uns kracht es, und wir fahren herum, gerade rechtzeitig, um zu sehen, wie ein Opossum panisch aus dem uralten Kamin flüchtet.

Wir kreischen beide gleichzeitig los. Julia reißt Attica an sich, die vollkommen unbeeindruckt wirkt und fröhlich vor sich hin gluckst und gurgelt. Eins muss man der Kleinen lassen, sie war den ganzen Morgen brav und hat ihrer Mutter stillvergnügt beim Putzen zugeschaut.

»Du musst es fangen!«, schreit Julia.

»Womit denn?«

»Damit!«, ruft sie und reißt den Kopf hoch, als in der offenen Tür plötzlich ein muskulöser, gut aussehender Kerl auftaucht.

»Lieferung für dich. Die Hintertür war zu.«

Ich kann nicht anders, ich muss Henry einfach anstrahlen. Er ist der Neffe unseres alten Lieferanten aus dem Circa und gerade dabei, seinen eigenen Lieferdienst aufzubauen. Ich kenne ihn gut genug, um ihm und seinen Zulieferern zu trauen, aber nicht so gut, dass er zum unmittelbaren, engsten Kreis von Leiths Vertrauten gehört. In den Armen hat er eine Kiste, vollgepackt mit Lebensmitteln. Er sieht aus, als käme er geradewegs aus dem gelobten Land. Das sind die Sachen, die ich gestern Abend bestellt habe – Reis, Öl, Fett, Essig.

»Kannst du Opossums fangen?«, quiekt Julia.

Henry wirkt verängstigt, aber nach einem Blick von Julia zum Opossum und zurück scheint er zu dem Schluss zu kommen, dass das Opossum harmloser ist als die Irre. »Ich kann's gerne mal versuchen, aber ich wüsste auch jemanden, den wir anrufen könnten.«

»Sie hat kein Geld«, entgegnet Julia mit einem Nicken in meine Richtung. »Das musst du schon allein hinkriegen.«

Henry lächelt mir entschuldigend zu und hat es bald geschafft, Opossum und Spatz nach draußen in die freie Wildbahn zu befördern. Danach beäugt er misstrauisch den winzigen, murkeligen Gastraum.

»Interessanter Laden.« Seine Stimme klingt dünn.

»Machst du Witze?«

»Wenn es dir nichts ausmacht, könntest du bitte bar bezahlen?« Henry guckt mich unter gesenkten Lidern hervor an und windet sich unbehaglich.

»Gib ihm deine Kreditkarte«, weist Julia mich an.

Das ist der Moment, auf den ich gewartet habe ... noch so einer.

Ich kann nicht mal vorgeben, mich auf ein weiteres Blickduell einlassen zu wollen.

»Meine Karte hängt an Leiths und meinem gemeinsamen Konto.«

»Und?«

»Letzte Woche habe ich mich selbst gesperrt, und heute Morgen hat Leith sämtliche gemeinsamen Konten einfrieren lassen.«

Julia stöhnt gequält auf.

»Nimmst du auch einen Scheck?«, erkundige ich mich.

Jetzt scharrt Henry auch noch verlegen mit den Füßen. »Ähm ... also ... ehrlich gesagt, müsste es schon bar sein.«

»Und warum, wenn ich fragen darf?«, verlangt Julia in scharfem Ton zu wissen.

»Na ja, es ist so ... also, Leith hat Onkel Les wohl gewarnt, und Dad hat er erzählt, du steckst in finanziellen Schwierigkeiten.«

»Ach, tatsächlich?«

»Ja, in der Mail.«

»In welcher Mail?« Julias Augen werden ganz schmal. Ich wittere Gefahr.

»Die, die er gestern Abend an alle Zulieferer rumgeschickt hat. Er meinte, er wolle alle vorwarnen, dass ihr beide ab sofort geschiedene Leute seid und du gewisse ... Probleme hättest.«

»Und was für *Probleme* sollen das sein, die ich angeblich haben soll, wenn ich fragen darf?«

»Na ja, so eine Art Nervenzusammenbruch ... und dass du pleite bist ... ich meine, blank.«

»Sie ist nicht pleite. Sie hat nicht mal genug Habseligkeiten oder Schulden, um Insolvenz anzumelden.«

»Ich habe keinen Nervenzusammenbruch!« Oder vielleicht doch? Wieder schaue ich mich um ... Vielleicht doch.

Henry nickt herzallerliebst und irgendwie nicht sonderlich überzeugt. »Klar.«

»Leith versucht bloß, mich zu sabotieren.«

Wieder nickt Henry, und sein Lächeln wirkt nicht mehr ganz so nervös. »Dass man sich trennt, kann ich verstehen. Meine Freundin und ich, wir haben gelegentlich auch so unsere Momente.«

»Du bist neunzehn. *Momente* hat man frühestens mit fünfundzwanzig.« Für Julia hat psychologischer Tiefgang immer was mit dem Alter zu tun.

Ein Anflug rechtschaffener Empörung treibt mir die Röte ins Gesicht, als ich nach meinem Portemonnaie greife und über zweihundertachtzig Dollar in bar hinblättere.

»Ich habe genug Geld.«

»Du schwimmst nur so darin.« Julia schaut mich mit hochgezogenen Augenbrauen kopfschüttelnd an.

»Prima, danke«, murmelt Henry, sichtlich erleichtert. »Und hey, ich wette, ihr werdet den Laden rocken.« Seine Stimme zittert nur ganz leicht, als er das sagt.

Das Licht flackert wieder.

Julias Augenbrauen bleiben oben, während ich Henry und seine vollgepackte Kiste in die Küche eskortiere. Als er weg ist, kommt sie mir mit Attica auf dem Arm hinterher. Die möchte unbedingt selbst laufen und strampelt heftig mit allen vieren herum, wodurch ihre Mutter aussieht wie ein sechsarmiges namenloses schottisches Monster aus der Tiefsee.

»Wie viel hast du genau?«

Ich zucke die Achseln.

»Raus mit der Sprache.«

Ich seufze. »Neunhundertzweiundsiebzig Dollar, minus Spritgeld.«

Die harsche Wahrheit hinter dieser Zahl hallt wider wie eine klanglose Kakofonie der Katastrophe.

»Sind die notwendigen Genehmigungen und die Versicherung da schon mit eingerechnet?«

»Denke, ja.«

Sind sie nicht.

»Ich leihe dir was.«

»Nein«, widerspreche ich prompt und vehement. »Ich kann es dir womöglich nicht zurückzahlen, und dann habe ich ein schlechtes Gewissen und gehe dir aus dem Weg, und unsere Freundschaft geht den Bach runter.«

»Das hast du also schon bis ins Detail durchdacht.«

Habe ich.

»Ich spendiere fünf Riesen«, erklärt sie entschieden. Attica und ich erstarren vor Schreck zu Salzsäulen. »Ich kann es als Spende für einen guten Zweck absetzen, und du kannst dir wenigstens ein bisschen Farbe leisten. Und ich besorge dir eine Versicherung, dann kannst du dich in der Zwischenzeit um die notwendigen Genehmigungen kümmern. Moment mal, *weinst* du etwa?«

»Nein.« Oder doch. »Ein bisschen vielleicht. Ich will keine Almosen.«

»Ach bitte, heb dir den Stolz für später auf, wenn der Laden erst mal läuft. Ich muss Attica jetzt nach Hause bringen.« Und damit nimmt Julia mich mütterlich in die Arme, und für einen Augenblick ist die Welt wieder in Ordnung.

»Und jetzt hör auf zu blubbern. Ich rufe dich heute Abend an.« Damit geht sie nach draußen, majestätisch wie die Königin von Saba. Um gleich noch mal aufzutauchen, weil sie die Wickeltasche vergessen hat. Und dann fährt sie davon in den Sonnenuntergang, meine strahlende Heldin Julia. Ich hasse es, mich untätig in Selbstmitleid zu suhlen, da tue ich lieber was Sinnvolles … also fange ich an, herzzerreißend zu schluchzen.

Ein Weilchen später, als ich mich wieder beruhigt habe, hole ich das kleine rote Büchlein hervor, das ich schon die ganze Zeit mit mir herumtrage, und blättere gedankenverloren in den schönen Rezepten, auf der Suche nach einem universellen Zeichen, einem Hinweis, einem Fingerzeig, etwas vielleicht aus dem Reich der Tarotkartenleger und Feng-Shui-Berater, dem ich eigentlich wiederholt abgeschworen habe. Wieder erscheint die französische Zwiebelsuppe. Ich sterbe vor Hunger, und Zwiebeln und die meisten Grundzutaten habe ich da. Außerdem muss ich mich mit meiner neuen Küche vertraut machen, und das geht am besten, indem ich darin arbeite. Also fange ich an, zum Trost Zwiebeln zu hacken, und heule dabei schon wieder wie ein Schlosshund.

# 6

## Lucy

Hacken, schluchzen, schniefen, heulen ... Das ist wirklich ein schönes Rezept ... Ich hasse Leith ... aber es ist nicht alles seine Schuld ... oder vielleicht doch ... hätte er bloß seinen Schwanz in der Hose gelassen ... Aber wenn ich ganz ehrlich bin, zwischen uns beiden hat doch immer was gefehlt ... und dann die Sache mit dem Kauen ... Doch wer ist schon vollkommen, ohne Makel? Wer macht immer alles richtig? Ich selbst bin alles andere als perfekt – ich bin launisch und hochsensibel, was Essen angeht, bin ich ein Snob ... bis auf die Chili-Hotdogs ... Ich werde schnell rot, verhaspele mich leicht, und mein Hirn hat die Angewohnheit, sich, wenn es darauf ankommt, aufzuhängen ... Und ich kriege noch immer kein anständiges Risotto hin. Ich meine, wie kann man als Koch, der ein bisschen was auf sich hält, kein Risotto hinbekommen? Ich habe schlimmes PMS ... Ich lege meine kalten Füße gerne an warme Gliedmaßen, selbst wenn ich den anderen dadurch aufwecke ... Ich kann schlecht Nein sagen ... Ich laufe lieber weg, statt mich unangenehmen Situationen zu stellen ... Ich habe ein schrilles, hohes Niesen, wenn ich nervös werde ... Ach du lieber Himmel, ich bin wie meine Mutter, nur in blond. Dreck ... Mist ... verdammt.

Ich bekomme eine Zwiebel angereicht. Gedankenversunken murmele ich ein Dankeschön und hacke weiter. Bis mir siedend heiß einfällt: Ich bin allein in der Küche.

Ich höre jemanden »Gern geschehen« sagen. Die Worte

klingen tief und grollend, und die Stimme ist definitiv nicht die von Leith … oder von sonst irgendwem, den ich kenne.

Kennen Sie das Gefühl, wenn einem schlagartig aufgeht, dass man völlig neben sich steht und sich quasi selbst zusieht? Wahrscheinlich nicht, Sie sind vermutlich vollkommen zurechnungsfähig und mit Ihrer Jugendliebe verheiratet und wohnen in dem Haus, das Sie Ihren Großeltern abgekauft haben, gleich um die Ecke von Ihrem Elternhaus. Weihnachten planen Sie schon im Mai, und Sie haben die Telefonnummer von Polizei, Feuerwehr, Rettungswagen und ihren fünf besten Freunden ausgedruckt an einer Pinnwand in der Küche gleich neben dem Telefon. Ich wäre gerne wie Sie, bin ich aber leider nicht, und deshalb gucke ich unauffällig hoch, um mich zu vergewissern, dass zu der Hand, die mir die Zwiebel gereicht hat, auch ein Arm gehört. Tatsächlich. Er ist haarig und eindeutig männlich. Der Arm steckt in einem Ärmel, der aussieht wie ein … Okay, da sitzt ein Kaftan tragender, ziemlich haariger, nicht unattraktiver Mann auf meiner Arbeitsplatte. Er riecht sehr angenehm, kann also nicht zum erweiterten Klan meines obdachlosen Freundes gehören. Er riecht genau wie das Restaurant – nach Sonntagsbraten und geballter Lebenskraft. Ich schlucke, und mir geht auf, dass es das letzte Mal sein wird, dass ich meine eigene Spucke schlucke, weil dieser haarige, angenehm duftende, ziemlich schnuckelige Psychokiller mich gleich umbringen wird. Mein Verstand speit unvermittelt eine Info aus, die ich mal gelesen habe: Man soll seinem Mörder direkt in die Augen schauen, weil es ihm dann schwerer fällt, sein teuflisches Werk zu vollenden. Also schaue ich dem bekaftanten Möchtegernmörder geradewegs ins Gesicht und sehe die schönsten geschwungenen Lippen, die man sich nur vorstellen kann, eine feine Nase, strahlende Augen; Augen, die aussehen wie zwei bodenlos tiefe moosgrüne Teiche, außerdem funkeln sie vor Übermut und

Intelligenz – und schauen mich unverwandt und sehr neugierig an.

»Dann kannst du mich also sehen?« Wieder diese herrliche Stimme. Klingen alle mutmaßlichen Mörder so?

»Ja ...«

»Und hören kannst du mich auch ... gut, gut.« Seine Lippen verziehen sich zu einem Lächeln, das einen geradezu hypnotischen Effekt hat und einen glauben lässt, das Universum sei einzig und allein für diesen Augenblick erschaffen worden. Was zum Kuckuck geht hier vor?

Ich niese.

»Gesundheit!«

Die Stimme kenne ich, und sie kommt von hinten. Ich drehe mich um, und da steht Leith. Gott sei Dank. Dann kann er sich gleich mit mir umbringen lassen. Oder vielleicht an meiner Stelle.

Ich drehe mich wieder um, und Zwiebelmann ist verschwunden. Moment. Zwiebelmann ist nicht mehr da? Ich habe also wirklich einen Sprung in der Schüssel.

»Was ... wieso ... du ... hier?« Mehr bekomme ich nicht zusammengestammelt, was gar nicht mal so schlecht ist, wenn man bedenkt, dass ich eigentlich damit rechnen muss, jeden Moment in einer Zwangsjacke abgeführt zu werden.

»Was ist das denn für eine Begrüßung?« Leith kommt auf mich zu und will mich küssen. Ich habe immer noch das Messer in der Hand. Er tritt einen Schritt zurück. Er wirft sich in die Brust und stellt sich in eine seiner, wie er glaubt, *vorteilhaften Posen*, so, dass sein Bizeps und in seinen besonders nassforschen Momenten auch der Schritt besonders gut zur Geltung kommen.

»Wieso bist du denn so nervös?«

»Was? Hm ... nicht ... nein. Was machst du hier?« Wieder schaue ich mich um. Da ist nichts, niemand ... hallo?

»Wenn der Berg nicht zum Propheten kommt …«

Und wieder sind wir in der Wüste Leith. »Könnten wir die abgedroschenen Plattitüden bitte mal für fünf Minuten beiseitelassen?«

Leith zuckt die Achseln und greift nach dem kleinen roten Kochbuch. »Süß.«

Empört reiße ich es ihm aus der Hand. Ich habe noch nie leiden können, dass Leith immer glaubt, über alles verfügen zu können. Ganz besonders über mich. Ich drücke das Buch an die Brust, und mein Blick geht wieder suchend zu der Arbeitsstation, wo vorhin noch dieser heiße Typ saß. Zumindest hatte meine Halluzination den Anstand, einen unglaublich attraktiven männlichen Typen zu liefern, wie der Kerl aus der Old-Spice-Werbung – nur ohne Goldkettchen …

»Alles okay, LiLi?«

Außerdem kann ich es nicht ausstehen, dass Leith mich immer mit dieser nervigen Babystimme LiLi nennt und dass er damit sogar Grußkarten für mich mit unterschreibt. Und dass er überhaupt für mich Grußkarten mit unterschreibt, aus Angst, ich könnte etwas Erinnerungswürdigeres schreiben als er, und sei es nur zum Geburtstag eines Siebenjährigen. Das geht mir tierisch gegen den Strich. Überhaupt, Leith an sich geht mir tierisch gegen den Strich. So ist das nun mal mit den Typen, die einem das Herz brechen. Mistkerl.

»Du ziehst dauernd so ein komisches Gesicht.«

»War eine lange Woche.«

»Wann kommst du wieder nach Hause?« Mit seinen perfekten Händen (auch einer seiner Vorzüge, die er nur zu gerne herausstellt) streicht er über die Küchengeräte, wodurch alles, ich einschließlich, irgendwie schrecklich schäbig wirkt im direkten Vergleich. Mit seiner bloßen Anwesenheit saugt er mir die Luft zum Atem aus der Lunge.

»Ich habe dir doch schon auf dem Weg von Seals Rock nach Hause gesagt, dass es aus ist. Ich brauche ein bisschen Abstand.«

»Aber doch nicht so viel Abstand, dass du gleich ausziehen musst.«

»Wie soll ich denn sonst Abstand gewinnen?«

Er mustert mich und scheint nicht so recht zu wissen, was er darauf antworten soll. »Was schaust du dich so um – ist hier noch jemand?«

»Siehst du jemanden?« Ich bin bemüht, ganz beiläufig zu klingen, aber machen wir uns nichts vor: Ich brabbele wirres Zeug. Und tatsächlich mustert Leith mich, die Irre mit dem glasigen Blick, die da vor ihm steht, kritisch.

»Vielleicht kommst du erst mal mit nach Hause und ruhst dich ein bisschen aus«, schlägt er schließlich vor.

Aha. Alles klar. Leith will Sex mit mir. Ich will aber keinen Sex mit Leith.

Er legt die Arme um mich und zieht mich an sich. »Ich weiß, ich habe dich mit dem Urlaub etwas überfordert. Das war zu früh. Ich wollte nur, dass alles wieder gut wird. So wie vorher.«

Er hält mich fest, und langsam beginne ich, in seinen Armen dahinzuschmelzen. O Gott, wie ich mich dafür hasse.

»Komm mit nach Hause und schlaf ein bisschen, damit du heute Abend frisch bist.«

Und da sind sie wieder, Leiths unvermeidliche Hintergedanken. Er will mich überreden mitzukommen, damit er am Freitagabend nicht ohne mich in der Küche steht.

Ich löse mich energisch aus seiner Umarmung. »Du gehst jetzt besser.«

»Warum?« Abgewimmelt zu werden, in welcher Art und Weise auch immer, kommt nicht vor in Leiths egozentrischem Orbit, in dem er beständig um sich selber kreist.

»Weil ich keinen Abstand bekomme, wenn du ständig da bist.«

»Und *du* findest, *das* ist eine gute Idee, ja?« Unvermittelt bricht die Wut aus ihm heraus. »Wer redet hier von einer Trennung auf Zeit und sperrt dann aber Kreditkarten und pachtet eine Bruchbude, die nicht mal zur Suppenküche taugt?«

Die Lichter flackern.

»Sogar die Verkabelung ist Schund. Du hast mich genug bestraft, jetzt komm wieder nach Hause.«

Wie kommen Männer bloß immer auf die Idee, man wollte sie bestrafen, wenn man sich darüber aufregt, dass sie einen betrügen? Wie kann das bitte unsere Schuld sein? Erst verarschen sie dich, und dann geben sie dir die Schuld dafür.

»Dieses Restaurant hat rein gar nichts mit dir zu tun«, entgegne ich kühl.

»Und du behauptest, *ich* gebe nur Plattitüden von mir. Ich hab noch nie kapiert, was in deinem Kopf vorgeht. Vor allem, wenn du mit den Gedanken mal wieder Gott weiß wo bist.«

Und in dem Moment tickt irgendwas in mir aus. Ich könnte behaupten, eine Macht, stärker als ich selbst, wäre ausgebrochen wie ein Vulkan, aber damit würde ich mich aus der Verantwortung stehlen. All der Frust der vergangenen Jahre, vor allem der letzten Monate, wird mit einem Mal freigesetzt, als führe ein böser Geist aus einer Flasche. Ich brülle wie ein Löwe. »Ich will, dass du verschwindest, *das geht in meinem Kopf vor.* Ich will, dass du aufhörst, dich mit meinen Rezepten zu schmücken, mit unseren Angestellten zu schlafen und dass du dich von mir fernhältst, und zwar so fern es nur geht – geh und fick dich kreuzweise bis nächsten Dienstag.«

Leith wirkt, genau wie ich, schockiert angesichts dieses unerwartet heftigen Ausbruchs. So habe ich noch nie mit ihm – oder sonst irgendwem – geredet. Was für eine verdammte Erleichterung das ist.

»Du bist durchgeknallt.«

»Und du bist ein Arschloch.«

Er mustert mich von Kopf bis Fuß. Ich weiß, was jetzt kommt.

»Wie du meinst.«

Meine absolute Hassbemerkung, die er vor ein paar Jahren von einem Hipster-Barkeeper abgekupfert und seither perfektioniert hat.

Er geht. Ich sehe mich um. Sonst ist niemand da.

# Französische Zwiebelsuppe

## Zutaten

- 120 Gramm Butter
- 5 mittelgroße Speisezwiebeln, geschält und in Ringe geschnitten
- 100 Milliliter Rotwein
- 1 Teelöffel Dijonsenf
- die Blättchen von 4 Thymianzweigen
- 4 Lorbeerblätter
- 150 Milliliter Rinderbrühe
- 1 Baguette
- 100 Gramm geriebener Gruyère
- 50 Gramm geriebener Parmesan
- gemahlener schwarzer Pfeffer zum Abschmecken

## Zubereitung

Die Butter in einer großen, schweren, tiefen Kasserolle (Le Creuset ist dafür ideal) zerlassen. Mit dem Deckel auf der Kasserolle, die Zwiebeln etwa fünfzehn Minuten (oder bis sie weich sind) vorsichtig anschwitzen. Deckel abnehmen und die Hitze hochdrehen, bis die Zwiebeln braun und leicht karamellisiert sind. Aber Vorsicht, nicht anbrennen lassen, sonst werden sie schwarz und hart und ungenießbar.

Anschließend den Wein hinzufügen (und sich, je nach Laune, selbst ein Glas einschenken), sowie Senf, Thymian und Lorbeerblätter. Aufkochen lassen, bis der Alkohol verdunstet ist, dann die Brühe dazugeben, die Hitze herunterdrehen und unter gelegentlichem Umrühren ganz sanft eine halbe Stunde köcheln lassen.

Das Baguette in circa zwei Zentimeter dicke Scheiben schneiden, und diese von beiden Seiten leicht anrösten.

Die Suppe in ofenfeste Schälchen geben und den Duft genüsslich einatmen. Ein oder zwei Scheiben Baguette darauf platzieren und großzügig mit dem geriebenen Käse und einer Prise schwarzem Pfeffer bestreuen. Die Schälchen im Ofen unter den heißen Grill stellen. Sobald der Käse goldbraun ist und blubbert, aus dem Ofen holen und sofort servieren – am besten jemandem, der all die Zeit und Mühe und dieses unnachahmliche Geschmackserlebnis wert ist.

# 7

## Frankie

Sie ist begnadet, und außerdem hat sie auch noch Mumm. Nachdem dieser Witz von einem Ehemann verschwunden ist, ist sie dageblieben und hat die Suppe fertig gemacht. Und lieber Gott, kann die Frau kochen. Natürlich hat sie die ganze Zeit rumgeheult, aber wenn Sie mich fragen, die Tränen haben der Suppe bestimmt die letzte Würze gegeben.

Ich habe sie in Ruhe gelassen, aber mir alles ganz genau angeschaut.

Sie hat Bill eine Schüssel Suppe gebracht, bevor sie nach Hause gegangen ist. Er hat sie förmlich inhaliert. Braves Mädchen. Jetzt braucht sie nur noch mit dem Gejammer aufzuhören und sich zu konzentrieren, dann wird das schon. Sie ist nicht ganz so gut, wie ich mal war, obwohl sie beinahe genauso viel flucht. Mann, wie gerne ich die Suppe noch mal schmecken würde. Sie hat keinen Tropfen davon dagelassen, alles in Tupperdosen gepackt und mitgenommen. Und auf dem Nachhauseweg wird sie noch eine Flasche Wein gekauft haben, wenn sie auch nur einen Funken gesunden Menschenverstand hat.

Jetzt ist sie also wieder weg. Aber sie wird wiederkommen, und sie ist der Schlüssel. Da bin ich mir ganz sicher.

Sie kann jetzt schon fast die Gespräche der Gäste hören, fast ihre erwartungsvollen Gesichter sehen. Sie spürt die Wärme, weil es hier immer so rappelvoll ist. Der ganze Laden wimmelt nur so von Stammgästen, die hier zusammensitzen und speisen; das

Essen, bei dem sie ihre Scheidung noch mal überdacht oder eine Affäre begonnen haben. Das Essen, das ihr ganzes Leben verändert hat. Das Haus summt wie ein Bienenstock vom Geplapper der Toten, die Lichtjahre entfernt von den speisenden Leichen tafeln, die die Stunden ihrer Ehe mit sterbenslangweiligen Schweinefleischpasteten füllten. Diese Leute haben dafür gelebt, um zu essen, und verdammt noch mal, ich liebe sie dafür. Ganz egal wie viel sie auf dem Konto hatten, sie sind immer wiedergekommen, und wenn sie ein ganzes Jahr darauf sparen mussten, nur um sich den Gaumenkitzel bei mir zu gönnen. Und ich bin immer noch für sie da. Ich lebe, wenn man das so nennen darf, um andere zu bekochen, um ihre Geschmacksknospen zu verführen.

Die Tische sind voll. Da sitzen die Densions wehmütig vor einem Krabbencocktail. Marie mit ihrer Schokoladenmousse und ihrer verstockten Tochter, die ein paar ordentliche Schüsseln Pasta vertragen könnte. Sie folgt ihrer Mutter auf Schritt und Tritt wie ein treues Hündchen – der Familie zu entkommen ist manchmal gar nicht so leicht, nicht mal im Tod. Meine wunderbare Tiffany lacht elegant, hat den ganzen Raum im Blick und wartet auf ihr Mädchen. Der fiese, gerissene Mickey, der Anwalt, der für unzählige Verbrecher kürzere Haftstrafen herausgeschlagen hat – der will immer bloß das Irish Stew, wie seine Mutter es gemacht hat, nur dass ihm meins um Klassen besser schmeckt. Clancy pustet zehn Kerzen aus auf der Eiscremetorte. Seine Tante hat mich beschwatzt, die zu machen. Tom versucht, seinen betrunkenen Vater zu besänftigen, und bringt einen Toast aus.

Sie wird das alles sehen, sie muss. Sie ist nicht allein.

Viola drückt Teds Gesicht in die Baisers; das macht sie jedes Mal. Die Highlights wieder und wieder zu erleben, das ist unser liebstes Hobby. Und es ist nur richtig, dass sie hierherkommen – nichts weckt die Lebensgeister so sehr wie ein gutes Essen. Ganz besonders bei den Toten.

# 8

## Lucy

Ich komme nach Hause, wo Mum und Sandy sich gerade eine Nähsendung anschauen, beide mit ihrer Handarbeit im Schoß. Sie glotzen und sticheln. Mum hat Sandy sowohl mit dem Quilten als auch mit *Reich und Schön* infiziert, und dafür hat Sandy jetzt bei ihr einen Stein im Brett.

Sandy ist eine in die Jahre gekommene Reiki-Meisterin mit einem Faible für Alpakas, sie hat einen schwulen Sohn, der am fehlenden Sinn seiner Mutter für Mode, gutes Essen und Kunst verzweifelt. Sandy ist stolz darauf, der Mode abgeschworen zu haben, genauso wie Leder und Haarshampoo. Ich glaube, sie ist in Mum verknallt oder hat zumindest so ein Groupie-Ding am Laufen.

Mums Tarotkarten liegen vergessen auf einem Beistelltischchen. Ganz unauffällig greife ich danach, schenke mir noch rasch ein Glas von dem Chenin Blanc ein, den ich auf dem Nachhauseweg in meinem Lieblingsweinladen besorgt habe, und verschwinde schleunigst auf mein Zimmer. Wo ich dann damit beschäftigt bin, der Versuchung zu widerstehen, mir die Karten zu legen. Als Tochter der wohl definitiv durchgeknalltesten Frau, die ich kenne, schäme ich mich in Grund und Boden, als ich machtlos mit ansehen muss, wie meine Hände fast ohne mein Zutun ein keltisches Kreuz legen – aber wenn ein wildfremder Mann im Kaftan unversehens in der Küche auftaucht und genauso schnell wieder verschwindet, kann einen das dazu treiben, Dinge zu tun, die man sonst nie machen würde.

Ich glaube nicht an Gespenster. Wobei, das stimmt so nicht ganz. Ich glaube sehr wohl an sie – ich wünschte bloß, ich täte es nicht. Ich glaube, die Geister großer Enttäuschungen und gescheiterter Beziehungen können einen ein ganzes Leben lang verfolgen. Und das Scheitern selbst ist ein Schreckgespenst, das schwer auf uns lasten kann. Aber ein richtiger Geist, eine Erscheinung? Ich weiß ja nicht mal genau, ob ich an Gott oder ein Leben nach dem Tod glaube. Ich glaube, dass die Gefühle zwischen Menschen ein Eigenleben entwickeln können, genau wie Erinnerungen, aber an Geister zu glauben hieße, an etwas Spirituelles zu glauben, etwas, das irgendeine Art vorangegangener Existenz hatte, und das ist, bei aller Liebe, echt schräg. Aber andererseits weiß ich aus eigener Erfahrung, die ich hauptsächlich meiner Mum zu verdanken habe, dass etwas vom Leben anderer Menschen zurückbleiben und herumspuken kann, auch wenn sie selbst längst fort sind. Ich kann das nicht erklären, aber manchmal spüre ich es. Das hat nichts Gruseliges, wie bei einer spiritistischen Sitzung oder so. Es ist mehr eine Ahnung, dass hier mal jemand gelacht oder geweint hat und dass die Erinnerung daran mehr als nur einem Menschen etwas bedeutet, und darum bleibt etwas davon zurück. Ist das dann ein Geist?

Aber ein Mann, der in meiner Küche erscheint und wieder verschwindet? Wer ist er, und warum war er da? Und warum habe ich ihn gesehen, Leith aber offensichtlich nicht? Und warum sieht er so verdammt gut aus? Er hat nicht gerochen wie ein Axtmörder, und er hat mich mit so einem belustigten Blitzen in den Augen angesehen. Ein Mann mit blitzenden Augen bedeutet Ärger. Ein toter Mann mit blitzenden Augen bedeutet noch viel mehr Ärger.

Die einzigen Verstorbenen, mit denen ich jemals hätte Kontakt aufnehmen wollen, sind meine Großeltern. Als sie noch lebten, waren sie meine Rettungsringe der Vernunft, die dafür sorgten, dass ich nicht unterging und vollends den Verstand verlor, und sie sind der einzige Grund, warum ich mich heute überhaupt zurechtfinde in der Welt. Aber bislang habe ich keinerlei Zeichen von einem der beiden aus dem Jenseits erhalten. Sie waren beide sehr zufrieden in und mit ihrem Leben – obwohl sie sich natürlich immer Sorgen um Mum und mich gemacht haben. Aber als sie gingen, waren sie mit sich und der Welt im Reinen. Es war für sie an der Zeit zu gehen. Dennoch fehlen sie mir. Ich erwecke sie jedes Mal zum Leben, wenn ich ihre Lieblingsgerichte nachkoche, und ich denke fast jeden Morgen beim Aufwachen an sie – aber es ist ein schönes, friedliches Gefühl. Wenn ich an sie denke, gibt es in mir ein tief empfundenes *Danke*.

War das wirklich ein Geist? Ich weiß, ein Symptom von Verrücktheit sind Halluzinationen – aber mal ehrlich, was kann falsch daran sein zu halluzinieren, dass mir ein scharfer junger Kerl beim Kochen hilft? Mein Leben ist ein einziges Chaos, es könnte echt nicht schaden, wenn er die gute Fee in meinem abgedrehten Märchenland spielen würde.

Aber ... er *war* da. Er war da, und dann war er weg, und das heißt entweder a) ich bin komplett durchgeknallt (möglich), b) er ist ein Geist (unwahrscheinlich), oder c) Leith spielt mir einen fiesen Streich. Wobei Leith eigentlich die Fantasie für so was fehlt; normalerweise versucht er, durch Manipulation und Machtspielchen seinen Willen zu bekommen, was er nur notdürftig mit seiner schmierig-charmanten Art zu überspielen versucht.

Leith und ich sind füreinander selbst wie Geister geworden. All den Ärger, das Genervtsein, die Seitensprünge, die Demütigungen mal beiseite – man weiß, dass es aus und vorbei ist, wenn jedes Gespräch nur eine Wiederaufführung, eine farblose Neuinszenierung dessen ist, was schon mal war. Als läse man seinen Text bloß noch vom Skript ab. Wenn sich Berührungen anfühlen wie eine Erinnerung, weil einfach keine echte Verbindung entsteht. Als sehe man aus der Ferne, wie jemand wild mit den Armen winkt, obwohl man längst ertrunken ist. Das Timing hinkt einen Moment hinterher, das Lachen kommt immer einen Tick zu spät. Wenn man dem anderen nicht mehr glaubt. Wenn die Liebe, die man einmal empfunden hat, nur noch ein Geist ihrer selbst ist. Leider sagt einem vorher niemand, dass es höllisch wehtun kann, von einer längst gestorbenen Beziehung verfolgt zu werden.

Das ist also aus meinem Leben geworden – ein keltisches Kreuz auf der Tagesdecke des Gästebetts meiner Mutter. Warum gehe ich nicht einfach wieder zurück und verbuche diese »unglückliche kleine Episode« unter verfrühter Midlife-Crisis? Zurück zu Leith: kochen, einen Hund kaufen, ein Kind bekommen. Mist, habe ich das alles nur heraufbeschworen, weil ich eigentlich Kinder will? Ein haariger Kerl im Kaftan in einem heruntergekommenen Restaurant – was würde Freud wohl dazu sagen? Jung würde sagen, *ich* bin der Kerl im Kaftan; Freud wäre da etwas einfallsreicher und würde sagen, ich will Leiths Penis.

Ich habe gerade die letzten Karten gelegt und will mich mit dem Anleitungsbuch in der Hand an die Deutung machen, da erscheint Mum mit ihrem unnachahmlichen Timing in der Tür.

»Sag jetzt bitte nichts«, flehe ich sie an.

Mum zuckt nur die Achseln und widmet sich dann ganz den Karten. Und das meine ich wortwörtlich: Sie wird geradezu eins mit ihnen, während sie sich alles genau ansieht und erst auf die eine und dann auf die andere tippt und nickt und leise vor sich hin murmelt.

»Der Gehängte, gut.«

»Echt? Wieso gut?«

»Wirklich eine großartige Legung.«

Das habe ich meine Mutter im Laufe der Jahre schon viel zu oft sagen gehört, zu Freundinnen mit Liebeskummer, auf die schiefe Bahn geratenen Kindern oder einem Knoten in der Brust.

»Wieso?«, frage ich mit jenem Zweifel in der Stimme, der in unseren Gesprächen die Regel ist.

»Der Turm steht für einen Neuanfang, du musstest etwas opfern – ich nehme an, das Restaurant, denn wenn du mich fragst, ist es kein Opfer, Leith endlich los zu sein.«

»Danke, Mum.«

»Du bist arm …«

»Wird es besser?«

»Da ist ein Mann.«

Ich setze mich kerzengerade hin. »Wer?«

»Er ist ungewöhnlich – ein Trickser, ein Zauberer. Ich mag ihn, er ist gut für dich. Wird ja auch mal langsam Zeit, dass du jemanden kennenlernst, der dich richtig fordert.«

Ich zögere kurz, dann frage ich: »Ist er lebendig?«

Die meisten Menschen würden stutzen bei dieser Frage, aber nicht meine Mum. Sie überlegt kurz, dann antwortet sie. »Kommt darauf an, wie man *lebendig* definiert. Er sprüht jedenfalls nur so vor Leben. Ihr werdet einander helfen. Zwei aus einem Ei, Seelenverwandte. Hoffen wir mal, dass ihr beide zusammen ein Kind bekommt.«

»Wohl kaum«, schnaube ich. Dann sehe ich sie an. »Siehst du das in der Legung?«

»Nein, aber ich wäre gern Oma.«

Das ist wieder mal typisch Mum – selbst bei meiner Tarotkartensitzung geht es nur um sie.

»Es stehen dir einige Herausforderungen bevor, aber du …

Da – die Neun der Münzen – ein eigener Garten ... Mit Leith hätte das nie geklappt. Wo ist dieses Restaurant?«

»Ich habe dir doch gesagt, es ist in Woolloomooloo, an der Ecke Myrtle und Webster.«

»Ach ... du meinst Frankies alten Laden.«

Mir bleibt die Luft weg. »Wer?«

»Frankie Summers. Der war der Besitzer und hat den Laden geschmissen.«

»Du hast ihn gekannt?«

Mum guckt mich an, als hätte ich eben gefragt, ob tatsächlich schon mal Menschen mit einer Rakete auf dem Mond gelandet sind. »In den Siebzigern kannte jeder in Sydney Frankie. Der war wirklich eine tolle Type!«

Mir rutscht das Herz in die Hose. »Mum, hast du etwa ...«

»Jetzt sei nicht albern! Ich hatte alle Hände voll zu tun mit deinem Vater.«

»Welchem?«

»Egal, die haben alle nichts getaugt.«

Das sagt meine Mutter immer, wenn ich sie nach meinem Vater frage, was nicht besonders oft der Fall ist ... Mir hat es schon gereicht, mit meiner Mum und ihren Marotten Schritt zu halten und irgendeinen Sinn in ihrem schrulligen Verhalten zu erkennen. Jegliche Neugier bezüglich der väterlichen Seite meiner Familie wurde von den Bemühungen, meine mütterliche Seite zu verstehen und zu überleben, im Keim erstickt.

Wir werden jäh von Julias personalisiertem Klingelton auf meinem Handy unterbrochen.

»Meine Sendung fängt jetzt sowieso gleich an«, meint Mum. »Nimm auf jeden Fall einen Salbeizweig mit in den Laden. Wenn ich daran denke, was wir da alles angestellt haben ...«

Über Mums Stimme legt sich die von Julia. »Ich bin auf dem Weg zu dir.« Sie hat Sirenen und Martinshörner in der Stimme.

»Warum?«

»Damit du Leith persönlich zur Schnecke machen kannst.«

»Warum sollte ich …«

»Das ist das Problem mit den sozialen Medien«, dröhnt sie unbeeindruckt weiter. »Es ist viel zu einfach, einen Menschen öffentlich komplett zu demontieren.«

Ich habe keine Ahnung, worauf sie anspielt; vielleicht hat sie mit Attica zu viele Folgen von *Peppa Wutz* gesehen, und jetzt sind ihr die Sicherungen durchgebrannt …

»Julia?«

»Er hat mächtig vom Stapel gelassen, behauptet, du wärst schon seit Monaten nicht mehr zurechnungsfähig, aber mit dem neuen Restaurant wärst du jetzt endgültig total durchgedreht, und du hättest ihn aus heiterem Himmel eiskalt abserviert, also …«

Zwanzig Minuten später sitze ich in Julias kindersicherem SUV, aber leider schützt er mich nicht vor den gemeinen Tweets und verleumderischen Facebook-Postings, die von allen Seiten auf mich einprasseln. Mein Mund ist staubtrocken, und mein Magen spielt den Simultandolmetscher und verkündet hörbar knurrend seine Verstimmung.

»Ich meine, mal ernsthaft jetzt, der Typ ist eine wandelnde Fallstudie, das klassische Paradebeispiel für einen klinischen Fall von narzisstischem Arschloch.«

»Ja, aber bei ihm klinge *ich* wie die Wahnsinnige! Und von einem Küchenchef *erwarten* die Leute ja förmlich, dass er ein narzisstisches Arschloch ist. Umso besser für die Küche und das Essen … Das gilt ganz besonders für die Promis unter den Chefs, die eigene Bücher veröffentlichen und einen YouTube-Sender … -Kanal … -Dingens, was auch immer, haben.«

»Er ist eine rezepteklauende Aufmerksamkeitshure – und hat viel zu gerade Zähne.«

»Können wir bitte ein T-Shirt mit dem Spruch bedrucken, und das müssen dann in meiner Küche alle als Kochmontur tragen?«

»Klar.«

Wir halten vor dem Circa, früher mal die Heimat all meiner kulinarischen Hoffnungen. Der lange Schatten des Sonnenuntergangs taucht die Szenerie rund um das Restaurant, das noch immer eines der stylischsten der Stadt ist, in ein sanftes, warmes Purpurrot. Während wir schon aussteigen, lese ich noch immer Leiths hinterhältige Tweets und Posts.

»Ich fasse es nicht, dass er den Termin für die Eröffnung des Restaurants ausgeplaudert hat! Ich weiß ja *selbst* nicht mal genau, wann wir eröffnen.«

»Tja, sieh's so: Vielleicht hat er dir damit unabsichtlich einen großen Gefallen getan. Unter Druck arbeitest du nun mal am besten.«

Ich trete durch die goldenen Türen des Circa, und drinnen geht es wie immer zu wie in einem Bienenstock. Die erste Belegung des heutigen Abends sitzt bei Vorspeisen und ersten Gängen an den vollbesetzten Tischen. Niemand scheint mich zu vermissen. Alles ist in bester Ordnung. Die Terrinen. Die Pâtés. Das Hummer-Gazpacho, das ich letzten Sommer bei unserem Kurzurlaub auf Flinders Island kreiert habe. Himmel, wenn man all diese glücklichen Menschen hier so sieht, die sich das wunderbare Essen schmecken lassen, dann kann man sich noch einsamer fühlen als sowieso schon. Ich grüße halbherzig hier und da und sehe die irritierten Blicke einiger meiner Stammgäste. Ob ich wieder da bin? Nicht so richtig.

Zielstrebig marschiere ich in die Küche. Hier summt und brummt es unter Leiths strenger Leitung. Er weiß, wie man eine Küche führt, das muss man ihm lassen … Scheißkerl. Maia lächelt mich schief an und zieht den Kopf ein bisschen ein. Ich hab Maia wirklich gerne, sie war in den letzten beiden Jahren meine rechte Hand und ist selbst eine begnadete Köchin. Sie hat mit angesehen, wie Leith mich fertiggemacht und mich skrupellos bestohlen hat, und darum habe ich sie auch gefragt, ob sie mitkommen und die Souschefin meines Pop-ups werden will. Und sie hat Ja gesagt. So gut wie jedenfalls. Himmel, ich hoffe, der Laden bringt genug ein, damit ich sie anständig bezahlen kann. Wie soll ich bloß …

Mein Gedankenzyklon wird jäh von Leith unterbrochen, der gerade dabei ist, eine Brûlée abzuflämmen. Ich greife mir einen handlichen Durchschlag voller Fusili – nicht zu heiß, nicht zu kalt – und schmeiße ihm den Inhalt mit Schmackes an den Kopf.

Leider duckt er sich. So ist nun mal das Leben.

Natürlich entscheidet er sich ausgerechnet für den einen Satz, der mich sofort zum Kochen bringt. »Wie schön, du bist wieder da.«

Arschloch.

»Was willst du damit bitte beweisen?«, schreie ich ihn an über den Lärm des Hochleistungsmixers, den ich für uns gekauft habe. »Du hast doch schon die Wohnung, das Restaurant, die Gäste. Warum tust du das?«

»Was denn?« Er ist ein grottenschlechter Schauspieler und wedelt mit dem kleinen Gasbrenner, den er immer wieder kurz auffauchen lässt, wie mit einem Zepter herum. Wirklich sehr dramatisch.

Als Antwort winke ich mit meinem iPhone.

»Tja, Schätzchen«, entgegnet er. »Ich sage es dir ja nur ungern, aber ist irgendwas von dem, was ich geschrieben habe, wirklich gelogen?«

»Warum kümmerst du dich nicht um deinen eigenen Kram und deine billigen Bettgeschichten?«

»Ich schätze es nun mal nicht, dass du mir meine Angestellten abspenstig machen willst.« Und damit lässt er den Brenner ein letztes Mal Feuer spucken wie einen Drachen, dann pustet er darauf, als sei er John Wayne und das Ding eine Pistole. Ernsthaft, der Kerl ist einfach unerträglich.

»Abspenstig machen ... deine ... Wir reden hier von Maia!« Maia hackt derweil stoisch weiter und tut, als würde sie uns nicht hören. »Sie hasst dich genauso abgrundtief wie ich. Dreimal wollte sie schon kündigen. Und Hugo wäre hier nie Oberkellner geworden, wenn ich nicht wäre. Er hat von Anfang an zu mir gehört.«

»Mag ja sein, aber was für einen Job kannst du ihnen schon bieten, was für eine Bezahlung?«

»Warum gibst du unsere Konten nicht wieder frei, damit ich sie anständig bezahlen kann?«, schieße ich zurück.

»Geht leider nicht. Du hast damit angefangen, als du unsere gemeinsamen Kreditkarten hast sperren lassen.«

»Das war nur, weil ich nicht wollte, dass du mich dafür verantwortlich machst, wenn etwas fehlt. Lass mich einfach in Ruhe. Lass meinen guten Ruf, meine Freunde, mein Pop-up, meine Titten und mein Herz in Ruhe.«

Leith grinst nur blöde. Er denkt sicher gerade an meine Titten.

An Maia gewandt, sage ich: »Willst du gleich mitkommen? Du brauchst nicht hierzubleiben.«

Noch ehe sie etwas erwidern kann, schleimt Leith sich von hinten an sie ran.

»Sag's ihr ruhig, Schnucki.«

Ich schaue von einem zum anderen. Dieses flaue Gefühl in der Magengrube, wenn jemand einem sagt: »Wir müssen reden«, oder wenn die Hochzeit, zu der man gerade ankommt, schon gestern war, kriecht mir in den Bauch.

»Nein.«

Dreimal setzt Maia zu einem Erklärungsversuch an, sagt aber schließlich nur: »Er hat mir eine Gehaltserhöhung versprochen.«

Bämm. Ich glaube, ich muss kotzen.

»Ja, klar«, murmele ich. Eigentlich will ich ironisch klingen, scheitere aber kläglich. »Du bist doch meine Freundin.«

Sie blinzelt nur blöde wie 'ne Kuh, wenn's donnert. Ich kenne diesen Blick, den hatte ich auch mal. Sie hat sich in ihn verknallt.

Rasende Wut jagt meine Wirbelsäule hinauf. »Wann? Wann ist das passiert? Und wie?«

Keine Antwort.

»Dir wird er auch nicht treu sein, weißt du. Du meinst vielleicht, der Sex ist so toll, dass er sich keine andere suchen muss, aber das wird er. Ach, und die Sache mit seiner Zunge? Das macht er bloß in den ersten drei Monaten.«

Maia weicht meinem Blick geflissentlich aus. Ich warte einen Moment. Leith grinst süffisant.

Im Rausgehen höre ich, wie Julia, die sich bisher im Hintergrund gehalten hat, eine höchst anwaltliche Drohung ausspricht, von wegen übler Nachrede und einstweiliger Verfügung, aber in meinen Ohren ist nur weißes Rauschen ... bis ich plötzlich meine eigene Stimme höre, mitten im Gastraum: »Hallo zusammen. Ich hoffe, Sie alle haben einen wunderbaren Abend und der Mensch, mit dem Sie am Tisch sitzen, ist jemand, den Sie lieben oder zumindest schätzen, und kein fremdgehendes Arschloch wie der Typ, dem der Laden hier gehört. Ich bin Lucy Muir. Ich bin ... Ich *war* die Souschefin hier. Ich bin die Frau, die dumm genug war, sich in einen untreuen Widerling zu verlieben und ihn sogar zu heiraten, aber jetzt bin ich weg. Ich eröffne bald mein eigenes Restaurant gleich hier um die Ecke, und auch wenn es vielleicht noch nicht auf der Liste der besten

Restaurants von Sydney steht, ist das nur eine Frage der Zeit. Es wird toll, es wird lebendig, es wird großartig, und ich würde mich sehr freuen, wenn Sie alle zum Eröffnungsabend kommen. Bringen Sie jemand Nettes mit – Arschlöcher haben keinen Zutritt. Ach, und übrigens: Leith schlägt immer fünfzehn Prozent drauf, wenn Sie Ihre eigene Geburtstagstorte mitbringen, einfach weil er ein Wichser ist, und weil er's kann. Ich wollte das nicht. Guten Appetit allerseits.«

Als ich hinausrausche, ist um mich herum Geflüster, und ich sehe etliche hochgehaltene Handys. Julia ist ganz dicht an meiner Seite.

»Du gibst dir wirklich allergrößte Mühe, sämtliche Gerüchte zu bestätigen.« In ihrer Stimme schwingt ein kleines bisschen Stolz mit.

»Scheiß auf die Gerüchte! Mein Laden wird der Knaller.« Und in dem Moment bin ich felsenfest davon überzeugt, dass ich recht habe.

»Braves Mädchen. Hast du dir schon einen Namen überlegt?«

»Ich belasse es bei *Fortune.*«

»Können wir vielleicht noch ein *Good* davorsetzen?«

»Es wird mir schon sagen, wie es heißen will.«

»Manchmal bist du wirklich die Tochter deiner Mutter, Miss Restaurantflüsterin.«

Julia bringt mich nach Hause, und ich steige aus und gehe hinein. Eine weitere schlaflose Nacht in einem schmalen Einzelbett erwartet mich. Ach, die guten alten Zeiten …

# Hummer-Gazpacho

## Zutaten

- 8 mittelgroße Tomaten, fein gewürfelt
- je 1½ rote und grüne Gemüsepaprika, fein gewürfelt
- 2 Schlangengurken, fein gewürfelt
- 1 mittelgroße rote Zwiebel, fein gewürfelt
- ½ Tasse Olivenöl
- 1 Teelöffel Balsamicoessig
- Saft einer Zitrone
- ½ Tasse Hummerbrühe (abgekühlt)
- ¼ Tasse gehackter Koriander
- ½ Tasse Jalapeño-Chili, entkernt und fein gehackt
- 1 Teelöffel Salz
- ½ Teelöffel gemahlener schwarzer Pfeffer
- frisch gekochtes Hummerfleisch von 2 mittelgroßen Hummern, gewürfelt. Am besten kocht man ihn selbst – den Hummer vor dem Kochen einfrieren, um dem Tier einen möglichst schmerzlosen Tod zu bereiten.

## Zubereitung

Tomaten, Paprika, Gurken, Zwiebel, Olivenöl, Essig, Zitronensaft und Brühe in eine neutrale Schüssel geben, die nicht mit den Zutaten reagiert, dann Koriander, Jalapeño, Salz und Pfeffer hinzufügen. Abdecken und vier Stunden kalt stellen, damit die Aromen sich miteinander bekannt machen und verbinden können.

Wenn Sie dann so weit sind, das Gericht zu servieren, die Suppe in gekühlte Schälchen füllen und mit dem Hummerfleisch garnieren. Je nach Temperament hungrig verschlingen oder löffelchenweise genießen.

*Anmerkung*: Natürlich kann man auch eine Küchenmaschine benutzen, damit es schneller geht – aber ich bin oldschool und bleibe beim Würfeln von Hand, so kann es auch nicht matschig werden!

# 9

## Frankie

Zwölf Jahre lang habe ich jeden Dienstagabend denselben Tisch für sie reserviert. Sie hatten ihn immer im Schlepptau, er war ihr ganzer Stolz – und dann erzählte mir eines Tages einer der anderen Gäste davon; von einem Skiunfall, einem schlimmen Sturz. Von da an kamen sie nur noch zu zweit. Er war achtzehn. Wie soll man so was verwinden? Antwort: gar nicht. Man redet nur noch in kleinen Worthäppchen mit anderen Menschen, weil alles andere unerträglich ist. Man kümmert sich nicht mehr darum, ob die Schuhe geputzt, die Fingernägel sauber sind oder ob das Auto auf der Straße direkt auf einen zukommt. Nichts hat mehr irgendeine Bedeutung. Wenn die beiden allein miteinander sind, geben sie sich keine Mühe, Small Talk zu machen; wenn sie allein miteinander sind, bluten sie aus offenen Wunden Kummer und Schmerz. Er hält sich anfangs meist wacker: ein kleiner Plausch mit Serge. Sie ist elegant und reserviert. Beide sehnen dieses Essen herbei, die kleine Atempause von den ohrenbetäubenden Sirenen, die unablässig ihren Verlust in die Welt hinausschrillen. Aber dann, irgendwann zwischen den Gängen, nach den ersten Bissen und einem zaghaft versuchten Gespräch, versinkt er immer tiefer in seinem Gram. Sie versucht, sich ganz dem Essen und den anderen Gästen zu widmen. Versucht, das bleierne Schweigen zwischen ihnen zu einer Melodie abzuschwächen, aber er starrt nur reglos auf seinen Teller. Wenn er wüsste, was ich jetzt weiß: dass ihr Sohn dort bei ihnen sitzt, ihre Trauer sieht, und wie seine Eltern sich standhaft weigern, den Schmerz loszulassen, Heilung zuzulassen, sich von der Zukunft mitnehmen zu lassen. Jede Woche saß er dort, unsichtbar. Wünschte sich, dass sein Vater neue Gerichte probiert, dass seine Mutter nach vorn schaut, nicht nach unten in den Abgrund der Verzweiflung seines Vaters. Die Toten wollen, dass ihr das Leben lebt, dass ihr liebt und esst und nicht an euren Erinnerungen verhungert.

# 10

## *Lucy*

KANN NICHT SCHLAFEN.

WAS WAR DAS?

*WER* WAR DAS?

# 11

## Frankie

Ich möchte kurz dem bescheidenen, vielfach unterschätzten Ei huldigen. Es hat mir mehrfach das Leben gerettet. Von seinen Anfängen als weichgekochtes Tunk-Ei mit Toaststreifen bis hin zur hohen Kunst des Soufflés ist das Ei Herzstück und Seele der französischen wie der englischen Küche. Was wäre das Leben ohne Hollandaise oder Béarnaise, ohne Pfannkuchen, ohne Quiche? Man braucht weiß Gott eine Menge Eiercreme im Leben, damit es nicht ins Stocken gerät. Es gibt kaum etwas, das die Seele so streichelt wie ein zart schmelzendes Rührei, und es geht doch nichts über ein Omelett mit Krabben und Estragon, dessen verführerischer Duft morgens die junge Geliebte weckt. Wie leer und sinnlos wäre das Leben ohne Mousse. Und was das Baiser angeht, auch wenn es die Geißel meines irdischen Daseins war, eins der wenigen Gerichte, das ich nie hinbekommen habe, bleibe ich der treu ergebene Diener seiner aufrechten weißen Spitzen, seiner stilsicheren Eleganz und seiner unerreichten Zartheit. Und was wäre Schinkenspeck ohne die ungekrönte Königin an seiner Seite, sachte gebraten, umgeben von weißem Schaum und überquellend vor sonnengelber Dottrigkeit – der perfekte Trost bei schlechtem Wetter und schlimmem Kater. Ich verneige mich vor *l'œuf*. Es hat mir weiß Gott oft genug im Gesicht geklebt, um es ebenso zu fürchten wie zu lieben.

Wo ist dieses Mädchen? Sie hat was. Warum sie dieser Witzfigur hinterherheult, kann ich beim besten Willen nicht begreifen. Aber so ist das bei den netten Mädels: Immer schmachten und seufzen sie die idiotischsten Männer an. Ich muss es wissen, meine Leistungen auf dem Gebiet der Idiotie sind unerreicht. Nein. Die Frau hat was Besseres verdient als diesen Clown.

Wo bleibt sie bloß?

# 12

## Lucy

Es ist drei Uhr morgens, wenn sogar die Geister schlummern und man glaubt, nie wieder menschliche Gesellschaft in ihrer wahren, reinen Form zu erleben. Das sind Momente, von denen man hofft, dass kein anderer Mensch sie je erleben muss, weil sie so schier unendlich und unerträglich erscheinen. Weil sie aus nichts anderem bestehen als Schmerz und vertickten, verlorenen Sekunden.

Und in einer solchen Nacht suche ich nun gerade verzweifelt ein wenig Halt und Trost. Nicht in Pornos oder Tarotkarten, sondern in diesem kleinen roten Büchlein. Neugierig blättere ich in den Rezepten. Ob die von ihm sind? Vorhin hatte ich mich schon selbst überzeugt, dass ich mir das alles nur eingebildet habe, aber um diese Uhrzeit schläft die Logik, und es ist, als fände ich nur in diesen handgeschriebenen Rezepten ein bisschen Geborgenheit. Mein Gebetbuch für eine endlose, schlaflose Nacht. Doppelt gebackenes Gruyère-Soufflé, ach, das wäre jetzt genau das Richtige. Soufflés sind, mal davon abgesehen, dass sie immer ein bisschen was Protzig-Angeberisches haben, die perfekte Liaison aus Stil und Substanz, Form und Inhalt. Mit der saftigen, salzigen Unternote vom Käse hat das Soufflé etwas Bodenständiges, Anheimelndes, macht aber trotzdem auf der elegantesten Tafel eine gute Figur. Ich sterbe fast vor Hunger. Trennungen sind schon toll zum Abnehmen, doch Mums erbärmlich leerer Kühlschrank ist als unfreiwillige Diät einfach unschlagbar. Aber Eier hat sie bestimmt im Haus.

Falsch gedacht. Hat sie nicht. Mein Magen knurrt, und es ist noch zu lange hin bis Sonnenaufgang, um traurig und halb verhungert untätig herumzusitzen. Ich muss hier raus.

Henrys Lieferung sei Dank sind im Kühlschrank des Fortune mehr als genug Eier, und schnell habe ich eine Handvoll davon aufgeschlagen. Wäre doch bloß eine kleine Wohnung im ersten Stock über dem Restaurant, dann könnte ich hier wohnen ... ich und mein Geist. Je mehr ich darüber nachdenke, desto fester bin ich davon überzeugt, dass ich mir das alles nur eingebildet habe, mit freundlicher Unterstützung von Freud oder Jung. Jetzt gibt es nur noch mich und das Geräusch des Bamix, wie wir gemeinsam das frühste Morgengrauen begrüßen. Der Obdachlose klopft ans Fenster und tippt sich grüßend an den Hut, als ich das Eiweiß fürs Soufflé unterhebe – wenigstens kriegt er heute ein anständiges Frühstück.

Das Restaurant ist nicht mal annähernd fertig, wirkt auf seine unfertige Art aber trotzdem sehr einladend.

Maia. Wie hat er sich bloß in ihr Herz und ihr Bett geschleimt, der kriecherische Wurm? Mal ehrlich, sie hat ihn abgrundtief gehasst. Ich bin so blöd. Bin ich eigentlich der einzige Mensch auf der Welt, der es total uncool findet, mit dem eigenen Boss und Ehemann der Freundin zu schlafen? Auf eine ganz schräge Art und Weise kann ich mir die beiden gut zusammen vorstellen; sie hat genauso wenig Talent wie er, eigene Rezepte zu kreieren, dabei ist sie eine ausgezeichnete Köchin. Er wird sie blenden mit den Geschichten von seiner Ausbildung am Culinary Institute of America, seinen Begegnungen mit Gordon Ramsay, dem angeblichen Angebot, Madonnas Privatkoch zu werden, diesem ganzen Quatsch. Und dann dauert es nicht mehr lange, bis die beiden im Partnerlook rumlaufen, exklusive Events im Restaurant planen, mit den Redakteuren der wichtigsten Gourmetzeitschriften auf Kuschelkurs gehen, spätabends gemeinsam in sämtlichen angesagten Restaurants der Stadt dinieren. Er geht um zwei Uhr morgens mit ihr zum Krabbenchili-Essen ins Golden Century, und sie wird glauben, er ist mit ihr auf den Mond geflogen. Er wird ihr das Blaue vom Himmel versprechen und sie mit seinem ausdauernden Schwanz so besinnungslos vögeln, dass sie den Geburtstag ihrer eigenen Schwester vergisst, den Termin beim Friseur und sämtliche Träume, für die sie gelebt hat. Ihm zu Diensten zu sein wird ihr gesamter Lebensinhalt werden. Ihn zu unterstützen, seine Klamotten zu waschen und ihm zu helfen, ein gestochen scharfes Profil zu bewahren. In mehrfacher Hinsicht hat er eine kluge Wahl getroffen: Womöglich blüht sie dabei auf, wie ich es nie gekonnt hätte. Ach verdammt, ich glaube, ich habe die Eier zu lange geschlagen.

»Hör lieber auf zu rühren und schieb das Ding in den Ofen, sonst hast du gleich eine Frittata.«

Mist hoch zwei. Da ist er wieder. Es ist eine Gestalt, nicht nur eine Präsenz, nicht nur ein Umriss, ein richtiger Mensch. Das ist er – der Kaftanmann. Diesmal in Kochmontur. Immer noch rattenscharf – noch schärfer sogar –, wie habe ich das bloß gemacht? Ich erstarre.

»Also?«

Ich mache ein kleines Geräusch, irgendwas zwischen Quietschen und Ächzen – gleichzeitig zu Tode erschrocken, aufgeregt und völlig verwirrt –, während ich schnell die Eimasse auf kleine Auflaufförmchen verteile, die ich ohne einen Blick über die Schulter in den Ofen stelle. Ich muss nur meine Atmung unter Kontrolle bringen und aufhören zu zittern. Er entspringt bloß meiner Einbildung, er ist mein unterbewusstes Alter Ego, er …

»Nicht schlecht.«

Ach, verdammt. Wieder erstarre ich vor Schreck, diesmal vor dem Backofen.

»Ja, ich bin immer noch da. Du kannst dich ruhig umdrehen.« Seine Stimme klingt geerdet und warm und hat einen spielerisch-schelmischen Unterton. Ich kann mich nicht umdrehen. Wenn ich mich umdrehe und er ist nicht da, dann muss ich weinen und mir einen Psychiater suchen und eine Therapie machen. Wenn ich mich umdrehe und er *ist* da, dann sterbe ich vermutlich einen langsamen Tod mittels eines Tranchiermessers, und es wird Tage dauern, bevor meine Leiche, oder das, was von ihr übrig ist, gefunden wird. So oder so, ich spüre es bis ins Mark: Wenn ich mich jetzt umschaue, wird das mein ganzes Leben auf den Kopf stellen.

Ganz langsam drehe ich mich um.

Der zum Anbeißen attraktive Kerl in Kochmontur steht da und hält das rote Rezeptbüchlein in der Hand. »Du hast dich akribisch an das Rezept gehalten, das war sehr respektvoll, aber was sollte das mit den zwei zusätzlichen Eigelb?«

Ich schalte auf Autopilot. »Die Eier waren ziemlich klein, das Soufflé war nicht fluffig genug.«

»Auch gut.«

»Haben Sie mich beobachtet?«

»Du hast ein gutes Händchen beim Aufschlagen, aber es hätte etwas mehr Salz drangekonnt.«

Und als säßen wir beide einfach gemütlich sonntagmorgens bei einem Latte zusammen, plappert diese eigenartige Erscheinung ungerührt weiter.

Überreste meines gesunden Menschenverstands dringen wie Granatsplitter bis zum Sprachzentrum vor.

»Wer *sind* Sie?«

»Francis Summer.« Höflich neigt er den Kopf. »Die meisten nennen mich Frankie. Du kannst mich ruhig duzen. Und du bist?«

»Lucy Muir.«

»Lucy, Lucia … Lucille – ja, du siehst aus wie eine Lucille.«

Er ist so entspannt, ich muss wohl was falsch verstanden oder durcheinandergebracht haben. Er ist bestimmt bloß … *was*? Wieder und wieder laufe ich im Geiste gegen eine Wand. Er blickt mich freundlich an und scheint darauf zu warten, dass ich etwas sage.

»Ich habe den Laden hier gemietet.«

»Das habe ich mir gedacht.«

»Sie etwa auch?«

»Brauche ich nicht. Mir gehört der Laden. Ich wohne hier … in Ermangelung einer treffenderen Umschreibung.«

»Dann sind Sie der Eigentümer?«

»Sozusagen.«

Wieder lächelt er, dieses verschmitzte, sexy, männliche Lächeln, das ausgedehnte Dinner und salzige Küsse verspricht.

»Sie sind Koch.«

»Wie unschwer zu erkennen ist.«

»Dann ist es Ihnen also nicht recht, dass der Immobilienmakler mir den Laden verpachtet hat? Es ist auch bloß für drei Monate.«

»Doch, das ist mir mehr als recht. Das da ist übrigens mein Kochbuch.«

»Möchten Sie es zurückhaben?«

»Noch nicht. Fürs Erste bin ich im Ruhestand. Und ich finde es gut, dass du hier bist.«

Ich verliere völlig den Boden unter den Füßen, und in meinen Ohren rauscht es wie Wellengang. Frag ihn … frag ihn …

»Sie sind aber ziemlich jung, um schon in Rente zu sein.«

Er nickt und lächelt. Verrät nichts.

Ich stochere weiter. »Sind Sie der Sohn des ehemaligen Besitzers, der Typ, der in den Siebzigern und Achtzigern den Laden hier betrieben hat?« Ach herrje, ich kenne die Antwort, noch ehe er sie ausspricht. *Bitte, sag das jetzt nicht, bitte löse dich einfach in Luft auf oder schmilz oder was auch immer, nur sag das nicht.*

»Ich *bin* der Typ, dem damals der Laden hier gehört hat, und nach mir kam nichts und niemand mehr. Ich habe zwar einen Sohn, aber der kann nicht mal Wasser kochen.«

»Dann sind Sie also, Sie sind … ähm …«

»Das hatten wir doch schon mal, Lucille. Ich bin Frankie. Und du kannst ruhig du zu mir sagen.«

*O nein, o bitte, o Gott … ich wusste es, ich wusste es, o nein …* »Sie sind …«

»Erfreut dich kennenzulernen, Lucille.«

Ich gehe langsam rückwärts. »Nein, ich meine, Sie sind … Sie sind … müssen, ganz bestimmt …«

Er folgt mir mit einem amüsierten Lächeln, und er riecht so gut. Seine Augen blitzen.

»Sie sind … o Gott, Sie sind tot.«

Klönk. Wir bleiben beide wie angewurzelt stehen.

»Kann man das nicht ein bisschen netter formulieren? Ich bevorzuge den Ausdruck *im Ruhestand*. Wobei ich weiß Gott in über dreißig Jahren keine Nacht ruhig geschlafen habe. Schlaf ist allerdings auch ziemlich überbewertet – das, oder mein Gewissen war selten rein genug, um mir ein sanftes Ruhekissen zu sein.«

»Aber wenn Sie tot sind …«

»*Im Ruhestand.*«

»Wenn Sie im Ruhestand sind, warum sind Sie dann ein Geist?«

»Buh!« Er macht eine alberne Geste und lacht. Sein Lachen

ist herzlich, tief und anziehend. Er geht zur Besteckschublade und nimmt zwei Gabeln heraus. »Die sind gleich fertig. Du brauchst sie nicht zweimal zu backen. So bleiben sie fluffiger.«

»Sie sind ein toter Geist, der essen und Sachen hochheben kann. O Gott, warum ich?«

»Ach, wir haben uns gegenseitig ausgewählt, Lucille.«

»Haben wir das?«

»Wer sonst wäre mutig genug, das Fortune wiedereröffnen zu wollen? Nur eine Frau, die genügend Rückgrat hat, um am Offensichtlichen vorbei das Wesentliche zu erkennen.«

»Sie meinen, an der Realität vorbei.«

»Bitte, erspare uns beiden doch die zwanzigminütige Diskussion, ob ich nun wirklich hier bin oder nicht. Und erspare uns das Gesieze. Lass mich dir zur Hand gehen. Streng genommen bin ich, wie du schon sagtest, *tot*, aber du bildest dir das alles nicht bloß ein, was uns beide zu der korrekten, wenn auch unwahrscheinlichen Schlussfolgerung führen sollte, dass ich ein Geist bin oder einer zwischen den Welten, ein Zurückgelassener, ein lebender Toter. Die meisten meiner Sinne kann ich nutzen, wenn auch nicht alle und nicht alle gleichzeitig. Keine Ahnung, warum das so ist; kommt mir fast vor, als haperte es im Leben nach dem Tod noch ein bisschen an der Feineinstellung. Außerdem kann ich mich nur innerhalb der vier Wände dieses heruntergekommenen, maroden Kastens bewegen. Was womöglich einer der Gründe dafür sein könnte, dass der Laden bisher nicht verpachtet wurde. Ich meine, du hast sicher schon gehört, dass ich der beste Koch der ganzen Stadt, wenn nicht des gesamten Kontinents, bin oder zumindest war, bevor ich viel zu früh rücklings gemeuchelt wurde. Deine Soufflés sind fertig.«

Just in dem Augenblick bimmelt das Glöckchen des Backofens.

Rasch nehme ich das Blech mit den Minisoufflés heraus, die einfach köstlich aussehen und verführerisch duften. Frankie, der Geist, scheint da ganz meiner Meinung zu sein.

»Schau dir nur an, wie schön sie hochgegangen sind. Und auf den Punkt gegart. Gut gemacht, Lucille.«

»Niemand nennt mich Lucille.«

»Niemand? Aber das ist ein wunderschöner Name: elegant, feminin und ein kleines bisschen kokett. Wurdest du nach der Königin der Komikerinnen benannt, Lucille Ball?«

»Nein – vielleicht. Das war nur wieder einer von Mums verrückten Einfällen.«

Er mustert mich verstörend eindringlich, als sei ich ein Rezept, dessen Mengenangaben er nicht traut.

»Magst du deinen Namen, Lucille?«

»Mein Großvater war der Einzige, der diesen Namen auch nur halbwegs überzeugend aussprechen konnte.«

»Und, wie mache ich mich bisher?«

»Du bist ein Geist. Du zählst nicht.«

»Ich gebe zum Schluss immer einen Hauch Cayennepfeffer drauf, nur als kleinen Geschmacksverstärker.«

»Ich auch«, entgegne ich und greife bereits nach dem Pfefferstreuer.

»Wir können einander helfen, du und ich«, sagt Frankie und weist rüber zum Gastraum.

Ich folge ihm mit den Auflaufförmchen und sehe zu, wie er dasteht und sich eine Weile mit funkelnden Augen auf einen bestimmten Punkt konzentriert. Plötzlich flackert ein Teelicht auf. Mit einem stolzen Grinsen im Gesicht dreht er sich zu mir um. »Nur ein kleiner Special Effect.«

Wir setzen uns, und der alte Penner drückt sich von draußen die Nase an der Fensterscheibe platt.

»Tag, Bill.« Frankie winkt ihm zu.

»Du kennst ihn?«

»Klar.«

»Kann er dich auch sehen?«

»Kommt drauf an, was er getrunken hat und wie viel, aber eigentlich, ja.«

Wie aufs Stichwort hebt Bill seine Flasche und prostet Frankie zu. »Prost, Dumbo.« Der alte Obdachlose grinst ein zahnloses Lächeln, dann dreht er sich um und geht.

»Er denkt gerade an den neunzehnten August siebenundachtzig – da habe ich genau dieses Soufflé zum Geburtstagsdinner seiner Frau serviert.«

»Du kannst auch Gedanken lesen?«

»Nein, das war nur geraten. Aber das ist in dem Fall nicht allzu schwer. Sei nett zu ihm, dann hält er dir den Rücken frei. Er ist ein wirklich guter Kontakt für dich.«

»Offensichtlich sehr einflussreich.«

Frankie, der tote Typ mit den Küss-mich-Lippen, beäugt mich kritisch. »Ich würde denken, du bist klug genug, keinen Menschen je zu unterschätzen, Lucille.«

Vor Scham fangen meine Wangen an zu glühen.

»*Bon appétit.*« Frankie pikt mit der Gabel in sein Soufflé. Er inspiziert es gründlich, dann hebt er ein Gäbelchen davon an die Lippen und belässt es dort. »Perfekte Konsistenz, eine sehr elegante Neuauflage.« Probieren tut er noch immer nicht.

»Essen kannst du nicht?«

»Nein. Noch ein dicker Nachteil. Vielleicht der fieseste. Ich kann aus der Erinnerung schmecken, aber nicht im Hier und Jetzt. Du musst wissen, ich bin mal vier Monate lang quer durchs Burgund gereist, nur um eine unmögliche Rothaarige zu bezirzen, damit ihre Mutter dieses Rezept herausrückt.«

»Wenn du mich fragst, war es das wert.« Und das meine ich ganz ernst. Das Soufflé ist einfach göttlich. Stümperhaft versuche ich, das Gespräch weiterzuführen. »Soweit ich das beurteilen kann, sind deine Rezepte alle sehr gut.«

»Meine Rezepte sind nicht *gut*. Manche sind genial, andere teuflisch, aber mit *gut* kannst du mich jagen.«

»Okay.«

»Okay.« Er denkt kurz nach, dann fällt ihm noch etwas ein, das ihm wohl missfällt, und seine Augen funkeln so aufgebracht, dass ich mich am liebsten unter den Tisch verkriechen möchte. Dieser Mann ist es eindeutig gewohnt, seinen Willen zu bekommen. Immer und überall.

»Das Wort ›lecker‹ ist schlimmer als ein akuter Anfall von Blattern. Es verwandelt unzählige Stunden Inspiration, Können und Schweiß in einen zweisilbigen Leprakranken, der bestenfalls in ein Schnellrestaurant gehört. Benutze es nicht zur Beschreibung meiner Rezepte. Niemals.«

»Das ist wohl ein heikles Thema.«

»Ich hatte genug Zeit, in Ruhe darüber nachzudenken.«

»Ich bin ganz deiner Meinung, es ist ziemlich billig. Ähm, Frankie?«

»Hm?«

»Unterhalten wir uns gerade wirklich, oder hat Leith recht?«

»Leith gehört in eine Flughafenlounge, wo er gelangweilten Vielfliegern gesalzene Cashews serviert.«

Ich muss grinsen. Frankie beobachtet mich eine Weile mit vielleicht interessiertem, aber womöglich auch gelangweiltem Gesicht – kurz vor echter Neugier. Ein Blick, bei dem ich meinen Stuhl zurechtrücke und inständig hoffe, keinen Käse am Kinn zu haben.

»Weißt du, du bist ganz hübsch, wenn du lächelst«, sagt er nach gut einminütigem Schweigen.

Als Antwort auf dieses Kompliment werde ich hochrot wie

ein erblühendes Röschen, aber noch ehe das zu einem intimen, innigen Moment werden kann, folgt er längst einem anderen Gedanken.

»Also, kommen wir zur Sache. Du bist in meinem Restaurant.«

»Ich wusste ja nicht, dass der Eigentümer Eigenbedarf hat, als ich es gepachtet habe.«

»Was glaubst du, warum es so lange leer stand?«

»Schlechtes Timing?«

Das ist halb als Witz und halb ernst gemeint. Aber so einfach lässt er sich nicht ködern.

»Wir brauchen einander, Lucille.«

Wie ein Goldfisch auf dem Trockenen klappe ich den Mund auf und wieder zu. Wozu sollte ich einen Geist brauchen? Und, viel wichtiger noch, wozu sollte ein Geist mich brauchen?

»Das glaube ich nicht«, stammele ich schließlich.

»Sieh dich doch nur an. Du bist ein Desaster.«

Das reicht. Genug mit den selbst ernannten Experten in meinem Leben – den lebendigen wie allen anderen auch. »Ich habe Leith verlassen, weil ich die Schnauze voll davon hatte, ständig gegängelt zu werden.«

»Ich wollte dir nur helfen, nicht dich gängeln.«

»Eben hast du noch gesagt, ich sei hübsch.«

»Bist du ja auch: ein hübsches, grandioses Desaster. Ich will dir wirklich nicht zu nahe treten, aber seit du das erste Mal hier aufgetaucht bist, heulst und schniefst du in einer Tour herum oder bist zumindest kurz davor.«

»Ich habe einfach nahe am Wasser gebaut«, versuche ich mich rauszureden.

»Stimmt, aber daran liegt es nicht.«

Was will dieser tote Koch von mir? In meinem Tagebuch vorkommen? »Ich bin halt einfach traurig, okay? Meine Ehe ist eine Farce. Ich bin pleite und habe offensichtlich den Verstand verloren, also sag mir doch bitte einen guten Grund, warum ich nicht todtraurig sein sollte.«

»Verstehe. Was hat er dir angetan, dein spatzenhirniger Ex?«

»Mich betrogen.«

Sofort ist Frankies gelangweilter Gesichtsausdruck wieder da. »Und?«

»Nicht nur einmal, er hat mich immer wieder betrogen. Reicht das nicht?«

Frankie überlegt, scheint die Worte genau abzuwägen. »Das kommt nicht gut an, wenn man in einer monogamen Beziehung lebt. Aber zwei Chefköche, was hast du da erwartet?«

»Ähm, lass mich kurz überlegen – Treue vielleicht?«

»Aber doch keine Keuschheit.«

»Wir hatten jede Menge Sex. Guten Sex.«

»Das bezweifele ich«, meint er wegwerfend. »Der Kerl ist ein Windei, was hat der dir schon zu bieten? Da steckt noch mehr dahinter. Eine Zutat fehlt noch.«

Es wird still, während er mich durchdringend ansieht und auf eine Antwort wartet. Ich esse den Rest des Soufflés.

Ach, zum Teufel damit, warum die Wahrheit vor einem nicht existenten Wesen verheimlichen wollen? »Er hat mich beklaut«, seufze ich. »Er hat sich meine Rezepte unter den Nagel gerissen. In den vergangenen fünf Jahren hat er immer wieder schamlos meine Lorbeeren geerntet. Und er hat meine Haare als Zahnseide benutzt.«

Frankies Lippen verziehen sich zu einem belustigten Lächeln. »Also, *das* ist wirklich unverzeihlich. Der Trottel hat nicht einen Funken Kreativität im Leib. Kein Wunder, dass er völlig ausflippt und alle Hebel in Bewegung setzt, um dich wieder zurückzubekommen.«

Jetzt rede ich mich richtig in Rage. »Und letzte Weihnachten hat er ein Kochbuch mit meinen Rezepten rausgebracht. Mich hat er so beiläufig erwähnt, als wäre ich eine dahergelaufene Küchenhilfe, die ihm mal einen Toast gebuttert hat, den er dann nicht essen mochte. Und am Ende wollte er allen Ernstes, dass ich mich mit ihm fotografieren lasse, als die perfekte, untalentierte, hingebungsvolle Ehefrau.«

»Und, hast du?«

Die Antwort bleibt mir im Hals stecken.

»Ach, Lucille.«

»Ich weiß genau, er wird alles daransetzen, mich zu sabotieren und dafür zu sorgen, dass ich kläglich scheitere und nie wieder ein Bein auf den Boden kriege.«

»Das darfst du nicht zulassen.«

»Wie soll ich das denn verhindern?«

»Lucille, ich kann dir helfen, dass der Laden der Renner wird.«

»Noch ein Mann – selbst wenn er tot ist –, der mir vorschreiben will, was ich machen soll, ist wirklich das Allerletzte, was ich gerade brauche.«

»Du musst für mich rausfinden, wer mich umgebracht hat«, platzt er unvermittelt heraus und bringt mich damit völlig aus dem Konzept.

»Ähm, müsstest du das nicht längst wissen ... so als *Geist*?«

»Ich wurde überrumpelt. Rücklings ermordet.«

»Google sagt, es war Selbstmord.«

Frankie ist auf hundertachtzig. »Das war kein Selbstmord! Das war eine Falle. Und überhaupt, was weiß dieser Google schon? Wer soll das sein? Irgend so ein vertrottelter, käuflicher Journalist?«

Ich weiß nicht so recht, was ich darauf antworten soll. Ich habe schon genug damit zu tun, dass ein Toter mich bittet, für ihn Miss Marple zu spielen.

»Ich wurde ermordet«, erklärt er aufgebracht. »Und jetzt sitze ich hier in meinem Restaurant fest, bis ich dieses Schlamassel aufgeklärt habe.«

»Aber – du bist doch schon seit fünfunddreißig Jahren tot.«

»Und?«

»Der Fall ist längst eine Karteileiche.«

»Sehe ich etwa aus wie eine Karteileiche?«

»Du existierst überhaupt nicht«, setze ich an. »Ich bilde mir dich bloß ein, also siehst du natürlich nicht aus wie eine Karteileiche.«

Wieder werde ich rot. Mist.

Frankie beugt sich zu mir nach vorn. Ach, er ist wirklich irgendwie toll. »Ich bin *hier*, und ich bin *echt*, tot oder lebendig. Im Laufe der Jahre sind eine ganze Reihe aufstrebender Gastronome und Projektentwickler hier aufgekreuzt, aber keiner von denen war der Richtige. Keinem hätte ich zugetraut, dass er mir helfen könnte. Aber dann kamst du.«

Na toll, jetzt soll ich auch noch dem toten Kerl den Arsch retten. »O nein.«

»Du bist die Richtige, Lucille, die, die alles wieder ins Lot bringen kann.«

Ich konzentriere mich darauf, ein Stückchen Käsekruste von meinem Auflaufförmchen zu knibbeln, dann greife ich auch nach seinem und fange hektisch an, den Tisch abzuräumen. »Frankie, ich stecke gerade mitten in einer Trennung, ich stehe vor dem sozialen Abstieg – ganz zu schweigen von dem drohenden Absturz in den Wahnsinn – und bin kurz davor, ein, wie es aussieht, von vornherein zum Scheitern verurteiltes Pop-up-Restaurant zu eröffnen. Ich habe gerade eine ganze Menge um die Ohren.«

»Unsinn. Sag, dass du es machst. Hand drauf.«

»Nein. Und außerdem, Geister können einem nicht die Hand schütteln.«

»Ach, dann hast du also das Buch mit den Spielregeln gefunden, ja?«

»Ich mach's nicht.«

»Ach, jetzt stell dich doch nicht so mädchenhaft an.«

»Tut mir leid. Es geht nicht.«

Die Lichter flackern, und das Teelicht geht aus. »Herrgott noch mal, Mädchen, du musst mir helfen.«

Ich bin mir nicht sicher, ob das eine verzweifelte Bitte ist oder ein Befehl, aber ich will nur noch hier raus. »Warum? Warum um alles in der Welt sollte ich mich von dir herumkommandieren lassen, statt mich um meinen eigenen Kram zu kümmern? Ich habe die Nase gestrichen voll davon, mich ständig ausnutzen zu lassen. Nein, nein und nochmals nein.«

Die ersten fünf Sekunden fühlt sich das sehr befreiend an, bis plötzlich Stühle krachend umkippen, Türen aufgehen und zuschlagen und Frankie verschwindet. So richtig, puff, zack, weg. Ich springe auf. Ich lasse mich doch nicht von einem arroganten, toten Koch herumschubsen.

»Mehr hast du nicht drauf?«, brülle ich wutentbrannt. »Ich bin in einer Kommune aufgewachsen, ich wurde schon gemobbt, da war das Wort noch gar nicht erfunden, also musst du dir schon was Besseres einfallen lassen.«

»So redet man nicht mit Geistern.« Seine Stimme hüllt mich in einen grimmigen Surroundsound. Sehen kann ich ihn immer noch nicht.

»Ach ja, findest du? Ich finde, *genau so* sollte man mit ihnen reden.«

Frankies Stimme dröhnt durch den Raum. »Na schön. Du hast es nicht anders gewollt.«

Und dann sehe ich sie: Die Dinnergäste aus seiner Welt, bunt zusammengewürfelt aus verschiedenen Jahrzehnten, die bei längst vergangenen Mahlzeiten zusammensitzen. Tische, um die Menschen versammelt sind, manche lachen, andere weinen. Eine Frau mit einem toten Fuchs um den Hals prostet mir zu. Zwei Teeniemädels in Rollschuhen flitzen an mir vorbei und strecken mir frech die Zunge raus. Ein Mann mittleren Alters im engen Radlerdress, darüber ein langer schwarzer Mantel, selbst in der Nachwelt noch betrunken, hebt drohend die Faust gegen mich. Und alle drehen und wiegen sie sich und singen in dem unentwirrbaren wirbelsturmartigen Tumult, den Frankies Wutausbruch entfacht hat. Seine Stimme erhebt sich über das ganze heillose Durcheinander. »Na, wie findest du das?«

»Schon besser«, entgegne ich, möglichst unbeeindruckt. Ich habe *Ghostbusters* schon in der Grundschule gesehen – ich kenne dieses Spielchen ... irgendwie. »Aber ich wette, du hast bestimmt noch mehr auf Lager. Warum dieser Kinderkram?«

Das Herz schlägt mir bis zum Hals, der sich immer enger zusammenschnürt. *Poltergeist* habe ich nämlich auch gesehen. Ich weiß, was jetzt kommt. Ich werde hier nicht mehr lebend rauskommen.

»Du willst noch mehr?«

Ich kann ihm nicht antworten, meine Stimme ist weg. Also versuche ich, mich todesmutig und trotzig zu geben und mir nicht anmerken zu lassen, wie mir die Unterlippe zittert.

»Bitte, Lucille. Du bist die Einzige, die mich sehen kann. Hilf mir.«

Ich bringe noch immer kein Wort heraus, aber der jenseitige Wirbelsturm um mich herum lässt langsam nach. Mein Blick geht zu meinen Händen und dem Ehering daran. Den sollte ich wohl abnehmen ... und vielleicht verscherbeln. Er erscheint wieder auf seinem Stuhl. Ganz ernst sitzt er da und wirkt wie ein kleiner Junge, dem man gründlich den Kopf gewaschen hat.

»Keine Spukgeschichten mehr«, raunze ich ihn streng an. Er soll merken, wer hier die Hosen anhat.

»Wenn man deine Lage bedenkt, ist es wohl relativ, was man als Spukgeschichte definiert, oder?«

Er will mich zum Lachen bringen. Aber ich muss hart bleiben. »Und was passiert, wenn – falls – ich herausfinde, wer dich umgebracht hat?«

Frankie muss kurz überlegen. »Auf einer existenziellen Ebene bin ich mir da nicht sicher, aber ich weiß, dass ich dann gehen kann und nicht mehr gezwungen bin hierzubleiben.«

»Versprochen?«

»Mein Wort hab ich noch immer gehalten.«

»Und bis dahin?«

»Helfe ich dir, das Fortune zum besten Restaurant in ganz Sydney aufzubauen.«

»Du *hilfst* mir«, erkläre ich sehr nachdrücklich. »Ich spiele hier nicht deinen Souschef. Du hast mir rein gar nichts zu sagen. Keine unvermittelten Wutausbrüche, und du vergraulst mir auch keine Gäste, nur weil du meinst, sie hätten keinen Geschmack.«

Verdattert guckt Frankie mich an. »Natürlich nicht. Wie kommst du denn auf das schmale Brett?«

»Keine Ahnung«, erwidere ich ironisch.

»Nein. Wir beide sind ein Team. Betrachte mich als deinen stillen Teilhaber.«

»Also gut, wo fangen wir an?«

»Personal. Wen hast du?«

»Eigentlich hatte ich Maia als Souschefin vorgesehen, aber die steigt jetzt mit Leith in die Kiste. Und Hugo hatte ich auch schon so weit, dass er desertieren wollte, doch letzte Nacht hat Leith ihn sich vorgeknöpft und ihm gedroht, ihn zu verklagen, wenn er geht.«

»Du brauchst Serge«, erklärt Frankie. Als er mein ratloses Gesicht sieht, fügt er hinzu: »Meinen alten Souschef.«

»Woher willst du wissen, dass der überhaupt noch lebt?«

»*So* alt ist er nun auch wieder nicht.«

»Deine Jugend hat dich auch nicht davor bewahrt, den Löffel abzugeben. Aber egal, woher willst du wissen, dass er noch in Sydney wohnt oder dass er herkommen und umsonst für mich arbeiten würde?«

Frankie wedelt nur abfällig mit der Hand. »Das Geld wird schon reinkommen. Serge macht sich nichts aus Geld. Nein, er ist Purist. Wenn du ihm sagst, dass ich ihn dir empfohlen habe – mittels, sagen wir, des kleinen Rezeptbüchleins –, dann kommt er. Garantiert.«

»Ist er einer der Verdächtigen?«, frage ich unvermittelt.

»Wohl kaum. Er ist – war – mein bester Freund.«

# Doppelt gebackenes Gruyère-Soufflé

## Zutaten

- 80 Gramm Butter, grob gehackt
- 75 Gramm Mehl
- ½ Teelöffel frisch gemahlene Muskatnuss
- 380 Milliliter warme Milch
- 175 Gramm fein geriebener Gruyère
- 1 Teelöffel scharfer Senf (nach Geschmack, für den Extra-Kick)
- 4 Eier, getrennt (5, wenn es kleine sind)
- Salz und Pfeffer zum Abschmecken
- 1½ Tassen Crème double

## Zubereitung

Ofen auf 180 °C vorheizen. Drei Auflaufförmchen oder Timbaleförmchen (je 200 Milliliter) einfetten. Butter bei mittlerer Hitze in einem Topf zerlassen, dann Mehl und Muskatnuss dazugeben und unter ständigem Rühren erhitzen, bis es aufschäumt.

Nach und nach die Milch dazugeben und stetig rühren, um hässliche Klümpchenbildung zu vermeiden. So lange rühren, bis die Mischung glatt ist, und dann weiterrühren, bis sie eindickt (fünf Minuten).

80 Gramm Gruyère hineinstreuen, nach Belieben den Senf hinzugeben, verrühren, dann vom Herd nehmen und ein wenig abkühlen lassen (zwei bis drei Minuten).

Nun die Eidotter dazugeben und glatt rühren. Abschmecken. Sie sollten jetzt eine zähflüssige, köstlich käsige Masse im Topf haben.

Das Eiweiß mit einer Prise Salz aufschlagen, bis sich mittelfeste Spitzen ziehen lassen (immer mit der Ruhe, das ist die Basis für die Fluffigkeit und Standfestigkeit des Soufflés!), dann ein Drittel des Eischnees unter die Käsemasse heben. Nun die Käsemasse unter den restlichen Eischnee heben und anschließend alles gleichmäßig auf die Auflaufförmchen verteilen und glatt streichen.

Die Förmchen auf ein Backblech mit hohem Rand stellen. Genügend kochendes Wasser auf das Blech geben, bis die Förmchen zur Hälfte darin stehen. Backen, bis die Soufflés aufgegangen und goldbraun sind (25 bis 30 Minuten). Soufflés aus dem Ofen nehmen und zehn Minuten in den Förmchen abkühlen lassen oder länger, wenn Sie noch mehr Zeit brauchen.

Dann mit einem Messer innen am Rand der Förmchen entlangfahren und die Soufflés auf ein mit Backpapier ausgelegtes Tablett stürzen. Abdecken und bis sie gebraucht werden kalt stellen. Die Soufflés können bis zu zwei Tage im Kühlschrank aufbewahrt werden.

Vor dem Servieren die Soufflés in ofenfeste Schüsselchen geben, gleichmäßig mit der Crème double übergießen, mit dem restlichen Gruyère bestreuen und backen, bis sie fluffig aufgegangen und goldbraun sind (20 bis 25 Minuten). Noch heiß ausschließlich interessanten, reizenden Gästen servieren.

# 13

## Frankie, 1975

Warum muss es gleich Gülle gießen, wenn man um Regen bittet?

Die ganze Küche ist ein einziges pumpendes, pochendes Maschinenwerk. Serge bewegt sich im Rhythmus der Musik, während er wie ein perfekter Roboter Zwiebeln in Ringe und Würfel schneidet. Das neue Rezept, französische Zwiebelsuppe, ist ein launisches Luder; zu viele Versuche hat es schon gegeben, ihre Schlichtheit zu verkomplizieren, ihre feine Klarheit mit zu viel minderwertiger Brühe, Wein oder – Gott bewahre – Kognak zu verwässern. Nein, *Mademoiselle Oignon* hat etwas Besseres verdient: den Gaumenkitzel frischer Rinderbrühe und eines Schlückchens vom feinsten Weißwein. Mehr als alles andere aber braucht sie Zeit. Man darf nichts überstürzen beim Anschwitzen der Zwiebeln. Doch was wollte man auch stattdessen Schöneres tun? Widmet man sich ihr ganz und gar, wird sie es einem doppelt und dreifach lohnen.

Tiffany streicht gerade die Ganache auf die Schwarzwälder Kirschtorte. Ihre schlanken weißen Hände scheinen vor der schokoladig-zuckrigen Dekadenz der Creme fast zu leuchten. Die schimmernden pechschwarzen Locken hat sie zu einem tief sitzenden Pferdeschwanz zusammengebunden, und ich muss mich schon den ganzen Tag beherrschen, nicht daran zu ziehen. Langsam gehe ich zu ihr und hebe sie auf die Arbeitsfläche. Ich nehme ihr den Spatel aus der Hand und stecke ihn ihr in den

Mund, während ich ihre Beine spreize. Was Hygiene angeht, bin ich ziemlich pingelig, sonst würde ihr mangelndes Interesse an Unterwäsche mich jetzt ziemlich scharfmachen. Ich höre mich, noch während ich sie füttere, nach Serge rufen, der sich eine Weile um die Küche kümmern soll, dann hebe ich sie hoch, sie schlingt die Beine um mich, und ich will sie gerade in den Kühlraum tragen.

Aber Bockmist und Scheißdreck und Hölle und Verdammnis, dass ausgerechnet in diesem Augenblick Helen hereinspazieren muss, wegen irgendeiner hormonell bedingten, völlig banalen häuslichen Krise. Aufrecht steht sie da, bildschön und kühl wie die Freiheitsstatue. Sie hat Charlie auf dem Arm, der zur Begrüßung fröhlich, aber unverständlich herumgurgelt. Ich lasse Tiffany los und gebe ihr den schokoladeverschmierten Spatel und meine Geilheit zurück. Helen sieht uns an wie ein kampfesmüder Soldat, der geschlagen aus der Schlacht nach Hause kommt. Das arme Herzchen. Zu Beginn unserer Beziehung hat sie mir glaubhaft weiszumachen versucht, sie wolle nichts lieber als eine offene Beziehung, vollkommene Freiheit, sexuelle Abenteuer. Wobei sich das, ganz meinen Warnungen gemäß, sehr schnell ins Gegenteil verkehrte. Es war zum Weglaufen. Wenn sie dir erst mal verfallen, dann wollen sie dich am liebsten in einen Käfig sperren, sie werden anhänglich wie Kletten, und ihre Bedürftigkeit gebiert Feindseligkeiten und die Erinnerung an vage Halbsätze, die man gesagt hat, als man nicht ganz bei sich war und noch dem mitternächtlichen Tier mit zwei Rücken in seiner unfassbaren Göttlichkeit huldigte. So sind wir nun mal, und ganz gleich wie ehrlich man auch zu sein versucht, unversehens steckt man mitten in dieser rätselhaften, unentrinnbaren Theatralik, die da die Wut einer verschmähten Frau ist.

Fick mich kreuzweise, *warum* nur habe ich sie bei mir einziehen lassen? Wie um alles in der Welt kann sie von mir verlangen, dass ich den ganzen Tag zu Hause herumsitze, unerträgliche Dinnerpartys mit sterbenslangweiligen Nachbarn über mich ergehen lasse und vor dem impotenten Gott der Häuslichkeit katzbuckele? Bitte verschont mich. Natürlich gab es Momente, als ich mir ein Leben vorstellen konnte, in dem es nur uns drei gab. Vor allem kurz nach Charlies Geburt. Aber das hat sie dann gnadenlos ausgenutzt und sich damit völlig vergaloppiert. Und warum musste sie ausgerechnet jetzt hier auftauchen? Sie ist wirklich eine liebe Frau, und ich hasse es, ihr wehzutun, tue es aber trotzdem ständig. In der Küche wird alles zu Gold, was ich anfasse, aber von meinem Privatleben kann man das leider beim besten Willen nicht behaupten. Warum, warum, *warum* nur ist sie nicht einfach zu Hause geblieben?

»Kommst du mit uns nach Hause?« Sie kämpft gegen die Tränen, und das schlechte Gewissen versetzt mir kurz einen kleinen Stich.

»Schatz, es ist Samstag, die Kritiker kommen heute Abend, das habe ich dir doch gesagt.«

»Du hast versprochen, dass du das Wochenende mit uns verbringst.«

»Wann?«

»Neulich Abend.«

Sehen Sie, genau das meine ich. Und jetzt muss ich sie wieder anlügen. »Ich meinte Sonntag.«

»Du hast versprochen, dass wir den ganzen Tag im Bett bleiben. Nur wir drei.«

»Das machen wir morgen. Ich hole die Zeitungen und ein paar Croissants, und dann bleiben wir den ganzen Tag im Bett und krümeln alles voll und kitzeln Charlie.«

Sie durchschaut das hauchdünne Furnier meiner gespielten Fröhlichkeit mit einem Blick. Und dafür liebe ich sie.

»Warum sind wir dir nicht genug?«

Mir fehlen die Worte. Wie soll ich ihr das auch sagen? *Ich bin ein egoistisches, egomanes Arschloch, das einfach den Schwanz nicht in der Hose lassen kann?* Außer in genau diesen Worten.

»Charlie und ich fahren zu meiner Mum.«

Wenn ich eins mehr hasse, als mich mit Tupperware ans Haus gefesselt zu fühlen, dann ist es, in ein leeres Zuhause zurückzukommen.

»Schatz«, flehe ich, »bitte, du brauchst doch nicht ...«

»Was denn?«, fällt sie mir rüde ins Wort und funkelt Tiffany wütend an, die sich gemeinsam mit Serge am anderen Ende der Küche unsichtbar zu machen versucht. »Darauf zu warten, dass du wieder dein Versprechen brichst? Du meinst, ich brauche nicht im Bett zu liegen und darauf zu warten, dass du besoffen und mit Schokocreme am Schwanz nach Hause kommst? Da hast du allerdings recht. Das brauche ich nicht.«

Ich liebe sie wirklich, wissen Sie – so sehr ich überhaupt irgendwas lieben kann, das nicht in meiner Küche kreiert wurde.

Sie drückt Charlie fest an sich und geht zur Tür. Charlie winkt Auf Wiedersehen.

Ich hasse mich.

Serge scheucht alle aus der Küche, damit ich in Ruhe die Creme auf den Kuchen streichen kann.

Ich habe es mal wieder geschafft.

# 14

## Lucy

Ich fahre vom Restaurant los und frage mich verdattert, was da drin gerade vorgefallen ist. War das ein Fehler von gigantischem Ausmaß? Wie konnte das nur passieren? Was würde Leith sagen? Und dann, als ich so dasitze und beobachte, wie die ersten Sonnenstrahlen bei Mrs Macquarie's Chair über dem Hafen aufleuchten und das orangerote Glühen des anbrechenden Tages die CBS-Gebäude in Flammen und die schlichte Schönheit der weißen Segel der Oper in Szene setzen, passiert etwas Seltsames: Urplötzlich stürmen von allen Seiten Ideen für neue Rezepte auf mich ein wie schon seit Monaten nicht mehr. Neuinterpretationen der Rezepte aus Frankies Kochbuch ebenso wie vollkommen neue Kreationen, die mit seinen Gerichten harmonieren oder sie herausfordern. Endlich habe ich jemanden gefunden, der genauso erfinderisch und kreativ ist wie ich, mit dem ich über Rezepte reden kann ... ich meine, *richtig* reden. Was macht es schon, dass er tot ist oder gar nicht existiert. Er ist meine Muse.

In einem Affenzahn rase ich durch den einsetzenden Berufsverkehr nach Hause, um unter der Dusche zu sein, bevor Mum aufsteht. Je früher ich wieder bei der Arbeit bin, desto besser.

# 15

## Frankie

Lucille hat mir erklärt, dass Pâté heutzutage, mit Ausnahme einiger hoffnungslos altmodischer französischer Restaurants, überall von den Speisekarten verschwunden und in Sydney vollkommen aus der Mode gekommen ist. Mir ist das absolut unerklärlich: Pâté, diese köstliche Mischung aus Fleisch und Fett, ist zuallererst das Essen des Volkes. Sie kam zu besonderen Ehren, als Escoffier sie 1918 auf die Speisekarte setzte, und zwar anlässlich eines Dinners, das er kreierte, um das Ende des Ersten Weltkriegs zu feiern, und nach allem, was man so hört – und ich schätze mich glücklich, dass ich diesen großen Mann persönlich kennenlernen durfte –, war es ein Hit. Damit erfuhr die Pâté eine ungeheure Aufwertung und wurde bald zum Inbegriff von Feierlichkeit, Luxus und Dekadenz.

Nein, für mich ist die Pâté zeitlos, ein Klassiker. Sie ist praktisch. Sie ist schlicht. Und sie ist verdammt gut.

# 16

## *Lucy*

Frankie ist jeden Tag bei mir im Restaurant – was eigentlich nicht weiter verwunderlich ist, schließlich lebt (in Ermangelung eines treffenderen Worts) er dort –, und ich muss gestehen, er war bisher ganz toll. Langsam fange ich an, mich in seiner Gegenwart zu entspannen und unsere Gespräche zu genießen. Ich höre ihm gerne zu, wenn er eine der vielen Geschichten über seine Gäste erzählt, die auch nach ihrem Ableben noch bei ihm speisen; die Originale, um die er sich noch immer rührend kümmert. Aber der neue Anstrich gefällt ihm nicht, und er jammert, ich würde sein geliebtes Restaurant in ein steriles Labor verwandeln. Ich habe mich für ein helles Cremeweiß entschieden und die Eichendielen abgeschliffen, die Julia und ich entdeckt haben, als wir den ausgeblichenen und furchtbar unappetitlichen Teppich herausgerissen haben. Sie sind traumhaft schön. Wie vom Spielfeldrand meines Bewusstseins höre ich von den Gästen, die schon auf der anderen Seite sind, sowohl Beifall als auch Kritik.

»Joan hat mir gesagt, ich soll dir ausrichten, ihr wäre ein neuer Teppich lieber«, sagt Frankie aus heiterem Himmel, während er hochzufrieden sein Pâté-Rezept begutachtet.

»Hat Joan das von sich aus gesagt, oder hast du sie gedrängt, das zu sagen?«

Er hat mir schon von Joan erzählt, einer ältlichen Bibliothekarin, die ihm mal aus der Patsche geholfen hat, die Haare stets hochtoupiert trug und immer noch ein Auge auf ihn hat.

»Zugegeben, das Holz wirkt sehr edel, aber ein Teppich ist einfach luxuriöser.«

»Frankie, Luxus können wir uns nicht leisten. Den Laden gibt's nur für drei Monate. Das Ganze ist ein Experiment.«

»Das erwähntest du bereits. Mehr Madeira, findest du nicht auch?«

Ich kann mir das Grinsen nicht ganz verkneifen; gerade wollte ich schon nach dem Madeira greifen, den Frankie und ich beide bei der Zubereitung von Hühnerleberpastete bevorzugen. Wobei, wenn es dann um den Verzehr der Pâté geht, sind ein kleines Gläschen Kognak und ein heißer, gebutterter Toast oder ein warmes Baguette die besten Begleiter.

Frankie und ich haben einen guten Draht zueinander – der Geist und die Lebende. Es ist so ganz anders als früher mit Leith in der Küche, und nicht nur aus den naheliegenden Gründen. Frankie bringt mich zum Lachen. Wir sind gleich alt, aber er ist ein ganz anderer Jahrgang als ich; er kann wirklich sehr komisch sein, wobei er gelegentlich hier und da einen kleinen Wutausbruch einstreut, wenn es um Dinge geht, die ihm wirklich am Herzen liegen – wie beispielsweise, wie viel Salz und Butter an ein Gericht gehören. Wenn ich ganz ehrlich bin, muss ich gestehen, dass wir wohl beide einfach gerne recht haben. Auch über das Rätsel seines vorzeitigen Ablebens diskutieren wir viel. Ich habe keine Ahnung, wie ich das lösen soll. Er stolziert dann herum wie ein Gockel und rattert Namen herunter, die ich auf meiner ohnehin schon umfangreichen Liste notiere. Etliche davon sind Frauennamen.

»Und die wollten dich wirklich alle umbringen, ernsthaft?«

»Sagen wir so, ich habe es mir mit einigen Leuten verscherzt. *Gewissen* Leuten.«

»Halb Sydney, wenn ich mir die Liste so ansehe. Wie hast du es bloß geschafft, so vielen Menschen auf die Füße zu treten?«

»*Wie* ist irrelevant, *warum* ist irrelevant, aber *wer* ... Das ist hier die Frage, die es zu beantworten gilt. Also, weiter im Text. Ich dachte, Omelette surprise wäre vielleicht ein schönes Dessert für den Eröffnungsabend. Schade, dass es noch zu früh für Kirschen ist, die würden am besten dazu passen.«

»Himbeeren haben gerade Saison«, entgegne ich, ohne nachzudenken. »Ich habe gestern auf dem Markt sehr schöne gesehen.«

»Perfekt. Weißt du, dass es früher nur gebacken und gleich serviert wurde? Bis irgendwann jemand auf die Idee kam, es mit Alkohol zu tränken und zu flambieren. Ich liebe es, Sachen anzuzünden – das gibt viel mehr Drama.« Er zieht die Brauen hoch und sieht mich mit einem Blick an, auf den man eigentlich nur mit Augenverdrehen antworten kann.

Immer mehr komme ich zu der Überzeugung, dass es Frankies Leben an einem ganz bestimmt nicht gemangelt hat: Drama. Wobei er ziemlich ausweichend wird, wenn man ihm diesbezüglich genauer auf den Zahn fühlen will – was, wie mir langsam dämmert, seinerzeit ziemlich viele Damen gemacht haben müssen. Bis ins kleinste Detail diskutiert er mit mir Rezepte, meine und seine, Speisenfolgen, alles, was das Restaurant und das ganze Drumherum angeht, stundenlang und unermüdlich. Aber wenn es um den Dreck an seinem Stecken geht, dann wird er einsilbig, redefaul und ausweichend.

Für meine Vorschläge ist er immer offen, und er hat so etwas Leichtes, Unbeschwertes an sich, was ja irgendwie auch logisch ist, denn er ist ja nicht mehr an seine irdische Existenz gebunden. Er ist warmherzig und flucht viel. Und manchmal, wenn er auf seinem hohen Ross sitzt und den Kopf in den Wolken hat, ist er schier unerträglich. Frankie ist offen ... außer bei den Details seines Familienlebens. Er sagt, als Ehemann sei er ein Totalausfall gewesen und als Vater auch nicht viel besser, aber mehr kriegt man nicht aus ihm heraus. Er steht definitiv auf Frauen; wenn man nach seiner Liste geht, viel zu sehr. Wobei ich nicht so genau weiß, in welchem Verhältnis er zu ihnen stand.

Ich versuche, nicht allzu viel über diese ganze irrwitzige Geschichte nachzudenken und mich stattdessen auf die Arbeit zu konzentrieren und darauf, was bis zur Eröffnung des Restaurants noch zu tun ist. Ich bin mir nicht sicher, ob die Pâté es auf das Menü des Eröffnungsabends schaffen wird – schließlich haben wir Frühling –, aber sie mit Frankie zu machen, ist eine willkommene Abwechslung zu den unzähligen nervigen Anrufen bei Behörden und Ämtern wegen diverser Genehmigungen und Sicherheitsprüfungen.

»Legst du die Leber nicht vorher in Milch ein?«, frage ich.

»Dann wird sie zu fad. Das ist nicht nötig, sie braucht sich nicht zu verstecken.«

»Da bin ich ganz bei dir, aber manchmal pochiere ich sie kurz in Fond.«

»Kann funktionieren, wobei es am besten ist, sie kurz in Butter zu sautieren.«

»Ja.«

»Verdammt, jetzt muss ich mir was anderes suchen, worüber wir uns streiten können«, sagt er grinsend.

»Ich dachte, Aspik mit Pfefferkörnern und Blutorangen würde vielleicht ganz gut gehen?«

»Blutorangen? Bist du wahnsinnig geworden, Weib? *Bitterorangen!*«

»Langsam wird mir klar, warum diese Liste so lang ist.«

»Du kannst es mir doch nicht zum Vorwurf machen, wenn ich recht habe.« Er tut gekränkt.

»Und du hast immer recht, Frankie – wirklich beeindruckend.«

Und so geht es hin und her zwischen mir und meinem Geist.

Mehrmals habe ich versucht, Serge zu erreichen, bislang ohne Erfolg. Ich wurde bloß von einer alten Dame beschuldigt, ihr was andrehen zu wollen, und ein junges Mädchen versprach mir, ihn ans Telefon zu holen … kam aber dann nicht wieder. Frankie ist sich allerdings todsicher, dass Serge uns nicht enttäuschen wird. Ich versuche es wieder und gerate diesmal an einen Jungen im Teeniealter, der mir eine Mobilnummer gibt, mich aber gleich warnt, Serge würde sein Handy kaum benutzen: »Mal ist es an, mal nicht.« Ich hinterlasse eine Nachricht auf der Mailbox und schicke ihm eine Textnachricht. Bisher keine Antwort, und es sind nur noch zehn Tage bis zur Eröffnung. Das verfügbare Personal beschränkt sich derzeit auf mich, einen Geist und eine Telefonnummer.

# 17

## Frankie

Und der Toast Melba muss frisch sein, von einem anständigen Weißbrot. Manche behaupten, die Pâté mindestens einen Tag ruhen zu lassen brächte das Aroma noch besser zur Geltung, aber wenn man mich fragt, ist es pure Zeitverschwendung, auch nur einen Tag zu warten, ehe man sie isst.

Sie ist wirklich witzig, wenn sie nicht gerade ihrem nichtsnutzigen Ehemann nachweint. Sie hat ein leichteres Händchen als ich. Allmählich entspannt sie sich in meiner Nähe. Wobei ich ihr immer noch ansehe, dass sie sich fragt, ob sie sich das alles nur einbildet. Na ja, das tun wir doch alle in gewisser Weise. Unser Leben ist nichts weiter als die Aufführung des Drehbuchs, das Fantasie und Unterbewusstsein für uns schreiben.

Sie hat einen eleganten Gang, so als könnte sie jeden Augenblick mit einem großen Ausfallschritt in den Himmel springen. Ich wünschte bloß, sie würde aufhören, ständig rumzujammern, was sie alles falsch gemacht hat oder nicht kann, das dumme Mädchen.

Ich mag es, wenn sie lacht.

# 18

## Lucy

So viele Checklisten. Es ist erdrückend. Nur noch fünf Tage, und es gibt noch so viel zu tun. Ob ich das alles rechtzeitig hinbekomme?

Zitrusfrüchte haben noch Saison, aber sollte das Menü nicht schon etwas frühlingshafter sein? Mehr Erdbeeren? Mehr Spargel? Ich wische die Arbeitsflächen ab und versuche, mich nicht unterkriegen zu lassen, doch meine Gedanken überschlagen sich. Es schnürt mir die Kehle zu, und ich bekomme keine Luft mehr.

Frankie beobachtet mich und fragt schließlich: »Was ist los?«

»Ich kann nicht atmen.«

»Du kannst das jedenfalls sehr viel besser als ich.«

»Das ist nicht lustig. Ich habe überhaupt keinen Puffer, Frankie. Nur noch vier Tage, und ich werde mit wehenden Fahnen untergehen.«

»Fünf.«

»Vier, wenn ich heute nach Hause gehe. Und kein Puffer.«

»Was willst du denn für einen Puffer?«

Ich versuche ihm zu antworten, während ich flach und panisch und viel zu schnell atme. »Ach, ich weiß auch nicht. Mehr als zwanzig Dollar in der Tasche. Mehr als vier Tage, um diesen Laden vorzeigbar zu machen. Mehr als nur du und ich, die hier arbeiten. Noch immer nichts von Serge, wobei ich mir inzwischen nicht mehr sicher bin, ob du dir den nicht bloß ausgedacht hast, was eigentlich ganz lustig wäre, wenn man bedenkt, dass ich mir *dich* ausgedacht habe und es nicht mal hinkriege, dir einen ordentlichen Handlanger an die Seite zu stellen, und ich weiß eigentlich gar nichts über dich, außer dass du ein lausiger Vater warst und ein Casanova und eine Menge von Essen verstehst, aber rein gar nichts von Frauen. Genau, was ich brauche nach Leith. Und Leith ... Leith postet ständig, das Circa wäre noch nie so gut gelaufen, und schreibt Liebesgedichte auf Krankenkassenniveau über seine tiefe Seelenverbindung zu Maia, die ihn angeblich an den Eiern gepackt und zu dem Mann gemacht hat, der er immer sein wollte. Und das hier ist eine ganz bescheuerte Idee, das wird nie was, und ich kriege nie wieder ein Bein auf den Boden. Und ich hasse mein lausiges, erbärmliches, ärmliches, dämliches Leben – ich habe nicht mal einen Kleiderschrank, verdammt noch mal. Das ist alles ein riesengroßes Desaster.«

»Sonst noch was?«, erkundigt sich Frankie, der, was mich nur noch mehr aufregt, so cool bleibt wie eine Salatgurke und süffisant lächelnd eine Scheibe Toast mit der Pâté bestreicht. Die reicht er mir dann und schenkt mir ein Glas Kognak ein. Er wirkt vollkommen unbeeindruckt davon, dass ich gerade fix und fertig bin. »Iss das, trink das, und dann gehst du raus in den Vorgarten und sagst mir, was du siehst.«

Ich stecke mir so viel Toast wie möglich auf einmal in den Mund, weil ich plötzlich merke, dass ich einen Bärenhunger habe, dann nehme ich das Glas und trotte folgsam nach draußen.

»Ich sehe schwarz.«

»Mehr nicht? Nur schwarz?« Er steht in der Tür und schaut mich an.

»Es ist Nacht, da ist das meistens so.«

»Leg dich auf den Boden.«

»Nein.«

»Bitte?«

»Nein, es ist zu kalt, und das Gras pikt.«

»Lucille, du trägst ungefähr sieben Lagen Klamotten – wer weiß, ob sich unter dem ganzen Stoff überhaupt ein Körper versteckt. Was die Artischockenherzen angeht, da bin ich ganz bei dir, da hattest du absolut recht; aber würdest du mir jetzt bitte den Gefallen tun und dich hinlegen und nach oben schauen. Es ist doch nichts dabei.«

Ich setze mich, nippe am Kognak und stelle das Glas dann neben mir auf den Boden. Dann lege ich mich seufzend ins Gras und schaue nach oben.

»Was siehst du?«

»Fledermäuse.«

»Und?«

»Dächer, Straßenlaternen – ach, und einen BH, der über einer alten Telefonleitung baumelt. Sehr stilvoll.«

»Keine Sterne?«

»Ein paar.«

Für diese Jahreszeit ist es ein ungewöhnlich lauer Abend, und die Luft ist sanft und mild. Im Hintergrund hört man das stete Summen der Großstadt, und hinter dem Licht der Straßenlaternen knicksen wie Ballettratten lauter kleine Sterne vor dem dunklen Vorhang der Unendlichkeit.

»Welche?«

»Was weiß ich, wie die Sternbilder heißen, Frankie. Das eine sieht aus wie eine Bratpfanne.«

»Ach, willst du damit sagen, du siehst nicht das *Souffléhäubchen*?«

»Es gibt kein Sternbild namens *Souffléhäubchen*.«

»Natürlich gibt es das, gleich zu deiner Linken. Da ist ein

Sternenhaufen, der sieht genauso aus wie deine Soufflés. Und da rechts ist das *Bananensplit*. Und gleich daneben die *Lammkeule mit Rosmarinzweig.*«

Er sagt das alles so ernst, dass ich mich frage, ob es jetzt zur Kernschmelze meiner Fantasiegebilde kommt, meine Neuronen fehlzünden und das traurige Ende naht. Ich schaue zu ihm auf, und er zwinkert mir zu.

»Schau ganz genau hin, Lucille. Was siehst du noch?«

Ich starre in den Himmel. »Na ja, da ist ein Sternbild, das aussieht wie ein windschiefes Lamington-Konfekt.«

»Du meinst den *Mount Lamington*, ja – gut gesehen.«

Ich muss lachen, und wir machen weiter und werden dabei immer alberner.

»Ja, der *Puddingring mit Mangowürfeln*, ach, wie ich den vermisse.«

»Und da ist eine Avocado, glaube ich.«

»Siehst du, Lucille, es ist alles relativ. Was jetzt so groß und wichtig erscheint – die Eröffnung, mein Tod, wobei das für mich schon ein ziemlich einschneidendes Erlebnis war – mal ehrlich, wenn man das alles vergleicht mit diesem Smörgåsbord aus Sternen, was sind wir dann? Wir sind aus demselben Kohlenstoff gemacht wie sie, aber sie sind da oben und sprenkeln den endlosen Nachthimmel, während wir beide, du und ich, die Lebenden und die nicht mehr so ganz Lebenden, bloß zwei Seelen sind in einem kleinen Backsteinhaus. Die Verhältnismäßigkeit, die sollten wir nicht aus den Augen verlieren.«

Ich drehe mich auf die Seite und sehe ihn an, meinen imaginären Freund ... und fühle mich so leicht und frei wie schon seit Wochen nicht mehr.

»Ich bin froh, dass du da bist«, sage ich leise.

»Ich bin froh, dass *du* da bist«, erwidert er.

Für einen Augenblick verschränken sich unsere Blicke.

»So, genug geschwafelt«, brummt er und reißt den Blick von mir los. »Hol dir noch einen Toast und dann nichts wie heim und husch, husch ins Bettchen. Und morgen früh erzähle ich dir sämtliche fiesen Details meiner Lebensgeschichte, und dann können wir die Speisekarte noch mal durchgehen und endlich mit der Arbeit anfangen.«

Das Leben erscheint mir wieder möglich.

»Versprochen?«

Er verspricht es.

# 19

## Frankie

Ach, wie ich es vermisse, unter dem tiefschwarzen Nachthimmel zu stehen, der sich über die Welt breitet wie eine sanfte Decke. Sie bringt mir das alles wieder zurück und erinnert mich gleichzeitig daran, wie sehr es mir fehlt.

Wer war es, der mir das genommen hat?

# 20

## Lucy

Als der Morgen der großen Wiedereröffnung des Fortune langsam dämmert, bin ich schon auf dem Weg zum Markt. Wieder und wieder gehe ich im Kopf die Checkliste durch. Die Fenster sind geputzt. Geschirr und Gläser sind tafelfein und versprühen ihren entzückenden Retrocharme.

In den Siebzigern und Achtzigern war alles so opulent und überladen. Frankie konnte mit Geld offensichtlich noch weniger umgehen als ich. Das Porzellan ist vom Allerfeinsten. Er hat mir erzählt, das Service sei eine Kreation des dänischen Künstlers Bjørn Wiinblad, der für Rosenthal Szenen aus der *Zauberflöte* mit goldgeränderter Opulenz auf feinstes weißes Porzellan gebannt hat. Frankie behauptet natürlich, der Katalysator für diesen kreativen Geniestreich gewesen zu sein; er hält sich halt immer für den Mittelpunkt des Geschehens und den Nabel der Welt. Das Dekor bietet den verschiedenen Gerichten einen geradezu barock anmutenden Rahmen, und ich kann nur hoffen, dass mein Essen dem gerecht wird. Er hatte das Geschirr in einer Kiste im Kühlraum verstaut und den Schlüssel im Kamin versteckt. Schon Monate bevor er ermordet wurde, sah die Zukunft alles andere als rosig aus, und der Gerichtsvollzieher ging bei ihm ein und aus. Das Porzellanservice allein ist heute ein Vermögen wert, mindestens fünfzehntausend Dollar, aber ihm ist es für den Erfolg des Restaurants genauso wichtig wie die Qualität unserer Speisen. Na ja, beinahe jedenfalls. In diesem

Punkt sind wir uns sehr ähnlich: Kaum etwas ist uns so wichtig wie die Qualität unseres Essens.

Er hat mir erzählt, er habe den Künstler zufällig während einer seiner ausgedehnten Reisen kennengelernt. Frankie war zwanzig, was dann wohl, schätze ich, Ende der Sechzigerjahre gewesen sein müsste. Bjørn Wiinblad war sehr viel älter, aber die beiden haben, laut Frankies Erzählungen, im Anschluss an einen Besuch der Opéra National einen höchst amüsanten Abend in Paris verbracht. Frankie hatte damals überhaupt kein Geld und saß auf einem der billigsten Plätze in der Oper, wo gerade *Die Zauberflöte* gegeben wurde. In der Pause traf er zufällig auf Bjørn, und die beiden waren sich auf Anhieb sympathisch. Nach der Vorstellung lud Bjørn Wiinblad Frankie zu ein paar Drinks und anschließend zum Essen ein, und was er dann bestellte, muss für Frankie so etwas wie eine spirituelle Erweckung gewesen sein. Bis zum Morgengrauen müssen sie zusammengesessen und getrunken haben, und das, obwohl Bjørn kaum ein Wort Englisch sprach. Frankie meinte, so einen feinen Gaumen wie den von Bjørn habe er selten erlebt.

Und in jener besagten Nacht hatte Frankie eine Eingebung – dass es sein Schicksal sei, Koch zu werden. Er hat sich dann in Paris am Le Cordon Bleu ausbilden lassen, wofür er sogar ein Stipendium bekam. Bis dahin hatte er an der Uni in Sydney Medizin studiert. Seine Eltern haben ihn prompt enterbt.

Dieses opulente, unvergessliche Dinner sollte Frankies Leben für immer verändern. Bjørn Wiinblad, seiner Zeit weit voraus, war im Grunde seines Herzens ein Hippie. Er bestellte nichts, was nicht im Umkreis von fünfzig Kilometern um das Restaurant angebaut, aufgezogen oder gesammelt worden war. Während seiner Zeit in Frankreich fuhr er gerne direkt zu den Höfen und redete mit den Bauern und schaute sich das Vieh und die Äcker an und pflückte Blumen, die dann die Vasen in seinem

Atelier schmückten. Ich fragte Frankie nach dem Menü von damals, und mit einem Mal schwelgte er verträumt in Erinnerungen: Pâté, Baguette, Salad niçoise, Rindertartar, Entenconfit und zum Dessert Tarte Tatin. Ein klassisches französisches Bistromenü, und von den falschen Händen zubereitet, ein Garant für tagelanges Sodbrennen. Aber Frankie schwärmt von der Leichtigkeit der Zubereitung, der Frische der verwendeten Zutaten und der wunderbaren Gesellschaft Bjørns, die dieses Dinner in die Sphären himmlischer Genüsse erhob. Erstaunlich, was ein gutes Essen alles bewirken kann. In Bjørns Kopf entstand danach die Idee, Mozart auf Porzellan zu bannen, in der schönstmöglichen Weise.

Und dann erst das Waterford-Kristall: schweres, traumschönes, reich verziertes Bleikristall mit mittelalterlichem Touch. So ganz anders als die papierdünnen Glasbecher und hippen Marmeladengläser, die heute bei der Generation Y so angesagt sind. Zum Glück gibt es auch eine geschirrspülertaugliche Zweitgarnitur, aber sollte zufällig jemand einen Hill of Grace mitbringen, würde ich auch das gute Waterford auspacken. Bis ich eine Schanklizenz bekomme, müssen die Gäste den Wein selbst mitbringen, wobei ich am Eröffnungsabend natürlich für den obligatorischen Champagner sorgen muss. Leider wird es kein Bollinger oder Veuve oder Pol Roger. Ich weiß nicht mal, ob ich noch genug Bares habe, um mir überhaupt etwas Perlendes oder Schäumendes leisten zu können. Die Tischtücher sind zwar ein bisschen fadenscheiniger, als sie es früher in all ihrer damastenen Pracht und Herrlichkeit waren, aber immer noch brauchbar. Wenn erst mal Blumen auf den Tischen stehen, wird es sicher sehr hübsch aussehen, obwohl ich mir wünschte, wir hätten eine schön gestaltete Wand, die dem ganzen Laden eine einmalige, unverwechselbare Note verleiht.

Der Flemington Market bei Sonnenaufgang ist und bleibt

einer meiner Lieblingsorte. Zuzusehen, wie der Himmel sich langsam zu einem neuen Tag erhellt, während ich von Marktstand zu Marktstand schlendere und mit den Farmern plaudere, die seit zwei Uhr auf den Beinen sind, um ihre Ernte zum Markt zu bringen, ist einfach wunderbar.

Alles ist frisch, alles ist möglich. Kleine neue Kartöffelchen, cremig und fein, bandeln mit grünen Bohnen an und schmieden Pläne für einen Salad niçoise, eins meiner Lieblingsgerichte. Sättigend, köstlich, kontrastreich, die butterweichen Kartoffeln, die förmlich dahinschmelzen an den knackigen Bohnen, der Kick schwarzer Oliven und der zarte Thunfisch, die sich mit den perfekt gekochten Eiern verbinden – abgerundet mit der salzigen Verspieltheit von Anchovis. Niçoise macht einen Salat zu etwas ganz Besonderem.

Ich habe einen frühlingshaft-federnden Gang wie schon seit Jahren nicht mehr. Es hat etwas sehr Befreiendes, in meinem ganz eigenen Feld der Träume zu stehen; ein Restaurant mit einem Hausgeist zu eröffnen ist jedenfalls ziemlich abgefahren. Mir ist klar, dass ich es Leiths ständigen Tweets und dem Upload meines kleinen Ausbruchs im Circa zu verdanken habe, dass wir am Eröffnungsabend restlos ausgebucht sind. Die Leute wollen live miterleben, wie dieses kleine Sozialexperiment krachend scheitert. Zumindest werde ich mit Charme untergehen; das Menü, das zwar auf das Nötigste beschränkt ist, weil mir das Geld fehlt, hat ein unverwechselbares Flair und einen augenzwinkernden Humor, und ich bin stolz darauf. Aber ... vermutlich werde ich am Ende nach Manyana ziehen und in einem Blumenladen jobben müssen, und es gäbe sicher Schlimmeres, aber ich habe einfach kein Talent zum Blumenbinden. Vielleicht werde ich in vielen Jahren mal zurückschauen und erkennen, dass dies der Schlüsselmoment war. Oder der letzte Abend, bevor man mich in eine kleine dörfliche Gemeinschaft gebracht hat, wo ich mich ein bisschen »ausruhen« kann. Oder ich werde zum mahnenden Beispiel für kleine Geschäfte und junge Chefköche nah und fern – der weibliche Ikarus von Woolloomooloo.

Heute lerne ich endlich Serge kennen. Nach unzähligen unbeantworteten Anrufen und Nachrichten hat er mir gestern Abend um viertel nach elf zurückgeschrieben und versichert, er werde pünktlich zur Stelle sein, um mir zu helfen. Gott sei Dank, schließlich ist heute unser Eröffnungsabend.

Ich stehe am vereinbarten Marktstand – der von Josh aus dem Megalong Valley, der die besten Bohnen weit und breit anbaut – und warte, als Julia mit großen Schritten auf mich zukommt. Wie immer auf die Minute pünktlich. Attica brabbelt aus dem Tragegurt auf Julias Rücken unverständliches Zeug. Die beiden sehen aus, als wollten sie zu einer Trekkingtour im Himalaya aufbrechen. Julia liebt es, auf dem Markt einzukaufen. Sie sagt immer, dann kommt sie sich wie ein Hardcore-Feinschmecker vor. Hier ist sie inzwischen berüchtigt, weil sie mit den Farmern auch schon mal um drei Äpfel feilscht, aber die Händler nehmen es mit Humor.

»Seit fünf Minuten stehst du mit einer Handvoll Bohnen hier herum«, sagt sie streng. »Entweder du denkst dir gerade ein Rezept aus, oder du fährst wegen deines Ex Gedankenkarussell. Überleg dir gut, was du darauf antwortest, und sei dir darüber im Klaren, dass für keins von beidem Zeit ist – in dreizehn Stunden öffnet dein Laden.«

»Ich habe überlegt, einen Salad niçoise mit Thunfisch und Senfsaat zu machen, als kleine Beilage, mit einem Augenzwinkern.«

»Augenzwinkern? Was soll das heißen? Koch einfach ein paar Bohnen.«

Von alten Filmklassikern mal abgesehen, hat Julia nicht viel übrig für romantische Anwandlungen.

»Ein Augenzwinkern in Richtung Frühling und der Historie des Restaurants.«

»Ein heruntergekommenes, enges Kabuff, mehr Café als Restaurant, das von einem versoffenen, bankrotten, launischen, sexhungrigen Irren mit einem Faible für exquisites Geschirr mit voller Wucht gegen die Wand gefahren wurde?«

Ich habe Jules alles erzählt, was ich über Frankie in Erfahrung bringen konnte, und eine Freundin meiner Mum als Informationsquelle zitiert. Seit dem Abend, an dem wir zusammen Sterne geguckt haben, ist er viel offenherziger, was Enthüllungen über die eher unschönen Details seines Lebenslaufs angeht – zumindest, was seine diversen Süchte und den finanziellen Ruin angeht. Was seine Frauengeschichten betrifft, hält er sich immer noch vornehm bedeckt.

»Jetzt mal im Ernst«, fährt Julia fort, »was hast du nur mit deiner Fixierung auf die Vergangenheit? In der Vergangenheit ist vieles nicht gut gelaufen – weshalb dieser Frankie so überstürzt gegangen ist oder gegangen wurde und ein gewaltiges Chaos hinterlassen hat. Du wirst den heutigen Tag nur überstehen, wenn du die Gegenwart nicht aus den Augen verlierst.«

Bin ich froh, dass Frankie das nicht hört. Er würde etwas zerdeppern vor Wut.

»Und was ist mit der Zukunft?«, will ich wissen.

»Schätzchen, du weißt genauso gut wie ich, dass es, wenn wir diesen Abend nicht einigermaßen heil überstehen, keine Zukunft geben wird. Dann bleibt nur noch ein Job in einer Cafékette in Bondi Junction, mehr nicht.«

»Hätte Leith doch bloß nicht so viel über die Eröffnung geschrieben! Eigentlich sollte die im kleinen Rahmen stattfinden.«

»Tja, Lucy, Überraschung! Wird sie nicht. Es wird ein Tanz auf dem Drahtseil, und deine Erfolgsaussichten sind ungefähr genauso hoch wie die Chance, vom Blitz getroffen zu werden.«

»Ich glaube, du bringst da ein paar Metaphern durcheinander«, entgegne ich. »Und dann wäre da auch noch die Konstante der Proportionalität zu berücksichtigen.«

Jules bedenkt mich mit einem tödlichen Blick und nimmt mir die Einkaufsliste aus der Hand. Sie ist nervöser als ich.

»Okay, Tomaten, na los, die besorgst du. In einer halben Stunde will ich hier fertig sein.«

»Wieso, muss Attica heia machen?«

»Nein, aber ich, wenn ich dir helfen soll.«

Ach herrje, Julia will kellnern. Sie wird die Gäste erschrecken und das gute Rosenthal zertrümmern.

»Und bevor du was sagst, ich werde *sehr* freundlich, höflich und zuvorkommend sein.«

»Das ist wirklich ganz groß von dir, aber ich weiß nicht, ob …«

»Verlass dich auf mich«, fällt sie mir ins Wort, lässt Attica auf ihrem Rücken ein bisschen herumhüpfen und macht lächelnd ihre Red-keinen-Blödsinn-Handbewegung. »Du brauchst mich. Du hast nur diesen Serge, der dir beim Servieren hilft.«

»Und ich habe eine Aushilfe engagiert, und ich kann auch einspringen, wenn ich nicht gerade am Herd stehe.«

»Ich habe genug Folgen von *MasterChef* gesehen, um zu wissen, dass das ganz sicher *nicht* funktionieren wird. Du wirst in der Küche alle Hände voll zu tun haben. Du musst den Tatsachen ins Gesicht sehen, entweder ich oder deine Mutter.«

Der Gedanke daran, meine zugedröhnte Mutter um mich zu haben, während ich versuche zu arbeiten, ist einfach zu viel. »Okay. Super, danke.«

»Und Ken kommt auch.«

»Wie, als Gast?«

»Nein, ich habe ihm gesagt, er ist für die Getränke zuständig. Ich habe ihn sogar gezwungen, sein Hemd zu bügeln.«

»Himmel … Jules.«

Die lästigen Hausarbeiten sind ein ständiges Streitthema zwischen Julia und ihrem Mann, und Bügeln ist verbrannte Erde, die keiner zu betreten wagt. Folglich ist Ken einer der zerknautschtesten Männer, die ich kenne. Außerdem ist er furchtbar kurzsichtig und läuft ständig mit dem iPhone in der Hand herum, als sei seine Nase daran festgeklebt.

Julia scheint wie immer meine Gedanken lesen zu können. »Er hat eine neue Brille, mit der er viel besser sieht, und er hat striktes Handyverbot.«

»Aber Ken mag keine Menschen, und jetzt soll er einen ganzen Abend unter wildfremden Leuten verbringen.«

»Er tut es für dich, Lucy … Na ja, das und weil ich ihm versprochen habe, ihm einen zu blasen.«

»Hat dir schon mal jemand gesagt, dass du die beste Freundin aller Zeiten bist?«

»Nicht annähernd oft genug. Los, besorg die Tomaten.«

Folgsam trotte ich los zum nächsten Marktstand. Gerade betaste und beschnuppere ich die Tomaten, als sich eine Hand mit einem zu meinem passenden Ehering auf meine legt.

»You say to-may-to, I say to-mah-to.« Und damit greift er nach der Tomate, die ich gerade in die Hand nehmen wollte, und tut, als wollte er sie mir reichen, legt sie aber dann in seine eigene Tüte. Ned, der Tomatenmann, bei dem ich schon seit Jahren einkaufe, und ich schauen uns an. Wir beide sind uns einig, dass Leith ein Wichser ist.

»Fix und fertig für heute Abend, LiLi?«

»Fix und fertig«, entgegne ich und ahme seinen Tonfall nach. »Vielen Dank, dass du so fleißig die Werbetrommel gerührt hast.«

»Ich schicke dir dann die Rechnung. Meine Einladung muss wohl im Cyberspace verloren gegangen sein.«

In dem Moment fällt Julias Schatten auf Leiths Gesicht. »Aus dem Weg, Vollpfosten, und lass sie in Ruhe weitermachen. Wir haben noch jede Menge zu tun, und du stehst hier nur im Weg.«

»Ach Julia, wie gut zu sehen, dass deine Sozialkompetenz sich so schön weiterentwickelt.«

»Fick dich ins Knie, und halte dich heute Abend fern, sonst tackere ich dir höchstpersönlich eine einstweilige Verfügung an die Stirn. Und jetzt verschwinde, du lästige Schmeißfliege.« Und damit reißt Julia Leith die Tüte mit den Tomaten aus der Hand und schubst ihn rüde beiseite.

Unschlüssig steht Leith noch einen Moment herum, dann schlendert er mit geradezu enervierender Langsamkeit davon.

»Du bist ein Schatz«, sage ich zu Julia. Ich habe keine Zeit, mir den Kopf zu zerbrechen, was für einen Racheplan Leith jetzt womöglich ausbrüten könnte. Aber die unverhoffte Begegnung mit ihm hinterlässt einen schalen Nachgeschmack.

»Danke mir nicht, nenne nur deine Erstgeborene nach mir, und wir sind quitt.«

Und dann gehen wir beide zum Fischmarkt, um die perfekten Meeresfrüchte für den perfekten Eröffnungsabend auszusuchen.

»Läuft denn so weit alles nach Plan?«, erkundigt sich Julia.

Ich gehe meine Liste mit den vielen offenen Posten und dem umkringelten Champagner durch. »Alles bestens.«

Ich habe das flaue Gefühl im Magen, dass der heutige Tag reich an Gefahren und Stolpersteinen sein wird. Aber mal im Ernst, was soll denn jetzt noch schiefgehen?

# 21

## Frankie, 1981

Die ganze Küche pocht und vibriert zu David Bowie, dem Hohepriester des Samstagabends. Endlich habe ich mir auch ein Exemplar von *Under Pressure* besorgt, seiner Kollaboration mit Queen, die jetzt aus dem Gettoblaster dröhnt. Ach Ziggy, ach Freddie, mit euch beiden bin ich in einer anderen Sphäre und koche wie ein junger Gott. Um in den Zustand zu kommen, in dem ich gerade bin, sitzen Zen-Meister jahrzehntelang auf Steinen und gießen sich Wasser über die Füße. Alles ist im Fluss. Alles ist da, wo es hingehört. Die Töpfe, die Teller, Serge – alles, was ich brauche. Mein Souschef spricht womöglich das schlechteste Englisch, das die Welt je gehört hat, aber Gott steh mir bei, er ist die beste rechte Hand, die man sich wünschen kann. Keine Ahnung, ob er Russe ist, Kroate, Lette oder von allem ein bisschen, aber er vergisst sein Kauderwelsch-Englisch immer wieder und rutscht in seine Muttersprache ab, um eine haarsträubende Geschichte zu erzählen, in der es um Esel und mitternächtliche Flucht geht. Wie dem auch sei, Serge ist einfach Serge. Zu Bowies Beat sautiert er Jakobsmuscheln und richtet die Hühnerhälften an, die ich in Stroh gedämpft habe. Serge hat mir in allen Höhen und Tiefen der vergangenen fünf Jahre treu zur Seite gestanden, er hat mich gesehen, als ich zu betrunken war, um aufrecht zu stehen, zu traurig, um einen Ton zu sagen, und zu aufgedreht, um zu vögeln. Er ist mein Fels. Er ist treu und loyal. Seit Jahren Single, kümmert er sich um seine Eltern, die draußen in Drummoyne leben, und um seine Schwester mit ihrem grässlichen Kinderhaufen.

Und dann meine Mädels. Tiffany hat heute Abend Dienst; sie ist frisch verliebt und hat rosa Wangen und strahlt über das ganze Gesicht. Inzwischen steht sie mehr auf das zarte Geschlecht, und wer könnte es ihr verdenken? Ihre Affäre mit mir sollte reichen, um ihr für alle Zeiten die Lust auf Männer zu vermiesen. Aber sie ist nicht nachtragend, die Süße, und ihre neue Freundin, eine Waliserin mit glühenden Augen und einem tollen Lachen, passt perfekt in unser Team. Und dann ist da Stacy, die Frau mit dem ausgeflippten Klamottengeschmack. Heute Abend trägt sie einen Seidenoverall, der von überdimensionalen Sicherheitsnadeln zusammengehalten wird. Man möchte ihr das Ding vom Leib reißen, wenn man sieht, wie die nackte Haut darunter immer wieder frech aufblitzt. Mein Gott, die Frau ist der Hammer und nie um eine Antwort verlegen. Sie ist die perfekte Oberkellnerin. Sie schafft es, einen sturzbesoffenen Gast aus dem Laden zu werfen, während er noch glaubt, sie würden gerade Freundschaft fürs Leben schließen, um ihn dann am nächsten Abend so herzlich willkommen zu heißen, als sei überhaupt nichts vorgefallen. Und was sie an Trinkgeldern bekommt: alle Achtung.

Die letzte Hühnerhälfte landet auf einem Teller, während Melanie, Miss Möchtichgern, das neue Mädchen, an der Durchreiche wartet. Ich lasse mir Zeit und gieße noch ein bisschen Jus um den saftigen Vogel und zelebriere den Augenblick. Serge lacht, als er mich sieht. Melanie zittert fast, das arme Mädchen. Was bin ich doch für ein Arsch, aber die Versuchung ist einfach zu groß. Ich schicke sie raus, gerade als Tiffany mit diesem Nichtsnutz von Paul Levine hereinkommt. Ein Gastrokritiker, der seine vermeintliche Expertenmeinung in Rollkragenpullover und Hornbrille unter die Menschen bringt. Ein aufgeblasener, zu kurz geratener Wicht, dessen Selbstherrlichkeit sein Talent um ein Vielfaches übersteigt.

»Was zum Teufel willst *du* denn hier?«

»Ich wollte es dir erklären.«

»Erklären? Was gibt es denn da zu erklären? Etwa, warum jemand, der mein Restaurant seit der Eröffnung in den Himmel gelobt hat und versucht hat, mir bei jeder sich bietenden Gelegenheit in den Arsch zu kriechen, warum dieser Mensch nun eine anmaßende, verlogene, ehrverletzende Kritik zusammengeschmiert hat, die es nicht mal verdient, mein Essen überhaupt erwähnen zu dürfen?«

Mit einem unterwürfigen schiefen Lächeln guckt er mich an, zappelt und nickt. »Du hast vollkommen recht.«

Was will dieser Clown in meiner Küche?

»Dein Essen ist erstklassig.«

»Du hast eine seltsame Art, deiner Verehrung für mein Essen Ausdruck zu verleihen, Paul. Erklärst du dich bereit, für morgen eine Gegendarstellung zu schreiben und in eurem Käseblättchen zu veröffentlichen?«

»Das geht nicht. Es geht nicht um dein Essen, es geht um ... dich. Einige deiner Kreditgeber haben so langsam Hummeln im Hintern.«

»Und was bringt es denen, mich fertigzuma... Ach, verstehe: meinen Ruf ruinieren, mich in den Ruin treiben. Aber so kommen sie auch nicht an ihr Geld. Und was hast *du* mit der ganzen Sache zu schaffen?«

Das verschlagene Wiesel weicht meinem Blick aus.

»Oder gibt es vielleicht ein anderes Restaurant, einen anderen Koch, der mich loswerden will und bereit ist, meine Schulden zu übernehmen, wenn mein Laden vor die Hunde geht ... aber wer sollte das sein?« Ich habe keine Zeit für Ratespielchen.

Serge und Tiffany stehen unschlüssig herum und warten nur darauf, dass mir endgültig der Kragen platzt.

Wobei es tatsächlich so ist, dass die Liste der Köche, die das Fortune gerne am Boden sähen, zusehends länger wird. Durch meine guten Kontakte bekomme ich immer die erste Wahl und nur das Beste von allem. Und ich kann sie allesamt an die Wand kochen. Und ja, das Geld werfe ich mit beiden Händen raus, ich habe ein Faible für schnelle Pferde, und mein Lebensstil würde besser nach Monaco passen als nach Woolloomooloo.

»Ich könnte deinen Rat brauchen«, sage ich, und mein Blut kocht genauso wie das Coq au vin für Dienstag. Aber meine Stimme bleibt ganz ruhig, wie die eines weisen alten Mannes.

Hoffnungsvoll schaut Paul mich mit seinen Knopfaugen an. »Weißt du, es tut mir wirklich leid, Frankie. Ich habe das noch nie gemacht, aber mir blieb gar keine andere Wahl – mit der Kritik, meine ich.«

Mit einer nonchalanten, großherzigen Geste wedele ich seine Entschuldigungsversuche beiseite. »Wie findest du die Soße?«, frage ich und reiche ihm einen Löffel. »Noch etwas Salz?«

Paul trottet auf mein Coq au vin zu und schlürft gierig. Schmeckt. Ich muss gestehen, er hat einen feinen Gaumen, nicht herausragend, aber sehr gut, was mir widerstrebend Respekt abnötigt. Aber ihm zuzusehen, wie er schmatzend die Soße verkostet, ist wahrlich kein schöner Anblick.

»Vielleicht ein bisschen mehr Pancetta?«

»Echt?« Ich nehme ihm den Löffel aus der Hand und probiere. Der Mistkerl hat recht. Ich gebe ihm den Löffel zurück, und der Gierschlund scheint plötzlich wieder mutig zu werden und nimmt sich gleich noch einen Löffel. »Ich dachte, du wüsstest, was wir hier machen. Hier geht es nicht nur ums Essen – die Konsistenz, den Biss, den Geschmack –, es geht um Alchemie. Jedes Gericht ich durchdrungen von der jeweiligen Stimmung und Geschichte, es wird beeinflusst von den Gesprächen, die man führt, der Beleuchtung, den Gästen am Nebentisch, dem Geruch des Kellners. Das alles ist wichtig. Ich will, dass es etwas bedeutet.«

Paul nickt und schluckt gierig. »Ja, ja, tut es.«

»Herrgott, du bist echt ein feiger Trottel.«

Paul richtet sich kerzengerade auf und ist plötzlich wieder auf der Hut. Ich sehe ihm genau zu. Und beschließe, nichts zu unternehmen. Aber andererseits ...

»Ach, zum Teufel mit dir.« Und damit drücke ich sein Gesicht in das Coq au vin. Lange genug, dass es wehtut, aber nicht so lange, dass er dauerhafte Narben davonträgt.

»Du hattest recht, es fehlte noch etwas Pancetta. Serge!«

Wie immer ist Serge sofort zur Stelle.

»Wir müssen ein neues Coq au vin ansetzen!«

Serge reicht Paul ein Geschirrtuch und nickt. »Ja, Chef!«, während ich mich wieder meinen Tellern widme.

Ein Mann muss tun, was ein Mann tun muss.

# 22

## Lucy

Auf dem Fischmarkt besorge ich allerbesten Thunfisch und frische Jakobsmuscheln für heute Abend. Ich halte mit dem Lieferwagen vor dem Fortune und sehe eine zerknitterte, zusammengesunkene Gestalt im Türrahmen. Sicher der alte Bill. Ich habe ihm unterwegs extra einen Kaffee besorgt, als kleine Wiedergutmachung dafür, dass er seinen liebsten Schlafplatz geräumt hat, seinen Stammplatz, wenn er gerade nicht in der Notunterkunft übernachtet. Ich drücke auf die Hupe und rufe: »Bill!«

Verwundert sehe ich den alten Bill hinter dem Haus hervorkommen. Er verpasst der Wand einen herzhaften Tritt und kommt zu mir rüber. Wir machen nicht viele Worte, wir nicken uns nur zu.

Ich reiche ihm den Cappuccino.

»Zucker?«

»Schon drin.«

Seine Augen sehen aus wie die roten Knopfäuglein einer Labormaus. Anscheinend eine lange Nacht auf Terpentin. Über seine Vergangenheit weiß ich noch immer nichts.

»Wer ist das denn?«, frage ich und weise zur Tür.

Bill lacht und guckt himmelwärts. »Das ist Serge.«

»Hä?«

»Serge. Er sagt, er ist hier, um dir zu helfen.«

Mein Blick geht zu der reglosen Gestalt vor meiner Eingangstür, und in meinen Ohren rauscht es wie die aufgewühlte

See. Bill zuckt nur die Achseln und verzieht sich wieder. Er hat offensichtlich keine Lust, meinem unmittelbar bevorstehenden Nervenzusammenbruch beizuwohnen.

Vorsichtig nähere ich mich und sehe die brennende Zigarette in Serges Hand. Die Asche an der Spitze ist so lang, ein Wunder, dass sie nicht längst abgefallen ist. Serge schnarcht selig. Er sieht aus wie achtzig, müsste aber eigentlich in etwa so alt sein wie Frankie (wenn er noch leben würde), ungefähr Anfang sechzig.

Tiefe Furchen durchziehen sein Gesicht. Seine Haare sind wirr und könnten einen ordentlichen Schnitt vertragen. Und gewaschen sind sie auch nicht. Mit jedem Ausatmen verströmt er einen durchdringenden Geruch nach Knoblauch und Bourbon und erwacht dann ruckartig von seinem eigenen Furz.

»Nich geschlafn, nur gwartet.« Mühsam richtet er sich auf. Er taumelt, aber schafft es trotzdem irgendwie, dass die Asche an der Zigarettenspitze bleibt, bis er steht, dann klopft er sie mit einer lässigen, geübten Handbewegung ab. Er nickt mir zu und hustet wie ein todkranker Tuberkulosepatient in einem Hospiz.

»Serge, richtig? Kommen Sie, ich helfe Ihnen.« Ich mache einen Schritt auf ihn zu, und er legt mir einen Arm um die Schulter und keucht und hustet weiter.

»Helfe ich Auto entladen.«

»Nein, schon okay. Sollten Sie nicht besser ins Krankenhaus gehen?«

»Es geht mir gut, gerade aufgewacht. Ist eine Weile her, seit ich habe gearbeitet.«

»Ach. Wie lange denn?«

»Dreiunddreißig Jahre«, sagt er sehr präzise. »Ich habe gearbeitet für niemanden seit Frankie. Ich habe gepflegt meine Eltern, dann ich habe Urlaub, dann ich kümmere mich um Nichte, dann ihre Kinder, dann ich habe vergessen, was ich habe gemacht.«

Ach du lieber Himmel, der Mann ist ein wandelndes Desaster.

»Es tut mir leid. Ich wusste nicht, dass Sie in Rente sind.«

»Ich unterbreche Rente, um dir zu helfen. Du bist eine Freundin von Frank.«

»Eigentlich kannte ich ihn gar nicht persönlich – ich war erst zwei, als er gestorben ist –, aber meine Mum kannte ihn wohl flüchtig.«

Serge pfeift durch die Zähne und fängt wieder an zu husten. »Alle Frauen kannten Frankie.«

»Ach?«, erwidere ich freundlich, aber wie ich hoffe, kühl.

Serge nickt sichtlich stolz. »Er war, wie sagt man, ein schneidiger Typ. Schürzenjäger, aber noch bessere Koch.«

Ich nicke. »Serge, ich weiß nicht, ob Sie fit genug sind für einen Eröffnungsabend.«

»Nein. Alles gut. Ich bin da. Gehen wir rein.«

Er folgt mir zurück zum Lieferwagen, und ich fange an, meine Einkäufe auszuladen. Den Großteil der Sachen lädt er sich in die Arme. Dann macht er zwei Schritte und bleibt unvermittelt stehen.

»Serge?«

»Schon okay. Schaffe ich das.«

Wie aus dem Nichts taucht der alte Bill plötzlich auf und schnappt sich eine Tüte. Im ersten Moment bin ich mir nicht sicher, ob er damit abhauen oder sie nach drinnen tragen will. Er entscheidet sich für Zweiteres, aber als ich das Seitentörchen und die Hintertür aufschließe, stellt er die Tüte einfach an der Küchentür ab.

»Bill, kommen Sie ruhig rein.«

Entschieden schüttelt Bill den Kopf. »Noch nicht.« Und damit verbeugt er sich und geht wieder seiner Wege.

Serge ist schon drinnen und verstaut die Einkäufe im Kühlschrank. Der Mann kennt sich hier aus, so viel steht jedenfalls fest.

Versonnen schlendert er dann rüber zum Gastraum. »Ich bin zu Hause, ich bin zu Hause.«

Ich folge ihm. Serge sieht sich um und weint dabei ganz ungeniert.

Unvermittelt erscheint Frankie. »Serge?«

Serge kann ihn nicht sehen und geht weiter umher. »Wo ist geblieben die Tapete?«

»Die war völlig verschimmelt. Ich weiß, es sieht etwas schlicht aus, aber die Farbe ist doch sehr schön.«

»Tapete ist besser.«

»Da bin ich ganz bei dir, Serge. Heiliges Kanonenrohr, was hat dich bloß so ruiniert?«, seufzt Frankie.

»Frankie und ich hatten hier unsere meist beste Zeit.«

»Das stimmt«, seufzt Frankie wehmütig.

»Ich kann ihn noch immer riechen.«

»Weil ich direkt neben dir stehe.« Frankie geht um Serge herum, und Serge lehnt sich in ihn hinein. Die beiden sind sich so nahe, dass es mir in der Seele wehtut, das zu sehen. »Serge, du warst so jung und gut aussehend. Die Mädels waren ganz verrückt nach dir.«

»Nicht so verrückt wie nach dir«, entfährt es mir.

»Pardon? Nein, alle haben Frankie geliebt am meisten. Vor allem die Frauen.«

»Natürlich, und er hat sie auch geliebt, stimmt's?« Ich kann es mir einfach nicht verkneifen.

Frankie schaut mich an mit einem Blick, in dem sich ein kleines bisschen Stolz unter die augenscheinliche Verärgerung mischt.

»Oh, und wie viele«, stimmt Serge mir zu.

»Und ich wette, er hat eine ganze Menge Herzen gebrochen.« Langsam fängt das an, mir Spaß zu machen. Frankie aber überhaupt nicht.

»Lucille«, versucht er mich zu warnen.

»Ja, viele, viele, und immer er hat Serge gerufen, der ihm musste helfen, die Scherben aufzukehren. Ich habe getrocknet ihre Tränen und sie gesetzt in ein Taxi.«

Frankie versucht wenig überzeugend, die Sache herunterzuspielen. »*Sooo* viele waren es nun auch nicht.«

Worauf er gleich von Serge verbessert wird, der in seinen Erinnerungen schwelgend die glorreichen guten alten Zeiten heraufbeschwört. »Hunderte! Viele Hunderte!«

»Serge!«, fährt Frankie ihn an.

»Frankie!«, blaffe ich Frankie an.

Verdattert schaut Serge mich an. »Ja, Frankie, von dem reden wir doch die ganze Zeit. Ich vermisse ihn aus meinem ganzen Herzen.«

»Ach, Serge, warum kannst du mich nicht sehen?« Frankies Stimme wird ganz weich, während er seinen alten Freund aufmerksam betrachtet.

»Er war einmalig. Wir haben etwas geschaffen, an das wir haben geglaubt, und dann sie sind gekommen und haben alles weggenommen und ihn auch.«

»Was ist denn damals eigentlich passiert?« Vielleicht weiß Serge ja mehr.

Frankie mustert weiter aufmerksam seinen früheren Gehilfen.

»Er war zu großzügig, zu frei, er hatte zu viele Schulden.«

Frankie nickt widerstrebend. »Das stimmt, ich war eine wandelnde Katastrophe und hatte überhaupt keinen Plan.«

»Er stand kurz vor der Pleite, er hätte müssen die Türen schließen.«

Als er das hört, stampft Frankie mit dem Fuß auf. »Nein! Das wollte ich nicht. Gewisse Leute haben mir Geld geschuldet, und ich habe gewissen Leuten Geld geschuldet – sie hätten nur ein bisschen warten müssen.«

»Aber was er hat kreiert in diese Küche ... Niemand konnte heranreichen an ihn.«

»Ach, hättest du doch bloß recht«, jammert Frankie. »Und wie sie an mich heranreichen konnten. Von hinten, die Feiglinge. Ich habe nicht mal ihre Gesichter gesehen.«

Serge weint noch heftiger. »Er war einmalig.«

»Ach, Serge, heul leise, du führst dich auf wie meine Tante Ethel«, brummt Frankie.

»Jetzt ich habe schlimmen Rücken und kein Elan.« Serge zieht sich einen Stuhl heran und setzt sich. Sein Blick geht nach unten. »Der Dielenboden gefällt mir. Bisschen laut aber.«

Er hat recht.

»Wir besorgen ein paar große Teppiche, sobald wir es uns leisten können.«

»Du bist ein mutiges Mädchen.«

Frankie schlägt die Hände zusammen. »So gefällt mir das schon viel besser.«

Serge spinnt seinen Gedanken weiter. »Die ganze Stadt sagt, wird gehen in die Hose.«

»Die ganze Stadt?«, frage ich ungläubig. »Serge, von wem haben Sie das gehört?«

»Meine Nicht, sie schickt mir Tweets.«

Na toll, sogar mein total zerstörter Souschef sieht auf den ersten Blick, dass ich volle Kraft voraus in mein Verderben schippere.

»Sicher, dass Sie fit genug sind?«, frage ich ihn.

Serge steht wieder auf, versucht, sich in die Brust zu werfen, und hustet. »Serge wird helfen, alles wird gut. Außerdem, was ich habe sonst zu tun? Das hier gibt meinem Leben wieder einen Sinn. Ich glaube an dich.«

Ich muss lächeln. »Danke, Serge.«

Er macht einen Schritt auf mich zu, als wollte er mich umarmen. Das scheint Frankie gar nicht zu gefallen.

Ich drücke ihn kurz, so lange es meine Geruchsnerven aushalten, und seine Hand landet auf meinem Hinterteil. Entschieden gebe ich ihm einen Klaps und löse mich aus seiner Umarmung. Vollkommen unbeeindruckt zuckt Serge die Achseln.

Frankie schüttelt lachend den Kopf. »Das macht er immer.«

»Einen Versuch es war wert«, meint Serge.

»Küche, sofort. Da liegt ein Berg Möhren. Also los, schälen und schnippeln«, kommandiere ich streng.

Fröhlich beugt Serge sich meinem Befehl. »Jawohl, Chef!«

Ich warte, bis er außer Hörweite ist. »Mistkerl!«, schimpfe ich.

»Im Ruhestand«, gurrt Frankie.

»Aber nur, weil du tot bist!«

»Du hast keine Zeit, dich über mich aufzuregen, Lucille.«

Mein Blick geht zur Uhr. Er hat recht. Mal wieder.

# 23

## Frankie

Komisch, oder, wenn man jemandem begegnet, den man seit Jahren, ja Jahrzehnten, nicht mehr gesehen hat, und zuerst steht da dieser ausgelutschte, gebeugte, zerknitterte, ausgezehrte Hochstapler mit schütterem Haar, der so tut, als sei er der alte Freund. Wie in diesen furchtbaren Zeitschriftenartikeln, in denen Leser aufgefordert werden, Fotos von sich und dem Star, dem sie ähnlich zu sehen glauben, einzuschicken. Wirklich schräg.

Aber mit jedem Atemzug, jeder Geste, jedem Augenblick, der vergeht, erkennt man ihn immer mehr, und die Erinnerung kehrt zurück. Vielleicht ist er es ja *doch*.

Und dann macht der andere irgendeine bescheuerte, allzu vertraute Bewegung, wie Serge, der Lucille an den Po greift, und sofort hat man wieder das Original vor Augen. Darauf ein Halleluja.

# 24

## Lucy

Ich frage mich, wer wohl zuerst auf die Idee gekommen ist, Schweinebauch, so saftig, so salzig, so knusprig an den Seiten, so goldrichtig, mit der traumhaften Leichtigkeit von sautierten Jakobsmuscheln zu vereinen. Mit Basilikumöl beträufelt, platziert auf einem Bett aus Erbsen, begleitet von mit Honig karamellisierten Babykarotten. Ladies and Gentlemen, und schon haben wir unser Hauptgericht, eine augenzwinkernde Neuinterpretation des legendären Surf and Turf.

Der Morgen verläuft so reibungslos wie ein Morgen, an dem man sich mit einem schürzenjagenden Geist und einem verkaterten Souschef herumschlagen muss, nur laufen kann. Womöglich sogar ein kleines bisschen besser.

Frankie und Serge ähneln einander sehr in ihrer Art zu reden, und auch in ihren Ideen. Doch während Frankie ungeduldig ist, zwanghaft und auf seine Art unwiderstehlich, ist Serge eher zurückhaltend und respektvoll. Und obwohl er etwas aus der Übung ist, ist er ein verdammt guter Souschef. Wir haben das Menü besprochen, und er hat ihm seinen Segen gegeben, auch wenn Begriffe wie *Infusion*, *Dekonstruktion* und *Terroir* völlig an ihm abprallen und auch von Frankie nur abfällige Bemerkungen und Kopfschütteln ernten. Aber das ist halb so schlimm. Manchmal neigt man dazu, Rezepte ganz unnötig zu verkomplizieren, in der Hoffnung, dass sie dann besonders ausgefallen klingen. Das möchte ich unter allen Umständen vermeiden.

Im Circa wimmelte es nur so von derartigen verbalen Ausfällen. Wie Frankie so schön sagt, »saftig« auf eine Speisekarte zu schreiben ist genauso schlimm, wie »lecker« zu sagen. Es sollte sich von selbst verstehen, dass das Schweinefleisch saftig ist, allein von der Konsistenz, dem Geschmack, der Üppigkeit her. In den letzten Jahren haben wir uns alle zu arg ausschweifender Speisekartenmasturbation hinreißen lassen.

Vor hundert Jahren hieß es noch schlicht und ergreifend Vorspeise, Hauptspeise und Dessert. Alles andere war allein dem Koch überlassen. Ich glaube, mit der zunehmenden Popularität von Kochshows im Fernsehen werden wir alle immer kreativer, was nicht nur gut ist. Verstehen Sie mich nicht falsch, ich bin sehr froh, dass wir darüber reden, was wir eigentlich essen – wir sollten uns wirklich umfassend informieren, um bewusster zu konsumieren. Aber irgendwann ist das ein bisschen aus dem Ruder gelaufen. Je mehr Worte auf der Speisekarte stehen, desto nervöser werde ich inzwischen, ganz gleich ob als Gast oder als Köchin.

Serge nimmt gerade die Sesamcracker aus dem Ofen, als es an der Hintertür klopft. Frankie ist irgendwohin verschwunden – bestimmt kümmert er sich um die Gäste in seinem jenseitigen Paralleluniversum.

Und dann steht plötzlich Hugo vor mir, im Arm einen Karton voller Bastelkram und eine Kiste Veuve Clicquot.

Sofort ist Frankie wieder da und beäugt den Champagner. Und dann tönen er und Serge im Chor: »Ah, böse Klitoris, meine Lieblingsbrause.«

Hugo und ich drehen uns auf dem Absatz um und starren Serge an, der beinahe, aber dann doch nicht, errötet.

»Als ich hier habe angefangen, mein Englisch war nicht besonders gut. Frankie hatte zu wenig Personal, also ich habe ausgeholfen im Service. Und irgendein hohes Tier bestellt eine

Flasche Champagner, aber er spricht ihn falsch aus. Ich habe versucht, ihm zu helfen, aber er hat gedacht, ich sage ihm ›böse Klitoris‹. Ich sage es Frankie, und er musste lachen so laut, dass er dem Tier hat noch eine Flasche gegeben aufs Haus. Von da an, jeder im Fortune, der hat eine Menge Geld, bestellte laut und stolz ›böse Klitoris‹.«

»Das war ein lausiges Gebräu damals, ein echter Witz, die ›böse Klitoris‹«, mischt Frankie sich ein. »Man muss wissen, erst die Witwe Clicquot hat das aus dem Blubberwasser gemacht, was es heute ist. Weg von seinen klebrig-süßen Wurzeln, hat sie ein strauchelndes Weingut zu einem Star am Champagnerhimmel erhoben. Gott hab sie selig. Ich glaube, ihr würde der Name gefallen.«

»Aha«, sage ich. Was soll ich auch sonst sagen?

»Lucy, hilfst du mir jetzt, oder unterhältst du dich weiter mit deinem Basilikum?«

Rasch flitze ich hin und nehme Hugo ein paar Papierrollen ab, die ganz obenauf liegen. »Was machst du denn hier? Ich dachte, du hättest gesagt, es sei die Leith-Folter nicht wert.«

Hugo ist ein ganz entzückender Mensch. Er bewegt sich mit so viel Esprit und Stil zwischen den Gästen, als sei der Speiseraum ein roter Teppich. Immer hält er die perfekte Balance zwischen Beflissenheit und einem ordentlichen Spritzer Frechheit. Er ist ein begnadeter Kellner, Organisator und Lifestyle-Connaisseur, der sich mit Essen wahrhaftig auskennt. Und stets läuft er jungen Männern hinterher, die ihm dann das Herz brechen. Von seinen jüdischen Eltern wird er immer noch herumkommandiert wie ein kleines Kind und genauso abgöttisch geliebt. Multimillionäre haben ihn für ihre Privatjets abwerben wollen, und natürlich hat jedes halbwegs vernünftige Restaurant der Stadt ihm schon ein Übernahmeangebot gemacht, und das nicht ohne Grund. Aber er ist sehr loyal, und er hasst Veränderungen. Er war einer der Hauptgründe, weshalb ich im Circa ausgeharrt habe, als alles anfing, den Bach runterzugehen. Sein Witz und seine Weisheiten haben mir geholfen, so manchen langen Abend in der Küche zu überstehen, wenn mein Ehemann sich mal wieder frühzeitig aus dem Staub gemacht und mich mit dem Durcheinander sitzen gelassen hat.

»Julia hat meinen Vater angerufen, um das mit der Versicherung für dich zu klären. Dad sagt die ganze Zeit kopfschüttelnd, Julia sei die halsabschneiderischste Anwältin, mit der er es je zu tun hatte. Julia hat Dad das von dir und Leith erzählt. Dad hat es Mum gesagt, und Mum hat mich zu sich nach Hause zitiert. Und als ich ihr das Video auf Instagram gezeigt habe, wie du Leith im Circa anschreist, und ich ihr erzählt habe, wie hoch es an dem Abend zwischen den Gästen herging, hat Mum herzlich gelacht. Dann hat sie ihre Freundinnen angerufen, für heute Abend einen Tisch für acht Personen reserviert und mir gesagt, dass sie für sämtliche eventuell anfallenden Schadensersatzzahlungen aufkommt, sollte Leith mich tatsächlich wegen Vertragsbruchs verklagen. Danach habe ich mich mit Onkel Harvey unterhalten, der einen Brief aufgesetzt hat, um Leith von vornherein in die Schranken zu weisen. Darin sind unter anderem einige Dinge aufgeführt, die Leith sich geleistet hat und die nicht unbedingt gesetzeskonform sind. Das habe ich dann zusammen mit meinem Kündigungsschreiben zum Circa gebracht, und Leith wurde weiß wie die Wand. So, und jetzt bin ich da, wenn du mich noch willst. Ach, und das Blubberwasser ist von meiner Mumsie.«

Noch ehe ich ein Wort sagen kann, strahlt Hugo Serge mit einem breiten Lächeln an. »Hallo, ich bin Hugo.«

Anerkennend mustert Frankie ihn. »Gefällt mir. Manche Tunten haben mehr Rückgrat als Heteros.«

»Frankie!«, weise ich ihn empört zurecht.

Hugo und Serge schauen mich verständnislos an. Serge, der Gute, rettet mich schließlich. »Nein, ich bin Serge. Frankie war der Eigentümer.«

»Ja«, beeile ich mich zu sagen. »Natürlich. Serge, das ist Hugo, mein Lebensretter und Oberkellner und Sommelier, falls wir uns irgendwann die Ausschanklizenz leisten können. Hugo, das ist Serge, mein Souschef.«

»Nummer eins«, erklärt Serge stolz.

»Sehr erfreut.« Hugo hat noch immer sein strahlendes, rehäugiges, nicht urteilendes, demokratisch-linksliberales Lächeln im Gesicht.

Hugos Mum habe ich eine Menge zu verdanken. Eine Mutter wie sie wünscht sich jeder: klug, ehrgeizig, stylisch bis zum Gehtnichtmehr, eine Psychotherapeutin, die als Society Queen im Vorstand so ziemlich jeder Wohltätigkeitsorganisation der Stadt sitzt. Bei Tagesanbruch kann man Stella auf der Promenade am Bondi Beach beim Powerwalken treffen, im Schlepptau ihre Hunde und ihren Ehemann, den lässig-eleganten und superschlagfertigen John Supera. Kurz nach Sonnenaufgang sitzt sie auf ihrem Trainingsrad und konferiert per Freisprechanlage mit einem Grüppchen hoher Tiere und betreibt engagierte Lobbyarbeit für ihre zahlreichen Anliegen. Zum Lunch veranstaltet oder leitet sie meistens irgendeine kleine Sitzung, am späten Nachmittag ist sie wieder in der Praxis und kümmert sich um ihre Patienten. Danach geht es zum Dinner mit einem ihrer vier Kinder oder zu irgendeiner Veranstaltung. Es ist nicht weiter ungewöhnlich, morgens um drei eine E-Mail von Stella zu erhalten mit dem Betreff: »Nur so ein Gedanke«. Stella ist eine Sozialreformerin, eine wunderbare Mutter, eine treu sorgende Ehefrau und die Frau, die man unbedingt am Eröffnungsabend dabeihaben will. Sie könnte das ganze Land managen, wenn nicht sogar die gesamte westliche Welt, ohne mit der Wimper zu zucken. Bei den Olympischen Sommerspielen in Sydney hat sie sogar für irgendein winzig kleines exotisches Land, dessen Namen niemand kannte, die Fahne getragen, weil sie nicht wollte, dass sie übergangen werden. Es gab genau einen Teilnehmer aus diesem Land, und zwar im Tischtennis oder so was, und Stella wollte auf keinen Fall, dass er seinen großen Moment versäumt. Wenn Stella zum Eröffnungsabend kommt, ist das ein bisschen, als würde Jackie Kennedy zu einer Premierengala ein Kleid deines Modehauses tragen.

»Was riecht denn hier so?«, fragt Hugo. Frankie geht um ihn herum und nimmt ihn ganz genau unter die Lupe.

»Vielleicht der Schweinebauch?«, mutmaße ich.

»Riecht nicht nach Essen.« Wieder schnuppert Hugo und wirkt alles andere als angetan.

»Trägst du *Kouros*, Serge?«, frage ich.

Stolz wirft Serge sich in die Brust. »Morgens ein kleiner Spritzer hinter jedes Ohr. Die Damen stehen drauf.«

»Bestimmt stehen sie Schlange«, witzelt Hugo.

»Schon länger nicht mehr«, entgegnet Serge nachdenklich.

Worüber Hugo lachen muss und Serge auch. Frankie haut Hugo jovial auf den Rücken. Hugo schaut sich über die Schulter, sagt aber nichts.

»Was willst du denn mit dem Bastelkram?«, frage ich.

Hugo zuckt die Achseln und tut ganz nonchalant. »Das ist bloß der Rest der Florence-Broadhurst-Tapete aus dem Badezimmer meiner Mum. Julia meinte, nach vorn raus sieht es ein bisschen langweilig aus. Und ich dachte, damit könnten wir eine Wand so richtig zum Blickfang machen.«

Vor Freude klatsche ich in die Hände. Stellas Geschmack ist stilsicher und ausgefallen und absolut tadellos.

Frankie wirkt reichlich verdattert. »Ja, klar, sie hat recht, es wirkt ziemlich langweilig. Aber wieso nur eine Wand tapezieren? Wieso nicht gleich den ganzen Raum?«

Hugo geht durch in den Gastraum und pfeift anerkennend. »Nicht schlecht, Lucy Lu. Fehlt nur noch das i-Tüpfelchen.« Und damit entrollt er eine traumschöne goldene Brokattapete, die den Goldrand des Zauberflötengeschirrs wunderbar akzentuieren wird. Ich zeige Hugo das Rosenthal-Geschirr, und er applaudiert begeistert.

»Ich kenne Florence. Tolle Frau, hat früher gelegentlich bei mir gegessen. Ich glaube, das würde ihr gefallen.« Langsam begeistert Frankie sich für die Idee mit der Tapete.

Serge dagegen bleibt skeptisch. »Und wo ist das Bild?«

Frankie schmollt. »Das hat dieses furchtbare Weib mitgenommen, mit dem ich mal was hatte.«

Serge scheint Frankies Worte aus der Luft zu greifen. »Ach ja, jetzt ich weiß wieder. Eines Abends, eine Freundin von Frankie, sie kommt ins Restaurant, nimmt es von der Wand und marschiert damit raus, nachdem sie hatten einen Streit. Als Freund er war Katastrophe, aber ist wirklich schade, war ein echter Whiteley.«

»Du hattest einen Whiteley?«, platze ich heraus.

»Ich doch nicht«, entgegnet Serge. »Frankie.«

Frankie nickt stoisch.

»Und wer ist diese Freundin?«, fragt Hugo fasziniert.

»Sehr erfolgreiche Kunsthändlerin«, erklärt Serge stolz.

»Kann ich mir vorstellen«, meint Hugo.

»Sie jetzt lebt in London. Frankie hatte so einige. Was ist mit anderen Bildern?«

Theatralisch schlägt Frankie sich mit der Hand gegen die Stirn, obwohl ich sein einziges Publikum bin. »Ach herrje, aber natürlich. Aber die willst du sicher nicht.«

»Was will ich nicht?«, frage ich.

»Die anderen Bilder«, sagt Serge. »Frankie, er hatte immer ein Herz für Künstler. Hat sie oft bezahlen lassen mit ihrer Arbeit.«

»Und da frage ich mich, warum ich kurz vor der Pleite stand«, grummelt Frankie. »Verdammte Künstler, die haben mir die Haare vom Kopf gefressen, haben gesoffen und sind immer bis in die Puppen geblieben. Aber Spaß hatten wir, das muss man schon sagen.«

»Wo sind die Bilder denn jetzt, hat die jemand mitgenommen?«, will ich wissen.

»Ich habe sie in einem der Regale in der Speisekammer versteckt. Eigentlich wollte ich sie benutzen, um damit die Regalbretter auszulegen«, schnaubt Frankie.

Hugo schlägt die Hände zusammen. »Genau wie in La Colombe d'Or.«

La Colombe d'Or, Die Goldene Taube, ist eins der romantischsten Restaurants der Welt. Es liegt an der französischen Riviera und ist bekannt für die vielen Kunstwerke, die seine Wände zieren.

»Nur dass die Künstler nicht Chagall oder Picasso heißen. Genau das war auch meine Inspiration«, sagt Frankie.

Ich gehe wieder in die Küche und hocke mich hin, um die Speisekammer abzusuchen.

»Was wir machen hier?«, fragt Serge, der mir zusieht, wie ich herumkrieche.

»War nur so ein Gedanke.«

»Lucy, Süße, hast du überhaupt Zeit für so was?«, fragt Hugo besorgt. »Warum sollte er sie denn hier versteckt haben?«

»Um die Regelböden damit auszulegen«, antworte ich ganz sachlich.

»Ich glaube, sie sind unten rechts, nein, warte, vielleicht auch unten links«, sagt Frankie. »Kann aber auch sein, dass ich sie mit nach Hause genommen und in den Müll geworfen habe.«

Die anderen helfen nun auch, und gemeinsam kriechen wir auf allen vieren herum, als Julia hereinkommt. Wie auf Kommando schauen alle auf.

»Ich nehme an, ihr betet, dass wir den heutigen Abend heil überstehen?«

»Was machst du denn schon hier?«, frage ich verdutzt.

»Ken ist früher von der Arbeit nach Hause gekommen. Beim Gedanken an die Menschenmassen heute Abend ist bei ihm spontan Nesselfieber ausgebrochen, also habe ich ihn bis auf Weiteres unter Quarantäne gestellt. Die Nanny ist bei Attica, also gehöre ich ganz dir. Bitte sag mir jetzt nicht, dass ich auch auf dem Boden herumkriechen soll.«

»Serge meint, hier könnten noch ein paar Bilder sein. Zeichnungen.«

»Und ihr hofft jetzt, dass ein Rembrandt dabei ist?«

»Ein Olsen würde mir schon reichen«, sagt Hugo hoffnungsvoll.

»Nein, der hat nie ein Bild für mich gemalt«, meint Frankie gedankenversunken.

»Verflixt.« Ich liebe Olsen.

Und dann sehe ich plötzlich einen kleinen Hubbel im Linoleum. »Unter dem Linoleum vielleicht?«, frage ich meinen Geist.

»Kann sein. Womöglich war ich nicht ganz nüchtern, als ich sie weggepackt habe.«

Julia reicht mir ein Messer, mit dem ich die Linoleumfliese vorsichtig anhebe. Die müsste ohnehin dringend ersetzt werden. Und darunter liegt eine sorgfältig verschlossene Plastiktüte mit der Aufschrift: »Schlechte Kunst von armen Gästen«.

»Er hat es beschriftet. Gefällt mir.« Julia nickt anerkennend. Das ist die erste nette Bemerkung, die Julia über Frankie gemacht hat, und er sonnt sich in diesem unverhofften Kompliment. Vorsichtig wickele ich das Paket aus, in dem beinahe dreißig Zeichnungen sind, die meisten wenig spektakulär.

»Ich hab's doch gesagt«, murmelt Frankie hochzufrieden.

»Ach, Mensch«, seufzt Hugo enttäuscht.

»Die meisten Künstler haben nicht so viel Talent. Die guten Frankie hat aufgehängt.«

»Einen Versuch war es wert.« Und dann sehe ich noch eine kleine Erhöhung. »Und was ist das da?«, frage ich Frankie.

»Keine Ahnung«, entgegnen die anderen im Chor.

Noch ein verschlossenes Päckchen, aber diesmal unbeschriftet. Ich mache es auf. Wunderschöne fließende Zeichnungen und ein paar Gemälde sind darin, darunter ein Porträt von Frankie.

»Das ist ja ein Matthias Drewe!«, ruft Hugo strahlend.

Matthias Drewe, inzwischen Mitte fünfzig, ist in der australischen Kunstszene bekannt für seine Launenhaftigkeit und seine heiter-gelassenen Gemälde. Beim Archibald Prize für Porträtmalerei ist er mit schöner Regelmäßigkeit unter den Finalisten.

»Matthias Drewe. Er hat angefangen als Aushilfe hier. Mit der Spülbürste er konnte nicht umgehen, aber mit dem Pinsel schon«, erzählt Serge uns.

»Ach, der. Hatte ich schon ganz vergessen, den kleinen Unruhestifter.« Frankie ist gänzlich unbeeindruckt.

»Der hat hier als Küchenhilfe gearbeitet?«, frage ich ungläubig.

»Er war ein Straßenkind und hat geklaut wie Rabe – immer er hat was abgezweigt von Frankies Brotlieferungen. Frankie hat ihn erwischt und wollte ihm eine kleben, aber er war erst dreizehn, also Frankie hat ihm gegeben einen Job stattdessen.«

»Er hat ihm einen Job gegeben? Das ist ja Kinderarbeit!« Frankie sackt in Julias Ansehen wieder merklich ab.

Frankie lacht. »Der Kerl war nie ein Kind. Einer der hintertriebensten, ausgebufftesten und talentiertesten kleinen Stinker aller Zeiten.« Er sagt das nicht ohne einen gewissen Respekt.

Hugo ist völlig gefesselt. »Und was ist dann passiert?«, fragt er Serge.

»Matthias hat gemacht von Anfang an mehr Ärger als gearbeitet. Immer er war hier, kam früh und saß da und hat mich gezeichnet, während ich und Frankie haben die Speisekarte und die Rezepte besprochen. Und dann er hatte eine Idee: Gegen Geld anderen Restaurants unsere Ideen verraten.«

»Die kleine Ratte!« Hugo scheint ehrlich beeindruckt.

»Er brauchte Geld für ein neues Fahrrad. Frankie hat es rausgefunden und wollte ihn vor die Tür setzen, aber er hat geweint so laut, dass Frankie wurde weich, und er durfte bleiben. Ständig er hat geklaut Sachen, aber er ist geblieben, bis er ist gegangen an die Kunsthochschule in London. Ehe er ging, er hat Frankie die gegeben.«

Wieder schauen wir uns die Bilder an.

»Ist das Frankie?«, fragt Hugo und weist auf das Porträt.

Liebevoll betrachtet Serge das Bild. »Ja, das ist er.«

»Hallo, der ist ja voll der Feger!«, ruft Hugo ganz entzückt, und ich muss mich beherrschen, um nicht zustimmend zu nicken.

Frankie stürzt sich auf das Kompliment wie eine Katze auf eine Maus. »Der Kerl hat Geschmack«, brummt er und weist mit einem Nicken auf Hugo.

Julia schaut sich das Porträt etwas genauer an. »Ja, hübsches Gesicht, schöne Wangenknochen, aber auf mich wirkt er ziemlich arrogant.«

»Ja«, stimme ich ihr zu.

»Hey, mal ganz langsam!«, sagt der Gegenstand ihrer Kritik.

Serge betrachtet das Bild. »Ja, sehr arrogant. Und sehr liebenswert.«

Ich packe die Bilder wieder ein.

»Du könntest sie doch verkaufen? Das Geld ins Restaurant stecken?«, schlägt Hugo vor.

»Die gehören nicht mir. Ich bin nur die Pächterin, nicht die Eigentümerin.«

»Frankie hätte sicher nichts dagegen«, versichert Serge.

»Nein, ich hätte nichts dagegen.« Frankie mustert mich. »Mach damit, was du willst.«

»Ich lasse sie rahmen und behalte sie. Schließlich ist das auch Frankies Laden«, erkläre ich.

»Ach du lieber Himmel, du wirst nicht mal eine Woche durchhalten mit deinen romantischen Prinzipien.« Julia versucht erfolglos, sich ein Kopfschütteln zu verkneifen.

Frankie dagegen wirkt hocherfreut. »Sicher?«

»Die bringen uns Glück, und er hätte sie sicher auch aufgehängt, wenn er noch da wäre. Es ist ein bisschen, als gäbe er uns damit seinen Segen.« Diese Erklärung sauge ich mir beim Reden aus den Fingern. Ich liebe Matthias Drewes Arbeiten, und genau so etwas hat diesem Restaurant noch gefehlt. Und außerdem finde ich es schön, Frankie anzuschauen.

Serge fängt wieder an zu weinen.

Julia mustert mich misstrauisch. »Häng das Porträt von ihm nur nicht über den Kamin.«

»Okay.«

Ist es nicht seltsam, wie man manchmal an den Punkt kommt, wo man sich einfach in alles fügt, was auch immer da kommen mag, und wie man dann plötzlich feststellt, dass man just in diesem Augenblick am glücklichsten ist?

Ich mache mich auf den Weg, um noch ein paar Blumen abzuholen, und als ich wiederkomme, sind Julia und Hugo lachend damit beschäftigt, die Tische im Speiseraum einzudecken. Die Broadhurst-Tapete hängt dank einiger strategisch platzierter Poster Strips an der Wand – und dann geht mir auf, worüber sie lachen: Serge singt. Vorsichtig spähe ich in die Küche und sehe, dass er den alten, ramponierten Gettoblaster aus dem untersten Regal gekramt und eingestöpselt hat und fröhlich zu *Guilty* von Barbra Streisand und Barry Gibb mitträllert. Was Julia und Hugo natürlich nicht mitkriegen, ist, dass Frankie direkt neben ihm steht, während Serge die Bohnen für den Niçoise vorbereitet, und die perfekte zweite Stimme dazu singt. Das haben sie ganz offensichtlich früher öfter zusammen gemacht. Und just in diesem Augenblick, bevor Frankie weiß, dass ich da bin, bin ich plötzlich sehr dankbar. Dankbar, dass ich diese Freaks zusammengetrommelt habe, die sich alle ein Bein ausreißen, um das Fortune wieder zum Leben zu erwecken ... und mich auch irgendwie. Und dann fange ich natürlich an zu heulen. Und Serge hört auf zu singen.

»Das Lied dich macht traurig?«

»Nein«, entgegne ich. »Das habe ich nicht mehr gehört, seit ich ungefähr acht war, aber es macht mich froh.«

Serge nickt zustimmend. »Eine gute Frau, unsere Babs. Haben wir viel gehört.«

Ich lächele Frankie zu, während ich frage: »Dann mochte Frankie also Musik in der Küche?«

Beide nicken und antworten dann fast gleichzeitig.

»Wir haben alles gehört: Bowie, Van Morrison, die Stones«, setzt Serge an.

Und Frankie fährt fort: »Led Zeppelin, Dylan, Bach.«

»Olivia Newton-John.«

»Was? Olivia Newton-John haben wir nie gehört!«

»Nana Mouskouri.«

»Serge! Er lügt. Irgendwann haben wir ihm verboten, seine eigenen Kassetten mitzubringen!«

»Und die Dame, die jodelt … und ABBA.«

»ABBA, niemals!«

Hugo und Julia kommen wieder in die Küche, beide lauthals singend.

»Die Musik ist total retro. Sehr cool.« Hugo dreht sich elegant um die eigene Achse.

Frankie schmollt. »Nix ist hier retro. Das ist einfach nur gute Musik! Was habt ihr jungen Leute bloß mit eurer Manie, allem ein neues Etikett verpassen zu müssen? Diese Musik ist auch heute noch hochaktuell.«

»Sagst *du*«, sage ich.

»Sag nicht, dass sie dir nicht gefällt, du musst dich doch schon beherrschen, kein Solo zu schmettern.« Julia versucht ihrerseits eine eigene kleine Tanzeinlage … sehr eigen.

Das ist das Problem dabei, wenn man mit Menschen zusammenarbeitet, die einen in- und auswendig kennen. Unter anderem die Macke, mit Vorliebe Achtzigerjahre-Powerballaden zu schmettern und zu Bananarama zu tanzen, wenn man ein bisschen angeglimmert ist.

»Ich würde sagen, das nehmen wir heute Abend als unsere Playlist, das wird lustig!«, tönt Hugo lachend.

»Lieber Himmel«, stöhnt Frankie. »Wir sind hier in einem Restaurant, nicht im Zirkus. Aber Musik brauchen wir auf jeden Fall, ja.«

»Ich habe schon eine Playlist zusammengestellt«, widerspreche ich. »Und es sind eine Menge Siebziger- und Achtzigerjahrehits drauf, aber ein bisschen mehr in Richtung Indiefolk: Joni Mitchell, Nick Drake, so was in der Art. Und ja, ich hatte das Fortune im Sinn, als ich sie zusammengestellt habe.«

Serge wirkt besorgt. »Sind Bee Gees auch dabei? Die Bee Gees müssen dabei sein.«

Mein Blick geht zu Frankie, der sehr ernst nickt. »Riskier

was. Nimm die Gäste mit auf eine wilde Fahrt, als kleinen Vorgeschmack, was ihren Gaumen erwartet. Führ sie von Philip Glass zu Nina Simone und dann weiter zu den Bee Gees.«

»Bee Gees ich habe«, erklärt Serge und macht sich wohl einen imaginären Knoten ins Taschentuch, damit er nicht vergisst, die Musik mitzubringen.

Julia sieht mich an und schaltet wieder die Oberlehrerinnenstimme ein, die sie immer dann benutzt, wenn sie der Meinung ist, dass ich dringend neue Strähnchen brauche, oder wenn ich in der Öffentlichkeit einen ollen ausgeleierten Pulli trage. »Lucy, du gehst jetzt am besten nach Hause. Leg dich ein bisschen hin, geh unter die Dusche, wasch dir die Haare.«

»Eigentlich wollte ich hierbleiben und alles vorbereiten«, widerspreche ich. »Ich habe extra eine frische Bluse zum Wechseln mitgebracht.«

Julia und Hugo schütteln synchron die Köpfe. Damit komme ich wohl nicht durch. Ich schaue Serge an, der nur die Achseln zuckt und meint: »Vielleicht wäre ganz gut, nachher ein Kleid zu tragen. Und Lippenstift.«

Ach du lieber Himmel, jetzt bekomme ich schon Modetipps von einem Mann, dessen Nasenhaare praktisch bis auf die Oberlippe ragen.

Frankie stöhnt auf. »Ja, eine Frau sollte aussehen wie eine Frau.«

»Willst du damit etwa sagen, ich sehe nicht aus wie eine Frau?«, fahre ich ihn an.

»Nein, niemand sagt das, Liebes. Du bist unsere blonde Nigella«, versucht Hugo mich zu besänftigen.

»Nur etwas zerzauster«, meint Julia.

»Ein kleines Schönheitsprogramm könnte allerdings nicht schaden.« Hugo versucht, es mir so diplomatisch wie möglich beizubiegen.

Und es stimmt. Man hat einfach keinen Kopf für schicke Klamotten, Waxing oder Channel No. 5, wenn man fix und alle ist, pleite und gerade ein Restaurant eröffnet, in dem es zu allem Überfluss auch noch spukt. Aber schließlich ist es *mein* Restaurant, und da die meisten Gäste kommen, um sich anzusehen, wie die durchgeknallte Irre sich mit Karacho auf die Nase legt, wäre es vielleicht ganz gut, zu duschen und mir, ja auch das, die Haare zu waschen.

»Okay, also gut«, entgegne ich ziemlich ungnädig. »Aber eins lasst euch gesagt sein: Es kommt darauf an, was ich mache und wie mein Essen schmeckt, nicht, *wie ich aussehe.* Ich lasse mich nicht von diesen patriarchalischen Objektifizierungsversuchen unter Druck setzen.«

Die vier nicken ganz langsam, ein unterdrücktes Grinsen in den Mundwinkeln.

Indigniert drehe ich mich um und stolziere hinaus, und als ich gerade die Vordertür öffne, höre ich, wie Frankie mir nachruft: »Und bring hohe Schuhe mit für nachher. Ich weiß, dass du unter deinen Stiefeln ganz ansehnliche Fesseln versteckst.«

Woher weiß er das?

Ihm sind meine Fesseln aufgefallen?

# 25

## Frankie

Wann haben die Leute eigentlich aufgehört, Bee Gees zu hören?

Und seit wann benutzt man Walkie-Talkies, um sich die Wettervorhersage anzuschauen, Fotos zu machen und Romane zu schreiben?

Warum habe ich diese Zeichnungen nicht rahmen lassen?

Und ob sie heute Abend auch kommen, die Schuldigen?

# 26

## Lucy

Ich fahre durch einen fliederfarbenen Wirbelsturm aus Jakaranda und Glyzinien nach Hause. Das ist meine liebste Jahreszeit in Sydney: Alles grünt und blüht, und unter dem lavendelblauen Baldachin fühlt man sich wie im Wunderland.

Als ich hereinkomme, sitzt meine Mutter auf ihrem Thron und schaut gebannt eine ihrer Medizinsendungen.

»Ach, da bist du ja wieder«, sagt sie wie immer. Nie klingt sie dabei erstaunt, besorgt oder begeistert. So ungefähr, als würde man den Postboten begrüßen, der gerade aus dem Urlaub zurückkommt. »Du hast Besuch.«

Ich schaue mich um. Es ist niemand zu sehen.

»Leith.«

*»Was?«*

Mum weist zur Tür meines Zimmers.

»Warum hast du ihn da reingelassen?«, zische ich aufgebracht.

»Na ja, ich wollte ihn nicht im Wohnzimmer haben, damit er mir nicht auf den Geist geht, während ich fernsehe.«

Panik steigt in mir auf. »Wie lange ist er schon da?«

Mum zuckt die Achseln. »Er ist irgendwann während *The View* gekommen.« Der Tagesablauf meiner Mutter ist getaktet durch ihre diversen Fernsehsendungen.

»Danke, Mum.« Ich verziehe das Gesicht wie ein pubertierender Teenie und marschiere dann rüber ins Zimmer, wo Leith mich erwartet. Igitt. Wie kommt es eigentlich, dass immer wenn man gerade denkt, es geht wieder bergauf, unvermittelt der Ex auf der Bettkante hockt?

Das Zimmer ist nicht gerade sonnig, doch selbst im Halbdunkel ist Leith gut zu erkennen, wie er da ohne Schuhe auf dem Bett lümmelt und mit leerem Blick aus dem Fenster starrt.

»Leith, ich dachte, du …«

»Pst … komm her.« Er winkt mich heran, seine Stimme ist nur ein Flüstern. Wie Julia immer sagt: Der Kerl ist mehr Fassade als eine Filmkulisse.

»Was?«, frage ich, ohne die Stimme zu senken. Neben Leith auf dem Bett zu sitzen ist das Letzte, was ich jetzt brauche.

»Bitte, komm einfach her.«

Ich kenne diesen Mann, der gibt keine Ruhe, bis ich tue, was er mir sagt. Also lasse ich mich folgsam neben ihm aufs Bett plumpsen. »Was ist?«

»Guck mal. Guck mal, da draußen, neben dem Farn, da webt eine Spinne ihr Netz.«

Ich weiß gerade nicht, wie ich in dieses bizarre Paralleluniversum geraten bin. »Leith?«

»Ist das nicht umwerfend schön? Ein kleines Wunder, eigentlich … Schau doch mal. Schau es dir mit mir an.«

»Alles in Ordnung mit dir?«

Anscheinend nicht. Leith hat sonst Zeit für gar nichts. Der guckt nicht mal Football, wenn sein Team im großen Saisonfinale steht. Geschweige denn guckte er einer kleinen, unscheinbaren Spinne beim Weben zu.

»Es ist so … jetzt ist der Moment, und ich werde Zeuge dieser unglaublichen Schöpfung, weißt du, und das wird nie wieder passieren, und ich bin hier und sehe dabei zu, und darum bin ich Teil des Netzes, und jetzt bist du auch da, und wir beide sind die einzigen Menschen, die das je sehen werden.«

»Wow. Ja, genau. Leith, hast du von den Keksen meiner Mum genascht?«

»Ich musste mich dringend ein bisschen entspannen.«

»Aber sicher doch ... Wie viele hast du verdrückt?«

»Sie wollte nur einen halben rausrücken, aber ich hatte Hunger, und mir war langweilig, also habe ich mich in die Küche geschlichen und mir noch zwei aus dem Kühlschrank geklaut.«

Na toll. »Weißt du überhaupt auch nur ansatzweise, wie breit du gerade bist?«

»Ja. Nein. Ziemlich.«

»Sehr. Musst du dich übergeben?«

»Nach jedem Wort kommt eine Riesenlücke, bis der erste Buchstabe des nächsten Worts anfängt, wusstest du das?«

»Eigentlich nicht. Nein.«

Leith lässt sich rücklings auf das Bett fallen. »Ich glaube, ich muss mich ein bisschen hinlegen.«

Und dann liegt er da, alle viere von sich gestreckt, und klopft sich auf die Schulter. Da soll ich meinen Kopf hinlegen.

»Leith, nein.«

»Pst, einfach pst, alles ist gut. Leg dich hin. Nur einen Moment.« Er zieht meinen Kopf an seine Schulter. So hatte ich mir mein Nickerchen nicht vorgestellt. Wie kriege ich ihn denn jetzt hier wieder raus? So viel zu meinem kleinen Schönheitsprogramm für heute Abend.

Einen Moment bleibe ich ruhig liegen und hoffe, ihn gleich friedlich schnarchen zu hören, damit ich in Ruhe meinen Kram machen kann. Aber da habe ich mich geschnitten.

»Das ist aber nett«, murmelt er.

»Hmm ...«

»Hmm, lecker. Noch netter wäre es, wenn wir beide nackt wären.«

»Was willst du hier?«

»Pst, lass uns einfach ein bisschen dem Ventilator zuhören.«

»Der Ventilator ist gar nicht an, Leith. Was willst du hier? Wo ist Maia?«

»Ich wollte dir viel Glück wünschen.«

Der Knoten in meinem Magen zieht sich zusammen. Ob breit oder nicht, Leith ist überhaupt nicht in der Lage, jemandem Glück zu wünschen, wenn es nicht seinen eigenen Zwecken dient. Ich spiele einfach mit; etwas anderes bleibt mir im Moment nicht übrig.

»Das ist aber sehr nett von dir, vor allem nach der letzten Woche.«

»In jeder Ehe gibt es Höhen und Tiefen, Babe. Ich will nur, dass du glücklich bist.«

*Fall bloß nicht darauf rein. Fall nicht wieder auf ihn rein, Lucy.* »Ach, tatsächlich?«

»Hmm ...«

Er kuschelt sich an mich und drückt mir einen Kuss auf die Stirn, dann küsst er meine Wangen, und ich wünschte, ich könnte behaupten, es widere mich an. Ich gebe den Pheromonen und der Einsamkeit die Schuld, aber es fühlt sich gut an, zu gut, und mein Körper drängt sich unwillkürlich an ihn. Ganz sachte küssen wir uns auf die Lippen und dann noch mal, und mit jedem Kuss spüre ich, wie ich immer tiefer in seinen unwiderstehlichen Sog gerate.

»Leith, das geht nicht. Das ist nicht ... Ich muss mich fertig machen für heute Abend.«

»Nein, musst du nicht«, schnurrt er wie ein Kater vor einem bodenlosen Sahnetöpfchen.

»Muss ich wohl. Falls du mich in letzter Zeit nicht mehr genauer angesehen hast, ich sehe aus wie Catweazle.«

»Wir könnten nach Hause gehen und ein Bad nehmen, einen Wein aufmachen, ich mache Spaghetti carbonara, jede Menge, wir essen, sitzen da, essen und lauschen – na, klingt das nicht wunderbar?«

Für eine Nanosekunde klingt es tatsächlich perfekt. Und dann muss ich daran denken, wie sie alle gesungen haben und an Serge und das Porzellan und die Soufflés. Und an Frankie.

»Passt gerade schlecht. Heute ist unser Eröffnungsabend.«

»Nein, das hat sich erledigt.«

Ich muss lachen, wie breit er ist. »Nein, der ist heute Abend.«

»Darum brauchst du dir keine Sorgen mehr zu machen. Ich habe eine kleine Stellungnahme gepostet. Ich habe mich um alles gekümmert. Für dich.«

Ich fahre hoch. »Leith, was hast du getan?«

»Pst, alles ist gut, niemand ist dir böse. Es war gefährlich, und mit dem Kleingedruckten hattest du es noch nie so«, raunt er verschwörerisch, als steckten wir zwei unter einer Decke und seien gerade gemeinsam durchgebrannt.

Ich will aufstehen, aber er zieht mich wieder zurück auf das Bett.

»Was hast du gemacht?«, frage ich ihn ganz langsam.

»Du hast die Genehmigung von der Stadt vergessen. Der Laden ist ein einziger Brandherd. Leithie kümmert sich um sein Mädchen.«

Es trifft mich wie ein Schlag ins Gesicht. Diese vermaledeite Genehmigung habe ich ganz vergessen. Irgendwie habe ich es immer vor mir hergeschoben, weil ich panische Angst hatte vor den Kosten für die notwendigen Umbaumaßnahmen, die ich dann sicher hätte durchführen lassen müssen.

Ich bin offiziell geliefert.

Leith wickelt sich eine Strähne meiner Haare um den Finger. Ich ziehe sie weg. »Du bist so ein Arsch.«

»Sag so was nicht, LiLi«, gurrt er und fasst sich in den Schritt, an seinen Ständer. »Was meinst du, wir könnten doch hier schon mal anfangen, als kleine Wiedergutmachung? Komm schon.«

»Bist du vollkommen durchgeknallt?«

Leith fängt an sich zu winden und zu rekeln. Er fasst an meine Brust. Sein Sabotageakt scheint ihn anzutörnen. »Komm her und fick mich, du willst es doch auch.« Zugedröhnt und breit, wie er ist, rollt er sich unvermittelt auf mich. Er ist bleischwer. Den Ständer zu spüren, von dem ich früher nicht genug kriegen konnte und nach dem ich mich tagelang verzehrt habe, ist einfach zu viel. Ich ramme ihm das Knie zwischen die Beine. Er jault auf und knallt mir eine. Ich gebe ihm eine schallende Ohrfeige.

»Es ist vorbei, Lucy«, zischt er verächtlich. »Dein kleines Restaurant ist tot. Der Typ von der Stadt ist gerade auf dem Weg zu euch und wird dafür sorgen, dass ihr heute Abend auf keinen Fall eröffnen könnt. Das war mal wieder eine deiner irrwitzigen Ideen, um mich zu bestrafen, also hör jetzt auf, dich so zu zieren, und komm wieder nach Hause.«

Ich versuche, mich zu befreien und unter ihm wegzukriechen, aber er hält mich fest.

»Lass mich sofort los, du bekiffter Wichser.« Ich will schon losschreien, da …

»Du hast meine Kekse geklaut.« Mum, ebenfalls stinksauer, steht urplötzlich in der Tür.

Leith hat panische Angst vor meiner Mutter. Er winselt wie ein geprügelter Hund und rutscht von mir runter. Sofort springe ich auf.

»Tut mir leid, Sara.«

»Ich hab dir gesagt, nur einen halben. Du bist ein verfressener Drecksack, Leith, und ein widerlicher Schleimer, und ich konnte dich noch nie ausstehen.«

Leith wirkt beschämt. »Ich weiß. Das hast du mir oft genug gesagt.«

»Wie du nach vier Haschkeksen überhaupt noch zusammenhängende Sätze herausbekommst, ist mir ein Rätsel.«

Wütend schaue ich ihn an. »Du hast mir gesagt, es waren zwei!« Leith hebt die Hände, als wollte er sich zugleich schuldig bekennen und seine Unschuld beteuern, womit er früher aus beinahe jedem Schlamassel wieder herausgekommen ist.

»Und ein Lügner bist du auch«, zische ich empört.

Mum mustert mich. »Lucille, du gehst jetzt unter die Dusche und wäschst dir die Haare, die sehen aus, als hättest du dir ein Pfund Butter reingeschmiert. Leith, du bleibst hier liegen, bis ich dich nach Hause fahre.«

»Das geht nicht«, sage ich zu Mum und höre selbst die Panik in meiner Stimme. »Der zuständige Beamte von der Stadt macht uns den Laden dicht.«

»Tja, mit sauberen Haaren kannst du ihn sicher leichter bequatschen als so. Das ist die Bedingung, wenn ich dir helfen soll. Los. Ich passe so lange auf den hier auf.«

»Echt?« Ich gebe Mum einen Kuss und rase ins Badezimmer, während ich hinter mir höre, wie sie Leith mit Zitaten von Germaine Greer, gemischt mit Sinnsprüchen von Dr. Phil, bombardiert.

Eine halbe Stunde später sitzt Mum am Steuer ihres Kombis, mit mir auf dem Beifahrersitz und Leith, inzwischen komatös, auf dem Rücksitz.

»Ich muss nur ungefähr alle halbe Stunde nachschauen, ob er noch atmet«, meint sie.

»Aber das geht doch wieder vorbei, oder?«

Mum nickt wenig erfreut. Sie trägt ein Ensemble, das ich noch immer nicht ganz fassen kann. Es besteht aus einem klassischen Wickelkleid von Diane von Fürstenberg in Rot, darauf weiß-grüne Blumen, im Haar hat sie etliche strassbesetzte Haarspangen aus einem Online-Schnickschnackladen, und zu allem Überfluss trägt sie ein Bettjäckchen aus Mohair in grellem Orange, das meine Oma irgendwann in den Sechzigern gestrickt hat – und als i-Tüpfelchen Birkenstocks. Die Haare liegen in wirren weißen Locken, und an den Ohren baumeln lange Smaragdohrringe. Wenn meine Mutter eins ist, dann unangepasst und unkonventionell.

»Danke für deine Hilfe, Mum.«

»Ich kann doch nicht zulassen, dass dieser fiese Feigling dir deine gesamte Zukunft ruiniert. Aber du brauchst dringend ein bisschen mehr Rückgrat, Süße.«

»Bleibst du zum Essen, wenn wir doch noch aufmachen können?«

»Könnte ich wohl. Dank Mr. Vollpfosten hier kann ich es mir sowieso abschminken, in Ruhe fernzusehen.« Sie drückt mir das Knie. »Und wer weiß, wen ich noch alles kennenlerne.«

»Ach, Mum, du wirst doch wohl nicht …«

»War nur ein Witz. Ist mir zu anstrengend, wobei es schon ganz nett wäre, gelegentlich mal jemanden zum Reden zu haben. Und ich will mir unbedingt ansehen, was du aus Frankies Laden gemacht hast.«

Mit zusammengekniffenen Augen sehe ich sie an. »Bist du dir ganz sicher, dass da nichts gelaufen ist zwischen dir und Frankie?«

Mum lacht, dann schüttelt sie den Kopf. »So sicher, wie ich mir bei irgendwas sein kann, das so lange her ist.«

So glasklar hat Mum sich noch nie zu dem geäußert, was sie in der Vergangenheit getan oder auch nicht getan hat.

Wir halten vor dem Restaurant, wo es gerade auf ein Duell zwischen dem mit einem offiziellen Wisch bewaffneten Typen von der Stadt auf der einen Seite und Julia, Hugo und Serge auf der anderen Seite hinauszulaufen scheint. Alle drehen sich zu mir um, als ich aus dem Wagen steige, während Mum auf der Suche nach einem Parkplatz weiterfährt.

Julia wirkt sehr erleichtert. »Lucy, sagst du diesem Dünnbrettbohrer bitte, dass du alle erforderlichen Genehmigungen hast?«

# 27

## Frankie

Das Restaurant wartet im warmen Leuchten der Geißblattblüten still auf die große Eröffnung.

Wo steckt Lucille? Warum zweifeln Frauen bloß ständig an sich selbst? Meistens machen sie alles doppelt so gut wie wir Männer und erledigen ganz nebenbei noch drei andere Sachen.

Lucille. Ihr zuzusehen beim Kochen, wie sie nach Rezepten sucht, Vorratskammer und Kühlraum auffüllt, so liebevoll, als seien es spuckende Kleinkinder. Sie liebt, was sie tut, und ist der Inbegriff vollkommener Hingabe.

Als ich noch lebte, habe ich den größten Teil meiner Zeit damit zugebracht, Röcken nachzujagen. Ich gierte danach. Als ich die Namen der möglichen Verdächtigen herunterratterte, war es etwas unheimlich, wie viele Frauen darunter waren, die gute Gründe gehabt hätten, mich tot sehen zu wollen. Und schlimmer noch, es gab so viele Namen, an die ich mich kaum erinnern konnte, weil ich mir von Anfang an nicht die Mühe gemacht hatte sie mir zu merken. Es war mehr als nur Hunger, es war fast eine Sucht, und auch mein Durst war ganz beachtlich. Warum hatte ich so einen unstillbaren Hunger auf das Leben, aber konnte nicht mal eine Mahlzeit genießen? Immer wollte ich mehr, ganz besonders, wenn es um Frauen ging. Mein Appetit war grenzenlos. Es interessierte mich überhaupt nicht, wer sie waren, mich interessierten nur ihre warmen Kurven und ihre Schreie, wenn sie kamen. Ich war vernarrt darin, sie zu verführen und einzuwickeln, sie zurückzuerobern, wenn ich zu weit gegangen war, und sie von mir gestoßen hatte. Es war alles nur ein Spiel für mich, aber Lucille hat recht, eigentlich kannte ich keine von ihnen. Dabei liebe ich Frauen, aber ich habe mir einfach nicht die Zeit genommen, sie wirklich kennenzulernen, mir ging es vor allem um die Befriedigung meiner Gier. Es erschien mir sinnlos: Sie wirkten immer so viel klüger, so viel sicherer mit beiden Beinen im Leben stehend als ich. In ihrem Leben ging es um Kinder und Gefühle und wer weiß was noch. Ich blieb ja nie lange genug, um das herauszufinden. Bei Helen war es am schlimmsten. Beim Gedanken daran fühle ich mich schrecklich. Ich habe ihr das Herz gebrochen und sie mit Charlie allein gelassen. Hin und wieder habe ich ihn zu einem kleinen Ausflug abgeholt, ihn gefüttert und mit zu meiner neuesten romantischen Eroberung genommen. Es gibt kein besseres Mittel als ein so entzückend rosiges Kleinkind, um Frauen rumzukriegen. Und Charlie war ein kluges Kind; er wusste, was von ihm erwartet wurde, und spielte seine Rolle mit Bravour. Aber ich war nie da – zu seinen Schulaufführungen nicht oder wenn es Zeugnisse gab und sowieso nicht, um ihn ins Bett zu bringen oder als er die Windpocken hatte. Der arme kleine Tropf. Einmal bin ich mit ihm zu einem »Was machen meine Eltern«-Tag in die Schule gegangen, und Charlie hat allen erzählt, ich würde mein Geld damit verdienen, dass ich Pfannkuchen backe und schöne Frauen küsse. Damals versuchte ich gerade, seine Lehrerin anzugraben, was damit gegessen war. Er wusste genau, was er tat. Ich musste erst vom Tod durchgekaut und wieder ausgespuckt werden, um zu begreifen, dass Frauen, mal abgesehen davon, dass sie verführerische Musen fleischlicher Gelüste sind, es sehr wohl wert sind, sie genauer kennenzulernen. Lucille beispielsweise gibt sich allergrößte Mühe, so asexuell wie möglich zu wirken – vermutlich die Nachwirkungen ihrer Trennung –, aber nun sehe ich sie jeden Tag, ich sehe, wie verletzt und verletzlich sie ist, und na ja … was soll ich sagen … irgendwie wächst sie mir mehr und mehr ans Herz. Nicht dass sie nicht umwerfend hübsch wäre. Ihre meerblauen Augen funkeln, ihr Gesicht ist anmutig und fein, und ihre Lippen sind so verführerisch, wie Lippen nur sein können. Sie ist schlank, ein Rennpferd und eine Elfe, aber bissig genug, dass man sich vorsehen muss. Bestimmt muss sie doch einen anständigen Kerl finden können, der mit Frauen umgehen kann, statt immer bloß, wie ich das verstehe, an eifersüchtige, unsicherere Verlierertypen zu geraten. Warum vertrauen Frauen nicht auf sich selbst und machen die Augen auf und erkennen, dass sie ein viel größeres Anrecht auf diesen Planeten haben als wir Männer?

Würde sie endlich aufhören zu heulen und faule Ausreden zu erfinden und wäre immer so umwerfend, wie wenn sie glaubt, dass niemand sie sieht, dann wäre diese Frau ein kulinarischer Rockstar, und das Restaurant würde wieder ein strahlend heller Stern am Gastrohimmel dieser Stadt.

Was stehen die da alle vor der Tür rum?

# 28

## *Lucy*

Julias Gesicht wird immer länger, als ich stockend die Wahrheit gestehe. »Du hast es *vergessen*?«

Vorwurfsvoll schaut Serge mich an. »Du bist wie Frankie, er hatte es auch nicht so mit die Feinheiten.«

Ewan, der Beamte der Stadtverwaltung, reicht mir den Aushang, den er eigentlich gerade an die Tür heften wollte. »Ich habe Klebeband dabei, falls Sie welches brauchen?« Er wirkt genauso enttäuscht wie wir.

Serge mit seiner mitteleuropäischen Entschlossenheit zieht sämtliche Register. »Ich habe hundert Dollar im Portemonnaie, fast jedenfalls. Die ich gebe Ihnen, Sie gehen und vergessen ganze Geschichte.«

Ewan lehnt Serges großzügiges Angebot dankend ab, und ich bin mir ohnehin nicht sicher, ob er das Geld überhaupt gehabt hätte.

Ich muss nachdenken, und zwar schnell. Improvisieren. Das kann einfach nicht sein. Ich kann jetzt nicht aufgeben. Frankie ist da drin, ich weiß, dass er uns zusieht. Ich darf ihn einfach nicht enttäuschen.

Hugo, am Rande einer Panikattacke, platzt verzweifelt heraus: »Mein Onkel ist einer der bekanntesten Anwälte der Stadt. Wenn Sie uns die Genehmigung verweigern, verklagen wir Sie.«

»Wir können die Stadt Sydney nicht dafür verklagen, dass

sie sich an bestehende Gesetze und Verordnungen hält«, seufzt Julia. »Glaub mir, das haben schon genug meiner Klienten versucht.«

»Können wir die notwendigen Änderungen irgendwie innerhalb der nächsten Stunde durchführen, noch vor der Eröffnung?«, flehe ich ihn an.

Ewan wirft einen Blick auf sein Klemmbrett. »Feuermelder müssen ersetzt werden, die Lüftung gereinigt, die Treppe zur Toilette nach hinten raus braucht ein Geländer.«

Ein Fünkchen Hoffnung keimt in mir auf. »Das kriegen wir hin!«

»Moment, ich bin noch nicht fertig. Der Eingang muss verbreitert werden, damit ein Rollstuhl durchpasst. Und selbst wenn Sie das irgendwie hinbekommen, steht immer noch die Frage nach den fälligen Gebühren im Raum.«

»Wir zahlen alles!«, erklärt Serge, wild entschlossen, sich jetzt nicht geschlagen zu geben.

»Die Geschäftszeiten sind von Montag bis Freitag, neun bis siebzehn Uhr.«

Rasch schaue ich auf mein Handy. »Aber es ist erst fünf nach fünf!«

»Tut mir leid, Lady. Regeln sind Regeln.«

Julia mustert ihn streng. »Ich bin mir nicht sicher, ob Sie die für Pop-up-Restaurants geltenden Regelungen anwenden.«

Ewan guckt in seine Unterlagen. »Doch, tue ich.«

Mist, Mist, Mist.

»Tut mir leid«, sagt er zu mir und späht fast sehnsüchtig durch eins der Fenster. »Meine Frau und ich wohnen in Zetland, wir hätten sehr gerne bei Ihnen gegessen. Sie schreibt Restaurantkritiken, ein kleines Hobby von ihr. Sie hat einen eigenen Blog und so.«

Ich fasse es einfach nicht, dass ich so weit gekommen bin

und mich jetzt eine blöde Genehmigung ausbremst. Fast drei Wochen hätte ich Zeit gehabt. Und ich habe tatsächlich angerufen, wie mir jetzt einfällt, und bin, der modernen Technik sei Dank, zu einer automatischen Ansage weitergeleitet worden, die mir endlose Optionen anbot, mich für eine Dreiviertelstunde in die Warteschleife verfrachtete, nur um mich am Ende sang- und klanglos aus der Leitung zu werfen. Und dann ... dann habe ich es einfach vergessen. Mist, verdammter, so ein blöder ... Ich habe es vergessen.

»Dann bleiben Sie doch wenigstens noch zum gemeinsamen Essen.« Hugo zwinkert mir bei diesem Vorschlag verschwörerisch zu. Stumm formt er mit den Lippen das Wort »Plan« und verschwindet außer Hörweite, wobei er eine Nummer in sein Handy tippt.

»Das ist wirklich nicht nötig«, meint Ewan und sieht uns entschuldigend an.

Serge flucht etwas Unverständliches und verschwindet dann, während er »muss nach Schwein sehen« murmelt.

Julia flitzt hinter Hugo her, und ich stehe allein mit Ewan da. Dann bemerke ich meine Mutter, die langsam die Straße entlanggeschlendert kommt, just als Bill sich nähert, um nachzusehen, was das ganze Gequatsche soll. Unvermittelt bleibt er stehen und mustert Mum, die wie die Königin von Saba weiterschreitet. Er ist verschwunden, bevor sie ihn gesehen hat.

»Was ist hier los?«, will sie wissen. »In einer Stunde muss ich nach dem Schwanzlutscher gucken und das Auto umsetzen.«

»Mum, das ist Ewan. Er muss uns leider daran hindern, heute Abend das Restaurant zu eröffnen, weil ich vergessen habe, mir die notwendige Genehmigung ausstellen zu lassen.«

Mum, die gerade an einem Donnerstagabend in der Innenstadt einen Parkplatz suchen musste und ohnehin mit Autoritäten und Behörden auf Kriegsfuß steht, wirkt gänzlich unbeeindruckt. »Was sind Sie, ein Faschist oder so was?«

»Mum!«

»Ich hoffe sehr, Sie sind keiner von diesen Korinthenkackern, die den ganzen Tag nichts Besseres zu tun haben, als rumzulaufen und parkende Autos zu fotografieren. Dieses Mädel hat sich ein Bein ausgerissen für diesen Laden, sie hat einen nichtsnutzigen Ehemann am Hacken und alles auf ein Pferd gesetzt – und Sie wollen sie aufhalten, nur weil sie vergessen hat, irgendeinen Wisch zu unterschreiben?«

»Eine amtliche Genehmigung ist etwas mehr als nur eine Unterschrift, Ma'am«, erklärt Ewan freundlich, als lese er es aus einem unsichtbaren Handbuch ab.

Mum wendet sich an mich. »Wie hart bist du bereit, für diese Sache zu kämpfen?«

Ach verdammt, sie kennt mich einfach zu gut.

»Wir könnten ihn fesseln und knebeln und zu Leith hinten in den Kombi werfen«, schlägt sie vor.

Die Tatsache, dass ich es auch nur für einen Augenblick ernsthaft in Erwägung ziehe, zeigt deutlich, dass ich nicht klar denken kann.

»Los, fesseln wir ihn!« Mum scheint hellauf begeistert von ihrer grandiosen Idee. Wobei sie natürlich nicht diejenige wäre, die am Ende im Knast landet, wenn man uns schnappt.

Julia taucht wieder auf, Hugo im Schlepptau. »Das ist nicht nötig«, erklärt sie sehr bestimmt. »Wir setzen uns jetzt alle gemütlich hier draußen zum Essen an einen Tisch, damit wir nicht gegen irgendwelche Vorschriften verstoßen.«

Serge, der schon wieder munter vor sich hin pfeift, schleppt einen Tisch raus und deckt ihn ein. Ich spähe durchs Fenster nach drinnen. Frankie scheint vollkommen außer sich und zeigt empört auf die Uhr.

»Ich weiß, ich weiß«, murmele ich in seine Richtung.

»Was weißt du?«, fragt Mum und starrt mich durchdringend an. »Hast du vielleicht eine bessere Idee?«

»Setzen.« Entschieden drückt Hugo Ewan auf einen Stuhl, während Julia ihm ein Glas Wein einschenkt. Die beiden führen irgendwas im Schilde.

»Ich hätte auch gerne was davon.« Mum lässt sich nur ungern etwas entgehen, vor allem wenn es umsonst ist.

Serge kommt zurück mit einer riesengroßen Schüssel Linguine mit Jakobsmuscheln, Erbsen und Chili. Das perfekte Personalessen.

»Riecht toll.« Mum streckt schon die Hände danach aus.

Ewans Magen knurrt. »Entschuldigung, lange nichts gegessen. Katherine hat mich auf die 5:2-Diät gesetzt.«

»Aber jetzt können Sie doch einen Happen essen«, sagt Hugo und lädt Ewans Teller randvoll mit Pasta.

»*Serge*?« Mum starrt Serge an und bricht dann in charmantes, kokettes, mädchenhaftes Kichern aus.

Serge hat ganz offenkundig keinen Schimmer, wer sie ist, aber davon lässt er sich nicht aufhalten. Er küsst Mum die Hand. »Hocherfreut.«

»Serge, das ist meine Mutter, Sara Muir-Lennox-Sari«, brumme ich.

»Früher war ich oft hier, du hast uns immer Cocktails ausgegeben.«

Serge schüttelt Schmerz und Verluste der vielen Jahre mit einem fröhlichen Nicken ab und grinst sie zähnebleckend an. »Du immer hast hinten links in der Ecke gesessen, und du nie warst allein. Die männlichen Gäste haben sich um deine Telefonnummer gerissen. Du sahst aus wie ein Filmstar, und daran hat sich bis heute nichts geändert.«

Mums matronenhaft gebeugte Haltung ist schlagartig verschwunden, und sie wackelt so neckisch mit den Schultern, dass Marilyn Monroe glatt neidisch geworden wäre. »Ach, Serge.«

Julia und ich schauen uns an und verdrehen die Augen. Sie staunt genau wie ich, dass meine Mum ein derartiger Männermagnet sein soll.

Es dauert nicht lange, bis wir alle um den Tisch sitzen und Pasta futtern. Die anderen wirken ganz glücklich und entspannt. Ich beobachte Julia und Hugo in Aktion, die vollkommen gelassen und umsichtig Weingläser nachfüllen und sich bei Ewan nach seiner Frau und deren Food-Blog erkundigen.

»Wissen Sie was«, sagt Hugo, der geborene Charmeur dann, »würden wir heute Abend eröffnen, dann müssten Sie jetzt sofort nach Hause fahren und Katherine holen, damit sie einen Artikel über unseren Eröffnungsabend schreibt.«

Anscheinend eine verlockende Aussicht für Ewan, der fröhlich mit vollen Backen kaut. Mein Blick geht durchs Fenster zu Frankie, der noch immer hysterische Anfälle zu haben scheint.

»Wobei es ja gar nicht der offizielle Eröffnungsabend ist«, korrigiert Julia ihn, langsam und nachdrücklich für einen bleibenden Effekt.

Ewan schluckt den Köder. »Doch, offiziell heißt es, dass Sie heute Abend eröffnen.«

»Aber nur auf den Social-Media-Seiten ihres widerlichen Exmanns und in den Klatschkolumnen«, erklärt Hugo. Ewan guckt misstrauisch, aber Hugo lässt sich nicht beirren. Federleicht wie Schlagsahne plappert er weiter. »Eigentlich ist das heute Abend nur eine kleine intime Premierenparty für Freunde.«

»Eine informelle, lockere, zwanglose Einweihungsfeier«, stimmt Julia ihm zuckersüß zu. »Nur für Lucys engste, liebste Freunde, die ihr alles Gute wünschen und einen kleinen Vorgeschmack darauf bekommen wollen, was sie erwartet, wenn das

Restaurant offiziell eröffnet. Natürlich *mit* den entsprechenden Genehmigungen.«

Ewan scheint hin- und hergerissen. Einerseits will er sich nicht auf den Arm nehmen lassen, aber er ist eben auch ein durch und durch guter Kerl. »Dann ist heute Abend also alles kostenlos und nur für geladene Gäste?«

Ich atme langsam ein. Ich habe noch genau fünfzehn Dollar im Portemonnaie. Ich muss heute Abend ein bisschen Geld einnehmen, sonst kann ich den Laden morgen Abend nicht mehr aufmachen.

»Aber ja doch, selbstverständlich«, säuselt Julia.

»Serge hat genug Geld«, meint Serge und zwinkert meiner Mutter zu, die davon nichts mitbekommt, weil sie sich gierig über die Linguine hermacht.

»Sollten die Gäste allerdings freiwillig einen kleinen Unkostenbeitrag leisten wollen, ist das natürlich ganz ihnen überlassen«, erklärt Julia. In solchen Situationen läuft sie zu Hochform auf. So könnte sie glatt bei L.A. Law mitspielen.

Ewan überlegt. Und sagt dann schließlich: »Meinen Sie, es ließe sich vielleicht noch ein Tisch für Katherine und mich finden?«

»Ohne Sie *könnten* wir gar nicht eröffnen, Sie kriegen den besten Tisch im Haus«, seufze ich erleichtert.

Just in diesem Augenblick wankt der sichtlich zugedröhnte Leith auf uns zu. Er kommt an den Tisch und fasst mit beiden Händen in die Pastaschüssel.

»Darf ich dir einen Teller anbieten, Leith, und vielleicht das in der zivilisierten Welt übliche Essbesteck?«, schlägt Hugo übertrieben höflich vor.

»Wie breit ist er?« Julia ist ganz aus dem Häuschen vor Begeisterung.

Mum mustert ihn kritisch. »Sehr. Eigentlich sollte er nicht

aufrecht stehen. Legt ihn irgendwo auf einen harten Untergrund.«

Leith versucht, Worte zu formen, aber das bekommt er in seinem gegenwärtigen Zustand nicht hin. Also zeigt er nur auf Ewan und grunzt: »Verwaltung.« Ewan nickt, steht auf und will ihm die Hand schütteln. Leith kippt vornüber und begräbt ihn beinahe unter sich. »Müssen sie aufhalten«, murmelt er.

Ich helfe Ewan, sich Leith vom Leib zu schaffen. »Das ist Leith, mein Exmann, der sich wegen unserer Genehmigung mit Ihnen in Verbindung gesetzt hat.«

Ewan tritt irritiert einen Schritt von dem schwankenden Leith zurück. »Ja, Leith. Er hat mich mit E-Mails und Telefonaten bombardiert.«

Hugo tritt vor. »Wirklich entzückend von dir, Leith, dass du dir solche Sorgen um Lucy machst. Vor allem, wenn man den katastrophalen Zustand der Abwasserleitungen im Circa bedenkt.«

Ach, wie ich Hugo liebe.

»Schnauze …« Wieder brabbelt Leith nur unverständliches Zeug.

»Ja, finde ich auch, Leith, es wird mit jedem Tag schlimmer, und dann auch noch dieses seltsame elektrische Knistern in der Küche und der vollkommen ungesicherte Sicherungskasten, da sollte Ewan wirklich mal so nett sein und einen Blick drauf werfen – wenn Sie denn Zeit hätten, Ewan?«

»Aber gerne doch. Ich kann gleich morgen Mittag vorbeischauen.«

Zufrieden klatscht Hugo in die Hände. »Ach, ist das nicht ein herrlicher Tag. Ich sage gleich seiner Souschefin Maia Bescheid. Der steht das Wasser ohnehin schon bis zum Hals.«

Dankbar schüttele ich Ewan die Hand, während Hugo und Serge sich darum kümmern, Leith zu entsorgen. Mum schaut derweil sehnsuchtsvoll in ihr Glas.

»Wir sehen uns um halb acht. Ganz herzlichen Dank, Ewan«, ringe ich mir ab, während Ewan sein Formular abreißt und es Mum in die Hand drückt, die es kurzerhand zerreißt.

»Mum!«

»Ich hab mir gleich gedacht, dass sie das macht. Ich schreibe Ende der Woche einen ordentlichen Bericht. Und bitte setzen Sie Ihren Wagen um, Miss Muir-Lennox-Sunny. Bis später.« Und dann dreht er sich um und geht beschwingt seiner Wege.

»Mum, hattest du je was mit Serge …«

Noch ehe sie darauf antworten kann, fällt mein Blick auf Frankie, der drinnen eine Geste macht, als wollte er sich erhängen. Hals über Kopf stürze ich ins Restaurant.

»Frau, du stellst dich jetzt gefälligst an den Herd, sonst können wir den Abend heute glatt vergessen. Deine Haare sehen übrigens wesentlich besser aus. Und jetzt mach schon!«

Ich tue, als würde mir das gar nicht schmeicheln, und flitze nach hinten. Jetzt geht's los. In einer Stunde kommen unsere ersten Gäste – hungrige, neugierige, zynische Gäste mit scharfen Zähnen, bereit, sich blutrünstig selbst auf den kleinsten Fehler zu stürzen.

»Was ist los?«, fragt Frankie und mustert mich durchdringend, während ich mir die Haare zusammenbinde.

»Ist das wirklich eine gute Idee?«

»Die Idee ist genial. Und jetzt an die Arbeit!«

»Aber was ist denn mit den Ermittlungen in deinem Mordfall?« Ich war schon immer gut darin, das Thema zu wechseln.

»Himmel noch eins, Frau, jetzt hör endlich auf, Ausreden zu erfinden! Heute ist dein Eröffnungsabend! Den bringst du jetzt hinter dich, und dann kannst du wieder Miss Marple spielen.«

»Ich weiß nicht, Frankie. Vielleicht war der Typ von der Stadtverwaltung ein Zeichen des Himmels.«

»Er war ein Zeichen von deinem durchgeknallten Ehemann

und eine kleine Erinnerung daran, wie sehr du jeglichen Papierkram hasst. Also, du hörst mir jetzt zu, Lucille, und zwar ganz genau. Verstanden?« Ich nicke folgsam. Er schaut mich durchdringend an und kommt mit seinem Gesicht ganz nahe an meins. »Ich könnte dir jetzt einen vom Pferd erzählen, darüber, dass du dir keine Sorgen machen und einfach vertrauen sollst, aber was du jetzt brauchst, ist Folgendes: Dein ganzes Leben, ganz zu schweigen von meinem vergangenen Leben, hängt davon ab, dass du heute Abend etwas wirklich Außergewöhnliches auf die Beine stellst und ein Essen zauberst, das alle aus den Socken haut. Das hier ist dein Restaurant, und du musst hinter jedem einzelnen Bissen stehen können, der diese Küche verlässt. Hier ist kein Platz für Halbherzigkeiten, Augenwischerei oder Selbstzweifel. Du musst dich zusammenreißen und kochen, als seist du zum Kochen geboren. Und ich bin da, ich stehe hinter dir, bei allem, was du tust, aber tun musst du es selbst. Das hier ist dein Heimspiel. Ich kümmere mich um Leith, du kümmerst dich um das Fortune. Und es wird *nicht* geheult. Nicht, bis wir hier fertig sind. Und jetzt nix wie los, und auf sie mit Gebrüll!« Es fehlt nicht viel, und er hätte die Titelmelodie von *Die Stunde des Siegers* gesummt. Er hat Tränen in den Augen. Wie gern würde ich ihn umarmen. Ob er echt ist oder nicht, er weiß genau, was ich brauche. Stattdessen nicke ich nur und marschiere an den Herd.

Und dann entfachen wir in der Küche ein Feuerwerk aus Fleisch, Aroma und Hitze, wie es dieses Restaurant seit Jahren nicht mehr gesehen hat, und es ist fast, als erwachte es aus einem langen, tiefen Dornröschenschlaf. Es hat den Toten einen kulinarischen Himmel geboten, aber jetzt pocht wieder ein lebendiger Puls in seinen Adern.

Hier gehöre ich hin.

Und das Fortune – es ist dafür gemacht, und die Melodie seiner Wiedererweckung treibt mich an.

# 29

## *Frankie*

Wie konnte sie nur diesen Totalversager heiraten? Es dauerte keine Minute, da fing er an, Serge zu nerven, der ihn daraufhin kurzerhand im Kühlraum deponierte. Ich bin mir sicher, dass Serge über die Schulter zurückgeschaut und mich gesehen hat, als er den Deppen durch die Tür wuchtete.

Mir den Idioten vorzunehmen macht total Spaß. Sonst sieht man so was ja eher im Trickfilm. Ich stelle ihm ein Bein, und er stolpert und fällt hin. Als er sich wieder aufgerappelt hat, nehme ich einen Sack Mehl und werfe ihn nach dem Trottel. Volltreffer in den Bauch, ihm bleibt die Luft weg, und das Mehl hinterlässt eine hübsche weiße Spur. Als Nächstes tanze ich ein bisschen vor ihm herum und schneide ein paar Fratzen. Dann platziere ich einen Apfel auf seinem Kopf, werfe eine Handvoll Walnüsse nach ihm und kippe ihm dann zum krönenden Abschluss, als kleines Sahnehäubchen sozusagen, einen Liter Milch über den Kopf. Dann wispere ich ihm ins Ohr, er soll Lucille gefälligst in Ruhe lassen, schubse ihn in eine Ecke und sage ihm, er soll brav ein Nickerchen machen. Vielleicht hört er mich, obwohl er so breit ist. Jedenfalls nickt er erschrocken. Es dauert keine Minute, bis er schnarcht. Schnell räume ich ein bisschen auf und verschwinde dann.

Auf der Schwelle zum Gastraum wechsele ich zwischen den Welten, springe vom Jetzt zurück ins Damals und sehe die sehr junge Tiffany an meinem eigenen Eröffnungsabend, wie sie die

Gäste an ihre Tische führt. Ach, all die vielen Gäste, von denen etliche jetzt noch, im Abglanz der Ewigkeit, bei mir speisen. Aber ich sehe sie, wie sie damals waren. Mickey, der breitbeinig vor einem Team erfolgreicher Geschäftsleute herumstolziert. Viele gut betuchte Damen mit Schlitz im Kleid und Stilettos mit Knöchelband, roten Zehennägeln, glänzenden Lippen, Locken; manche sogar im Ledermini mit Reißverschlüssen. Männer mit Blazeraufschlägen, dass einem fast die Augen aus dem Kopf fallen – 1975 total angesagt –, und großer Sonnenbrille von Yves Saint Laurent. Meine liebe alte Bibliothekarin Joan mit Pelz und Ehemann und ihrem Bridgeclub, der blendender Laune hereinkommt. Ein paar abgerissene Künstler und Schauspielgrößen mit tiefer Stimme, die ständig an der Zigarette ziehen. Wie schön sie waren, als sie so mitten im Leben standen. Und es jetzt wieder sind, wenn auch in einem anderen Leben.

Lucille hat mir erzählt, dass diese Horde von Frauen in Schwarz, mit passend lackierten Fingernägeln, die endlos über andere Restaurants und anderes Essen reden, ernst zu nehmende Expertinnen sind, von denen einige in den Ländern, aus denen sie kommen, sogar eigene Gourmetzeitschriften herausgeben. Was ihnen an Farbe fehlt, machen sie mit ihrem allumfassenden Wissen wieder wett. Sie kennen sich aus mit Wein, Essen, der Geschichte des Kochens. Eine kann sogar den Marktstand benennen, von dem die Bohnen stammen sollen, die sie gerade probiert. Ein echter Partyknaller. Ein paar schwule Paare, die viel entspannter wirken als damals zu meiner Zeit. Selbstbewusst halten sie Händchen, ganz gelassen, und einige tragen sogar einen Ehering. Und was sagt man dazu, unter ihnen ist auch Rupert, der Herzchirurg. Er kam schon früher hierher und hatte immer Schiss, mit seinem jeweils angesagten Liebhaber erwischt zu werden. Jetzt wirkt er vollkommen unbekümmert und ist aus ganzem Herzen Tunte. So soll es sein.

Frisch verliebte Paare sitzen, wie damals schon, an den Tischen und schauen einander tief in die Augen, als versuchten sie, die Geheimnisse des Universums zu entschlüsseln. Sie prosten einander zu und schlingen unter dem Tisch die Knöchel umeinander.

Und dann ihre ältere Ausgabe, ein Paar, das schon bei mir gegessen hat, als es noch jung und schwer verliebt war. Ich fürchte bloß, sie sind zu tafelnden Toten geworden und starren die ganze Zeit nur noch in ihre winzigen Telefoncomputer. Sie verschickt Nachrichten an ihre Freundinnen, wie »irre aufregend« es ist, hier zu sein, während er sich die Sportergebnisse ansieht. Früher konnten sie die Finger nicht voneinander lassen. Konnten gar nicht schnell genug am Tisch sitzen, um miteinander allein zu sein und zu reden und reden und reden, bis Tiffany sie taktvoll darauf hinwies, dass es an der Zeit war, nach Hause zu gehen, und ihnen in die Mäntel half, während sie unentwegt plauderten und lachten und dann gemeinsam hinausgingen. Was ist bloß passiert? Das zwischen ihnen ist kein behagliches Schweigen, es ist Vermeidung. Entweder einer ist fremdgegangen, oder einer von beiden ist kurz davor sich zu trennen … oder vielleicht auch beide. Und doch führen sie hier diese Scharade auf und tun, als sei alles in bester Ordnung. Wie schade.

Eine laute, herrische, vollschlanke Dame schleift den Typen von der Stadtverwaltung hinter sich her. Sie macht sich Notizen über das, was sie isst, was mir verrät, dass sie zwar keinen sehr differenzierten Gaumen hat, aber jede Menge Meinungen, die sie nur zu gerne von sich gibt. Manche Dinge ändern sich eben nie. Ich kitzele ganz sacht ihre Brustwarze, und sie verschüttet vor Schreck den Wein, was sie kurz ablenkt und ihr ein bildhübsches rosarotes Glühen auf die Wangen zaubert. *Sei lieb zu meinem Mädel*, sage ich zu ihr, *sie hat größten Respekt verdient*. Ihr Mann wirkt ziemlich verschreckt; kein Wunder, bei der Gattin.

Und dann sehe ich sie, sie sitzen alle zusammen an einem Tisch: meine Dämonen. Hätte es noch mehr nach Plan laufen können? Es dauert einen Moment, aber das fliehende Kinn von Paul Levine, kaum kaschiert von einem Rollkragen, erkenne ich zuerst. Er hat sämtliche Haare verloren und den Großteil seines Geschmacks. Damals versuchte er, sich an irgendeinen Kohle-Tycoon heranzuschleimen, der in die Politik wollte. Er war einer von Pauls Hintermännern und damit einer meiner Gläubiger. Und dann Len, der Hobbybuchmacher, der am Ende fast so viel an den Spielschulden anderer Leute verdiente wie sein Kumpel mit beträchtlichen Kapitalanlagen. Dem schuldete ich auch Geld. Aber wäre der zu einem Mord fähig? Er hätte genug Kohle, um sich nicht selbst die Hände schmutzig machen zu müssen, aber was hätte er schon davon? Und John: Auf der Highschool haben wir zusammen Fußball gespielt und an unserem einundzwanzigsten Geburtstag Trinksprüche aufeinander ausgebracht. Er ist Profi geworden, dann Trainerlegende, und irgendwann kannte er sich selbst nicht mehr. Bernard, der Immobilienmakler, sitzt links von ihm. Schwer zu glauben, dass wir das erste Jahr an der Uni zusammen Medizin studiert haben, bevor er dann in Immobilien machte und ich in Coq au vin. Wir haben uns eigentlich immer ganz gut verstanden. Jetzt gehören ihm einige fette Filetgrundstücke im Osten Sydneys. Sehr clever, Bernard – du rettest zwar keine Menschenleben, aber hast du vielleicht welche auf dem Gewissen, im Namen der Erschließung Ertrag versprechender Grundstücke? Trotzdem, für dieses Haus gelten gewisse Auflagen, es steht unter Denkmalschutz, aber einen bestechlichen Freund bei der Stadtverwaltung zu haben – wie Mickeys Kumpel Pete –, könnte dich verleitet haben. Damals war ich euch im Weg. Und ihr wart darüber alles andere als erfreut.

Die Männer leben noch und sind längst nicht so vom Dasein

gezeichnet wie Serge oder der gute alte Bill. Nein, statt Falten haben sie einen Specknacken, wie Gänse, die für Foie gras gemästet wurden, mit ausgeprägtem Selbsterhaltungstrieb und goldenen Eiern. Himmel, jeder an diesem Tisch hat eine Wampe, schütteres Haar und ein schwabbeliges Kinn. Es heißt immer, ab einem gewissen Alter fühlten Frauen sich unsichtbar – ob es diesen Männern genauso geht? Merken sie nicht, dass sie sich lächerlich machen mit ihren anzüglichen Bemerkungen über das Dekolleté des jungen Mädchens am Nebentisch? Merken sie nicht, wie absurd ihr lautes, lüsternes Lachen wirkt? Aber die Rudelmentalität von Burschenschaftlern zwingt sie, viel zu trinken, laut zu lachen, dümmliches Zeug zu reden, üble Lieder zu singen. O Gott, und ich war mal einer von denen.

Zwei Tische weiter erkenne ich das aufgedunsene Gesicht von Matthias Drewe. Mit drei anderen sitzt er da. Die bildschöne, gazellengleiche Frau mit den langen roten Locken und dem Alabasterteint trägt einen Ehering. Sicher ist sie sein Modell, vielleicht auch seine Muse. Bei ihnen ein Paar, Männer, etwas älter schon, sehr gesellig, die über Möbeldesign und Urlaubsziele diskutieren. Ob das Kunstliebhaber sind, Anleger? Die Zeit hat es auch mit Matthias nicht gut gemeint. Er ist jetzt Anfang fünfzig, sein Haar ist schütter, die Nase dick und rot, und als Alkoholiker hat er immer ein Auge auf der Weinflasche, die nie zu weit weg sein darf von seinem Glas. Er säuft so schnell, dass er den Wein kaum schmeckt, und ist die meiste Zeit damit beschäftigt, seine eigenen Kunstwerke zu begaffen, die wir an die Wände gehängt haben. Das Porträt, das er von mir gemalt hat. Sein Blick bleibt ausdruckslos, als er es sieht. Ja, es müsste gerahmt werden. Ja, ich habe es behalten, auch nach allem, was du mir eingebrockt hast. Ja, ich habe an dich und dein Talent geglaubt. Aber du, du armer kleiner Streuner, du hast die Liebe noch immer nicht gefunden, und das hat deinen Pinsel gelähmt und dir das Gemüt verhagelt. Man merkt, dass seine Begleiter ständig auf der Hut sind und immer mit einem seiner berüchtigten Wutausbrüche rechnen. Dass er einen Streit vom Zaun bricht, einfach nur, um einen Grund zu haben, in die Luft zu gehen. Echte Überzeugungen, die er zu verteidigen hätte, hat er ohnehin keine. Ein Mann ohne Eigenschaften. Ich wende mich ab, und mein Blick fällt auf etwas, das ich nie erwartet oder gehofft hätte, noch einmal zu sehen.

# 30

## Lucy

Vielleicht stimmt ja, was Frankie immer sagt: Manchmal, wenn es keine andere Wahl hat, läuft das Leben einfach. Vielleicht, weil man endlich selbst daran glaubt, dass es irgendwie weitergehen muss, und das sorgt für eine kleine Schwingungsverschiebung, die dann den Lauf der Dinge beeinflusst? Oder ruft irgendwann eine göttliche Gestalt dazwischen: »Herrgott noch mal, gönn dem Mädel doch mal ’ne Pause!«, und sorgt dann dafür, dass eine Weile nichts Schlimmes geschieht? Oder ist alles, was passiert, vorherbestimmt durch die mechanistischen Naturgesetze des Lebens? Oder schlicht und ergreifend Zufall?

Wie dem auch sei, mein kleiner Flammenwerfer wandert jedenfalls fröhlich über die mit Gruyère bestreuten Baguettescheiben, die stolz auf der französischen Zwiebelsuppe schwimmen, und dann gehen die Schälchen auch schon raus. Das Restaurant ist bis auf den letzten Platz besetzt. Ewan und Katherine haben die besten Plätze bekommen, gefolgt von Stella Supera. Julia schlägt sich wacker; wir lassen sie aber auch immer nur zwei Teller auf einmal raustragen. Hugo ist natürlich eine Klasse für sich, eine Naturgewalt allerersten Güte. Mit Samthandschuhen und Fingerspitzengefühl hat er jene abgewiesen, für die beim besten Willen kein Platz mehr war, und hat sie auf morgen vertröstet, weshalb wir auch für morgen Abend schon zu drei Vierteln ausgebucht sind. Als Ewan deswegen in die Küche kam und kritisch nachfragte, erklärte ich ihm, dass sämtliche städtischen Vorschriften umgesetzt und die Unterlagen fristgerecht morgen um Punkt drei eingereicht würden. Er will dann selbst vorbeikommen, um sich mit eigenen Augen davon zu überzeugen. Katherine macht sich allem Anschein nach akribisch Notizen (bitte, lass es gut sein) und wurde schon von ein oder zwei Redakteuren angesprochen, ob sie ihre Eindrücke nicht zur Veröffentlichung einreichen möchte. Leith ist zum Glück nirgendwo zu sehen.

Stella, die einfach umwerfend aussieht, hat auf ihre reizende Art einen Riesenwirbel um Mum und ihre Freundin Sandy gemacht und darauf bestanden, dass sie zu ihnen an ihren exklusiven Tisch kommen, und nun sitzen sie in einer seltsamen Kombination dort zusammen. Meine Mutter muss Stella mit ihrem ganz eigenen bizarren esoterischen Feenstaub bestäubt haben – oder aber Stella hält meine Mum für eine liebenswerte Verrückte. So oder so, Stella hat Mums Aufmachung lautstark als großartige Hommage an Vivienne Westwood gefeiert. Und nachdem sie das aus Stellas Mund gehört haben, spitzen die Schreiber der Klatschblätter und der Modemagazine natürlich die Ohren. Ich würde mich nicht wundern, wenn es in Sydney in ein, zwei Monaten nur so wimmelt von Hipstern mit grellorangem Mohair, Birkenstocks, Seidenfaltenröcken und Kewpie-Puppen-Frisuren. Meine Mutter, die Trendsetterin. Mal wieder. Serge hat bereits zweimal versucht, ihr einen »besonderen Leckerbissen« anzubieten, und, weil er sie aus der Küche ständig unverhohlen anstarrt, eine Runde Baguettescheiben anbrennen lassen.

Siegesgewiss kommt Hugo in die Küche gestürmt und verkündet stolz, irgendeine Society Queen habe die Nase gerümpft über »so etwas Ordinäres wie Zwiebelsuppe«, woraufhin er ihr erklärt habe, das sei mitnichten ordinäre Zwiebelsuppe, es sei vielmehr eine *soupe à l'oignon*, woraufhin sie sich herabgelassen habe, sie zu probieren. Anscheinend war das etwas, das ihrem verwöhnten Gaumen würdiger war als eine gewöhnliche Zwiebelsuppe. Kurz darauf kommt Julia lachend herein. Sie hat ein Gespräch zwischen zwei Gästen belauscht, die sich über einen Twitter-Feed unterhielten, in dem es hieß, die Einrichtung des Ladens sei »schlichtes Understatement, um die Gäste nicht vom Wesentlichen abzulenken«. Der Gastraum brummt vor Tratsch und aufgeregter Erwartung wie ein Bienenstock. Einmal bekomme ich mit, wie ein Pärchen lautstark versichert, ich hätte Serge eigens aus Zagreb einfliegen lassen, um Frankies Fortune möglichst authentisch wiederauferstehen zu lassen. Ich wundere mich fast, dass nicht jeder im Laden Frankies brüllendes Gelächter hört.

Die Soufflés sind vorbereitet und stehen im Ofen. Die Garnitur ist fertig, die Teller stehen bereit, den Cayennepfeffer habe ich im Anschlag.

»Lucille!« Ich spüre Frankie warm an meinem Hals. Erschrocken drehe ich mich um. »Bist du sicher, dass alles so weit fertig ist?« Er war eine Weile weg, wer weiß wo, und wirkt jetzt ein bisschen aufgekratzt.

»Was denkst du denn!«

Er kneift die Augen zusammen. »Und wo ist das Dessert?«

»Serge hat den Brandteig für die Profiteroles vorbereitet. Und die Eiscreme ist in der Kühlung.«

Verdattert schaut Serge auf. »Redest du mit mir?«

»Ja, Serge. Wo hast du den Brandteig hingestellt? Wir müssen ihn aufs Blech spritzen und backen, damit die Profiteroles abkühlen können, bevor wir sie nachher füllen.«

Serge guckt wie ein geprügelter Hund und fängt an, sich mit der Hand vor den Kopf zu schlagen. »Brandteig, nein, nein, vergessen wegen Verwaltungsfuzzi. Soll ich jetzt schnell machen?«

Ach du Schande.

»Dafür ist keine Zeit, er wird zu fettig und – Mist, hol die Soufflés aus dem Ofen, wir müssen anrichten.«

»Ja, Chef.«

Frankie auf den Fersen, gehe ich zum Kühlraum, um irgendein Ersatzdessert aus dem Ärmel zu schütteln. Ich öffne die Tür, und da liegt Leith schlafend in der Ecke. Vor Kälte hat er blaue Lippen, und er hat Milch in den Haaren, die gerade zu hübschen kleinen Kristallen gefriert.

Ich schaue Frankie an, der mit Unschuldsmiene die Schultern zuckt. »Was ist hier passiert?«, frage ich streng.

Leith schlägt die Augen auf. »Hier ist es unheimlich«, murmelt er. »Und kalt.«

»Serge!«

Serge erscheint in der Tür und guckt uns mit großen Augen an.

»Warst du das?«

»Nein. Vor einer Stunde ich ihn habe zuletzt gesehen. Ich dachte, er ist gegangen nach Hause.«

Ich starre Frankie an.

Serge starrt mich an.

Hugo und Julia erscheinen in der Tür, und dankbar wende ich mich an sie. »Könntet ihr ihn bitte in ein Taxi setzen?«

Julia mustert die bekiffte, halb erfrorene erbärmliche Gestalt und nickt dann kurz. »Hugo, du gehst raus und schenkst Wein ein. Der Champagner ist alle. Ich kümmere mich um Leith.«

Erleichtert nickt Hugo und verschwindet eilig nach vorn.

»Sicher, dass er dir nicht zu schwer ist?«, frage ich und beobachte aus dem Augenwinkel Leith, während ich im Geiste die Vorräte im Kühlraum auf ihre Desserttauglichkeit durchgehe.

Julia beäugt ihn herablassend. »Den werfe ich mir über die Schulter, dann klappt das schon.«

Die Vorstellung, von Julia gepackt und rausgetragen zu werden, ist wohl zu viel für Leith. Wackelig rappelt er sich auf und stolpert nach draußen.

Frankies Blick folgt meinem entlang der Vorratsregale. »Schokoladenmousse?«

»Nicht genug Zeit zum Steifwerden«, entgegne ich und mustere ihn. »Was hast du mit ihm angestellt?«

»Hmm. Was? Jetzt sei nicht albern. Mangocrème bavaroise?«

»Hmm ... Könnte klappen. Pistazien sind, glaube ich, auch noch da.«

»Sind da. Ein Trifle vielleicht, inspiriert von den Desserts des Mittleren Ostens?«

Ich schnappe mir die Eier. Ein Glück, es sind genug. »Klingt gut, aber nein. Baisers mit Himbeercreme, Vanilleeis und Pistazienpraline oder -crumble, je nachdem, wie viel Zeit ich noch habe.«

Serge kommt gerade rechtzeitig herein, um meinen Vorschlag zu hören, und denkt natürlich, ich rede mit ihm. »Baisers sind gut. Die Frankie hat nie hinbekommen.«

Mit einem Grinsen in Frankies Richtung antworte ich Serge: »Ach, wirklich? Aber er ist doch der beste Koch der Welt.«

Frankie schäumt natürlich vor Wut. »Wir alle haben ein Gericht, das uns bis in unsere schlimmsten Albträume verfolgt.«

»Ich habe mehr als eins«, sage ich lachend.

Serge guckt, als sei bei mir gerade auch noch die letzte Sicherung durchgebrannt. »Schon okay, Chef. Wir brauchen sicher mehr als eins, genug für alle Gäste.«

»Gut. Pistaziencrumble oder Praline?«

»Bist du vollkommen irre?«, mischt Frankie sich ein. »Unbedingt Crumble, sonst wird es viel zu süß.«

»Crumble«, nickt Serge. »Sieht hübsch aus und ist nicht so süß.«

»Danke, Serge.« Ich lächele Frankie zu und gehe dann wieder in die Küche und hole die Soufflés aus dem Ofen.

Wie ein Echo wiederholt Frankie meine Anweisungen, als wir die Soufflés begutachten, bevor sie dann ihrer endgültigen Bestimmung zugeführt werden.

»Mehr Garnitur, Serge«, weise ich ihn an.

»Mehr Garnitur!«, tönt Frankie. »Sollen die glauben, wir sind geizig?«

»Mäßige dich«, flüstere ich.

Frankie lacht. »Gehört alles zum großen Drama. Serge hat es geliebt.«

Ich kann's ja mal versuchen. »Raus! Sofort!«

Serge richtet sich kerzengerade auf und scheint nicht unbeeindruckt. »Ja, Chef!«

Frankie mustert mich. »Nicht schlecht. Gute Grundhaltung, aber in der Ausführung könntest du noch etwas energischer sein.«

»Oder du lässt mich einfach meine Arbeit machen?«

»Ja, Chef!«, bellt Serge wieder und folgt stramm meiner Anweisung, nicht mit der Garnitur zu geizen.

Mitten im Küchenchaos kommt Julia ohne Leith wieder herein, und Hugo erklärt, er habe *den heißesten Typen überhaupt* gesehen, der allerdings leider hetero sei und mit seiner stinklangweiligen Verabredung an Tisch elf sitzt.

Die doppelt gebackenen Gruyère-Soufflés sind serviert und scheinen offensichtlich zu munden. Ein paar Gläser Wein, von einigen der Gäste spendiert, finden den Weg in die Küche. Ich habe zu viel um die Ohren, um zu trinken, aber Serge ist sich nicht zu schade, für mich einzuspringen.

»Was machst du denn da?«, fragt Frankie streng, als er sieht, wie ich den Salad niçoise anrichte.

»Das nennt man dekonstruiert.«

»Dekonstru-was?«

»Ich habe jetzt echt keine Zeit, dir Nachhilfe in zeitgenössischer Umgangssprache zu geben, verdammt.«

»Na, Gott sei Dank. Was *machst* du, Mädchen?«

»Es ist genau dasselbe, nur anders. Ich habe es auseinandergenommen und die Anchovis in die Soße obendrüber gegeben.«

»Und warum nicht alles miteinander vermischen?«

»Weil man das Essen so auf andere Art und Weise genießen kann, ästhetisch, aber auch was Geschmack und Konsistenz angeht.«

Frankie scheint das nicht zu überzeugen.

»Und es sieht hübsch aus.«

Widerwillig muss Frankie mir da zustimmen. Die Zutaten sind so knackig und frisch. Die Tomaten sehen so einladend aus. Die Bohnen glänzen fast, so grün sind sie. Das Crudo vom Thunfisch ist unglaublich zart und verspricht, auf der Zunge zu zergehen. Die goldenen Eidotter schimmern in ihren sanft gegarten weißen Hüllen. Die schwarzen Oliven funkeln wie Edelsteine, gerahmt von der Anchovissoße, die sorgfältig drumherum aufgeträufelt ist.

»Das ist wahre Kunst«, erklärt Serge stolz.

»Klappe, Serge«, knurrt Frankie.

»Danke, Serge«, flöte ich und sehe zu, wie die einzelnen Teller nach draußen ihrer Bestimmung entgegengetragen werden.

Es ist wohl das am häufigsten fotografierte Gericht des Abends, was Frankie überhaupt nicht begreifen kann, mich aber sehr freut.

Der Schweinebauch wird kross angebraten, die Jakobsmuscheln werden kurz sautiert, und dann wird alles auf einer Reduktion von Äpfeln und Salbei angerichtet und mit gartenfrischen Erbsen umgeben, die Mum ausgepuhlt hat, während sie heftig mit Serge flirtete. Das war ihr einziger Beitrag zum kulinarischen Gelingen dieses Abends. Ich höre sie bis hier hinten hin lachen. Warum geht die Frau heute überhaupt nicht mehr aus? Sie liebt es doch, unter Menschen zu sein.

Mit jedem Teller, den wir rausgeben, wird der Jubel in mir lauter. Dass alle Gäste dasselbe essen, vermittelt irgendwie ein großes Gefühl von Harmonie und Zugehörigkeit. Und es ist ein Luxus, den ich mir hier in meinem kleinen Pop-up leisten kann. Nur ein festgesetztes Menü zu haben ist finanziell viel effizienter und außerdem gerade schwer angesagt. Ein richtiggehender Trend. Gemeinsam etwas zu essen, das anregend ist und inspirierend und einen über den Tellerrand bisher gekannter Geschmäcker schauen lässt. Entweder gebe ich das Menü eine Woche im Voraus bekannt oder mache es zum Konzept, die Gäste zu überraschen: Reinkommen, hinsetzen und das Menü genießen, das ich mir ausgedacht habe. Aber was mache ich dann bei Allergien und Unverträglichkeiten, und wie handhabe ich die Kreuzritter gegen Gluten, die in dieser Stadt gerade einen so erbitterten Krieg führen? Die meisten Menschen hier in der Gegend haben irgendeine Allergie, ob echt oder eingebildet. Frankie würde mir sagen, ich soll einfach nichts darauf geben, aber als gute Geschäftsfrau sollte ich für alle Eventualitäten gewappnet sein.

Eiweiß zu einem steifen Schnee zu schlagen lässt mir sonst immer genügend Zeit, mir neue Rezepte auszudenken – aber heute Abend muss ich im Hier und Jetzt bleiben. Die Baisers sollten so schnell wie möglich in den Ofen. Serge hilft mir bei dem Crumble, um seinen Schnitzer mit dem Brandteig wieder auszubügeln. Aber ich halte die Zügel in der Hand. Ich muss den Überblick behalten. Serge ist mehr Kunsthandwerker als Akkordarbeiter.

Und ich frage mich: Wer sind diese ganzen Menschen da draußen? Wollen die mich scheitern sehen, oder sind sie neugierig? Ich weiß, dass zumindest Mum, Sandy, Stella und Lana und Polly, zwei meiner Gourmetfreundinnen, hier sind, um mich zu unterstützen. Die würden mich selbst dann noch bejubeln, wenn ich in meinem Auto wohnen müsste. Und dafür liebe ich sie. Aber was ist mit all den anderen? Die Zeit zerrinnt mir zwischen den Fingern, während ich Himbeeren püriere und unter die geschlagene Sahne hebe. Die Baisers sind abgekühlt. Frankie guckt ganz erstaunt, als ich sie aus dem Ofen hole. Selbst wenn um mich herum die Welt untergeht, ein anständiges Baiser kriege ich immer noch hin.

»Frankie würde tot umfallen, wenn er die sehen könnte«, sagt Serge andächtig.

»Zu spät«, witzelt Frankie düster. »Wie hast du das gemacht?«

»Ich mache sie ohne Speisestärke. Und ich liebe Eischneeschlagen.«

»Keine Speisestärke!« Frankies Nasenflügel flattern ganz leicht, und er reckt das Kinn als Widerspruch gegen das, was er da gerade hören musste. »Aber dann werden sie zu dünn und schmecken nach nichts.«

»Sie sind nicht zu dünn, und sie sind auch nicht geschmacklos. Sie sind fluffig und luftig. Probier doch mal eins.«

»Mache ich! Frankies Baisers waren immer zu hart und sind überhaupt nicht aufgegangen. Wahrscheinlich er hat genommen zu viel Speisestärke«, sagt Serge.

»Verräter.« Frankie will gekränkt klingen, aber er hat ein Grinsen um die Mundwinkel.

Serge legt zwei Baisers beiseite. Ich weiß, eins davon ist für Mum reserviert. Sie hat schon vorher ihren Anspruch auf ein zweites Dessert angemeldet – bei Süßigkeiten kann die Frau reinhauen, als gäbe es kein Morgen. Und dazu braucht sie nicht mal bekifft zu sein.

Im Laufe des Abends gelingt es mir immer öfter, so auf Frankies Fragen und Bemerkungen zu antworten, dass das, was ich sage, auch für Serge einen Sinn ergibt. Wir drei sind ein richtig gut eingespieltes Team, wenn auch ein ziemlich schräges.

Dann arrangiere ich das Dessert: Es wirkt zeitlos-klassisch und schmeckt einfach himmlisch. Frankie beäugt es kritisch und schlägt vor, noch eine Sahneschicht ohne Himbeeren hinzuzufügen, als kleinen Kontrast. Das verleiht dem ganzen Ensemble noch mehr dekadente Eleganz.

»Das ist die Audrey Hepburn unter den Desserts. Hervorragende Arbeit.« Mit diesem Kompliment setzt er mir die Krone auf, und so, wie er mich anschaut, scheint um uns herum plötzlich alles stillzustehen.

Julia und Hugo haben eben die letzten Desserts rausgetragen, da kommt Hugo auch schon wieder hereingestürmt und hat ganz glänzende Augen vor Aufregung. »Mutter meint, du musst unbedingt rauskommen und dich verbeugen.«

»Ach, das ist nicht nötig, ich sehe aus wie Hund.«

»Egal, Mädchen, raus da, das ist dein großer Moment! Lass dir das nicht entgehen!«, grummelt Frankie.

»Ich habe hier noch ein Kleid ... irgendwo.«

»Sei nicht albern, du bist Chefköchin – *die* Chefköchin –, und das war bisher ein wirklich grandios guter Eröffnungsabend! Das Kleid kannst du nachher anziehen, wenn ihr in eine Disco geht und mit Champagner auf euren Erfolg anstoßt, aber doch nicht jetzt. Jetzt gehst du da raus und zeigst ihnen, wer du bist!«

Ich löse meinen Pferdeschwanz, dann wischt Hugo mir etwas Baiser aus dem Gesicht und führt mich nach draußen, Frankie dicht hinter uns. Hugo fängt an zu klatschen, und alle stimmen ein. Stella, die immer gut ist für Standing Ovations, springt begeistert auf, und die übrigen Gäste folgen ihrem Beispiel. Mein Blick geht zu Frankie, der mir aufmunternd zunickt. Stumm forme ich ein Danke mit den Lippen, aber er schüttelt nur den Kopf. »Das ist dein Applaus, und jetzt geh und begrüße deine Fans.«

Stella drückt mich mit einer festen Umarmung an die Brust, typisch jüdische Mutterglucke eben, und überschüttet mich mit Küssen und Lobhudeleien. »Baby, war das eine Tour de Force! Du musst unbedingt eine Location finden, wo du bleiben kannst, du bist im Handumdrehen ausgebucht bis nächsten Juli.«

Den Mund voll mit ihrer zweiten Portion Baiser nickt Mum mir zufrieden zu und murmelt: »Ja, wirklich gut, Schätzchen, fehlt nur der Teppich.« Dann widmet sie sich wieder ganz den Himbeeren. Sandy möchte mit mir über ein tierfreundlicheres, vegan-vegetarisches Menü sprechen. Katherine verspricht, mir ihre Notizen mit einigen Verbesserungsvorschlägen zuzumailen. Ewan will mir morgen einen Ausdruck vorbeibringen. Ein betrunkener Mann mittleren Alters lallt, ich solle das Porträt von Frankie anständig rahmen lassen oder, noch besser, es verbrennen. Seine bildhübsche Frau, die aussieht, als sei sie es gewohnt, sich für ihren Mann entschuldigen zu müssen, versichert mir, sie fänden das Restaurant ganz hinreißend. Gleichzeitig gestikuliert Frankie im Hintergrund wild herum und deutet auf einen Tisch mit lauter älteren Herren, als wollte er mich vor ihnen warnen: »Pass gut auf, die könnten was mit meinem Tod zu tun haben.«

Das muss ich erst mal verdauen. Die verdächtigen Herren versuchen währenddessen Lana und Polly anzugraben und nuscheln dabei unverständliche Lobeshymnen auf das Restaurant. Ein alter Glatzkopf packt mich am Arm und beginnt, wie er wohl glaubt, eine geballte Charmeoffensive. »Paul Levine«, stellt er sich vor. »Wie ich sehe, haben Sie einige von

Frankies Rezepten verwendet. Er war der Meister des guten Geschmacks.«

»Ich weiß«, entgegne ich. Frankie fährt sich mit dem Finger über die Kehle, verdreht theatralisch die Augen und schüttelt den Kopf.

»Wie sind Sie da rangekommen, wenn ich fragen darf?«, fährt Paul Levine fort. »Persönlich gekannt haben Sie ihn ja sicher nicht. Das war lange vor Ihrer Zeit.«

Wieder schüttelt Frankie energisch den Kopf. »Sag's ihm nicht, Lucille.«

Aber wie immer, wenn ich lügen soll, werde ich knallrot und fange an zu stottern. »Die sind mir einfach zugeflogen, quasi aus der leeren Luft … Und Serge hat mir natürlich geholfen.«

Frankie macht eine Handbewegung, die mir unmissverständlich zeigt, was er von meinem Gestammel hält.

»Aber natürlich«, entgegnet Paul mit einem durchtriebenen Grinsekatzenlächeln im Gesicht. Er glaubt mir ganz offensichtlich kein Wort. »Wobei ich mir denken könnte, dass er sie irgendwo aufgeschrieben haben muss. Er war wirklich sehr gut organisiert und penibel genau, wenn es ums Essen ging.«

Ich gerate ins Schwimmen. »Vielleicht hat der Hauseigentümer sie ja?«

»Und wer ist der Eigentümer?« Paul heuchelt Interesse, aber sein Lächeln verzieht sich mit einem leicht verzweifelten Zittern.

»Keine Ahnung, ich habe das Restaurant durch einen Makler gepachtet.«

Wenigstens das stimmte. Die letzten Wochen hatte ich immer das Gefühl, das Fortune gehöre Frankie und mir, dabei habe ich keinen Schimmer, wem das Haus eigentlich gehört und wer dem Makler das Okay gegeben hat, den Laden an mich zu verpachten.

»Verstehe. Na dann, weiterhin viel Glück. Sie werden mich hier noch öfter sehen.« Und damit lässt er endlich meine Hand los, und bei mir bleiben ein schaler Nachgeschmack und das unbehagliche Gefühl, dass es sicher nicht das reine Vergnügen wird, ihn öfter hier zu sehen. Er macht einen Schritt, dann dreht er sich noch mal um und fragt: »Wer ist eigentlich Ihr Hintermann? Ist der auch hier?«

»Er war hier, aber er zieht es vor, im Hintergrund zu bleiben.« Ich glaube, das klang ganz glaubwürdig. Ist ja auch nicht gelogen.

Paul nickt und geht dann, wobei er sämtliche anderen Männer im Raum verächtlich beäugt. Bei dem Kerl kriege ich eine Gänsehaut.

Lana und Polly, beide beschwipst und überglücklich, quieken begeistert los, als sie mich sehen. Das obligatorische Beste-Freundinnen-Kreischen eben. Mein Blick geht zu Julia, die sich die Schuhe ausgezogen hat, sich die Füße massiert und ein Glas Rotwein trinkt. Sie bedenkt mich mit ihrem leicht schielenden Verschone-mich-vor-kreischenden-Mädels-und-trink-nicht-so-viel-Blick.

Lana ist die Publicity-Chefin von Sydneys ältestem Verlagshaus. Den ganzen Tag schlägt sie sich mit wunderlichen Autoren und exzentrischen Promis herum, hätschelt sie, als seien es Kleinkinder, sorgt dafür, dass sie pünktlich in ihrem Flieger sitzen, auf Tour gehen, sich bei Facebook anmelden, sich bei Interviews anständig benehmen und den Medienmogulen brav die Hand schütteln. Sie ist den Umgang mit eigenartigen Menschen gewohnt. Polly ist Anästhesistin mit einem besonderen Interesse an der Palliativpflege. Ihr Steckenpferd sind Experimente mit alternativen Bewusstseinszuständen, sei es mittels Chardonnay, Meditation oder Medikation. Gelegentlich besucht sie meine Mutter, und dann sitzen die beiden zusammen auf der

Couch, futtern Brownies und philosophieren über den Tod. Eigentlich ein Wunder, dass sie Frankie nicht sehen kann. Aber sie meint, das Restaurant hätte einen ganz besonderen, »heißen« Vibe. Mit den hüftlangen, rabenschwarzen, seidenglatten Haaren und dem sexy hautengen schwarzen Kleid, von dem die Altherrenrunde am anderen Tisch einfach nicht die Augen lassen kann, erinnert Polly zwar sehr an Morticia Addams, aber sie ist eine der erfolgreichsten Trendschnüfflerinnen der Welt. Die Frau kann auf mehrere Kilometer Entfernung Mode von Mist unterscheiden. Dass sie das Fortune zum nächsten heißen Ding erklärt, ist wirklich eine große Sache.

Lana gießt mir ein Glas Wein ein. »Ich bringe einen ganzseitigen Artikel über dich im Wochenendmagazin, so eine süße Aschenputtelgeschichte.«

»Na ja«, entgegne ich, »eine Prinzessin bin ich noch nicht, das war gerade unser erster Abend.«

»Liebes, so läuft das nun mal in der PR.« Lana weist auf ein Paar in der Ecke. »Er fragt ständig nach dir. Geh hin.«

Brav trotte ich rüber zu dem Tisch, auf den Lana deutet. Dort sitzen ein gelangweiltes Supermodel Mitte zwanzig und, um es mit Pollys Worten zu sagen, ein eindeutig superheißer Typ mit durchdringenden grünen Augen und einem Kopf voller brauner Locken. Das Supermodel gähnt. Der heiße Typ springt auf.

»Hi. Charles Taylor, Charlie ... Schön, Sie kennenzulernen. Gut gemacht heute Abend, Sie haben uns alle umgehauen.«

»Wie eine Dinnerparty bei meiner Tante«, sagt das Supermodel und guckt mit ausdruckslosem Gesicht ins Leere.

»Danke ... und danke. Sind Sie Charles Tylor, der Restaurantkritiker?«

Charlie nickt.

»Oh. Oh, ich liebe Ihre Kritiken ... die sind immer sehr fair.«

»Ein hohes Lob von der Chefköchin. Ich finde es spannend zu verfolgen, wie Ihr Stil sich im Laufe der Zeit weiterentwickelt hat. Ich beobachte Sie schon seit Ihren Anfängen im Circa.«

»Mich? Meinen Sie nicht eher Leith?«

»Die Baisers – etwas Ähnliches haben Sie im Winter 2012 mit Blutorangen gemacht.«

Daran hatte ich gar nicht mehr gedacht; es war mal in einem von Leiths Der-angesagte-Mann-der-Stunde-Artikeln erschienen. Woher wusste Charlie bitte, dass das Rezept von mir war?

»Das hier ist noch besser. Eine wunderbare Weiterentwicklung.« Charlie lächelt mich herzlich an. Seine Begleiterin nicht. Ich reiche ihr die Hand.

»Hallo, ich bin Lucy Muir.«

Sofort entschuldigte Charlie sich: »Verzeihung, wie unhöflich von mir, ich bin ein bisschen aus dem Häuschen, es ist wirklich eine große Sache, heute Abend hier zu sein. Das ist Sonja Hill. Lucy Muir.« Sonja reicht mir eine schlaffe Hand und bedenkt Charlie dann mit einem Bring-mich-hier-raus-bevor-ich-sterbe-Blick.

»Wir sollten wohl los«, meint er. »Sonja muss morgen früh fit sein zum Lernen.«

Worüber ich ein bisschen lachen muss. Charlie lächelt mit blitzenden Augen. Sonja wirkt überhaupt nicht amüsiert. »Ich muss zur Uni, ich studiere Anthropologie.«

»Toll.« Ich nicke eifrig, lächele und will schon wieder verschwinden, aber Charlie lässt mich nicht gehen.

»Die ... ähm, französische Zwiebelsuppe?«

»Hat sie Ihnen nicht geschmeckt?«

»Doch, sehr. War das Rezept von Ihnen?«

»Ehrlich gesagt, stammt es vom vorigen Besitzer des Ladens.« Was ich unglücklicherweise in Hörweite von Paul sage, der sich natürlich gleich zu mir umdreht und zufrieden grinst. Mist.

»Dachte ich es mir doch«, sagt Charlie. »Na ja, ich freue mich jedenfalls schon auf das nächste Mal.«

»Wunderbar, ich würde mich freuen, Sie bald wieder hier begrüßen zu dürfen ... Sie beide ... zusammen.« Großer Gott, hol mich hier raus, ehe diese Furcht einflößende Supermodel-Anthropologin mir eine scheuert. Ich schaue mich nach Frankie um, aber der ist verschwunden. Ich werde rot, und Julia guckt mich fragend an, mit diesem Blick, bei dem sie dreimal hintereinander ganz schnell die Augenbrauen hochzieht. Das Restaurant leert sich zusehends, also gehe ich rüber und setze mich zu ihr, weil ich inzwischen gefühlt jeden einzelnen Gast persönlich begrüßt habe.

»Der war aber süß«, sagt Julia.

»Er steht auf kleine Mädchen«, entgegne ich trocken. »Und außerdem ist er Restaurantkritiker.«

»Na, das wäre doch mal eine Herausforderung.«

»Offiziell bin ich seit nicht mal einem Monat Single, Jules.«

»Ich weiß. Ich meine ja auch nicht ... Ich meine ja bloß, du lernst eben neue Leute kennen. Und du bist rot geworden, als du mit ihm geredet hast. Wobei du diese Woche ständig rot geworden bist – du kommst doch noch nicht in die Wechseljahre, oder?«

»Julia, ich bin fünfunddreißig!«

»Hat es alles schon gegeben. Meine Tante Moo kam mit zweiunddreißig in die Wechseljahre, und da hatte sie schon vier Kinder. Ich glaube, sie war darüber gar nicht so unglücklich.«

Wir stoßen mit Serge an, der das Kommando über den iPod übernimmt und die Bee Gees auf volle Lautstärke stellt. Mit Moves, auf die selbst Leo Sayer stolz gewesen wäre, swingt er rüber zu Mum, die sofort die Strickjacke abwirft und aufspringt. So schnell hat sich meine Mutter seit Jahren nicht mehr bewegt.

Und sie hat es tatsächlich immer noch drauf. Es kommt mir vor, als sähe ich eine Doku über das Paarungsverhalten mittelalter Großstädter.

Ich schaue mich um nach dem einzigen Menschen, den ich jetzt wirklich sehen will. Ich kann es gar nicht abwarten, seinen Kommentar zu den Gästen zu hören und – nach einem weiteren Glas Wein – zu erfahren, wie er das Essen fand. Aber er ist nirgendwo zu sehen.

Hugo zieht Julia hinter sich her in die Mitte des Raums, während im Hintergrund *Jive Talking* wummert, und Stella schnappt sich Mums Freundin Sandy, offenbar ihr neuestes Projekt. Lana und Polly, die keine Gelegenheit auslassen zu tanzen, zieren sich auch diesmal nicht lange. Versonnen schaue ich ihnen zu, diesem bunten Haufen von Unterstützern, die alle mitgeholfen haben, diesen Abend möglich zu machen, und bin plötzlich von tiefer Dankbarkeit erfüllt. Hauptsächlich, weil ich den Abend heil überstanden habe, aber auch, weil ich endlich etwas Eigenes auf die Beine gestellt habe, ganz gleich, wie die Sache letzten Endes ausgehen wird. Und ganz ehrlich: Ich habe es Frankie zu verdanken, dass ich so weit gekommen bin. Und schnell meldet sich die panische Stimme in meinem Kopf wieder zu Wort: Wie soll ich es schaffen, morgen Abend eine ähnlich gute Vorstellung abzuliefern? Wie haben meine Gäste den Vorschlag aufgenommen, heute Abend eine kleine Spende für das Menü abzugeben? Wird das Geld reichen, um den morgigen Abend zu finanzieren? Am liebsten will ich Julia auf der Stelle danach fragen, aber sie wirkt gerade so glücklich und gelöst, wie Hugo sie da über die improvisierte Tanzfläche wirbelt. Ich glaube, in jedem von uns steckt ein bisschen Disco. Man kann tagsüber so erwachsen und geschmackssicher sein, wie man will, aber was wäre das Leben ohne die Schaumkrone der Begeisterung und das kindliche Vergnügen, sich vor seinen

Freunden zum Affen zu machen, sich vom Beat treiben zu lassen und einfach loszulassen?

Und auf einmal frage ich mich: Was, wenn das alles – und mit *alles* meine ich *Frankie* – bloß meiner überbordenden Fantasie entspringt? Mein Blick geht zu seinem Porträt. Matthias Drewe mag ja so einiges sein, aber eins ist er mit Sicherheit auch, ein begnadeter Künstler. Er hat ihn genau getroffen, wie er den Betrachter frank und frei ansieht, in einer Kochmontur, der deutlich anzusehen ist, dass er darin gearbeitet hat, mit seiner Küche im Hintergrund. Frankie in der Blüte seiner Jahre, der umwerfend gut aussehende Frankie, unschuldig wie ein kleines Kind mit all der Liebe und Leidenschaft, mit der er die himmlischsten Herrlichkeiten kreierte, auch wenn es klingt, als sei sein restliches Leben ein ziemlich höllisches Chaos gewesen. Aber wer bin ich schon, das zu beurteilen.

Jemand reicht mir die Hand. Ich drehe mich um und sehe Serge, der den Arm nach mir ausgestreckt hat. Aber gleich hinter ihm steht Frankie und strahlt förmlich vor Freude.

»Darf ich bitten?« Serge nimmt die Sache mit dem Tanzen anscheinend sehr ernst; in den vielen Furchen seines gegerbten Gesichts sammelt sich der Schweiß zu kleinen Rinnsalen.

Frankie macht es ihm nach, und wieder wird mir fast schwindelig, wenn er mich so anschaut, als schaute er in mich hinein und könnte alles sehen, jedes Essen, das ich je gekocht habe, jeden Mann, den ich je geküsst habe, jeden Song, den ich je im Auto aus voller Kehle mitgegrölt habe, und jede Träne, die ich je vergossen habe. Noch nie hat mich ein Mann so angesehen. Aber kann man einen Geist überhaupt als Mann bezeichnen?

Ich reiche Serge die Hand und lasse mich von ihm herumschwenken und in seinen Armen theatralisch nach hinten kippen. Im Hintergrund läuft *More Than a Woman*. Plötzlich ist

Frankies Gesicht über meinem in den Nacken gelegten Kopf. »Wenn du mich fragst, famoser hätte es nicht laufen können.«

»Wirklich?«

»Ja«, sagt Serge, zieht mich wieder hoch und positioniert sich in Foxtrottposition. Hauptsächlich, um Mum zu beeindrucken. »Ich tanze gerne, tanzen ist mein Ding. Die Mädchen früher haben Schlange gestanden, um zu tanzen mit Serge.«

Es stimmt wirklich, Serge tanzt mit beeindruckendem Schwung und Gusto und ist der Salonlöwe des überfüllten kleinen Parketts unseres Restaurants. Aber mein Blick hängt an Frankie, der dicht hinter Serge bleibt.

»Du hast alles gegeben, um wieder zum Leben zu erwecken das Fortune«, sagt Serge zu mir und drosselt kurz das Tempo, um einmal durchzuatmen und mich sachte im Kreis zu drehen. »Du solltest dem Besitzer sagen, er soll verlängern den Pachtvertrag. Du wirst noch sehr lange hier sein.«

»Ich kenne ihn ja nicht mal, bisher hatte ich nur mit dem Maklerfritzen zu tun.«

»Frankie hat kein Testament hinterlassen.«

»Ach, so ein Blödsinn, habe ich wohl!« Frankie bleibt unvermittelt stehen, so sehr empört ihn das. »Aber wie dem auch sei, du hast vorhin mit ihm gesprochen.«

Mir rutscht das Herz in die Hose.

»Ich glaube, ich weiß, wer Besitzer ist«, sagt Serge laut und stolz.

Misstrauisch schaue ich Frankie an. »Der Glatzkopf, der mich die ganze Zeit gelöchert hat? Dieser Paul?«

»Nein, der nicht«, sagt Serge. »Paul arbeitet für irgendwelche Zeitschriften, hat früher für Gourmetmagazine geschrieben und ist noch immer Nervensäge. Nein, Besitzer ist der gut aussehende junge Mann, Charlie.«

»Du meinst Charlie, den Restaurantkritiker?«

»Er ist *Restaurantkritiker*?«, fragt Frankie ehrlich entsetzt.

»Ja, er ist Frankies Sohn.«

Serge wirbelt mich herum, und mir wird schwindelig. Es fühlt sich an, als hätte mir jemand den Teppich unter den Füßen weggezogen. Frankie hatte zwar erwähnt, dass er einen Sohn hat, aber die funkelnden grünen Augen, das süße Lächeln, diese unterschwellige Anziehung – *das* ist Frankies Sohn? Und in dem Moment geht mir auf, dass ich Charlie tatsächlich sehr anziehend fand. Und mir geht auf, dass ich in Frankie verknallt bin, und das ist auf jede nur denkbare Art einfach bloß schräg.

Mit zusammengekniffenen Augen schaut Frankie mich an.

»Dein Sohn?«, frage ich.

»Nicht *mein* Sohn«, erklärt Serge geduldig. »Frankies Sohn.«

»Als ich ihn das letzte Mal gesehen habe, war er acht und hat Rotz und Wasser geheult, als sich die Leute nach dem Leichenschmaus verabschiedet haben«, sagt Frankie. »Ein guter Junge, wirklich. Und sieht gar nicht mal so übel aus, findest du nicht?«

Eine kleine Spitze. Ich weiß es, Frankie weiß es, und aus den schlammigen Untiefen meiner aufgewühlten Gefühle nicke ich nur stumm.

»Ein guter Kerl«, brummt Serge. »Der sicher lässt dich bleiben.«

»Ihm gehört aber nicht der ganze Laden«, warnt Frankie mich.

»Wer noch?«, murmele ich so leise, dass Serge es nicht hört, der mich gerade wieder herumwirbelt.

»Seine Mutter … und ein alter Freund.«

»Welcher Freund?«

»Das wirst du noch früh genug erfahren.« Frankie zögert und wählt seine nächsten Worte mit Bedacht. »Dieser Freund ist der Treuhänder: Ohne ihn läuft hier gar nichts. Charlies

Mutter versucht immer wieder, ihn zu bequatschen, damit er die Seiten wechselt und mit ihr für den Verkauf stimmt. Einmal hatte sie ihn so weit, aber die beiden halten zusammen nur neunundvierzig Prozent.«

»Woher weißt du das alles, wenn du das Haus nie verlassen hast?«

»Des, ihr Anwalt, hat den Löffel abgegeben – er hat mir alles erzählt.«

»War dieser Freund, der Treuhänder, irgendwie in den Mord an dir verwickelt?«, wispere ich.

Frankie zuckt die Achseln, und Serge lässt mich ein letztes Mal nach hinten fallen.

»Du bist ganz blass, Lucy. Alles in Ordnung?«, erkundigt Serge sich besorgt. Sicher bin ich kalkweiß geworden, weil mir langsam dämmert, dass ich nur eine Schachfigur bin in einem Spiel, Frankies Spiel, dessen Regeln ich nicht kenne. Und ich bin todmüde.

»Ich sollte lieber nach Hause gehen.«

»Ich fahre dich«, erklärt Julia sehr bestimmt und übernimmt mütterlich das Kommando.

»Nein. Ich mache das«, erklärt meine Mutter. »Ich will sowieso nach Hause, mein Pyjama ruft.«

Sofort ist Serge alarmiert. »Aber du kommst bald wieder?«, fragt er fast flehentlich. Es hat ihn offensichtlich schwer erwischt.

»Vielleicht«, antwortet Mum ein kleines bisschen kokett. Als ich noch jünger war und sie an jedem Finger einen Kerl hatte, nannte sie das immer die »köstliche Folter« – dieses Gefühl, in der Luft zu hängen, das die Männer anscheinend so lieben. Mum ist eine wahre Meisterin in diesem Fach, aber ich konnte das nie. Jedenfalls bei keinem Mann, der mich wirklich interessiert hat.

»Ach Sara, wirklich, du bist ein ganz exquisites Geschöpf.« Und damit küsst Serge Mum die Hand, und Mum nickt majestätisch.

Die Party löst sich rasch auf. Polly verkündet, dass sie nächste Woche ein Date mit einem Orthopäden hat und gerne mit ihm hierherkommen möchte. Lana, in ihrem champagnerbeschwingten Überschwang, verspricht jede Menge Pressekonferenzen, Autorentreffen und die Aussicht auf einen Buchvertrag. Stella nimmt mich in den Arm und sagt mir, wie stolz sie auf mich ist. Sandy reicht mir mit einem ernsten Nicken eine Broschüre über tierquälerische Massentierhaltung. Hugo verabredet sich mit mir für den nächsten Morgen zum Kaffee hier im Restaurant, damit wir die Speisekarte und die Reservierungen besprechen können. Julia hält mir das dicke Geldscheinbündel – die Spenden des heutigen Abends – unter die Nase und nimmt es dann wieder an sich. Sie will es morgen früh zur Bank bringen, bis auf das, was ich für die Einkäufe für morgen Abend brauche.

Serge verbeugt sich und singt ein langsames, melancholisches Lied in einer fremd klingenden Sprache, bei dem ihm fast die Tränen kommen. Er vergisst den Text, seine Stimme bricht, er schämt sich, küsst Mum und mich noch mal zum Abschied und geht dann.

Und schließlich Frankie. Wie ein König steht er da in seinem Restaurant und sieht mir nach, als ich gehe.

Draußen drehe ich mich um und sehe den alten Bill auf der anderen Straßenseite. Er ist wie angewurzelt stehen geblieben, als er Mum gesehen hat. Mum genauso. Es sieht aus wie ein Wild-West-Duell auf offener Straße. Schließlich bricht Mum das Schweigen.

»Hallo, Bill.«

»Sara.«

Und dann stehen sie wieder da und starren sich an; ein stummes Gespräch zwischen den beiden, ohne ein Wort und ohne die Miene zu verziehen.

Irgendwann sagt Mum dann: »Gute Nacht.«

Und Bill verbeugt sich, dreht sich um und geht.

»Komm schon. Ich bin total kaputt.« Und damit nimmt sie mich an der Hand und führt mich in die andere Richtung.

»Was war das denn?«

»Jemand, den ich von früher kenne.« Sie wirft die Haare über die Schulter und legt einen Zahn zu, was immer noch nicht besonders schnell ist; sie hinkt wegen ihrer Arthritis. »Ich hätte mich von Serge nicht so herumschleudern lassen sollen – meine Hüfte streikt, und von deinem Schweinebraten kriege ich Blähungen.« Wie aufs Stichwort folgt ein donnernder Paukenschlag und macht sämtliche Romantik dieses Abends zunichte. »Und was dich angeht ...« Mum bohrt nur ganz selten nach, einfach weil es ihr viel zu anstrengend ist und sie keine Lust hat, sich mit dem auseinanderzusetzen, was dabei herauskommen könnte. Deshalb ist das vollkommen neu und ungewohnt.

»Meinst du, es ist gut gelaufen?«, frage ich.

»Besser als nur gut. Aber was läuft da zwischen dir und diesem Kerl?«

Hat denn wirklich *jeder* mitbekommen, wie ich mich mit Charlie unterhalten habe?

»Nichts. Ich habe ihn gerade erst kennengelernt.«

»Tja, so hast du ihn aber nicht angeguckt. Aber schon wieder *ein Koch*? Mal ehrlich.«

»Er ist kein Koch«, antworte ich ein bisschen zu schnell. »Er ist Restaurantkritiker.«

»Und warum hatte er dann eine Kochmontur an und ist dir den ganzen Abend auf Schritt und Tritt gefolgt und hat immer dahin geguckt, wo du hingeguckt hast?«

Ich mache den Mund auf, um etwas zu erwidern, aber es dauert einen Moment, das zu verdauen, was sie gerade gesagt hat. Nur meine Mutter …

»Mum, das war nicht Charlie.« Ich bleibe stehen und sehe sie an. »Du hast ihn gesehen? Den anderen Koch?«

»Ich verstehe nicht, was du für einen Wirbel darum machst. Natürlich habe ich ihn gesehen«, erklärt sie ganz nüchtern.

»Und du hast ihn nicht erkannt?«

Mum wirkt ratlos. »Ich hatte keine Brille auf, und er schien mir ein bisschen aus dem Weg zu gehen. Sah aber aus wie ein echtes Sahneschnittchen. Und du hast ihn die ganze Zeit angehimmelt – sogar als du mit Serge getanzt hast, hattest du nur Augen für ihn.«

»Mum, das ist Frankie.«

Mum schaut mich an und lacht dann laut. »Frankie Summers, aber ja, natürlich.« Und dann ist sie plötzlich auf Zeitreise in die Vergangenheit und muss beim Gedanken an ihn lächeln.

»Mum, er ist seit dreiunddreißig Jahren tot.«

»Ja«, murmelt sie geistesabwesend.

»Was du da eben gesehen hast, war also ein Geist.«

Sofort kommt Mum wieder zurück ins Hier und Jetzt. »Ja. Derselbe, den du auch gesehen hast.«

Ich nicke langsam und bin irgendwie erleichtert, dass noch jemand ihn gesehen hat. Und verdattert, dass dieser jemand ausgerechnet meine Mutter ist.

»Du bist verliebt in einen Geist«, erklärt sie leise. Und als ich das höre, weiß ich mit einem Mal, dass es die Wahrheit ist.

# Salade niçoise

## Zutaten

- 350 Gramm grüne und gelbe Bohnen, gemischt, entfädelt
- Salz
- 12 kleine neue Kartoffeln/Drillinge
- ein halbes Baguette
- 12 kleine schwarze Oliven, entsteint, 3-4 davon gehackt, die anderen ganz
- 3 reife Tomaten in verschiedenen Farben (am besten alte Sorten), grob gewürfelt
- 2 Salatköpfe (am besten Romana oder Eisberg) in 2 Zentimeter breite Stücke geschnitten (äußere Blätter entfernen); ich lasse immer etwas vom Strunk dran
- 4 besonders frische Eier von frei laufenden Hühnern

*Für die Thunfisch-Anchovis-Soße*

- 1 großer Bund frisches Basilikum
- 6 Anchovisfilets
- Saft einer Zitrone
- 4 Esslöffel extra natives Olivenöl
- 2 x 200 Gramm (2,5 Zentimeter dicke) Thunfischsteaks aus nachhaltiger Fischerei (fragen Sie den Fischhändler Ihres Vertrauens)
- Salz und Pfeffer
- 1 Esslöffel Rotweinessig
- 1 gehäufter Teelöffel grobkörniger Senf
- 1 Teelöffel dünnflüssiger Honig (nach Geschmack)
- 1 Spritzer Zitrone direkt vor dem Servieren

## Zubereitung

Die Bohnen in einen Topf mit kochendem Wasser geben, eine Prise Salz dazu und Deckel drauf. Nach einer halben bis einer Minute den Herd ausschalten. Die neuen Kartoffeln abschrubben und kochen, bis sie gerade weich sind. Im Wasser lassen und erst dann halbieren, wenn man den Salat zusammenstellt.

Das Baguette in zwei Zentimeter dicke Würfel schneiden und in eine Grillpfanne geben. Rösten, bis sie leicht gebräunt sind, dann umdrehen. Aus der Pfanne nehmen und abkühlen lassen.

Zehn kleine Basilikumblättchen abzupfen und beiseitelegen.

Für die Soße die restlichen Basilikumblätter abzupfen und mit den Anchovis, dem Zitronensaft, Öl und einem Schluck Wasser in den Mixer geben. Ungefähr die Hälfte des Dressings auf eine Servierplatte geben und beiseitestellen. Ich gebe zusätzlich gerne noch einige gehackte schwarze Oliven dazu.

Mit sauberen Händen den Thunfisch mit etwas von dem restlichen Dressing einreiben. Mit Salz und Pfeffer würzen und beiseitestellen.

Das nun noch verbliebene Dressing mit Essig, Senf und Honig (wenn Sie ihn denn verwenden möchten) in eine große Schüssel geben und verrühren.

Die Eier fünf Minuten in sprudelnd kochendem Wasser garen. Herausnehmen und unter kaltem Wasser drei Minuten abschrecken. *Vorsichtig* schälen (Dotter sollte noch flüssig sein).

Die gekochten Bohnen abgießen und in die Schüssel zu dem Dressing geben. Oliven und Tomaten dazugeben und vermischen.

Den Thunfisch in die heiße Grillpfanne geben und von jeder Seite ein bis zwei Minuten anbraten, sodass er in der Mitte noch rosarot ist.

Die Baguettewürfel zu kleineren Croûtons zerreißen und mit dem Salat auf einer großen Platte anrichten. Die angemachten Bohnen, Kartoffeln, Oliven und Tomaten darübergeben.

Das Thunfischsteak in zwei Hälften zerreißen und auf die Platte geben. Zitronensaft darüberträufeln.

Die beiseitegelegten Basilikumblätter darüberstreuen und mit den geviertelten Eiern garnieren – der Dotter sollte auslaufen.

Nicht zu viel Zeit mit Fotografieren verschwenden, lieber gleich genießen.

# 31

## Frankie, 1982

Ich entdecke ihn draußen vor den Toiletten. Da hockt er und ist voll auf dieses Dings konzentriert, das gerade der letzte Schrei ist: ein Würfel aus bunten Quadraten, die sich gegeneinander drehen lassen. Letztes Mal, als er mich besucht hat, wollte er unbedingt, dass wir zusammen losgehen und ihm von seinem Taschengeld so ein Gerät kaufen, und jetzt sitzt er in seiner eigenen kleinen Welt und dreht geduldig an den kleinen Quadraten. Seine Waffe, um sich die Massen an Trauergästen vom Leib zu halten, die ihm ihr Beileid aussprechen, verlegen und unbeholfen und steif, wie Erwachsene halt mit Kindern über den Tod reden. Sie tun die Trauer ab mit dem Versprechen auf baldige Besserung und die guten Zeiten, die wieder kommen werden. »Tut mir leid, dass dein Dad gestorben ist, aber komm doch nächsten Samstag zum Schwimmen zu uns. Wir haben sogar ein Sprungbrett am Pool!« So was in der Art. Kein Wunder, dass der arme Kerl nur noch weg wollte.

»Drei Seiten hast du schon geschafft? Ich wette, du wärst nicht die ganze Nacht wach gewesen und hättest an dem Ding rumgefummelt, wenn ich nicht den Löffel abgegeben hätte.« Ich erwarte gar nicht, dass er mich hört. Am liebsten würde ich ihn umarmen und hochheben und kitzeln, bis er kreischt – und ihm sagen, dass alles gut ist.

Aber er schaut mich nur todernst an. »Doch, wäre ich wohl. Mum hat gesagt, ich bin genauso stur wie du.«

Ich nicke und habe plötzlich einen Kloß im Hals, als mir aufgeht, dass ich nicht mehr für ihn da sein werde. Und beim Gedanken daran, was für ein lausiger Vater ich war, schnürt es mir die Brust zu. »Du bist ein toller Junge. Es tut mir leid, dass ich kein besserer Vater war.«

Charlies Blick geht wieder nach unten, und er zuckt die Achseln. »Ich hab dich trotzdem gemocht.«

»Ich dich auch, Kleiner. Und das will schon was heißen. Du weißt ja, dass ich Kinder eigentlich nicht ausstehen kann. Aber du – du bist ein echt toller Junge, und du wirst das schon machen.«

»Warum bist du weggegangen?« Er beißt sich auf die Unterlippe, die angefangen hat zu zittern.

»Ich wollte nicht gehen. Das war so nicht geplant. Aber weißt du was, vielleicht ist es besser so.« Das glauben wir beide nicht. Ich halte sein Gesicht in beiden Händen und drücke ihm einen Kuss auf die Stirn. »Kümmere dich um deine Mum. Sag ihr, sie ist viel zu wunderbar, um allein zu bleiben. Und dass es mir leidtut.« Und es tut mir wirklich leid. Es tut mir weh, dass ich die Liebe, die Helen für mich empfunden hat, nicht erwidern konnte und dass ich ihr wehgetan habe, obwohl sie immer für mich da war. Ich schäme mich.

»Kommst du mal wieder?«, fragt er hoffnungsvoll. »Kommst du mich besuchen und übernachtest bei mir? Das hast du noch nie gemacht.«

»Ich weiß.«

Margo Weiss kommt um die Ecke, um Charlie ihr Beileid auszusprechen, und er kann mich nicht mehr sehen. Aber wenigstens konnte ich mich irgendwie von ihm verabschieden.

# 32

## *Lucy*

Kaum bin ich eingeschlafen, werde ich überschwemmt von einer wahren Bilderflut. Ich sehe Frankie, Charlie und den ganzen Abend. Die Gäste reden, aber ich verstehe kein Wort. Ausrufe und Unterhaltungen und Geflüster entziehen sich meinem Verständnis. Endlos schicke ich Teller um Teller hinaus, die sich jedoch in Luft auflösen, bevor das Essen die Gäste erreicht. Für die Gerichte brauche ich geheime Rezepte, die ich nirgendwo finden kann, während ich panisch eine Gemäldegalerie durchforste, wohl wissend, dass sie alle in einem Code geschrieben sind, den zu entziffern ich ohnehin nicht imstande bin.

Ich erwache in schwarzer Stille. Nicht einmal Mums Schnarchen ist zu hören.

Es ist drei Uhr fünfundzwanzig. Natürlich. Ich drehe mich auf die andere Seite, versuche, mich an den Traum zu erinnern und die einzelnen Bilder zusammenzufügen. Dann fange ich an zu überlegen, was alles zu erledigen ist, sobald es hell wird.

Um vier Uhr bin ich schon wieder dabei, im Schein meiner Nachttischlampe meine Rezeptsammlung durchzugehen, eine Tasse lauwarmen Tee neben dem Bett, der langsam immer kälter wird.

*Konzentrier dich einfach auf das Essen, die Gerichte, das Restaurant. Dein Glück, dein Schicksal – dein Fortune eben.* Es dauert nicht lange, bis dieser gute Vorsatz sich in Luft aufgelöst hat. Ist das ein abgekartetes Spiel? Benutzt Frankie mich bloß?

Und dann: Ob Charlie ihn auch gesehen hat? Gibt es für die Verwandten von Geistererscheinungen eigentlich bestimmte Regeln? *Ach Lucy, denk einfach nur ans Essen*, ermahne ich mich streng.

Coq au vin heißt wörtlich übersetzt Hahn mit Wein. In seinen Anfängen war das Rezept ziemlich rustikal – ein Arme-Leute-Essen der Franzosen, um den alten Gockel zu verwerten, der seine besten Jahre längst hinter sich hatte, aber langsam und schonend in trockenem Burgunder gegart, immer noch ganz schmackhaft sein konnte. Wobei ich auch schon mit Pinot Noir, Champagner und Brandy experimentiert habe. Frankies Rezept ist natürlich traditioneller, mit Burgunder, von dem er sich beim Kochen sicher das eine oder andere Gläschen genehmigt hätte.

Der Hahn im Korb – wie passend für Frankie. Und die perfekte Idee für ein Sonntagabenddinner. Das Hähnchen bekomme ich morgens frisch auf dem Markt. Der Trick an der ganzen Sache – abgesehen von hochwertigen, frischen Zutaten – ist Zeit. Und Frankies Rezept sieht zwei Tage vor. Einen, um die Brühe anzusetzen. Man muss dafür unbedingt Brathähnchen nehmen. Und einen, wenn der Coq au vin gekocht ist, damit er ruhen und in seinen eigenen Aromen durchziehen kann.

Um dieses Rezept sind unzählige Daten gekritzelt: Offensichtlich war es eins seiner Lieblingsgerichte. Die Menge an Speck wurde zweimal durchgestrichen und immer wieder erhöht. Er hat nicht damit gegeizt. Und wenn man die Champignons in Schmalz anbrät, intensiviert das den Geschmack ungemein. Ein herrliches Trostessen gegen Weltschmerz, das trotzdem Biss hat. Nichts für Weicheier. Es ist rustikal und bodenständig und schämt sich nicht dafür, und es ist genau das Richtige für alle, die eine väterliche Umarmung in Form einer Suppenschale brauchen … so wie ich gerade.

Frankie, der alte Hahn, und Charlie, der junge. Man vergisst das leicht, weil sie aussehen, als seien sie beide im gleichen Alter. Stellen Sie sich mal vor, Sie würden Ihre Eltern in dem Alter sehen, in dem Sie jetzt sind. Als ich zehn war, da war meine Mum fünfunddreißig. Ungefähr in dem Alter hat sie sich in Graham verliebt, der sie in den Ashram eingeführt hat und der der Grund dafür war, dass wir in den Norden Australiens gezogen sind. Natürlich hat die Beziehung nicht gehalten, aber das hat meine Mutter auch gar nicht erwartet. Schließlich war sie noch lange nicht über George hinweg. Ja, meine Mutter, so scheint es, hat sich durch das ganze Alphabet geliebt. Ich frage mich, ob sie jetzt nach der langen Abstinenz mit S wie Serge weitermacht. Ach herrje, bis zum Z ist es noch weit. George, den mochte ich. Er hat mein Fahrrad wieder flottgemacht und hatte immer Werkzeug dabei und trug eine kurze Arbeitshose. Er hat Blumen für Mum gekauft und unseren windschiefen Briefkasten gerade hingestellt. Eines Tages war er auf dem Weg zu uns. Er wollte die Steppplatten an meinen Tanzschuhen reparieren. Ich habe Mum geholfen, eine Zitronenbaisertorte zu backen. Das Rezept hatte sie von Grandma – das einzige Mal, dass Mum sie je nach einem Rezept gefragt hat. Grandma hat sich schrecklich gefreut. Wir haben den ganzen Tag dafür gebraucht, inklusive einiger Fehlschläge, darunter einem mit zu viel Zucker und einem mit matschigem Teig. Aber am Ende haben wir es hinbekommen.

Es war das erste Mal, dass ich je Eischnee aufgeschlagen habe. Die Torte sah wunderschön aus, als wir sie aus dem Ofen holten. Mum hat ewig gebraucht, um sich zurechtzumachen, und hat ein neues Kleid angezogen. Sie erzählte mir, das mit ihr und George würde langsam ernst. Das fand ich prima. Und ich habe mich auch hübsch gemacht und eine Steppchoreografie einstudiert, die ich ihm zeigen wollte, wenn er die Schuhe repariert hatte.

Wir warteten. Und warteten. Es wurde spät und immer später, und es war schon dunkel, als Mum schließlich das Kleid aus- und ihr Nachthemd anzog und anfing leise zu weinen. Am liebsten hätte sie die Torte in den Müll geworfen, aber ich habe sie gerettet und bin noch wach geblieben und hab ein dickes Stück davon gegessen. Am nächsten Morgen brachte ich Mum ein Stück Torte mit einer Tasse Tee ans Bett.

Dann klingelte das Telefon. Es war Ruth, eine Freundin von Mum, durch die sie George kennengelernt hatte. Ich hörte leises Gemurmel, und dann ging Mum mit tränenfeuchten Augen wieder ins Bett. Sie erzählte mir, George habe vor dem Eisenwarenladen die Straße überqueren wollen, nachdem er gerade die Nägel für meine Steppschuhe gekauft hatte, und sei von einem Truck niedergemäht worden, der viel zu schnell die Straße hinuntergerast war. Das war das Ende des armen George. Jahrelang fühlte ich mich schuldig. Gesteppt habe ich nie wieder. Mum hasst Zitronenbaisertorte. Vielleicht ihre Art, um das zu trauern, was hätte sein können.

Wenn ich so darüber nachdenke, hat das Gespenst dieser eingebildeten Schuld mich verfolgt und meine Beziehungen zerstört. Nachdem ich hautnah miterleben musste, was Mum passierte, als sie sich einmal wirklich verletzlich gemacht hat, merkte ich mir, dass so etwas nicht gut ausgeht. Meinen Beziehungen fehlte zwar die Dramatik von Mums Liaisons, wenn man mal von Leiths jüngsten theatralischen Anwandlungen absieht, aber ihnen fehlte auch Leichtigkeit, das Vertrauen in meine eigene Zitronenbaisertorte.

Und ich frage mich: Ob Charlie sich noch an seinen Dad erinnert? Und ähnelt dieser Frankie auch nur im Entferntesten dem, den ich kenne?

Ich bin im Fortune und packe meine Einkäufe aus. Gerade lege ich die Brathähnchen auf die Arbeitsfläche, als Frankie auftaucht. Interessiert begutachtet er die Zutaten.

»Coq au vin. Gut.« Er ist bemüht, ganz nonchalant zu klingen, aber ich merke gleich, dass irgendwas nicht stimmt. Er wirkt gedämpft. Ernst. Nervös.

»Das war dein Sohn gestern Abend. Charlie.«

»Ja …« Er setzt zu einem Satz an, kriegt aber kein Wort mehr heraus. Ein bisschen wie in meinem Traum.

»Hast du ihn noch mal gesehen seit … Sieht er dich …« Auch ich lasse angefangene Halbsätze in der Luft hängen, schnappe mir stattdessen einen Suppentopf. Frankie wandert ziellos herum, greift nach dem Rezeptbüchlein, wirft einen Blick auf seine Notizen und die Datumsliste am Rand.

»Machst du es mit Burgunder? Und einer Extraportion Speck?«

»Ja und ja«, entgegne ich.

»Nein und nein«, hält Frankie dagegen.

Jetzt verstehe ich gar nichts mehr.

Frankie setzt sich auf die Arbeitsplatte. »Nein, ich habe ihn nicht mehr gesehen seit … na ja, seit dem Leichenschmaus. Den haben sie hier abgehalten. Ich habe ihn gesehen, und er hat mich gesehen. Aber seitdem, nein. Und gestern Abend habe ich vor ihm gestanden, als er seine Suppe gegessen hat, und er schien irgendwas zu spüren, aber nein, gesehen hat er mich nicht. Findest du, er sieht gut aus?«

»Ja.«

Frankie schiebt die Pilze hin und her und sortiert sie zu verschiedenen Häufchen. »Gut.«

Geflissentlich weicht er meinem Blick aus. Ich mache mich daran, das Hähnchen zu zerlegen, um es anzubraten. »Was daran findest du gut?«, frage ich, ohne ihn anzusehen.

»Na ja, das ist doch klar, oder?« Kritisch schnuppert er am Speck. »Du hast zwei Tage dafür eingeplant?«

Jetzt schaue ich ihn doch an. »Frankie, ich mache nicht zum ersten Mal Coq au vin. Es war vielleicht nicht die spirituelle Erfahrung, wie du sie deinen Gästen früher geboten hast, aber es war gar nicht mal so schlecht. Also, was bitte soll daran gut sein?«

Frankie schaut an die Decke, auf den Boden, überall hin, nur nicht zu mir. »Na, das ist doch klar, findest du nicht?«

Er mag vielleicht ein Geist sein, aber in diesem Augenblick ist er durch und durch ein Mann!

»Nein, Frankie, gar nichts ist klar. Mir ist überhaupt nichts klar – zum Beispiel warum ich mich gestern Abend so benutzt gefühlt hab. Als hättest du mich nur gebraucht, um deine Bande von Verdächtigen zur Gegenüberstellung antanzen zu lassen. Ich verstehe nicht, was du eigentlich von mir oder dem Restaurant willst; oder wie du fandest, was ich da auf die Beine gestellt habe. Und ganz besonders und vor allem ist mir nicht klar, warum du es gut findest, wenn ich sage, dein Sohn sieht gut aus. Verzeih mir bitte meine dem Schlafentzug geschuldete Dämlichkeit, aber nichts davon ist mir klar!«

Für einen kurzen Augenblick schaut Frankie mich fast liebevoll an. »Du kannst mir vertrauen, Lucille.«

»Warum – weil du das allwissende Orakel aus dem Jenseits bist?«

»Du kapierst es einfach nicht, was?«

Allmächtiger, der Kerl macht mich wahnsinnig. Wie konnte ich mir nur einbilden, ich hätte mich in ihn verliebt? Nicht mal eine einzige Frage kann er einfach geradeheraus beantworten.

»Ich mag keine Rätsel, Frankie. Würdest du noch leben, ich wüsste nicht mal, ob ich mit dir befreundet sein wollte. Du bist ein versoffenes, Frauen verführendes, launisches …«

»Spielsüchtiges, arrogantes Arschloch. Du hast dich nicht zufällig mit Helen unterhalten?«

Welche war denn Helen? »Wer ist Helen?«

»Charlies Mutter.«

»Frankie, ich habe bloß drei Worte mit Charlie gewechselt, woher sollte ich da seine Mutter kennen?«

»Sollte ein Scherz sein. Tut mir leid.« Er seufzt. »Ich war wirklich alles, was du mir vorwirfst. Und noch viel mehr. Und ich weiß auch nicht, ob ich mit dir befreundet wäre. Würde ich noch leben, wäre ich vermutlich viel zu beschäftigt damit, dich ins Bett zu bekommen, um an Freundschaft auch nur zu denken.«

Noch ehe ich mit einem verdatterten »Wirklich?« herausplatzen kann – dieses Geständnis seinerseits ist nämlich sehr schmeichelhaft und irgendwie genau das, was ich hören wollte –, werde ich von Hugo gerettet, der mit Croissants und mehreren Zeitungen hereinspaziert kommt.

»Die Kavallerie ist da, bitte keine Autogramme. Wie geht es uns an diesem strahlend schönen, sonnigen, fröhlichen guten Morgen?«

Frankie schlägt die Hände über dem Kopf zusammen und verschwindet.

»Hast du schon irgendwelche Kritiken gelesen?«, fragt Hugo.

»Ich traue mich nicht.«

Mit einer Packung frisch gemahlener Bohnen geht Hugo zu der uralten Kaffeepresse. »Wir müssen uns eine Espressomaschine zulegen, die nicht vor der Erfindung des Rads gebaut wurde«, erklärt er.

»Sobald wir uns das leisten können.«

»Und das wäre wann?«

»Wir haben gestern Abend erst eröffnet, Hugo, woher soll ich das wissen?«

»Ich weiß es. Es kann nicht mehr lange dauern.« Damit hält er theatralisch sein Handy hoch. »Wir sind zwei Wochen im Voraus ausgebucht. Und bitte, Miss, können wir *jetzt* eine anständige Espressomaschine kaufen?«

»Darf ich vielleicht erst mal meine Angestellten bezahlen?«

Hugo verdreht theatralisch die Augen. »Wenn du darauf bestehst. Wann entspannst du dich endlich ein bisschen und fängst an, den wilden Ritt zu genießen?«

»Wenn ich euch alle bezahlt und den Pachtvertrag verlängert habe.«

»Langweilig«, blökt Hugo. »Warum vertraust du nicht ein bisschen mehr darauf, dass alles gut ist?«

Und natürlich muss just in diesem Augenblick Frankie wieder auftauchen. »Ja, Vertrauen, Lucille!«

»Tue ich ja. Ich wäre nicht das Risiko eingegangen, einen Pachtvertrag zu unterschreiben und diesen Laden zu eröffnen, wenn ich das nicht täte«, versuche ich zu erklären.

»Gut, aber dann sei jetzt nicht so ein Schisshase. Hier, hör dir das an.« Effekthascherisch wedelt er mit der Zeitung.

»Ich bin schwer beeindruckt, dass du dafür tatsächlich die Zeitung gekauft hast«, sage ich und kämpfe mit meinen flatternden Nerven.

»Wie soll er dir den Artikel denn sonst vorlesen – aus seiner hohlen Hand? Und jetzt macht schon!«, bestürmt Frankie ihn ungeduldig.

In dem Moment kommt Serge herein, ebenfalls mit einer Ausgabe in der Hand. »Ja, lies den Kritik, lies!«

Was Hugo dann auch brav tut.

*»Mit der Eröffnung des neuen Fortune hat Ms. Muir, ehemals Circa, uns eingeladen, ihr durch ein Zeitportal zu folgen, zurück zu Standards und Qualität, wie wir sie früher einmal*

*von Frankie Summers' Fortune kannten; damals in den goldenen Zeiten, als er dort noch höchstpersönlich das Zepter schwang.*

*Auch atmosphärisch fühlt man sich in diese Ära zurückversetzt. Obschon das Ambiente etwas abgetönt wurde und deutlich femininer wirkt, ist es doch noch genauso anheimelnd und einladend.*

*Es gab Momente während der Feierlichkeiten des Eröffnungsabends, als man fast erwartete, den schmerzlich vermissten, immer etwas überkandidelten Summers hereinspazieren zu sehen, der sich mit eigenen Augen vergewissern möchte, dass alle Gäste gut versorgt sind. Ms. Muirs Auftritt war zwar zurückhaltender und kürzer, aber was ihre Leidenschaft fürs Essen angeht, steht sie ihm in nichts nach. Ihr Vorgänger wäre stolz auf sie.*

*Von französischer Zwiebelsuppe mit einem Aroma so golden wie die vergoldeten Porzellanschälchen, in denen sie serviert wurde, über ein zeitlos-klassisches Gruyère-Soufflé von einer solchen Zartheit und Leichtigkeit, von der man sonst eigentlich nur träumen kann, bis hin zu einer etwas moderneren Interpretation eines Niçoise, der sich als Vorzeigemodell für aufstrebende Foodfotografen erwies und als Herausforderung für jene unter uns Gästen, die es etwas konventioneller mögen. Dann zu einer ebenfalls modernen Version von Schweinebauch, innen saftig, außen mit einer zarten, knusprigen Kruste, serviert mit Jakobsmuscheln, so frisch wie der Kuss der wilden See. In diesem Essen steckte so viel Liebe zum Detail, von der Idee über die meisterhafte Zubereitung bis hin zum sehr genüsslichen Verspeisen. Krönender Abschluss und zugleich Höhepunkt des Abends war ohne Zweifel Chef Muirs dekonstruiertes Baiser, begleitet von Pistaziencrumble und Himbeercreme. Man könnte sagen, dieses Dessert ist die perfekte Verkörperung dessen,*

*was ihr mit dem neuen Fortune gelungen ist: Uns zu verlocken, ihr zu folgen in eine goldene, längst vergangene Zeit, der sie respektvoll huldigt und der sie zugleich liebevoll und doch nachdrücklich ihren eigenen Stempel aufdrückt. Fürs Erste bleibt das Fortune ein dreimonatiges Experiment. Zum Glück kann man dort einen Tisch reservieren, was so schnell wie möglich zu tun ich Ihnen empfehlen würde. Gehen Sie hin und nehmen Sie Ihren liebsten Menschen mit. Manchmal ist alles, was glänzt, auch tatsächlich Gold.*
*Von Martha Coleman.«*

Strahlend schaut Frankie mich an. Ich versuche, den Kloß im Hals herunterzuschlucken. Er, Hugo und Serge applaudieren und pfeifen spontan.

Stolz verkündet Serge: »Ich habe gelesen sie alle. Sind alle gut. Auch von Ewans Frau, obwohl sie gerne hätte etwas Glutenfreies und sagt, man sollte strenger auf die städtischen Vorschriften achten.«

Wie aufs Stichwort kommt Ewan zur Tür herein.

Serge winkt abwehrend mit den Händen. »Noch nicht fertig. Ich habe dabei Werkzeug, aber ist noch nicht fertig. Ist erst acht Uhr.«

»Schon okay, ich wollte nur vorbeischauen und ein bisschen mit anpacken. Ich muss erst um neun im Büro sein. Und Katherine wollte, dass ich euch ihre Verbesserungsvorschläge persönlich vorbeibringe. So schnell wie möglich.« Und damit überreicht er mir einen dicken Packen an Notizen, inklusive Diagrammen und Pfeilen. Ich staune, wie viel Mühe sie sich mit ihrer Bewertung gemacht hat.

»Danke, Ewan.«

»Übrigens wirklich sehr lecker, das Essen.«

Hugo scrollt auf seinem iPhone herum. »Ach, wie herrlich,

Leith hat auch eine Kritik geschrieben. Und war dabei offensichtlich immer noch breit wie eine Natter.«

Bäh, ausgerechnet jetzt, wo gerade alles glatt zu laufen schien, muss Leith wieder auf der Bildfläche erscheinen.

Frankie kann es kaum fassen. »Für wen schreibt der denn Kritiken? Ich dachte, der Kerl ist Koch, Herrgott noch mal!«

»Auf der Webseite vom Circa?«, frage ich Hugo.

»Ja, da, und er hat sie auch unter Marthas Kritik gepostet. Was für ein Wichser.«

»Lies vor.« Mein Magen schlingt sich zu einem Knoten zusammen.

Hugo räuspert sich und macht Leith wirklich so täuschend echt nach, es beinahe unheimlich ist. »*Ich verstehe den ganzen Hype nicht. Muir ist ein Nichttalent, das sich wieder mal hinter einem anderen Mann verstreckt, diesmal einem toten. Der Laden ist Mist, und das Essen könnte man auch in einem heruntergekommenen hinterwäldlerischen Kaff in der französischen Provinz erwarten, wo Mutter und Schwester ein- und dieselbe Person sind. Ich habe es zwar selbst nicht probiert, aber sie ist definitiv auf dem absteigenden Ast. Sie wird mit Baisers und Trompeten untergehen. Da kann man höchstens mit seiner senilen Oma hingehen oder, noch besser, gar nicht.*«

Hugo hört auf zu lesen. »Und das von dem Mann, der in seinem ganzen Leben noch kein einziges eigenes Gericht kreiert hat. Wir sollten ihm Onkel Harvey auf den Hals hetzen. Das ist Rufmord.«

»Lass ihn einfach«, sage ich. »Er schadet sich selbst mehr als uns.«

Ewan wirkt nachdenklich. »Ist das der Eigentümer des Circa? Katherine wird es gar nicht gefallen, wenn er aufstrebende Kritiker schlechtmacht.«

Hugo stürzt sich auf diese Bemerkung wie ein Adler auf ein

verirrtes Schaf und stachelt Ewan weiter an. »Bestimmt ist sie außer sich.«

»Dann fahre ich wohl lieber gleich mal da hin und schaue mir die Abwassersituation vor Ort etwas genauer an. Um drei bin ich wieder da und nehme hier alles ab.«

Serge salutiert, als er geht. »Allzeit bereit.«

Während Serge Ewans Liste mit den Änderungen abarbeitet, kommt Henry mit meiner Bestellung, und Hugo macht sich daran, die Lieferung wegzuräumen.

Im Kühlraum drängt Frankie mich in eine Ecke. »Du bist ganz schön anstrengend, Lucille.«

»Du hast das alles erst möglich gemacht. Ich wollte eben nicht so … komisch sein.«

»Ich mag dich auch, wenn du komisch bist. Ich mag dich, genau so, wie du bist.«

Das Herz schlägt mir bis zum Hals, und er macht wieder dieses Ding, wo er durch meine Augen direkt in meine Seele eintaucht, und ich möchte nichts anderes mehr, als das Universum zu erforschen, das wir gemeinsam erschaffen könnten. Oder einfach seine Hand auf meiner Haut spüren. Oder mit dem Finger über seine Lippen fahren.

»Lucille?«

Errötend komme ich wieder zurück in die Realität – mit dem Geist.

»Entschuldige, ich war …«

»Ich bin so stolz auf dich. Vergiss alles, was Leith geschrieben hat. Du brauchst dich hinter gar niemandem zu verstecken. So viel steht schon mal fest.«

»Danke.« In meinem Kopf herrscht gähnende Leere. Ich möchte ihn küssen, womöglich mehr als nur einmal, garantiert mehr als nur einmal. Hektisch versuche ich das Thema zu wechseln. »Was ist denn das Nächste …«

»Sie werden wiederkommen, diese Männer. Sie scheinen zu glauben, dass ich in meinem Rezeptbuch ein Geheimnis versteckt habe.«

»Hast du das denn?«

Frankie lacht. »Nur, wie man eine anständige Suppe kocht, wie du inzwischen selbst weißt. Und …«

»Und?«

»Da ist so eine Liste mit Daten.«

»Wann du welches Gericht gekocht hast, oder?«

»Ja, aber einige zeigen auch, wann ich gewisse Investitionen getätigt habe … und wann ich ausgestiegen bin, nachdem ich einen Insidertipp bekommen habe. Was manche als nicht ganz sauber bezeichnen würden.« Er stockt kurz, des dramatischen Effekts wegen. »Wie dem auch sei, vor gewissen Leuten könnte ich womöglich angedeutet haben, das Rezeptbuch enthalte mehr Hinweise auf den Deal, als tatsächlich stimmt. Als kleine Rückversicherung für den Fall der Fälle.«

»Um irgendwen zu erpressen?« Jetzt werde ich auch noch in ein Netz aus Erpressung und krummen Geschäften hineingezogen. So viel zum Thema Küssen. Wobei ich das irgendwie immer noch will. Zumindest ein bisschen … okay, ziemlich viel. Ach, reiß dich mal zusammen und konzentrier dich, Lucy!

»Als kleine Rückversicherung, zu meiner eigenen Sicherheit. Die Daten sind so gut getarnt, dass nur ich sie entschlüsseln könnte – vor Gericht hätte das als Beweismittel keinerlei Bestand. Aber das können die Gangster, die an dem Deal beteiligt waren, natürlich nicht wissen.«

»Und welche Rolle spielt Paul in der ganzen Geschichte?«

»Eigentlich gar keine. Der war bloß ein dressierter Seelöwe, der für sie die Bälle auf der Nase balanciert hat. Er hat die Drecksarbeit für sie gemacht, die hauptsächlich in den unzähligen Versuchen bestand, mich aus dem Spiel zu drängen. Meine

Seriosität so lange zu untergraben, bis niemand mehr ein Wort von dem glaubt, was ich sage.«

»Du meinst, dass das alles äußerst zwielichtige Gestalten sind?«

»Ja, und dass sie die Hände tief in den Taschen der örtlichen Verwaltung und einiger Abgeordneter hatten. Das waren Insidergeschäfte.«

»Aber ist das ein Grund, dich gleich umzubringen?«

»Die Karrieren dieser Männer sind auf ihren tadellosen Ruf gegründet. Ihre größte Angst ist es, öffentlich das Gesicht zu verlieren.«

Und dann verändert sich Frankies Miene schlagartig, und sein Gesicht wird weich und liebevoll, und ein Anflug von Wehmut huscht darüber. Ich folge seinem Blick und sehe Charlie, der draußen mit Serge redet und ihm gerade dabei hilft, das Geländer an den vorgesehenen Platz zu tragen.

Charlie schaut auf, sieht mich und strahlt mich an. Wieso habe ich nicht gleich auf den ersten Blick gesehen, dass er Frankies Sohn ist? Bei Tageslicht betrachtet, könnten die beiden eineiige Zwillinge sein. Sie haben dasselbe Blitzen in den Augen und dasselbe unwiderstehliche Grinsen, wobei Frankie noch zusätzlich der Schalk im Nacken sitzt.

»Serge hat mich angerufen«, sagt Charlie, als Frankie und ich zu ihm gehen. »Und da habe ich ihm angeboten, euch ein bisschen zur Hand zu gehen mit der Liste der Stadtverwaltung. Das meiste ist ohnehin Sache des Eigentümers.«

»Sie sind Frankies Sohn«, platze ich heraus, und er wirkt ehrlich erleichtert, das nicht erst umständlich erklären zu müssen.

»Bin ich. Wobei ich ihn gar nicht gekannt habe. Nicht richtig jedenfalls.«

»Oh doch, das hast du, Charlie, du hast immer das Beste in mir gesehen«, sagt Frankie fast flehentlich.

Charlie legt den Kopf schief, als lauschte er auf die Stimme seines Vaters. »Ich habe ihn immer noch ganz lebhaft vor Augen, wenn ich hier bin. Muss wohl sein spiritueller Fußabdruck sein oder so was. Er war echt ein verrückter Kerl.«

»Spiritueller *was*? Mehr hast du nicht über mich zu sagen?«

Ich versuche zu vermitteln. »Bestimmt fehlt er Ihnen. Immerhin war er Ihr Dad.«

Aber Charlie zuckt nur die Achseln. »Er war ja nie da. Immer in der Küche; das hier war sein Zuhause. Aber ich glaube, er war ganz witzig.«

»Ich bin ein verdammtes Feuerwerk! Sag's ihm, Serge!«

»Witzig und launisch«, meint Serge gedankenverloren.

»Dann sind Sie also der Besitzer, mein Vermieter sozusagen?«, frage ich und versuche, Frankies Schmollen und Stöhnen zu ignorieren.

»Sagen wir doch ruhig Du. Ich bin einer der Eigentümer. Meine Mutter hält auch einen Anteil. Die lernst du auch bald kennen, ich komme heute Abend mit ihr zum Essen her. Außerdem gibt es einen stillen Teilhaber. Mum vermutet, es ist eine von Dads verflossenen Liebschaften, aber wir wissen nicht, welche. Er hatte so viele ... und alle gleichzeitig.«

Serge lacht. Mein Blick geht zu Frankie, doch der weicht mir aus. »Meine Mutter ist genauso«, sage ich.

Sofort hört Serge auf zu lachen. »Deine Mutter ist ein Engel. Sie kommt bald wieder?«

»Das weiß man bei meiner Mum nie, Serge. Sie ist eine ziemliche Herzensbrecherin.«

»Schön wäre es.« Serge drückt einen Kuss in seine Handfläche und wirft ihn in den sonnigen Oktoberhimmel.

»Tja, ich muss mich dann mal wieder um den Menüplan für heute Abend kümmern. Danke für deine Hilfe.« Ich gebe

Charlie noch mal die Hand. »Ach, und ist deine Freundin heute Morgen gut zur Uni gekommen?«

»Du kleines Biest, du willst ihn aushorchen«, knurrt Frankie.

»Das weiß ich nicht, und sie ist auch nicht meine Freundin ... jedenfalls nicht mehr«, entgegnet Charlie vollkommen unbeeindruckt.

»Dann kommst du also nach deinem Dad?« Bei der Frage sehe ich Frankie an.

»Wohl kaum.« Charlie lacht trocken auf. »Dad und ich sind so unterschiedlich wie Tag und Nacht, vor allem was Beziehungen angeht. Dafür hat meine Mum schon gesorgt.«

»Ach du lieber Himmel, was hat sie getan? Dir *Der Eunuch* als Gutenachtgeschichte vorgelesen und dir beigebracht, wie man eine Klitoris häkelt?«

»Finde ich gut«, sage ich mit einem Lächeln zu Charlie.

»Durchschaust du das denn nicht, Lucille? Das ist bloß seine Masche. Wenn einer das weiß, dann ich. Habe ich schließlich oft genug angewendet – *Alle Männer sind Schweine, nur ich nicht, ich verehre Frauen*. Jeder Mann, der auch nur einen Funken Anstand im Leib hat, weiß ganz genau, dass ihr Frauen um Klassen besser seid als wir. Dazu muss man kein Astrophysiker sein.«

»Vielleicht ...« Charlie wird rot.

»Ich sollte lieber wieder ...« Ich zeige zur Küche und verdrücke mich, den schäumenden Frankie im Kielwasser.

»Was war das denn?«

»Es gibt viel zu tun.«

»Das ist eine Untertreibung«, wirft Hugo ein. »Julia und ich haben für die Mittagspause um zwei einen Termin für dich zum Waxing und Haarefärben gemacht.«

»Ich mache nie Mittagspause, und ich brauche keinen ...« Hugos strenger Blick stoppt mich.

Dafür mustert Frankie mich jetzt eingehend und meint: »Ich mag ein paar Härchen da unten ... finde ich sehr weiblich.«

»Ach du lieber Himmel, können wir diese Diskussion bitte nicht führen, ich bin doch kein Pelztier.«

»Nein, es ist bloß alles etwas rausgewachsen. Es ist Frühling, und Julia meinte, du flichtst dir bestimmt die Achselhaare, wenn dir langweilig ist.« Offenbar versucht Hugo, es mir so schonend wie möglich beizubringen.

Was Frankie sehr amüsiert.

Noch ehe ich darauf etwas erwidern kann, steht Charlie mit einem Hammer in der Hand in der Tür. »Ich weiß, du bist bestimmt hundemüde, aber hättest du vielleicht Lust, mal mit mir ins Kino zu gehen? Ganz zwanglos?«

Kino ... Kino ... Film ... Verabredung?

»Das würde sie bestimmt sehr gerne«, antwortet Hugo an meiner Stelle.

Frankie stöhnt gequält auf. »Ins Kino? Was Besseres fällt ihm nicht ein? Ach, Himmel und Höllenhunde ...«

»Lucy?« Charlies Lächeln verlangt nach einer Antwort.

»Klar. Toll. Juhu.« Ach, verdammt, schon unter den bestmöglichen Umständen bin ich in solchen Dingen eine Katastrophe, aber wenn der Sohn eines Geists, in den ich mich gerade verguckt habe, mit mir ausgehen will, stellt mich das vor ungeahnte Schwierigkeiten. Ich wünschte, ich könnte Julia die ganze verkorkste Geschichte erzählen.

»Als gute Geschäftsfrau kannst du ihm das nicht ausschlagen«, sagt Hugo. »Schließlich ist er dein Vermieter und so. Und außerdem sollte man einem Mann mit einem Hammer in der Hand lieber keinen Korb geben.« Er hebt sein Telefon hoch. »Charlie, ich habe Ihnen Lucys Kontaktdaten gesendet. Am Montagabend hat sie frei. Passt das?«

»Prima.« Charlie winkt kurz und verschwindet dann wieder nach draußen.

»Und, sind wir jetzt nicht froh, dass wir einen Enthaarungstermin haben?«, stellt Hugo fest.

Frankie stöhnt bloß wieder.

# Coq au vin

## Zutaten

- 2 Esslöffel Weißmehl
- Salz und Pfeffer
- ein 2-Kilo-Biohühnchen, in acht Stücke zerteilt
- Olivenöl
- 200 Gramm Räucherspeck oder Pancetta, gewürfelt
- 1 kleine Zwiebel, geschält, mit zwei Nelken gespickt
- 2 Karotten, geschält, längs halbiert und gewürfelt
- 2 Lauchstangen, geputzt, gewaschen und in Ringe geschnitten
- 150 Gramm kleine Schalotten, geschält, aber ganz belassen
- 2 Knoblauchzehen, zerdrückt
- 2 frische Rosmarinzweige
- 3 frische Thymianzweige
- 2 Lorbeerblätter
- 1 Bund gehackte Petersilie
- 100 Milliliter Kognak
- 1 Flasche Rotwein, am besten ein guter aus dem Burgund
- 100 Milliliter Hühnerbrühe (vorzugsweise am Tag zuvor selbst gemacht, zur Not geht auch gekaufte)
- 250 Gramm kleine Champignons, geschält und in dicke Scheiben geschnitten (50 Gramm zum Garnieren beiseitelegen)
- gemahlener schwarzer Pfeffer zum Abschmecken

## Zubereitung

Das Mehl mit etwas Salz und Pfeffer in eine Schüssel geben (manchmal benutze ich auch einen Plastikbeutel) und die Hühnerteile nacheinander darin wenden. Abklopfen, dann auf einen Teller legen.

Vier Esslöffel Öl in einer großen, tiefen Pfanne erhitzen (am besten Le Creuset) und die Hühnerteile darin goldbraun anbraten. (Sollte Ihre Pfanne nicht groß genug sein, die Teile nacheinander anbraten und nach Bedarf Öl dazugießen.) Speck oder Pancetta hinzugeben und umrühren, bis er leicht gebräunt und knusprig ist. Mit einer Zange alles Fleisch aus der Pfanne nehmen.

Nun den Lauch, die Schalotten und den Knoblauch in die Pfanne geben und sanft etwa fünf Minuten anbraten. Als Nächstes das Gemüse, die Champignons und die Kräuter mit etwas Öl hinzufügen, fünf Minuten brutzeln lassen und ein- oder zweimal umrühren. Den Kognak dazugießen, einmal aufkochen lassen und reduzieren. Dabei den Bratensatz mit dem Kochlöffel vom Pfannenboden lösen. Zwei bis drei Minuten köcheln lassen. Den Wein dazugießen und abermals aufkochen lassen.

Hühnchen und Speck wieder dazugeben und darauf achten, dass das Hühnchen komplett mit Flüssigkeit bedeckt ist. Dann ohne Deckel köcheln lassen, bis der Wein um ein Drittel eingekocht ist. Die Brühe dazugeben, einmal an der Pfanne rütteln, damit sich alles vermischt, und dann weiterköcheln lassen. Mit schwarzem Pfeffer abschmecken und zugedeckt eine Stunde bei niedriger Hitze köcheln lassen, bis das Hühnchen gar und zart ist. Vom Herd nehmen und abkühlen lassen und über Nacht oder bis zu zwei Tage im Kühlschrank kalt stellen.

Vor dem Servieren die Thymianzweige herausnehmen, noch mal vier Esslöffel Öl in einer großen Pfanne erhitzen und, wenn es heiß ist, die beiseitegelegten Champignons acht Minuten darin anbraten, gut würzen und häufig umrühren, bis sie schön gebräunt sind. Vom Herd nehmen. Den Eintopf erhitzen und vor dem Servieren die frisch angebratenen Pilze und die gehackte Petersilie dazugeben. Ein Baguette aufwärmen, gute salzige Butter dazustellen, die Ärmel hochkrempeln und reinhauen.

# 33

## Frankie

Es gibt nichts, was die schlichte Herrlichkeit eines Lammkarrees ersetzen kann oder was auch nur annähernd heranreicht. Wer auch immer dieses Rezept ersonnen hat, verdient es, heiliggesprochen zu werden – und das gilt auch für denjenigen, der auf die Idee kam, Minzsoße dazu zu servieren. Eine der köstlichsten Kombinationen aller Zeiten.

Zarte, saftige Lammkoteletts, hübsch ordentlich aufgereiht, perfekt gegart und zu meiner Zeit rund aufgebunden und von jungfräulich hellen Teigförmchen gekrönt, gefüllt mit Obst und Rosmarin-Minz-Soße – ein Mahl, das eines Königs würdig wäre!

Das Karree wird am besten in den glühend heißen Ofen geschoben und dann bei reduzierter Hitze geschmort, damit es sich langsam öffnen und die ganze Vielfalt der Aromen entfalten kann, mit denen es dann unseren Gaumen verwöhnt. Es nach dem Braten ruhen zu lassen ist ein absolutes Muss. In der Zeit kümmere ich mich normalerweise um die Kartoffeln, die ich erst vorkoche und dann bei hoher Hitze in Entenschmalz anbrate, um die Knusprigkeit auf die Spitze zu treiben.

Es gibt unzählig viele Beilagen zu diesem klassischen Braten, weil das Lamm sich mit so vielen Begleitern blendend versteht. Erbsen sind allerdings mein persönlicher Favorit, ebenso wie Gewürze aus dem Mittleren Osten und gegrillte Aubergine und Tomatenrelish. Das Lamm ist die ungekrönte Königin der

Gourmetwelt. Die meisten von uns überkommt ein kribbeliges Gefühl der Heimeligkeit, wenn wir Lammbraten auf der Speisekarte entdecken.

Sollte ich in meinem Leben jemals die Existenz von Karma angezweifelt haben, dann muss ich mich als arroganten Ignoranten outen und alles zurücknehmen und das Gegenteil behaupten. Karma existiert, und wie! Und was kann es für ein Miststück sein. Mich hier in diesem Haus festzusetzen, damit ich wiedergutmache, was ich angerichtet habe, okay. Aber Lucille auch noch da mit hineinzuziehen – die Frau, die alle meine Vorurteile über das schöne Geschlecht auf den Kopf gestellt und auf links gekrempelt hat –, das ist wirklich die spirituelle Ohrfeige schlechthin.

Noch nie habe ich ein so unwiderstehliches Verlangen verspürt, alles mit einem anderen Menschen teilen zu wollen, wie in ihrer Gegenwart. Noch nie habe ich jemanden so sehr berühren und schmecken wollen wie sie. Ich will ihre Lippen kosten, ihre Wange streicheln, den Arm um ihre Taille legen. Begierde, ja, die kenne ich. Aber nicht das hier. Beseelt zu sein von dem Wunsch, sie glücklich zu machen, und ihr Glück über mein eigenes zu stellen. Auf die Tür zu lauschen, um nicht den Augenblick zu verpassen, wenn sie hereinkommt. Die unerträgliche Angst, sie könnte mich bald satt haben, ich könnte sie langweilen, sie könnte mich als Betrüger entlarven oder meine Rezepte nicht mögen, die doch das einzige Geschenk sind, das ich ihr geben kann. Ich würde alles tun, um sie hier bei mir zu behalten, aber ich weiß, das darf nicht sein. Der Gefallen, um den ich sie gebeten habe, wird mich entweder ins Nirwana schicken oder zur großen Schlacht am kalten Büfett da oben in den Wolken.

Wie konnte mir das zu Lebzeiten nur entgehen? Dieser Einklang der Gedanken, dieses alles beherrschende Begehren? Wie es wohl wäre, sie die ganze Nacht in den Armen zu halten? Ich will für sie sorgen, wenn sie krank ist. Sie vor allem Schmerz beschützen. Mein Verlangen, mich ihr von meiner besten Seite zu präsentieren, ist verzehrend. Dass ich nicht jedes Mal einen Rückwärtssalto mache, wenn ich sie »Ja« sagen höre, ist ein Wunder der Selbstbeherrschung. Ich liebe es, wie sie denkt, wie sie verschiedene Zutaten miteinander kombiniert, ihre Fantasie, die Alchemie, die entsteht, wenn sie meine Gerichte neu interpretiert, wie es mir nie im Leben eingefallen wäre. Ich möchte sie aufblühen sehen. Mit mir. Und doch kommt genau an dieser Stelle die grausamste Ironie ins Spiel und die größte Lektion in Demut: Mein Sohn mag sie, und sie mag ihn vermutlich auch.

Er ist ein gut aussehender Kerl, und ein grundanständiger noch dazu. Seine Ehrlichkeit riecht man zehn Kilometer gegen den Wind. Ich bin gleichzeitig stolz und eifersüchtig auf ihn. Anstand, den hat er von seiner Mutter geerbt. Er ist still und nett und lebendig und alleinstehend und einsam. Das Mindeste, was ich für ihn tun kann, ist, den beiden zu einer glorreichen gemeinsamen Zukunft zu verhelfen.

Wäre ich doch nur wieder hier. Sie und ich, zusammen in dieser Küche. Das wäre es. Ich verzehre mich nach ihrem Seufzen, lausche auf ihr Lachen, male mir aus, wie es sich anfühlen würde, fiele mir ihr Haar ins Gesicht, wenn sie mich küsst ... Aber es nützt alles nichts. Mein Sohn verdient all das Glück, um das ich ihn und mich selbst damals betrogen habe. Das ist wohl das väterliche Opfer, das ich zu bringen habe. Und würde ich noch leben, ich wäre heute alt genug, ihr Vater zu sein. Ach, was für eine verflucht furchtbare, verflixte Situation. Kann es sein, dass das Schicksal ein unglaubliches Schlamassel angerichtet hat?

# 34

## Lucy

»Was ist das?«, fragt Frankie, die Nase in der Luft. Er hat eine grässliche Laune, seit Charlie wieder weg ist. Meckert und stapft aufgebracht herum. Das Menü zu planen, während er unablässig ungefragt seinen Senf dazugab, nachfragte, infrage stellte und korrigierte, war wahrlich kein Zuckerschlecken.

Ich habe mich für ein Wochenmenü mit einer vegetarisch-veganen Alternative entschieden. Was vor allem Sandys Broschüre zu verdanken ist. Wobei ich sagen muss, dass ich immer schon großen Wert darauf gelegt habe, zu wissen, woher ich mein Fleisch und meinen Fisch beziehe, und ich freue mich, dass die Menschen ein Bewusstsein für die Herkunft ihrer Nahrungsmittel entwickeln.

Als ich zum Waxing gegangen bin, hat Frankie derart die Augen verdreht, dass er fast um die Ecke gucken konnte. Manchmal fragte ich mich wirklich, ob er mich auch nur das kleinste bisschen mag oder ob ich für ihn nur Mittel zum Zweck bin. Er war plötzlich so mies gelaunt. Mit ihm zusammenarbeiten zu müssen, wenn er so ist, wäre der reinste Albtraum, und je mehr ich über ihn erfahre, desto mehr scheint es mir, als sei er, was seine Frauengeschichten angeht, nicht viel besser gewesen als Leith. Mit dem einzigen Unterschied, dass Frankie nie einen Hehl daraus gemacht hat, ja sogar stolz darauf zu sein schien. Na ja, das waren halt die wilden Siebziger, die Zeit der offenen Beziehung. Ob dieses Konzept überhaupt jemals funktioniert hat? Oder war das bloß eine Maske, um zu verschleiern, was Menschen einander anzutun im Stande sind? Aber immerhin hat er nie gelogen. Er ist sprunghaft und eigentlich unmöglich. Wie um alles auf der Welt hat Helen es nur mit ihm ausgehalten?

»Das ist Burrata«, kläre ich ihn auf.

Skeptisch beäugt er den schneeweißen, cremig zarten Käseschneeball. Vielleicht kann der seine Laune ja etwas heben. Ich bin gerade einen Augenblick allein in der Küche. Es ist die Ruhe vor dem Sturm an unserem zweiten Abend. Serge steht draußen und raucht, Hugo ist mit einigen Bildern von Matthias Drewe unterwegs, um sie rahmen zu lassen, und Julia ist nach Hause gefahren, weil sie eine kleine Auszeit mit Ken und Attica brauchte. Die Blasen an ihren Füßen zeugen von der Herkulestat, die sie gestern Abend vollbracht hat.

Nun also sind hier nur noch ich, Frankie und der Klumpen Burrata. »Das ist Mozzarella mit Sahne im Kern. Wenn man den Himmel essen könnte, er würde so schmecken. Schau mal.« Und damit nehme ich die Kugel, die gerade Zimmertemperatur erreicht hat, und gebe frischen Pfirsich und ein paar abgezupfte Minzblättchen hinzu. Dann steche ich mit der Gabel in die Burrata und sehe zu, wie die cremige Masse herausquillt. Ich gabele ein kleines Stückchen Pfirsich auf und ein Blättchen Minze und halte es ihm unter die Nase. Es ist das perfekte Häppchen.

Er nimmt die Gabel, begutachtet die Kombination, schließt die Augen und atmet tief ein, dann nimmt er ein Fitzelchen Burrata zwischen die Fingerspitzen und betastet die sahnig-zarte Konsistenz. Ach, wie ich wünschte, er könnte es kosten.

Er schaut mich wieder an und lächelt. Zumindest kurz. »Verstehe.«

»Ich wünschte, du könntest es probieren.«

Eine kleine Ewigkeit schaut Frankie mich an. »Ich auch«,

sagt er, um dann wieder umzuschalten. »Willst du das zum Lamm servieren?«

»Das war die Idee.« Und es war eine gute. »Ich dachte mir … vorher vielleicht dein Zitronenrisotto mit Erbsen und Spargel?«

»Ja, eine würdige Vorspeise.«

»Es ist bloß …« Wie bitte erklärt man einem Küchenmeister wie ihm, dass man kein anständiges Risotto hinbekommt? Jetzt ist wohl die Stunde der Wahrheit gekommen. »Ich, ähm … das ist nicht unbedingt meine größte Stärke.«

»Ach?« Er spielt noch ein bisschen mit den Fingern an der Burrata herum.

»Ich schäme mich, es zu gestehen, aber bei mir schmeckt Risotto immer irgendwie fad.«

»Eine kulinarische Beichte allerersten Güte: fades Risotto. Schon verstanden. Du nimmst nicht genug Wein und bist zu ungeduldig …«

Empört will ich ihm widersprechen, aber er hebt nur die Hand und führt mich dann an den Herd. »Zeig's mir«, sagt er nur.

Widerstrebend mache ich mich an die Arbeit. Geduldig leitet er mich an, und am liebsten würde ich ihm vors Schienbein treten, weil er mir das Gefühl gibt, in der Schule nachsitzen zu müssen. Aber als ich dann das fertige Risotto vor mir habe, das fluffig, leicht und cremig ist, möchte ich vor Freude am liebsten herumspringen wie ein kleines Kind und ihm für diese Lektion in seiner Meisterklasse danken. Endlich habe ich meine Angst vor einem Gericht überwunden, das viele Eltern mehrmals die Woche abends mal eben schnell für die Kinder kochen.

Irgendwie hat es was Behaglich-Beruhigendes, wenn Frankie hinter mir steht und mir Anweisungen gibt. Als hielte er mir den Rücken frei. Ich atme viel leichter. Ein gutes Omen für den zweiten Abend, an dem wir beide unweigerlich wieder alten Geistern begegnen werden.

# 35

## Frankie, 1979

Bill sitzt mir gegenüber, die Perücke neben sich auf dem Tisch, das weiße Jabot mit Merlotflecken verunziert. Wieder mal ein ausgedehntes Essen, bei dem wir beide kein Ende finden. Man muss sich auch was gönnen können. Heute ist das Restaurant geschlossen, wir beide sind ganz allein. Zigarren und Port. Ein Mittagessen mit Bill dauert immer bis in die Puppen, meistens gibt es Ente und anschließend drei Tage lang hämmernde Kopfschmerzen.

Er gießt sich Portwein nach, Old Tawny, das Beste vom Besten. Wie alles bei Bill. Er hat was auf dem Herzen. Bill ist ein Meister der Worte und verdient meinen allergrößten Respekt, weil er nicht mehr davon macht als nötig.

»Es braut sich was zusammen, Frankie.«

»Es braut sich immer irgendwas zusammen, Bill. So ist das Leben, ein einziges verdammtes unentwirrbares Tohuwabohu, eine gigantische chaotische Bouillabaisse.« Ich versuche, es mit einem Lachen abzutun, aber man merkt ihm an, dass er sich ernsthaft Sorgen macht und mir unbedingt erklären will, was da im Busch ist.

»Ein Sturm.«

Ich nicke und warte ab. Worauf will er hinaus? Helen ist mit Charlie zu Hause, meine Geliebten stehen auf Abruf bereit, meine Eltern haben mich für ganze fünf Minuten ins Haus gelassen, ehe wir uns wieder angeschrien und sie mich enterbt haben, die Crème brûlée für morgen ist kalt gestellt, das Bœuf bourguignon ruht, der liebe Gott ist ein guter Mann, und die Welt ist in Ordnung.

»Der Gold-City-Deal.«

Bill hat mich bequatscht, Geld, das ich nicht habe, in einen angeblich todsicheren Spekulationsdeal zu stecken. Wolkenkratzer an der Gold Coast oder irgend so ein Quatsch. Damit kenne ich mich überhaupt nicht aus, aber Bill vertraue ich blind. Einigen der Typen, mit denen er sich herumtreibt, allerdings nicht – Politiker und Anwälte, allesamt hinterhältiges Pack.

Das ist tatsächlich ein Grund zur Beunruhigung. Ich bewege mich auf dünnem Eis, dünner noch als sonst. Ich brauche dieses Geld, sonst verliere ich das Fortune. Inzwischen habe ich mir einmal zu oft Geld darauf geliehen, um ungeschoren davonzukommen. Um Rennwetten und Koks mache ich inzwischen einen großen Bogen, aber trotzdem versinke ich immer tiefer in einem dampfenden, stinkenden Misthaufen, und das dank einiger Männer, die man nicht zu seiner Tante Ruby zum Nachmittagstee einladen möchte.

»Wie schlimm ist es?«

»Noch weiß ich nichts. Ich habe bloß von einem der anderen Bauunternehmer einen Tipp bekommen.«

»Und was machen wir jetzt?«

Bill scheint im Kopf stumm eine komplizierte ethische Rechnung aufzustellen. »Ich kaufe deine Anteile. Jetzt.«

»Und dann sitzt *du* in der Scheiße? Wohl kaum.«

Aber Bill war fest entschlossen. »Ich habe dich da reingeritten. Ich weiß, dass dir der Arsch auf Grundeis geht und dein Lokal auf der Kippe steht.«

»Und wie willst du da wieder rauskommen?«

Bill lacht. »Gar nicht. Sobald ich mich rühre, kriegen sie mich wegen Insidergeschäften dran. So schnell kannst du gar nicht gucken, wie ich meine Zulassung verlieren würde. Aber dir kann ich wenigstens helfen.«

»Bill …«

»Sag danke, und halt die Klappe. Ich habe alles organisiert, du bekommst das Geld von einem anderen Konto überwiesen. Bitte halte dich damit über Wasser, Frankie. Zieh es dir nicht durch die Nase oder steck es irgendwelchen Weibern ins Höschen.«

Wie gesagt, er macht nicht viele Worte, aber wenn er was sagt, dann immer auf den Punkt.

»Und noch was.« Bill schenkt uns beiden noch mal nach. »Ich werde Vater.«

»Das schreit doch nach einer Zigarre! Wunderbare Neuigkeiten! Sheila ist bestimmt ganz aus dem Häuschen. Du verdammter Mistkerl, ich dachte immer, wenn man mal so lange verheiratet ist, lassen sie einen gar nicht mehr ins eheliche Schlafzimmer – habe ich zumindest gehört.«

Er guckt mich an, und mir bleiben die Worte im Hals stecken. »Oh nein, es ist gar nicht … Mist.« Ich muss gestehen, mir – dem Schürzenjäger von Woolloomooloo – hat es die Sprache verschlagen. Bill ist ein grundanständiger Kerl. Er liebt seine Frau abgöttisch. Die beiden haben keine Kinder, was eigentlich eine Schande ist, denn sie wären wunderbare Eltern. Ich kann mir lebhaft vorstellen, wie Bill die Fußballmannschaft der Kinder trainieren, ausgefallene Milchzähne sammeln und bei den Hausaufgaben helfen würde.

»Eine andere Frau, Bill – eine einmalige Geschichte?«

Bill lacht. »Ein Gentleman tut nichts nur ein einziges Mal.«

Man sieht ihm an, dass es ihn fast zerreißt. »Sie ist jünger als ich. Ich habe sie hier kennengelernt, ausgerechnet. Umwerfendes Lächeln. Wir sind … Es ist … einfach passiert.«

Klar. Plötzlich passen die Puzzleteile zusammen. Die bildschöne junge Frau, mit der er gelegentlich herkommt. Ich muss über meine eigene Spezies lachen; dass Menschen diesen Satz, ohne rot zu werden, als Entschuldigung für ein ganzes Sortiment an abscheulichem Benehmen benutzen, wie eine Du-kommst-aus-dem-Gefängnis-frei-Karte für jegliche Art von Unbill: »Ich wollte ihm meinen Kolben gar nicht in den Hintern stecken, Officer, es ist einfach passiert.« Ach verdammt, Mist und Mäusedreck, es läuft gerade gar nicht gut für Bill. Ich sehe eine Ehekrise Titanic-artigen Ausmaßes auf ihn zukommen.

»Ich liebe sie.«

»Nein, tust du nicht!« Irgendwie muss er doch seinen Kopf noch aus der Schlinge ziehen können. »Dein Schwanz liebt sie, nicht du. Du liebst Sheila. Du und Sheila, ihr beiden passt perfekt zusammen. Wie Barbecue und Sonntagnachmittag. Bill, das ist bloß dummes Schuljungengeschwätz. Von wegen verliebt. Sie hat dir den Kopf verdreht. Das ist schneller vorbei, als du gucken kannst. Gib ihr ein bisschen Geld, damit sie verschwindet. Will sie das Kind überhaupt?«

Bill wird langsam stinksauer. »Du verstehst das ganz falsch ... Es ist ... Das mit uns geht jetzt schon seit über einem Jahr. Sie hat nie irgendwas von mir verlangt. Hier geht es um mich. Ich will mit ihr zusammen sein.«

»Ach, fick die Henne. Liebt sie dich?«

Keine Antwort.

»Will sie das Kind?«

Bill nickt.

»Scheißdreck. Will sie mit dir zusammen sein?«

Mit einem Mal fängt Bill an zu schluchzen. Das arme Schwein, die Liebe hat ihn ordentlich gefickt. Und die gute alte Sheila liegt sicher zu Hause im Bett, heult in ihr Kissen und fragt sich, warum ihr Mann plötzlich so kühl und abweisend ist. Gott bewahre mich vor dem beschissenen Schlamassel der wahren

Liebe. Die macht einem nichts als Scherereien. Wie ein Sumpf, in dem man unaufhaltsam immer tiefer versinkt. Da sind mir eine Saint-Honoré-Torte und ein hübsches Mädel allemal lieber.

»Was willst du jetzt machen, Bill?«

»Sie hat gesagt, sie will weggehen – ohne mich – und das Kind allein großziehen. Ich würde sie vom Fleck weg heiraten. Sie hat Nein gesagt, ich soll bei Sheila bleiben, ich soll es einfach vergessen.«

»Vielleicht hat sie ja recht?«

Da ist der Richter anderer Meinung. Man sieht es ihm an, wie er sich da vor meinen Augen ins Delirium säuft: Er ist entschlossen, sich selbst zu bestrafen. Er wird sein eigener Richter sein, und das Urteil ist längst gesprochen.

# 36

## Frankie

Es dauert nicht mal einen Monat, da ist die Spekulationsblase geplatzt. Es stand ganz groß in den Zeitungen. Bill steckte wohl viel tiefer drin, als ich dachte. Er hatte sogar Anteile an Minen und Schaffarmen, nicht nur an Grundstücken. Danach ging es mit ihm rasend schnell den Bach runter. Er wurde der Parteinahme für schuldig befunden und bekam Berufsverbot. Er beichtete Sheila, dass er eine andere Frau geschwängert hatte, und sie setzte ihn umstandslos vor die Tür. Er wollte mit der anderen Frau reden, aber die war längst fort. Da sieht man mal, wie dünn das Furnier unserer armseligen Existenz wirklich ist. Danach war es Bills erklärte Mission, sich durch seinen Weinkeller zu saufen. Alles, was er hatte, überließ er Sheila, dann verschwand er in Richtung Westküste auf der Suche nach der anderen Frau. Gefunden hat er sie nie, obwohl er jahrelang unterwegs war. Als er zurückkam, war ich längst auf meiner postmortalen Achterbahnfahrt. Er machte es sich zur Aufgabe, das verlassene Grundstück zu bewachen. Ich habe ihm nie vergessen, dass er mir den Arsch gerettet hat. Weshalb ich vor meinem Ableben Vorkehrungen getroffen hatte, damit er nicht übergangen wird. Kurz bevor er abgehauen ist, habe ich ihm ein letztes Mal sein Lieblingsessen gekocht und bin mit ihm mein Testament durchgegangen. Zugegeben, ich hatte es auf die Rückseite einer Milchtüte geschrieben, aber es war ordentlich unterschrieben und datiert. Und er hat sich akribisch, Wort für Wort an meinen letzten Willen gehalten.

Es heißt immer, man kann niemanden retten als sich selbst, aber hier im Jenseits wird jeder bestätigen, dass das totaler Bockmist ist. Natürlich kann man eine andere Seele retten. Menschen retten einander jeden Tag. Der Trick ist bloß, sich dabei nicht selbst umzubringen.

# 37

## Lucy

Der zweite Abend ist berüchtigterweise noch kniffliger als der erste, und das nicht nur in der Gastronomie. Wie viele Schauspieler sind schon auf der Premiere gefeiert worden, um dann am zweiten Abend kläglich Schiffbruch zu erleiden. Wie viele Autoren und Popstars sind mit ihren Erstlingswerken bis ganz an die Spitze geschossen, um dann mit dem Nachfolger gnadenlos abzustürzen. Und Beziehungen nicht zu vergessen: Wie oft merkt man nach einer faszinierenden ersten Verabredung, dass der Mensch, der einem da beim zweiten Date gegenübersitzt, nicht der ist, von dem man seinen Freunden vorgeschwärmt hat.

Der zweite Abend ist der Abend der Wahrheit. Kann das Restaurant den am Vorabend geweckten Erwartungen gerecht werden? Beim zweiten Mal geht es ein bisschen nüchterner zu, die erste Aufregung ist gewichen, und nun beginnt die echte Arbeit. Wir sind ein Geschäft, und wir bieten eine Dienstleitung an. Ob die Qualität gleichbleibend hoch ist? Und die wichtigste Frage von allen: Ist das Essen genauso grandios, oder war das ein Glückstreffer, einmalig und nicht reproduzierbar?

Mit anderen Worten: War das gestern Abend pures Glück?

Ich habe Frankie nicht gesagt, dass Mum ihn sehen kann. Ich weiß, das hätte ich tun sollen, aber ich glaube, irgendwie möchte ich die kleine Seifenblase, in der wir beide leben, nicht zerplatzen lassen. Wenn ich es ihm sage, wird Frankie total ausflippen, er wird Mum sehen und mit ihr reden wollen, und dann wird alles anders. Und es hat auch damit zu tun, dass ich Mum aus dem Weg gehe und dass ich nicht weiß, ob das, was sie mir erzählt hat, wirklich stimmt. »Verliebtsein« ist ein großes Ding, und er ist ein Geist, und ich gehe mit seinem Sohn ins Kino. Außerdem bin ich gerade ganz frisch getrennt, und er ist ein Geist, den ich eben erst kennengelernt habe. Mum ist immer so impulsiv. Wogegen ich in Herzensangelegenheiten eine Meisterin im Verdrängen und Aufschieben bin. Ich mag gar nicht darüber nachdenken, denn in keiner denkbaren Welt nimmt die Geschichte mit Frankie und mir ein gutes Ende. Das kann einfach nichts werden, jedenfalls nichts, was gut wäre und beständig und echt. Vielleicht einfach eine typische kleine *Affäre am Arbeitsplatz*. Was, wenn Leith mit seiner bekifften Kritik nicht ganz unrecht hatte – was, wenn ich mich tatsächlich schon wieder hinter einem Mann verstecke, selbst wenn es einer ist, durch den man durchgucken kann? Und erwähnte ich bereits, dass ich mit seinem Sohn ausgehen werde? Charlie ist echt und macht sich nützlich und hat sich mit mir verabredet, und bei dem Date werden wir mit relativ hoher Wahrscheinlichkeit beide etwas essen können. O Gott, was mache ich denn jetzt bloß?

Ich wünschte, Julia würde herkommen. Ich könnte sie und ihre geballte Portion gesunden Menschenverstand gerade gut gebrauchen. Aber leider steht jetzt Polly hier, die begeistert zusagte, als Hugo sie angerufen hat. Während ihres Medizinstudiums hat Polly in einer schicken Cocktaillounge als Barkeeperin gearbeitet. Die Cocktails mixte sie, als führte sie hoch komplizierte chemische Experimente durch, und bald kreierte sie eine ganze Reihe eigener *Elixiere*. Ich bin mir ganz sicher, dass sie in einem früheren Leben – wenn es denn so was gibt – eine Hexe gewesen sein muss. Außerdem ist sie neugierig auf bewusstseinserweiternde Substanzen und kann einen glatt unter den Tisch trinken. Sie ist eine begnadete Kellnerin und absolut unerschütterlich. Wenn jemand zu betrunken oder zu unhöflich ist, um bedient zu werden, ignoriert sie ihn schlicht und ergreifend. Wobei ich hoffe, dass heute Abend niemanden dieses Schicksal ereilen wird, auch wenn wir komplett ausgebucht sind. Als Serge das Kommando über die Musik übernimmt, geht es mir auch nicht besser. Er stöpselt nämlich seinen iPod ein, auf den ihm seine Nichte sämtliche seiner Lieblingssongs überspielt hat.

Aber immerhin habe ich zu viel zu tun, um groß zu grübeln. In der Küche geht es heiß her. Die Gäste sind da, und ich serviere als Vorspeise Frankies Pilzsuppe mit dem traditionellen Knoblauchbrot. Dazu dudelt im Hintergrund der Soundtrack von *Xanadu*. Die Sonne ist untergegangen. Polly meidet bereits Tisch fünf; der betrunkene Streithammel mit seiner bildhübschen Frau ist wieder da. Polly erklärt mir, dass er ihr an den Po gegrapscht hat – und dabei auch noch dreist seine Frau angriente –, während sie am Tisch die Weinflasche öffnete. Hugo hat den Tisch übernommen, aber auch für ihn ist es kein Kindergeburtstag. Der Widerling lässt wahre Tiraden homophober Beschimpfungen ab, gerade laut genug, dass Hugo es hören kann. Paul, das Ekel, ist auch wieder da und hat noch mehr notgeile alte Böcke mitgebracht. Aber Polly hat sie ganz gut im Griff. Sie sind nur hier, weil sie hinter dem Rezeptbuch her sind, so viel steht schon mal fest.

Während Olivia »Xanaduhuhu« schmettert, höre ich Frankie im Hintergrund herumwüten und fluchen, er könne es nicht ertragen, diesen Mist noch ein einziges Mal zu hören. Man hört Gefummel, gefolgt von einem lauten Knistern und einem Blitz und ohrenzerfetzendem Donnern.

Alles wird schwarz.

Tappen, Rascheln, und dann Frankie, der laut »Mist!« schreit.

Hals über Kopf stürze ich in den Gastraum. Ich kann gerade seine Silhouette erkennen, während meine Gäste murren und murmeln und Hugo hastig überall Kerzen anzündet.

»Ich wollte bloß den blöden Kassettenrekorder anhalten«, knurrt Frankie. »Ich wollte dir ein Lied vorspielen, und deine Gäste haben etwas Besseres als *Xanadu* verdient. Ich habe Serge den ganzen Tag zugesehen, wie er daran herumgespielt hat, und ich dachte, wenn er das hinbekommt, dann kann ich das auch. Ich nehme an, ich habe einen Kurzschluss verursacht.«

Ich bin hin- und hergerissen, ob ich ihn zuerst fragen soll, welchen Song er mir vorspielen wollte oder wo der Sicherungskasten ist. Ich entscheide mich schließlich für Zweiteres.

»Draußen über den Mülltonnen. Lass ihn dir von Bill zeigen. Er ist da irgendwo.«

Mit einer Kerze in der Hand gehe ich nach draußen, gefolgt von Polly.

Bill steht tatsächlich mal wieder Wache und weist auf den Sicherungskasten, sobald er mich herauskommen sieht. Ich gucke rein und lege ein paar Schalter um. Nichts passiert. Dann versucht Polly es ... wieder nichts.

»Hier.« Bill drückt mir seine Flasche in die Hand und versucht es selbst. »Das Ding ist durch«, stellt er nach kurzer Begutachtung fest. »Da muss ein Elektriker ran.«

»Neeeeein!«, jaule ich entsetzt auf. »Bist du sicher?«

»Du hast einen Gasherd«, sagt er seelenruhig. »Dann wird es halt ein Candle-Light-Dinner.«

»Ja, gute Idee.« Polly ist ganz angetan von Bills Vorschlag, während ich im Geiste den Inhalt des Kühlraums vor mir sehe, der jetzt im Handumdrehen vor die Hunde gehen wird.

Hugo übernimmt das Kommando, und bald brennen überall auf den Tischen Kerzen. Der Gastraum sieht traumhaft aus im flackernden goldgelben Lichterschein. In der Küche arbeiten wir jetzt mehr nach Gefühl als auf Sicht. Gott sei Dank gibt es ein Risotto.

Während Hugo draußen die Gäste umschmeichelt und Wein nachschenkt, kümmere ich mich wieder um das Essen. Und ich spüre ihn ... deutlicher denn je. Es heißt immer, wenn man einen seiner Sinne verliert, schärft das die anderen. Vielleicht liegt es daran. Aber sein Duft, seine Wärme sind so intensiv, dass ich es kaum ertragen kann, und einen Augenblick lang glaube ich fast, sein Kinn auf meiner Schulter zu spüren.

»Es tut mir leid, Lucille.«

»Irgendwas musste ja schiefgehen«, stottere ich. »Zweiter Abend. Ich hoffe bloß, es kostet kein Vermögen und dauert nicht zu lange, das zu reparieren. Wenn wir über Nacht keinen Strom haben, kann ich sämtliches Gefriergut und die ganzen Sachen im Kühlraum in die Tonne kloppen – das Hühnchen, die Enten. Das würde ich finanziell nicht verkraften.«

»So weit kommt es nicht.«

»Woher willst du das wissen?«

»Hab Vertrauen.«

»Das klingt verdächtig nach Popsong«

»Egal, jetzt ist es zu spät. Wenn das schon passiert, sobald ich elektrische Geräte berühre, will ich nicht wissen, was passieren würde, würde ich *dich* berühren.«

»Würdest du das denn gerne?« Die Worte sprudeln mir aus dem Mund, ehe ich mir auf die Lippen beißen kann.

»Ich habe nichts zu bieten als durchgeknallte Sicherungen. Charlie ist ...«

»Vergiss es.« Wie bin ich froh, dass er mein enttäuschtes Gesicht nicht sehen kann.

»Er ist mein Sohn.«

»Frankie, ich bin kein Wanderpokal«, fahre ich ihn wütend an.

»Was ist mit Ewan? Ist praktisch und hilfsbereit. Er bestimmt kennt Elektriker, oder?«, fragt Serge mich und guckt mich angesichts meiner letzten unerklärlichen Bemerkung verdattert an.

»Serge, du bist ein Genie!«

Ewan, Katherine und ihr gemeinsamer Freund Phil, der Elektriker, sind keine fünfundzwanzig Minuten später zur Stelle.

Und der Mann macht sich auch gleich an die Arbeit, während ich im Dunkeln das Lammkarree anrichte. Die meisten Kerzen stehen im Gastraum. Zum Glück erkenne ich am Geruch, wann es Zeit ist, das Fleisch aus dem Ofen zu nehmen. Frankie ist wie immer dicht neben mir, obwohl wir kein Wort miteinander wechseln, weil wir sauer aufeinander sind und weil Katherine einfach schnurstracks in die Küche marschiert ist und mir jetzt ungebeten »zur Hand geht«. Sie ist, genau wie Frankie, nicht überzeugt von der Burrata, bis ich sie probieren lasse. Es dauert nicht lange, da gabelt sie gierig das cremige Geglibber mit Pfirsich und Minze auf. »Nicht schlecht«, lautet ihr abschließendes Urteil.

Plötzlich stehen Ewan und Phil in der Tür. »Wie ist das passiert?«, fragt Phil. Er wirkt ernsthaft besorgt.

»Wohl ein Kurzschluss, als ich die Musik auf dem iPod wechseln wollte.«

»Das kann nicht sein.« Er tritt in die Küche. »Die ganze Elektrik hat einen massiven Stromschlag abbekommen, ähnlich wie bei einem magnetischen Sturm.«

»Massiv«, wiederholt Ewan und macht dazu ein sehr beeindrucktes und sehr ernstes Gesicht.

»Ich brauche anderes Werkzeug und einen Generator«, erklärt Phil weiter. »Ich rufe einen Kollegen dazu. Das wird sicher noch ein paar Stunden dauern.«

Frankies unüberlegtes Gefummel hat also allem Anschein nach eine elektrische Wüste hinterlassen. Was habe ich mir nur gedacht?

# 38

## Frankie

Gerüchten zufolge soll Ewan MacColl *The First Time Ever I Saw Your Face* 1959 für seine Geliebte Peggy Seegar geschrieben haben, als sie gerade voneinander getrennt waren – wohl vor allem deshalb, weil er derweil mit einer anderen Frau verheiratet war. Später heiratete er Peggy, aber dieser Song sagt einfach alles: die Hoffnung, der Blitz, der unvermittelt einschlägt, wenn man feststellen muss, dass man sich vollkommen, unverrückbar, unrettbar, unbestreitbar verliebt hat.

Mit ihr in der Küche zu stehen, ihr zuzusehen, wie sie arbeitet und lacht und hofft. Warum hat es so lange gedauert, warum musste ich erst in dieser Ödnis außerhalb der Zeit landen, bis ich dieses Gefühl kennenlernen durfte?

Ich liebe die Frau, mit der mein Sohn sich verabredet hat. Eine lebendige, atmende Frau, die etwas wollen wird, das ich ihr niemals geben kann.

Und doch.

Und doch.

Da ist es doch kein Wunder, wenn bei mir alle Sicherungen durchbrennen.

# 39

## Lucy

Ich komme gerade von der Toilette, als mich ein Mann am Arm packt. Sein Gesicht ist dämonisch angeleuchtet von der Taschenlampe, die er sich unter das Kinn hält. Das haben wir früher immer so gemacht, wenn wir uns als Kinder in der Kommune Gruselgeschichten erzählt haben.

Mir entfährt so ein lautloser Schrei wie sonst immer in meinen Albträumen, wenn ich verzweifelt versuche, zu brüllen wie ein Löwe, damit das, wovor ich mich fürchte, verschwindet, aber einfach kein Laut über meine Lippen kommen will. Ich versuche, irgendwas in seinen bizarr beleuchteten Gesichtszügen zu erkennen. Er ist einer unserer Gäste, dieser Rüpel von gestern Abend, der mit der hübschen Frau.

»Buh! Schuldigung, wollte Sie nicht erschrecken.«

Endlich finde ich meine Stimme wieder. »Ach ja? Und was machen Sie dann hier draußen?«

»Nur mal eben vor der Tür eine rauchen. War wieder ganz köstlich, danke.«

Er wirkt ganz aufrichtig, aber in seiner Stimme schwingt ein Anflug von Boshaftigkeit mit, und ich wünsche mir plötzlich, Frankie wäre da. Wo steckt der bloß?

»Danke für Ihren Besuch«, sage ich möglichst ungerührt, was unter den gegebenen Umständen gar nicht so einfach ist. »Gleich zwei Abende hintereinander, da muss es Ihnen ja bei uns wirklich gut gefallen.«

Er mustert mich, fast als wollte er mit mir flirten. Ach, wo steckt Frankie nur? »Wenn Sie wüssten …«, sagt er.

»Tut mir leid, die Sache mit dem Licht«, stammele ich. »Wir arbeiten daran.«

Nonchalant zuckt der Kerl die Achseln. »Meine Frau kriegt sich gar nicht mehr ein, es sei ja sooo romantisch. Wenn sie meint.«

Okay, jetzt ist es offiziell: Ich kann den Typen nicht ausstehen. Und zwar gar nicht. Frankie? »Sie ist wirklich hübsch. Ihre Frau.«

Ein weiteres desinteressiertes Achselzucken.

»Ich muss wieder in die Küche. Die Toiletten sind da drüben.«

»Ich weiß.« Er lässt den Schein der Taschenlampen-App seines iPhones herumwandern. »Die Bilder, wo sind die?«

»Wie bitte?«

»Die Bilder, die ich für Frankie gemalt habe.«

Plötzlich fällt der Groschen. »Sie sind Matthias Drewe?«

Frustriert seufzt er auf. Anscheinend bin ich in seinen Augen eine Idiotin, dass ich so eine dämliche Frage stelle.

»Die haben wir zum Rahmen gebracht.«

»Sie haben alle?«

»Das weiß ich nicht. Ich glaube, es waren fünf insgesamt. Der Eigentümer möchte, dass sie im Restaurant verbleiben.«

»Die sind ein Vermögen wert, wissen Sie das?«

»Davon habe ich keine Ahnung«, versichere ich. Oh, bitte, geh jetzt. »Ich habe gehört, Sie haben mal für Frankie gearbeitet. Damals.«

»Er war ein Arschloch.«

Wie aufs Stichwort taucht Frankie plötzlich auf. »Du hast mir auch gefehlt, Sonnenschein.«

Mir fällt ein Stein vom Herzen.

»Was haben Sie gesagt?« Matthias Drew klingt ziemlich verunsichert.

»Ich? Gar nichts. Ich muss jetzt gehen und mich um Ihr Dessert kümmern. Einen schönen Abend noch.«

»Sie haben doch nichts dagegen, wenn ich die Personaltoilette benutze.« Das ist eine Feststellung, keine Frage.

Ich trete zur Seite und lasse ihn durch, und er verschwindet auf die Toilette. Frankie steht neben der Tür. »Na los, verschwinde«, sagt er zu mir. »Geh in die Küche, die Soufflés müssen aus dem Ofen.«

»Tu nichts Unüberlegtes«, warne ich ihn.

»Ich kann ja nicht mal den Kassettenrekorder benutzen, was sollte ich da groß anstellen?«, fragt er und blinzelt mit Unschuldsmiene.

Gerade als ich das letzte Soufflé aus dem Ofen hole, gehen die Lichter wieder an. Aus dem Gastraum hört man eine Mischung aus Beifall und enttäuschten Ausrufen – nicht wenigen der Gäste schien das intime Kerzenlicht lieber zu sein. Katherine marschiert mit dem Notizblock im Anschlag nach draußen.

»Da bin ich aber froh, dass wir uns die etwas genauer anschauen können.« Paul ist in die Küche gekommen und grinst mich an wie die Grinsekatze. War ja klar, dass das ausgerechnet an unserem zweiten Abend passieren musste. »Entschuldigen Sie vielmals, dass ich einfach so in die Küche spaziere. Alte Gewohnheiten sind schwer abzulegen – ich war schließlich mal Gastrokritiker.« Der Kerl ist wirklich ein schleimiger Fiesling.

»Und damals hat man Sie hier in die Küche gelassen?«

»Frankie, na klar.«

Das kann ich kaum glauben.

Pauls Blick wandert zu dem roten Rezeptbuch, das aufgeschlagen auf dem Bord liegt. Er will schon danach greifen, aber ich versperre ihm den Weg. »Paul, bitte gehen Sie jetzt und setzen Sie sich, das Dessert muss sofort raus.«

»Ich kann mich gar nicht daran erinnern, dass Frankie ... Kaffee da reingemacht hat, wenn ich nicht irre?«

»Was haben Sie nur für eine ausgezeichnete Nase.«

»Damit ich Sie besser riechen kann, mein Herz.« Er sagt das, als sei es ein Scherz, aber es bleibt ein unheilverkündender Unterton.

Ich zwinge mich zu lachen. »Husch, husch, raus jetzt und hinsetzen. Das Rezept stammt von meiner Großmutter, und sie fände es sicher gar nicht nett, wenn sie wüsste, dass Sie mich von der Arbeit abhalten.«

»Das würde mir nicht im Traum einfallen. Ich wollte Ihnen nur gratulieren und fragen, ob ich vielleicht einen Blick in dieses kleine Büchlein werfen dürfte. Ich dachte, Sie sagten, es befinde sich im Besitz des Eigentümers.«

»Er hat es mir vorbeigebracht, als er vorhin da war«, schwindele ich.

Paul guckt verdattert, erholt sich aber rasch, lächelt jovial und geht endlich raus.

Hugo, Polly und ich tragen die Kaffeesoufflés nach draußen und gießen am Tisch die dazugehörige Mokka-Whiskey-Sahne darüber. Mir entgeht nicht, dass Matthias nicht an seinem Platz sitzt und auch Frankie nirgendwo zu sehen ist. Ich beschließe, seiner schönen Frau schon mal die Sahnesoße übers Soufflé zu gießen.

»Oh, vielleicht sollte ich lieber warten«, protestiert sie schwach.

»Soufflés darf man nicht warten lassen, das macht sie so besonders.« Ich gieße noch ein bisschen mehr Sahne darüber. »Bitte, ich wäre sehr gekränkt, wenn Sie es nicht probieren.«

Die schöne Frau nickt und probiert ein Häppchen. Die

Dame mag augenscheinlich Süßes, was sie mir sehr sympathisch macht.

»Ach, das ist ja himmlisch.«

»Danke sehr. Ich bin übrigens Lucy. Ich glaube, wir haben uns gestern Abend schon kurz kennengelernt?«

»Ja, ich bin Vivianne. Es ist mal wieder ein unglaublicher Abend. Und den Stromausfall fand ich herrlich romantisch.«

»Wir tun, was wir können. Ihr Mann ist der Künstler, der unsere Bilder gemalt hat?«

»Ja.«

»Und sind Sie auch Künstlerin?«

Vivianne hält ganz kurz den Atem an. »Kunsthistorikerin. Und heutzutage eher Matthias' Managerin. Hat er Sie schon angesprochen wegen der Ausstellung?«

»Was für eine Ausstellung?«

»Der dumme Kerl, ich habe ihn eigens losgeschickt, damit er mit Ihnen redet. Er hat nächsten Monat eine Ausstellung, und wir – na ja, eher *ich* – wollten Sie bitten, ob wir uns wohl ein paar seiner frühen Arbeiten ausleihen könnten. Es ist eine Retrospektive, und wir haben noch ein paar Lücken zu füllen. Die Ausstellung ist in Woollahra, in der Know Gallery. Nur für drei Wochen?«

»Ähm ... Ich kann gerne den Eigentümer fragen. Also, die Eigentümer.«

»Wären Sie so nett? Prima, vielen Dank. Außerdem würden wir sehr gerne das Fortune engagieren, damit Sie das Catering für die Vernissage übernehmen. Hätten Sie vielleicht Interesse?«

»Und wie.« Vivianne steigt in meinem Ansehen noch ein Stückchen höher. Eine Dessertliebhaberin, die uns für eine Veranstaltung buchen möchte: Was gäbe es da nicht zu mögen?

»Prima. Er fühlt sich hier fast wie zu Hause; er und der frühere Besitzer waren damals sehr eng befreundet. Matthias war noch fast ein Junge.«

Am liebsten würde ich sagen: *Ja, und die kleine Ratte hat Frankie sabotiert, beklaut und ausgenutzt.* Aber stattdessen säusele ich nur: »Interessant. Lassen Sie sich das Dessert schmecken.« Und dann verschwinde ich schleunigst in die Küche. Ich brauche dringend was zu trinken.

Erst eine weitere Viertelstunde später taucht Matthias wieder auf und heult Hugo die Ohren voll, er sei im Klo eingesperrt worden. Ich glaube, er hat noch mal großes Glück gehabt.

Drüben im Gastraum ist alles in bester Ordnung. Die Gäste sitzen noch bei einem letzten Glas, und die Gespräche plätschern angenehm dahin. Irgendwie scheint das Kerzenlicht eine sehr intime Atmosphäre geschaffen zu haben. Aber mir ... mir reicht's für heute. Also machen wir noch eben alles sauber und versichern Katherine, Ewan und Phil mit einer Flasche Champagner und einer VIP-Reservierung für einen ganzen Monat unsere ewige, unsterbliche Dankbarkeit.

Hugo erklärt dann, er habe noch eine Verabredung – mit dem Kellner aus dem Circa, mit dem er gerade heftig flirtet oder schläft oder was auch immer anstellt. Er hat mir auch erzählt, dass Leith das Restaurant für fünf Tage schließen musste, um die notwendigen Reparaturen an den Abwasserleitungen durchführen zu lassen. Eine Folge von Ewans gründlicher Überprüfung. Leith schäumt sicher vor Wut. Katherine hat ihm eine Leseliste geschickt, um ihm ein paar Autoren zu empfehlen, die er unbedingt lesen sollte, um in Zukunft bessere Kritiken schreiben zu können. Und eine Liste mit Entzugskliniken hat sie auch angehängt, die ihm helfen könnten, seine Cannabissucht in den Griff zu bekommen. Womöglich gibt es ja doch einen Gott.

Serge erscheint mit einem Gedicht, das er auf ein Blatt aus

Ewans Arbeitsschutzhandbuch gekritzelt hat. Mit ernstem Gesicht und großer Geste überreicht er es mir.

»Serge, hättest du mir nicht erst beim Spülen helfen und *dann* das Gedicht schreiben können?«

»Die Muse, Lucy, die Muse hat mich geküsst.« Theatralisch schlägt er sich mit der Faust auf die Brust. »Viele, viele Jahre die Muse hat mich nicht mehr besucht.«

»Ach, fick die Henne, jetzt ist alles zu spät. Gedichte sind bei Serge kein gutes Zeichen«, stöhnt Frankie. Mein Blick geht zu Frankie, der in seinem Kaftan aussieht, als wäre er gerade selbst auf dem Weg zu einem Poetry Slam. »Serge verknallt sich alle naselang. Wobei, das ist schon mehr Besessenheit als Verliebtsein. Wenn er so ist, dann hilft alles nichts, du musst ihn laut anschreien und ihm ganz genau sagen, was er machen soll, sonst schreibt er die ganze Zeit Sonette.«

»Und alles nur wegen meiner Mutter?«

»In der Liebe sind wir alle Narren, Lucy«, lamentiert Serge.

»Aber Serge, du kennst meine Mutter doch nicht mal. Du hast sie damals in den Siebzigern ein paarmal gesehen und gestern Abend wieder. Du hast doch keine Ahnung, wie sie wirklich ist.«

»Meine Seele erkennt ihre.«

»Das glaube ich kaum. Du hast noch nicht gesehen, wie sie total breit acht Stunden am Stück vor der Glotze sitzt oder so laut schnarcht, dass das Baby der Nachbarn aufwacht, oder sich die Kinnhaare auszupft, die sie von meinem Opa geerbt hat – dicke Haare, Serge. Was sage ich, Borsten. Das Leben ist kein Barbra-und-Barry-Duett; meine Mutter ist eine egoistische Frau, die dir den Lebenssaft aus den Adern saugt.«

»Ach, das wäre zu schön!«, schwärmt Serge.

»Es hat keinen Zweck«, stellte Frankie nüchtern fest. »Den kannst du vergessen.«

»Und wie lange bleibt das jetzt so?«

»Für immer!«, erklärt Serge mit erschreckender Endgültigkeit.

»Wahrscheinlich ein, zwei Monate, wobei er einmal einer Dame, die ihm einen Anzug verkauft hat, ein ganzes Jahr lang hinterhergeschmachtet hat.«

»Warum fragst du sie nicht, ob sie mit dir ausgehen will?«, schlage ich vor. »Oder besuchst sie mal? Dann wärst du ein für alle Mal geheilt.«

Serge wirkt plötzlich panisch. Ich reiße ihm das Gedicht aus der Hand und schreibe Mums Adresse und Telefonnummer auf die Rückseite. »Sie ist rund um die Uhr zu erreichen.«

Serge betrachtet das Blatt Papier wie eine Reliquie. Dann murmelt er ein Dankeschön und stolpert wie benommen von dannen.

»Auf keinen Fall geht er gleich hin«, erklärt Frankie. »Dazu ist er viel zu schüchtern. Das dauert mindestens eine Woche, bis er sich traut sie anzurufen. Aber vielleicht schickt er ihr auch was per Post.«

»Was denn zum Beispiel? Ein Ohr?«

»Gedichte. Du musst ihm strengstens verbieten, während der Arbeit zu dichten, sonst lässt er alles anbrennen. Wobei er eigentlich gar kein so schlechter Dichter ist. Mir allerdings viel zu schnulzig. Ich stehe mehr auf Ted Hughes.«

»Dachte ich mir.« Ich stelle die letzten Sachen in den Kühlraum, dann wende ich mich wieder Frankie zu. »Polly wartet auf mich.«

»Ein kleiner Mädelsabend, hm?«

»Nur ein paar Drinks zum Runterkommen.«

»Klingt gut und hast du dir redlich verdient. Immerhin hast du den zweiten Abend ohne größere Vorkommnisse überstanden.«

»Mal abgesehen von Kurzschlüssen, Psycho-Malern, schmierigen Restaurantkritikern und zu guter Letzt einem Souschef, der sich in meine Mutter verliebt hat – genau, hätte kaum besser laufen können.«

»Reibungslose Abläufe sind überbewertet.«

»Woher willst du das wissen, bei dir lief es doch nie reibungslos.«

»Touché, Lucille.«

Unschlüssig treten wir von einem Bein aufs andere und sehen uns an, und die Luft zwischen uns ist so elektrisch aufgeladen, dass sie fast hörbar knistert.

»Also dann ... gute Nacht.«

»Gute Nacht, Lucille.«

Er schaut zu, wie ich mich zum Gehen bereit mache. Schaut mir zu mit einem durchdringenden, neugierigen Blick. Da ist ein Kraftfeld zwischen uns, das immer stärker wird. Ich habe beständig den fast unwiderstehlichen Drang, in seiner Nähe zu sein. Aber ich habe noch ein Leben außerhalb des Fortune, in dem Polly auf mich wartet.

Gemeinsam schlendern wir Arm in Arm zur Cowper Wharf Roadway.

»Mit wem hast du denn da drin geredet?«, will sie wissen.

»Ach, bloß mit dem Geist, der da wohnt.«

»Cool.«

Wir spazieren weiter. Man muss Polly einfach mögen, sie sieht die Welt auf ihre ganz eigene Weise. Durch ihre Erfahrungen aus der Palliativpflege und der Arbeit als Anästhesistin ist ihr nichts Menschliches fremd.

»Ich rede immer noch mit meiner Mum.« Pollys Mutter starb, als Polly gerade fünfzehn war. Ihr Tod war für Polly der Auslöser für ihre Mission, einerseits Leben zu retten und andererseits zu erkunden, was jenseits des Todes liegt.

»Und widerspricht sie dir auch?«

»Ständig.«

Wir müssen beide lachen und bummeln weiter, vorbei an den Schiffen, die in monolithischem Grau daliegen wie schlafende Wale, und an den jungen Marineoffizieren mit den weißen Mützen, die an oder von Bord gehen oder auf einen der Clubs in der Nähe zusteuern.

Es geht den Hügel hinauf in die Wylde Street, und wir müssen beide ein bisschen schnaufen. Die salzige Meeresluft hat etwas Weiches, Warmes, das vom kommenden Sommer kündet. Die Nacht ist erfüllt von unzähligen Sternen.

»Ach Mensch, das würdest du doch auch vermissen, oder, wenn du nicht mehr hier wärst?« Ich sage das fast mehr zu mir als zu ihr, aber Polly stimmt mir zu. Wie hält Frankie das nur aus, ohne Zeit, ohne Sonnenaufgang, ohne das hier, höchstens mal über die Schwelle linsen, er allein im Restaurant, wie er Essen kocht, das längst gegessen wurde, oder mir zusieht, wie ich Gerichte koche, die er nicht probieren kann? Es muss die reinste Folter sein. Kein Wunder, dass er sich nichts sehnlicher wünscht, als dass es endlich vorbei ist. Ich habe mich ein bisschen schuldig gefühlt, als ich heute Abend zur Tür hinausgegangen bin. Ich weiß, dass er auf mich wartet, bis ich wieder zurückkomme. Warum erlauben die Regeln für das Leben nach dem Tod nicht einen gelegentlichen kleinen Spaziergang nach Potts Point? Es könnte ihn ohnehin keiner sehen. Und wer macht eigentlich diese dämlichen Regeln?

Ich schaue nach oben und deute auf einen blitzenden Sternenhaufen. »Wusstest du, dass das der Lamington-Hügel ist?«

Polly nickt. »Du denkst echt nur ans Essen.«

Wir sitzen gerade beim zweiten Martini in der kleinen italienischen Bar, die wir beide so lieben, und so langsam fühlt meine Welt sich wieder an, wie sie sich anfühlen sollte.

»Und, wie ist das Leben als frisch Getrennte so?«

»Besser als vorher.« Worauf wir erst mal anstoßen müssen. Polly war Leith betreffend immer höflich zurückhaltend, aber das zwischen den beiden war keine Liebe. Und außerdem hat sie ihm so viel Angst gemacht, dass er sich nie getraut hätte, sie anzugraben. Polly ist mindestens genauso loyal wie umwerfend schön. Gerade kommt es mir vor, als sei mein Leben mit Leith Lichtjahre entfernt.

»Mein neues Leben gefällt mir. Das wird schon alles klappen, oder?«

»Aber klar doch. Ernsthaft, wichtig sind vor allem deine Schwingungen – du musst dafür sorgen, dass sie immer im positiven Bereich liegen.«

Polly, die unter chronischer Schlaflosigkeit leidet, wenn sie nicht gerade mit verschiedenen Kombinationen chemischer Substanzen experimentiert, interessiert sich nebenbei auch noch für Quantenphysik. Oft leiht sie mir Bücher zu dem Thema oder schickt mir YouTube-Videos, die verschiedene Aspekte des Themas behandeln. Aber nach spätestens einer Minute bekomme ich immer einen glasigen Blick, und mein Hirn schaltet sich ab. Das Konzept an sich gefällt mir, aber die wissenschaftlichen Ansätze, die dahinterstecken, sind für jemanden, der sich mehr schlecht als recht durch die naturkundlichen Fächer gequält hat, doch höchst verwirrend.

»Glaubst du, dass Menschen von den Toten wiederkehren können?«, frage ich sie.

»Klar, wir erwecken jeden Tag Menschen wieder zum Leben.«

»Aber ich meine, nachdem sie schon eine Weile tot waren?«

»Wie Zombies?«

»Eher wie ... Geister.«

Polly knabbert an einer Olive, bestellt bei dem heißen jungen

Keller, der sie schon die ganze Zeit sehnsuchtsvoll anschmachtet, noch eine Runde, und nimmt dann, ohne zu stocken, den Faden wieder auf. »Grundsätzlich würde ich mich der Idee nicht verstellen. Ob ich sie allerdings Geister nennen würde? Nein. Ich wüsste nicht, wie ich sie nennen würde, aber ich könnte mir gut vorstellen, dass es eine Ansammlung von Atomen und Molekülen geben könnte, die eine Einheit bilden, die irgendwie feststeckt zwischen dem Vorher und dem Nachher – zwischen den Dimensionen, wenn man so will.«

»Genau. Ein Geist.«

»Du darfst dabei nicht vergessen, Lucy, dass die Zeit nicht nur lang ist, sondern auch breit.«

Mit einem großen Schluck trinke ich meinen Martini aus – ein vergeblicher Versuch meinerseits, dieser Aussage irgendeinen Sinn abzugewinnen.

»Eine der grundlegendsten Entdeckungen der Quantenphysik war die, dass ein Teilchen, mit dem entsprechenden Impuls, durch zwei Öffnungen gehen kann ... sprich, man kann an zwei verschiedenen Orten zugleich sein.«

»Dann kann man also tot und gleichzeitig nicht tot sein?«

»Klar, frag mal irgendeinen armen Tropf mit Liebeskummer und gebrochenem Herzen. Das Problem dabei ist bloß, wie soll man das messen? Wellenlängen sind umgekehrt proportional zur Dimension eines Teilchens. Aber wenn ich ein Teilchen anleuchte, um es zu messen, muss ich davon ausgehen, dass ich es damit verändere ... wie viel, wer könnte das schon sagen?«

»Ich verstehe nur noch Bahnhof.«

»So schwer ist das gar nicht. Alle Dinge, alles Sein, alle Moden, alle Diskussionen, alle Geburten, Tode, Ehen, Naturkatastrophen, politischen Triumphe, Streitereien mit dem Ex, Orgasmen mit dem Geliebten – sie alle koexistieren zur gleichen

Zeit. Unsere Art, sie zu messen – die Zeit –, ist ein ungenügendes Instrument. Licht verändert unvermeidlich die Geschwindigkeit von Partikeln. Das nennt man die Welle-Teilchen-Dualität … oder auch die Unbestimmtheitsrelation.«

»Die Unbestimmtheitsrelation könnte ich auf den Großteil meines Lebens anwenden.«

»Das können wir alle. Du brauchst nur deinen gedanklichen Horizont etwas zu erweitern.«

»Aber wenn das alles gleichzeitig existiert, wie kann dann mein heutiges Ich in einer Realität koexistieren, die ich nie bei klarem Verstand erlebt habe?«

»Weil die Realität sich nicht mit klarem Verstand erfassen lässt. Die Realität, so wie wir sie verstehen, existiert überhaupt nicht, nicht als etwas Absolutes, nicht mit dem Monopol, das wir ihr normalerweise zusprechen.«

»Ach herrje, ich wette, du warst im Grundkurs Philosophie die Jahrgangsbeste.«

»Waren wir alle, das war das einzige Fach, in dem man nicht durchfallen konnte. Das war der Wahlpflichtkurs, den sämtliche angehenden Medizinstudenten belegt haben. Aber in der Quantenphysik geht es um das *Wie*, nicht das *Warum*. Und jetzt erzähl mir endlich von dem verdammt geilen Date mit diesem rattenscharfen Typen.«

Der Kellner bringt neue Martinis.

»Eigentlich weiß ich überhaupt nichts über ihn. Er ist Restaurantkritiker, er ist Frankies Sohn, er ist mein Vermieter, er hat uns mit den nötigen Änderungen geholfen, damit wir den Vorschriften genügen, er ist …«

»Sehr interessiert.«

»Ach, ich weiß nicht. Beim ersten Mal hatte er ein beinahe minderjähriges Model im Schlepptau. Der interessiert sich doch nicht für eine Frau mit Falten. Bestimmt will er mit mir nur über die Zukunft des Restaurants reden und mir schonend beibringen, dass sie den Mietvertrag nicht verlängern wollen.«

»Also das mit deinen Affirmationen funktioniert ja schon ganz hervorragend, wie ich sehe.«

»Die hältst du doch auch für Humbug.«

»Stimmt, aber Neurowissenschaft ist kein Humbug, und die hat bewiesen, dass man dieselben Neuronen aktiviert, ob man jetzt nach vorn denkt oder zurück, wieso denkst du dir also nicht was Schönes für die Zukunft aus?«

Wenn Polly so was sagt, ergibt es irgendwie Sinn. Mit dreizehn bekam ich von meiner Mutter zum Geburtstag ein Exemplar von Louise Hays Buch *Gesundheit für Körper und Seele,* das ich ungelesen ins Regal gestellt und nie wieder angerührt habe. Von meinen Großeltern bekam ich im selben Jahr eine Ausgabe des *Fotoalbums der königlichen Familie*, das genauso ungelesen gleich daneben im Regal landete. Eigentlich hatte ich auf ein neues Fahrrad gehofft. So viel zu dieser Affirmation.

Über Charlie zu reden ist mir unangenehm, und ich winde mich unbehaglich, weil etwas Unausgesprochenes – der Geist – im Raum steht. Darüber kann ich nicht mit ihr reden. Und ich kann nicht an Charlie denken, ohne an Frankie zu denken.

Es ist absurd.

»Fehlt Leith dir?« Zum Glück unterbricht Polly mich in meinen Gedanken.

»Ich hatte bisher weder Zeit noch Lust, an ihn zu denken«, gestehe ich ganz ehrlich.

»Mit der Nummer hat Maia sich selbst ins Knie geschossen. Seit die beiden zusammen sind, war sie nicht mehr beim Yoga.«

»Leith hat diesen Effekt auf Frauen. Ich habe auch alles stehen und liegen lassen, als wir beide frisch verliebt waren.«

»Darauf trinken wir.«

Und wir trinken ... und trinken ...

Als wir uns später durch eine wirklich gute Flasche Pinot süffeln, rumort es in mir. Ich liebe Martinis, und ich liebe Rotwein. Leider liebt keins von beidem mich, und beide zusammen, zusätzlich zu dem ganzen Stress und dem Schlafentzug der letzten Zeit, sorgen dafür, dass ich gar nicht mitbekommen, wie pelzig meine Zähne sich anfühlen und dass alles um mich herum weichgezeichnet ist wie ein Achtzigerjahrefilm mit Jessica Lang.

»Beziehungen funktionieren auf Dauer einfach nicht«, murmele ich düster in mein halb leeres Weinglas. Herzhaft beiße ich in ein mit Prosciutto umwickeltes Crostini, das krümelt und bricht und halb in meinem Schoß landet.

»Herrgott noch mal, warum bist du bloß so negativ?« Polly füllt mein Glas wieder auf. Irgendwie ist sie viel nüchterner als ich, obwohl sie genauso viel getrunken hat.

»Okay, wie viele glückliche, treue Paare kennst du?«

»Muss das jetzt wirklich sein?«

»Also, soll ich dir sagen, wie viele ich kenne? Eins. Meine Großeltern. Und Julia und Ken vielleicht, aber das war's. Von allen Menschen, die ich kenne, sind das die einzigen, die ich zu dieser Kategorie zählen würde. Von allen.«

»Lucy, du bist in einer Kommune aufgewachsen, was willst du da erwarten?«

»Sind deine Eltern glücklich?«

»Herrje, nein. Na ja, Mum ist tot, wie du weißt, aber als sie noch lebte, war das mit den beiden eine Katastrophe. Sie sind nur uns Kindern zuliebe zusammengeblieben, und weil Dad zu knauserig war, die Scheidung zu bezahlen.«

»Siehst du? Und deine Schwester ist geschieden. Du bist Single. Ich meine, mal ehrlich, das da draußen ist eine öde Wüstenei kaputter Herzen und angekratzter Seelen, und dann stirbt man und steckt fest in einer Welt, in der man nicht mal schlucken kann.«

»Schlucken? Was denn schlucken?«

»Essen.«

»Ich kenne Unmengen toller Paare.«

»Wen?«

»Durch die Arbeit habe ich eine Menge kennengelernt.«

»Aber die sind todkrank oder liegen im Sterben, da zeigt man sich von seiner liebenswürdigsten Seite.«

»Oder vielleicht kommt auch einfach das wahre Ich zum Vorschein.«

»Aber wenn man kurz davor ist, ins Gras zu beißen, was hat man dann davon?«

»Man hat davon, dass die Liebe, die man gibt, genauso groß ist wie die Liebe, die man bekommt.«

»Zitiere hier bloß keine Beatles-Songs, wenn ich angesoffen bin.«

»Es gibt Paare, deren Liebe zueinander lässt mich wieder an das Gute im Menschen glauben. Daran, dass das Leben schön ist. Paare, die fürsorglich sind und sich kümmern und immer füreinander da sind, ganz egal was passiert. Und nicht bloß für eine Weile; das kann Wochen dauern, Monate, sich manchmal über Jahre hinziehen – so lange kann man sich nicht verstellen.«

»Aber ihnen ist viel zu spät klar geworden, was sie aneinander hatten, stimmt's?«, wende ich ein. »Es ist ein Wettlauf gegen die Zeit.«

»Süße, die Zeit läuft uns allen davon. Geh mit dem rattenscharfen Kerl ins Kino. Dann braucht ihr nicht so viel zu reden. Ist vielleicht besser, wenn du so mies drauf bist wie jetzt gerade.«

»Ich bin nicht mies drauf. Und wenn wir ins Kino gehen, ist es ein Date.«

»Und sonst ist es eine Haushaltssitzung?«

»Ich bin noch nicht so weit.«

»Du warst schon über Leith hinweg, zwei Jahre bevor du ihn verlassen hast.«

»Ich sollte jetzt erst mal eine Weile allein sein und mich ein bisschen sortieren, ehe ich mich wieder auf jemanden einlasse.«

»Du warst in deiner Ehe jahrelang allein. Und außerdem halte ich nichts von diesem Dogma. Man lernt Menschen kennen, wenn man sie kennenlernt.«

»Ich will mir nie wieder das Herz brechen lassen.«

»Ich weiß nicht, ob das in deiner Macht liegt.«

»Was ist eigentlich mit dir und diesem Chirurgen?«

»Er ist echt heiß, aber ich glaube, er will bloß ein bisschen Spaß haben. Er redet über sich selbst in der dritten Person, und das ist eigentlich ein todsicheres Zeichen für einen Vollpfosten.«

»Warst du schon mal so richtig bis über beide Ohren hoffnungslos und ernsthaft verliebt?«

»Noch nicht. Aber das kommt schon noch.« Polly sagt das mit einer derartigen Überzeugung, dass keinerlei Zweifel am Wahrheitsgehalt ihrer Aussage aufkommen. Aber so langsam fallen mir die Augen zu ...

Und dann ist da nur noch eine verschwommene Taxifahrt und weinselige Versprechen ewiger unverbrüchlicher Freundschaft und dass wir zu des Pudels Kern unserer Existenz vordringen müssen, was immer das auch heißen mag.

Als ich schließlich mit burgunderroten Zähnen im Bett liege, dreht sich der ganze Raum. Ich trinke ein halbes Glas Wasser und schlafe mit einem Fuß auf dem Boden. Den Trick hat mein erster Chef mir beigebracht; ein sicheres Mittel gegen Schwindel. Meine letzten Gedanken, bevor ich ins herrlich beduselte Nichts abdrifte, gelten Frankie. Frankie, und was war das nur für ein Song ...?

# 40

## Frankie

Frauen, die so wild entschlossen in die Nacht hinausmarschieren, haben normalerweise eine Mission. Entweder sie wollen den Ex zur Schnecke machen, Rachesex, sich bei einer Freundin ausheulen, ein Vermögen für ein Kleid ausgeben oder sich in Cocktails ertränken – oder auch alles zusammen.

Wie gerne wäre ich mitgegangen.

# 41

## Lucy

Mein Wecker klingelt nur ein paar Stunden später. Irgendwie war ich wohl noch geistesgegenwärtig genug war, Polly zu bitten, ihn mir auf dem Handy zu stellen, bevor ich ins Taxi gestolpert bin. Ich wache auf und habe den Geschmack von Vogelkacke im Mund. Mein Herz hämmert, und in meinem Kopf heulen wütende schwarze Hunde. Die Angst vor so einem fiesen Kater wie heute Morgen hält mich sonst meistens davon ab, so viel zu trinken. Aber gestern Abend reichte das nicht zur Abschreckung. Ich bin todkrank: feuchtkalte Froschhände, Übelkeit und Schwindel, und es fehlt nicht viel, dass es mich würgt. Ich sehe alles verschwommen, was heißt, dass ich vermutlich noch immer betrunken bin. Ich hoffe bei Gott, dass ich nüchtern genug bin, um Auto zu fahren, denke ich, als ich den Lieferwagen mit Kühlboxen und Eis belade und dabei ein Stückchen davon lutsche und sehr froh bin, dass es noch dunkel ist, obwohl die Morgendämmerung bereits langsam über den Horizont kriecht, als ich in Richtung Westen zum Markt fahre.

Es ist eine allgemein anerkannte Tatsache, dass eine Frau mit einem Kater, so heftig und gemein, wie ich ihn habe, nicht am Morgen der alljährlichen Kirschauktion, die den Beginn der Saison markiert, auf dem Großmarkt von Sydney sein sollte. Diese unumstößliche Tatsache wird von der harschen Wirklichkeit weiter untermauert: Halb Sydney scheint in totaler Kirschenmanie über den Markt herzufallen wie ein Heuschreckenschwarm. Einer alten Tradition folgend, kommen heute sämtliche Kirschbauern aus der Umgebung zum Markt und beobachten gespannt, wie sich die Preise abhängig von der Qualität der Ernte und der Nachfrage entwickeln. Der erste Tag der Kirschverkäufe ist so etwas wie die Oscarverleihung der Obst- und Gemüsewelt. Promiköche, Kritiker mit ihren neu erschienenen Büchern, Moderatoren des Frühstücksfernsehens und Meteorologen mischen sich heute am Tag der Tage unter das gemeine Volk. Als ich schließlich auf dem Markt ankomme, ist es schon proppenvoll, aber zum Glück haben meine Stammverkäufer mir die Prachtexemplare beiseitegelegt, allen voran einige wirklich außergewöhnlich schöne Artischocken.

Und dann die Kirschen. Ein Fotograf kommt vorbei und bittet mich, doch rasch für ein Foto mit Peter, einem meiner Lieblingsbauern, zu posieren. Hinter dem Schutz der dicken dunklen Sonnenbrille versuche ich ein Lächeln und muss unvermittelt schwer schlucken, um mich nicht heftigst zu übergeben. Und dann sehe ich sie plötzlich mitten in der Menschenmenge stehen: Leith, ganz frisch und proper, und Maia neben ihm, die stolz verkünden, ihr neues Restaurant, *ihr* neues Restaurant, das angeblich bereits seit neun Monaten in Planung ist, bisher aber »strengster Geheimhaltung« unterlag, werde demnächst eröffnen. Ein Projekt in Pyrmont – Square One soll es heißen, ein kleiner Bruder für das Circa. Blitzlicht. Raunen. Ich gehe hin und hoffe, wenn ich kotzen muss, dann Leith mitten ins Gesicht. Er sieht mich kommen, aber das Kameralächeln ist ihm fest ins Gesicht zementiert und verrutscht keinen Zentimeter.

»Neun Monate, Leith? Ihr beide wart schwanger und habt mich die ganze Zeit im Dunkeln gelassen?«

»Du hast mir auch nichts vom Fortune erzählt«, kontert er.

»Wie denn auch? Ich hatte gerade angefangen, die ganze

Sache zu planen, da hast du es schon mit deinen Tweets in die Welt hinausposaunt.«

»Mach dich locker, meine Liebe«, sagt er und gluckst, als seien wir die besten Freunde.

Maia guckt schuldbewusst. Mein Magen hebt sich und rumort.

»Du bist ein bisschen grün um die Nase, und du stinkst nach Alkohol«, stellt Leith immer noch lächelnd fest.

»Starkes Stück, dass ausgerechnet ein Haschbrownie-Junkie mir das sagt.« Maia entschuldigt sich und wieselt davon. Das Lächeln verschwindet. Wurde auch Zeit.

»Siehst du, jetzt hast du sie verstört.«

»Verrate mir doch mal bitte, warum du so laut gejammert hast, als ich gesagt habe, dass ich gehe? Warum hast du mich zu diesem Urlaub mitgeschleppt und in den höchsten Tönen von Versöhnung und Neuanfang geschwärmt, wenn ihr beiden doch längst solche Pläne hattet?«

Worauf Leith einfach gar nichts mehr sagt, während plötzlich eine gigantische menschengroße Kirsche auf uns zuspaziert und mir ein Tütchen zur Verkostung in die Hand drückt. Mein Magen rebelliert.

»Ich muss meine restlichen Sachen besorgen«, erkläre ich brüsk.

»Ja, na ja, ich hab auch noch viel zu tun.«

»Ach, echt? Ich habe gehört, das Circa muss gerade ein kleine Zwangspause einlegen, damit ihr die Abwasserleitungen erneuern könnt?«

Leith winkt einigen Vertretern der hiesigen Presse zu, die auf ihn zukommen. »Du wirst untergehen, auch ohne mein Zutun. Sieh dich doch nur mal an, du bist ein wandelnder Witz.« Und damit stakst er davon und stürzt sich auf die nächste sich bietende Gelegenheit, ein bisschen Eigenwerbung zu machen.

Innerhalb der letzten achtundvierzig Stunden scheint er geradewegs in der Wutphase gelandet zu sein. Ich kann nur hoffen, dass er mit seinem neuen Restaurant alle Hände voll zu tun hat. Und ich bin mir sicher, es ist nur noch eine Frage der Zeit, bis er eine eigene Reality-TV-Show moderiert.

Als ich schließlich vor dem Fortune halte, bin ich ein erbärmliches Häufchen Elend, in kalten Schweiß getränkt und ausgetrocknet wie ein Dörrfisch. Bill, der sich gerade vor dem Restaurant sonnt, sieht mich aussteigen und abgekämpft mit den Kühlboxen ringen.

»Sie sehen ziemlich mitgenommen aus.« Das ist schon eine Aussage, wenn sie von jemandem wie Bill kommt, der immer eine Flasche Sherry in der Jackentasche hat. Ich muss wirklich schlimm aussehen, denn er hilft mir bereitwillig beim Ausladen, obwohl er auch jetzt keinen Fuß über die Schwelle setzt.

Frankie erwartet mich schon und mustert mich kritisch.

»Du legst dich jetzt schön in den abgedunkelten Raum und trinkst mein Wunderelixier.«

Ich bin so fertig, ich bekomme kaum ein Wort heraus. Also nicke ich nur. Und packe die Einkäufe aus.

»Was gibt's für heute Abend?«

»Kirschen. Artischocken«, keuche ich und stürze dann Hals über Kopf hinaus, um mich auf der Toilette zu übergeben. Als ich schließlich matt wieder in die Küche tappe, übernimmt Frankie das Kommando.

»Rinder-Carpaccio mit Artischockenherzen, Pulled-Pork-Pasteten an gedünstetem Grüngemüse und zum Dessert Vanilleeis mit flambierten Kirschen ... wobei, nein, warte, Kirschauflauf mit Vanille-Crème-fraîche-Eis als Höhepunkt. Ja?«

Ich ringe mir ein Nicken ab.

»Du trinkst jetzt drei Gläser warmes Wasser und nimmst

eine Paracetamol, isst einen salzigen Kräcker, und dann rufst du Serge an und sagst ihm, er soll heute früher kommen und dir Frankies Wiederbelebungstrank zusammenbrauen. Und dann gehst du und legst dich unter Tisch acht. Zwischen der Tischwäsche ist irgendwo eine Decke, Julia hat alles frisch gewaschen.«

Ich bin zu verkatert, um mich zu wehren, also tue ich einfach, wie mir geheißen. Was habe ich mir bloß dabei gedacht, mich derart mit Polly zu betrinken, obwohl ich wusste, dass ich am nächsten Tag arbeiten muss? Ich betrinke mich sonst höchstens einmal im Jahr und nie unter der Woche. Oh, mein armer Kopf.

Zwei Stunden später bin ich von den Toten auferstanden, und Serge beobachtet ganz genau, wie ich vorsichtig an dem Gebräu nippe, das die Farbe von Worcestershiresoße und die Konsistenz von Pudding hat. Ich schmecke Ei heraus, Chili, Zitrone, Anchovis und Speck. Als ich den letzten Rest heruntergewürgt habe, schauen Serge und Frankie mich an und nicken zufrieden.

»O Gott …«

»Nein, du darfst dich jetzt nicht übergeben! Versuch, es drinnen zu behalten! Komm schon, Mädchen, jetzt sag deinem Magen, er soll keine Sperenzchen machen!«, erklärt Frankie streng.

Ich beiße die Zähne zusammen und reiße mich zusammen.

»Atmen, Chef.« Mit fließenden Handbewegungen gibt Serge den Atemrhythmus vor, und trotz der stetig wachsenden Übelkeit fällt mir auf, dass er beim Friseur war und sich rasiert hat.

Meine Innereien beruhigen sich langsam, und wundersamerweise bin ich keine Stunde später keine pure Platzverschwendung mehr. Trotzdem hat nun Serge das Kommando übernommen. Frankie steht neben ihm und gibt Befehle, was zu tun ist, und mit fünf Sekunden Verspätung wiederholt Serge laut die Anweisungen, als sei es ihm gerade wieder eingefallen.

»Langsam unterheben.«

»Muss langsam es unterheben.«

Ich beschränke mich darauf, zu nicken und ihm Mengen und Zeiten vorzusagen, während ich ganz langsam ein weiteres Gebräu schlürfe, der zweite Durchgang von Frankies Rosskur, diesmal mit tonnenweise Knoblauch.

»Ich wette, wenn du eins nicht vermisst, dann einen dicken Schädel zu haben«, brumme ich leise, als Serge gerade im Kühlraum ist.

»Doch, ehrlich gesagt schon. Gegen Ende hab ich es etwas übertrieben, so ist das manchmal – aber ein Kater, der einem den Schädel spaltet, kann beizeiten ein Geschenk des Himmels sein.«

»Ich verstehe überhaupt nicht, was du meinst.«

»Es ist wie ein Buschfeuer; es brennt alles nieder und fegt die Spinnweben weg, es macht einen klein und demütig, und man muss das ganze System runterfahren und neu starten.«

»Ich weiß nicht, ob das bei mir geklappt hat. Ich habe Leith heute Morgen auf dem Markt gesehen, heute war der erste Tag der Kirschverkäufe. Er eröffnet gerade ein neues Restaurant, zusammen mit Maia, und sie planen das schon seit fast einem Jahr.«

Frankie wirkt gänzlich unbeeindruckt. »Na und? Der kann dir doch inzwischen völlig schnuppe sein.«

Und in dem Augenblick geht mir auf, dass er recht hat. Ich bin gegangen. Ich will nur noch meinen alten Eames-Sessel, der meinem Großvater gehört hat, und er schuldet mir was fürs Circa, aber das kann warten.

»Hol dir, was dir zusteht, und halte dich ansonsten von ihm fern. Danke dem Schicksal, dass alles so gekommen ist.«

Ich nicke, gerade als Julia hereinkommt. »Du bist aber früh dran.«

»Dein Glück. Du siehst furchtbar aus. Schönen Abend gehabt?«

»Polly und Martinis. Sehe ich so schlimm aus?«

»Du siehst schon viel besser aus als vorhin«, sagt Frankie, offensichtlich sehr angetan von der Wirkung seines geheimnisvollen Zaubertranks.

»Auf einer Skala von eins bis zehn?«, fragt Julia. »Minus drei. Du musst es wirklich nötig gehabt haben.«

»Ich hatte eine Menge im Kopf.«

»Ich weiß, Süße. Und jetzt?«

»Habe ich nur noch ein Testbild.«

»Gut.« Frankie wirkt ehrlich erfreut.

»Dann ist das jetzt genau der richtige Zeitpunkt«, erklärt Julia.

»Wofür?«, frage ich verdattert.

»Für eine Intervention.«

»Jules, für eine Intervention braucht es mehr als nur eine Person. Und es war bloß ein Abend.«

»Mir geht es nicht darum, dass du dich gestern Abend betrunken hast. Wobei du das nicht zur Gewohnheit werden lassen solltest.«

»Sondern?«

»Deine Mutter hat mich angerufen. Sie sagt, du gehst ihr aus dem Weg, und darum bist du ausgegangen.«

»O Gott.«

»*Gehst* du ihr denn aus dem Weg? Mehr als sonst, meine ich. Sie sagt, du weißt, warum.«

»Weißt *du*, warum?«, frage ich zurück.

»Wegen ihrer Romanze mit Ewan?«

Frankie röhrt vor Lachen, und Serge taucht aus dem Nichts wieder auf.

»Ewan?«, frage ich.

»Anscheinend steht er auf ältere Frauen. Arme Katherine.«

»*Was?*«

Julia nickt sehr überzeugt. »Er hat ihr ein Gedicht geschrieben und hat es ihr gestern Abend unter der Tür durchgeschoben. Sie meinte, es sei im Jambus geschrieben ... größtenteils jedenfalls.«

»Was? Nein, das war Serge! *Serge* ist ganz verrückt nach Mum, nicht Ewan!«

Frankies Glucksen schallt durch die ganze Küche und hallt in meinem Kopf wider.

Niedergeschmettert und reichlich eifersüchtig knurrt Serge: »Sara geht ins Bett mit Ewan?«

»Niemand geht mit meiner Mutter ins Bett! Serge, hast du dein Gedicht unterschrieben?«

»Ich dachte, das ich brauche nicht, natürlich es ist von mir.«

»Du hast es auf eine Seite aus Ewans Handbuch geschrieben.«

»Reife Leistung«, kichert Frankie.

»Sie will ihm doch nicht etwa ein Gedicht zurückschreiben, oder? Sie steht doch nicht auf Ewan?«, frage ich Julia entsetzt und habe unvermittelt schreckliche Bilder im Kopf.

»Nein, sie meinte, für ihren Geschmack hat er nicht genug Haare im Gesicht. Serge, du bist wieder im Rennen, aber nur, wenn es nicht mit deiner Arbeit hier kollidiert.«

Brav verneigt Serge sich. »Nichts kann kommen zwischen uns.«

»Du meinst zwischen dich und Mum?«

»Nein – zwischen mich und Restaurant. Fortune, du, Frankie – euch zuallererst gehört mein Herz.«

»So soll es sein«, erklärt Julia mit strenger Oberlehrerinnenstimme, die sie auch bei mir immer benutzt, und auch hier zeigt sie eine durchschlagende Wirkung.

»So, und was dich angeht«, fährt sie fort und starrt mich durchdringend an. »Deine Mutter sagt, du kannst weder vor der Wahrheit noch vor ihr davonlaufen, und das weißt du nur zu gut. Ich nehme an, sie meint damit, dass sie davon überzeugt ist, kein Mann könnte ihr widerstehen?«

Ich nicke, dabei weiß ich ganz genau, was sie meint. Ich versuche, nicht an Frankie zu denken.

»Wie dem auch sei, sie kommt nachher vorbei und hilft uns ein bisschen.«

»Was?«

»Als könntest du in deinem Zustand auf Hilfe verzichten. Sie kann ja die Gläser polieren oder so was.«

Im Hintergrund beginnt Serge fröhlich zu pfeifen.

»Jetzt geh, und mach dich frisch, und dann an die Arbeit.«

»Ich stehe immer hinter dir, Tiger«, sagt Frankie und zwinkert mir verschwörerisch zu. Ich zwinkere zurück.

»Was sollte das denn?«, fragt Julia stirnrunzelnd. »Wem zwinkerst du zu?«

»Meinem Schicksal.« Ein anderer Vorteil bei einem Kater ist, dass er die Worte vereinfacht und die Gedanken klärt.

# Cherry Cobbler

## Zutaten

- 4 Tassen frische Kirschen, verlesen, abgespült, geprüft, für gut befunden und ordentlich abgetropft
- 2 Esslöffel Maismehl
- 2/3 Tasse plus 2 Esslöffel Zucker – am liebsten Rohrohrzucker
- 1 Tasse Weißmehl
- 1 Teelöffel Backpulver
- 2 Esslöffel frischer Zitronensaft (etwa der Saft einer halben Zitrone)
- 85 Gramm kalte Butter, grob gehackt
- ½ Teelöffel Zitronenzesten und ½ Teelöffel gehackter frischer Rosmarin

## Zubereitung

Den Ofen auf 170 °C vorheizen.

In einer Schüssel, die tief genug ist, um die Kirschsaftspritzer aufzufangen, die Kirschen entsteinen, Kerne entsorgen und Kirschen und Saft aufheben. Dann Maismehl, 2/3 Tasse Zucker und Zitronensaft dazugeben und vorsichtig umrühren, bis alles miteinander vermengt ist.

In einer kleinen Schüssel die restlichen zwei Esslöffel Zucker mit Mehl, Backpulver, Salz und Butter vermischen. Mit den Fingern verkneten, bis der Teig die Konsistenz von Brotkrumen hat. Dann ¼ Tasse kochendes Wasser dazugeben und mit einem Holzlöffel umrühren, bis die Zutaten gerade vermengt sind.

In einer guten feuerfesten Auflaufform die Kirschmischung erhitzen, bis sie blubbernd kocht. Vom Herd nehmen. Sobald keine Blasen mehr da sind, gehäufte Esslöffel des Teigs auf die Kirschen geben. Zitronenzesten und Rosmarin darüberstreuen. Auf der mittleren Schiene im Ofen 45 bis 50 Minuten backen oder bis der Auflauf goldbraun ist.

Mit bestem Vanilleeis servieren. Davon ausgehen, dass Nachschlag verlangt wird.

# 42

## Frankie, 1982

Mein Kater ist eher ein Säbelzahntiger. Meine armen müden Augen brennen wie Feuer, als Paul und seine Auftraggeber in Sicht kommen.

Die schäbigen Überreste einer Nacht, die vor drei Tagen begonnen hat und ein einziges verschwommenes Nichts aus verlorenen Wetten und Huren mit weiß gepuderter Nase ist, setzen sich langsam wie Sediment in meinem Kopf ab.

Ich höre sie auf hohen Hacken die Straße hinunterklackern. Eine wünscht dabei ihrem Kunden von gestern Nacht alles Gute zum Geburtstag und viel Glück bei dem Versuch, ohne Portemonnaie wieder nach Watsons Bay zu kommen. Wie ein Blütenblatt schwebt eine weitere Erinnerung hernieder: Jim, wie er erst die Ladys einbestellt und dann einen Rabatt raushauen will, weil er so zugedröhnt ist, dass er keinen mehr hochkriegt.

»Morgen, meine Herren«, versuche ich zu krächzen, während ein Schwall Kotze in mir aufsteigt und auf den ohnehin nicht mehr blütenweißen Laken landet.

Simon, der Richter, Bills Kumpel, war auch dabei, das weiß ich noch. Er steht drauf, Frauen zu lecken, während seine Kumpels drumherum stehen und er ihnen en détail erklärt, was er gerade macht. Er betrachtet das als Dienst an der Allgemeinheit. Wobei die arme Veronica aussah, als würde sie lieber ihren gesamten Familienstammbaum recherchieren, denn als Model für die orale Fortbildung von Sydneys juristischer und politischer Elite herhalten zu müssen. Ich hoffe, sie hat ihm das extra in Rechnung gestellt.

Heute Morgen scheint keiner besonders erfreut mich zu sehen. Dabei waren die vergangenen Tage ein einziges endloses Happening orgiastischer Höhepunkte.

»Du musst endlich unterschreiben, Frankie.«

»Wie meinen, Clive?«

Bevor er abgehauen ist, hat der gute alte Bill mich eindringlich vor diesen Burschen gewarnt. Hat mir gesagt, ich soll mich unter allen Umständen von ihnen fernhalten. Ich habe nicht auf ihn gehört. Zwei Jahre sind inzwischen vergangen, und kein Zeichen von ihm. Gerüchten zufolge lebt er inzwischen auf der Straße. Das hätte er nicht gemusst, aber er hat sich aus freien Stücken dafür entschieden. Immer eine Flasche in der Hand. Und meine diversen Süchte treiben mich unaufhaltsam in dieselbe Richtung.

Idiot.

»Den Vertrag für das Restaurant.«

»Verpiss dich.«

»Du stehst mit achtzig Riesen in der Kreide, Frank.«

»Und trotzdem hab ich nicht halb so viel Ärger am Hacken wie du, wenn du nachher wieder nach Hause gehst, Jim. Erzählst du deiner Alten von dem flotten Dreier mit den Mädels, bevor du die Kerzen auf deiner Torte ausbläst oder danach? Ach ja, und herzlichen Glückwunsch auch«, knurre ich.

»Du sitzt in der Scheiße, Frank. Keiner verkauft dir mehr was auf dem Markt. Wir werden dafür sorgen, dass jeder Abend in deinem Restaurant wie ein Spaziergang über den Friedhof wird.«

»Warum wollt ihr euch den Laden unbedingt unter den Nagel reißen, Jungs?«, frage ich. »Ist doch nichts Besonderes.«

»Dein Laden zieht Kundschaft aus der ganzen Stadt ab. Das weißt du.«

»Das wird immer so sein, egal wo ich hingehe. Die meisten Köche hier in der Gegend können eine Brûlée nicht von einem Scheißhaufen unterscheiden.«

»Aber du wirst nirgendwo anders arbeiten. Du wirst vom Dienst freigestellt. Dauerhaft. Es sei denn, du hast Lust auf einen Job in einem Schnellimbiss in Ulladulla?«, meint Jim.

»Und Clives Frau will eine Boutique eröffnen, also brauchen wir den Laden«, erklärt Simon.

»Ach, verstehe. Ein Klamottenladen. Warum hast du das nicht gleich gesagt? Ich mag Tracy.«

Zu viert stehen sie jetzt um meine kotzeverschmierten Laken herum. Ich bin nackt, was irgendwie meinen Verhandlungsspielraum einschränkt.

»Sie hat Stil«, fahre ich fort.

Clive nickt ganz stolz, der Tatsache ungeachtet, dass er letzte Nacht einen Anwaltskollegen namens Keith gefickt hat.

»Besonders schön fand ich ihren Wickelrock, ich glaube, er war weiß und blau ... sah wirklich spektakulär aus, als er ihr um die Ohren flatterte, letzte Woche, als ich sie auf der Arbeitsfläche in meiner Küche gevögelt habe und sie geschrien hat vor Dankbarkeit, weil sie endlich jemand ins richtige Loch fickt, bis sie kommt. Mal ehrlich, Clive, du hättest dir bei Simons kleiner Lehrstunde vorhin mal besser Notizen gemacht. Wobei, der ist auch nur deshalb der selbst ernannte König des Cunnilingus, weil sein Schwanz kleiner ist als der Tampon einer Jungfrau.«

Der erste Schlag ist immer der schlimmste. Danach stellt sich ein sehr bizarres Gefühl spiritueller Befreiung ein, während man fast zu Brei geprügelt wird. Wobei, totschlagen werden sie mich nicht. Inzwischen ranken sich bereits wilde Gerüchte um sie – korrupt, wie sie sind –, die ganze Stadt redet darüber, und wenn ich dann plötzlich tot aufgefunden würde, so kurz nachdem man uns zusammen gesehen hat, würde das sicher unangenehme Fragen aufwerfen. Aber eigentlich wollen sie mich los sein. Daran besteht überhaupt kein Zweifel.

Prügel, Dresche, Tritt und Schlag; zum Glück hätten die vier in einem echten Kampf keine Chance, und heute haben sie ihre bezahlten Preisboxer nicht dabei. Außerdem sind sie auch noch ziemlich durch nach drei Tagen ungezügelter Fleischeslust. Aber meine andauernde Anwesenheit in ihrem Leben ist ein Dorn in ihrem Fleisch und ungefähr genauso willkommen wie ein Poesiealbum bei einem Fußballfinale.

Das große Verbrechen, dessen ich mich schuldig gemacht habe, ist nicht, dass mein unersättlicher Appetit auch vor ihren Ehefrauen nicht haltgemacht hat, sondern vielmehr mein wahres Talent: das Kochen. Mit meinem Restaurant habe ich mir einen Ruf erkocht, wie man ihn für kein Geld der Welt kaufen oder erschwindeln oder stehlen kann. Und die miesen, drittklassigen Schuppen, die diesen erbärmlichen Witzfiguren gehören, schon gar nicht. Mit dem kulinarischen Standard, den ich gesetzt habe, habe ich die Messlatte sehr hoch gelegt. Und sie wollen einfach nur ihr mittelmäßiges Monopol halten. Sie haben mir angeboten, mein Restaurant aufzukaufen und mich für unglaubliches Geld wieder einzustellen, aber beim Gedanken, zu einer dieser Gestalten *Ja, Boss* sagen zu müssen, wird mir schlecht. Ein weiterer – und wenn ich ehrlich bin, wichtigerer – Grund zur Beunruhigung ist für sie die Tatsache, dass mein klappriges kleines Häuschen viel zu nahe an dem riesigen Bauprojekt steht, das sie unten an der inzwischen verlassenen Werft planen. Schon lange wird sie nicht mehr, wie ursprünglich mal, als Schafstall genutzt, und in Friedenszeiten wie diesen, in denen es keine Soldaten in den Krieg zu entsenden gibt, liegt das gigantische hallenartige Gebäude einsam und verlassen da. Ihre Pläne, die sie mit ihren Verbindungen sicher problemlos durch die zuständigen Stellen bringen werden, sehen vor, dass Tracys Boutique natürlich an prominenter Stelle gleich im Eingangsbereich des monumentalen Casinos eröffnet wird. Die übrigen Anwohner der Straße müssen verkaufen und abgefunden werden. Aber dank der guten Verbindungen meiner Freunde zu Stadtverwaltung und Landespolitik dürfte das kein Problem sein. Die Bewohner der Sozialwohnungen werden ausziehen müssen und dann ganz bestimmt in irgendwelche abgelegenen Gegenden ohne jegliche Infrastruktur verfrachtet, in eins dieser gottverdammten Wohnungsbauprojekte im Westen. Damit will ich nichts zu schaffen haben.

Und so bin ich die Hämorrhoide ihrer täglichen Existenz. Ich störe ihre hochfliegenden gemeinschaftlichen Pläne.

Irgendwann hat wohl einer von ihnen Panik gekriegt, sie hätten mich totgeprügelt. Jedenfalls taucht Serge plötzlich auf, wickelt mich in eine Decke und bringt mich ins Krankenhaus. Ich werde gerade noch rechtzeitig entlassen, um für den Abend zu kochen, wobei ich mir schon sehr leid tue und zwei Zähne weniger habe.

Eigentlich wundert es mich, dass ich so lange überlebt habe. Immer gehe ich bis an die Grenzen und darüber hinaus, mehr aus Neugier denn aus einer unterschwelligen Todessehnsucht. Dass ich überhaupt meinen dreißigsten Geburtstag erlebt habe, ist für mich ein kleines Wunder. Verstehen Sie mich nicht falsch, ich habe keinerlei Verlangen, meinem Leben ein Ende zu setzen. Ich liebe das Leben. Das Problem ist bloß, ich liebe es so sehr, dass ich mich selbst ausgelöscht habe.

# 43

## Lucy

Der Abend verläuft ohne Zwischenfälle. Zwar kann ich nicht behaupten, schwindelerregende Höhen erreicht zu haben, aber ich bin vollauf damit beschäftigt, das Essen zuzubereiten und mich von Mum nicht dabei erwischen zu lassen, wie ich mit Frankie rede, und darum habe ich keine Zeit, an irgendwas anderes zu denken.

Wenn das überhaupt möglich ist, dann bin ich jetzt noch dankbarer für den zusammengewürfelten Haufen, den ich um mich geschart habe. Selbst Mum fügt sich ein und hilft, so gut sie kann. Ihre Aufgabe ist simpel: Gläser polieren, dann Kräuter hacken und über das Essen streuen, während Serge schwärmt, sie sei ein Genie.

Ich glaube, viele Menschen lieben die Arbeit im Restaurant, weil es ein Familienersatz ist. Familie und Essen sind irgendwie das Gleiche. Geteilte Mahlzeiten definieren Beziehungen. Mit einer Gruppe von Menschen zusammenzuarbeiten, die, warum auch immer, Essen für so wichtig halten, dass sie meinen, man sollte es liebevoll zubereiten und servieren, schafft ein gewisses Zusammengehörigkeitsgefühl, wie in einem Klan.

Da ist Serge, der während der Zubereitung seiner Speisen Rezepte rezitiert und seinem Kuchen etwas vorsingt, damit er schön aufgeht. Hugo, der mit Herzblut seine Gäste bedient und dabei ihre Geschmäcker und Wünsche intuitiv erfasst. Julia, die nichts so sehr mag wie mit den Menschen, die sie liebt, zum

Essen um einen Tisch zu sitzen, obwohl sie nur unter Protest ihren Nachtisch teilt. Und Mum, die zwar Zeit ihres Lebens eine bestenfalls unstete Beziehung zu Essen und festen Mahlzeiten hatte, es jedoch liebt, sich verwöhnen zu lassen, außerdem muss man sie nicht lange überreden, wenn es um Süßes geht. Und dann ist da natürlich noch Frankie, mit dem feinen Geschmack eines Auserwählten und einer Hingabe zum Kochen, die der von Mutter Teresa für die Armen in nichts nachsteht. Essen und seine Zubereitung und die Erfindung neuer Gerichte sind untrennbar mit seiner DNA verwoben. So liebt er, und so arbeitet er, das kann er nicht lassen, und das ist vielleicht auch der Grund, warum er nicht gehen kann. Es trifft mich wie ein Fausthieb in den Magen. Ich will nicht, dass er geht. Niemals. In den vergangenen Tagen, Stunden unserer wenigen gemeinsamen Zeit haben die Gerichte, die ich mit Frankie geteilt, zubereitet, serviert und genossen habe, meine Liebe und Hingabe zum Essen und zum Kochen auf eine ganz neue Ebene gehoben. Wenn er bei mir ist, fühle ich mich zu Hause. Und meine Freude daran ist untrennbar mit ihm verbunden, damit, dass er in meinem Kopf ist, wenn auch nicht in meiner Welt.

Der Haken an der Sache ist allerdings meine anstehende Verabredung mit Charlie und Frankies seltsam unstete Verkupplungsversuche, die immer wieder in ihr Gegenteil umschlagen. Aber sosehr ich mich auch bemühe, ich kann ihn einfach nicht als Vaterfigur sehen. Nein, er wird immer mehr zu meiner Inspiration.

Als Kind habe ich *Mein Freund Harvey* mit James Stewart gesehen, und ich habe den Film geliebt und zu *Me and My Shadow* sogar gesteppt. Ich verstehe, warum die einsame Seele sich mit der nicht existenten verbindet – auch wenn diese bloß ein Kaninchen ist – und dass der unsichtbare Freund wieder verschwindet, wenn man seine Lektion gelernt hat. Wäre meine

Geschichte ein Märchen, bestünde meine Lektion darin, das Restaurant zu renovieren und wieder zum Laufen zu bekommen und eine gesunde Beziehung mit einem netten jungen Mann wie Charlie aufzubauen, statt mit einem machtversessenen Mistkäfer wie Leith unglücklich zu sein. Und dann würde ich Charlie heiraten, wir würden ein Franchise eröffnen, das wir Frankies nennen, und wir würden glücklich leben bis ans Ende unserer Tage. Das Problem ist bloß, ich hasse Franchising, und die Zeit mit Frankie ist mir das Liebste am ganzen Tag. Wobei da natürlich gerade der Kater aus mir spricht, und ich sollte dieses rührselige Geschwätz lieber gleich im Keim ersticken. Ich bin noch nicht bereit für eine neue Beziehung, weder mit einem Sterblichen noch mit sonst irgendwem. Aber trotzdem ...

Der Sonntag vergeht wie im Flug, das Coq au vin ist der Hit, und ehe ich mich versehe, ist Montag. Und ich bin mit Charlie verabredet.

Um ein paar Sachen für den nächsten Tag vorzubereiten und meine Vorräte durchzugehen und Frankie zu sehen, fahre ich ins Restaurant.

Er ist nicht unbedingt bester Laune. »Menüplanung?«

»Haben wir gestern schon gemacht.«

Frankie stöhnt. »Für heute Abend, meinte ich ... mit Charlie.«

»Ach, ähm ... Ich dachte, wir essen einfach irgendwo einen Happen und gehen danach ins Kino.«

»Ihr schaut euch bei eurer ersten Verabredung einen Film an? Herrgott, kann das wirklich mein Sohn sein?«

»Wieso, was ist denn daran auszusetzen?«

»Das ist eine Intimitätsvermeidungsstrategie.«

»Und du möchtest stattdessen eine Intimitätseskalation?«

Worauf er keine Antwort gibt. Das macht er öfter. Er tut, als hätte er die Frage nicht gehört, und wechselt dann zu einem vollkommen anderen interessanten Thema; die Hohe Schule der Ablenkung.

»Die Pfirsiche aus diesem kleinen Örtchen in der Nähe von St Paul de Vence sind unvergleichlich. Es gibt nichts Besseres für die ultimative Pfirsich-Crostata mit Zabaione«, schwärmt er.

»Frankie, möchtest du, dass ich mit Charlie ausgehe?«

»Bjørn hatte mir die Adresse einer Verwandten gegeben, bei der ich übernachten konnte, in dieser wunderschönen Handschrift hatte er sie auf eine herausgerissene Seite aus seinem Skizzenblock geschrieben. Die habe ich noch irgendwo. Vielleicht in dem Rezeptbüchlein. Wollen wir mal nachschauen? Ich glaube, es ist wichtig, dass du sie siehst.«

»Die Adresse?«

»Die Schrift.«

»Möchtest du, dass ich heute Abend mit Charlie essen gehe?«

Diesmal lässt er sich dazu herab, meine Frage zur Kenntnis zu nehmen. »Möchte ich, dass du ein Leben auch außerhalb dieser vier Wände hast, willst du das wissen? Mein liebes Mädchen, du musst tun, was immer dir guttut, obwohl ich mir nicht vorstellen kann, dass die Aussicht, zwei Stunden mit einem wildfremden Menschen in einem dunklen Raum eingesperrt zu sein und sich auf eine Leinwand projizierten Schrott anzusehen, besonders verlockend ist.«

»Ach, du bist so ein Romantiker.«

»Ich habe wahrlich genug im Kino gefummelt. Und ehe du mich fragst, ich habe nichts gegen gute Filme. E.T. ist ein Meisterwerk.«

Was will er eigentlich von mir? Die aufsteigende Wut schnürt mir die Kehle zu, und als ich schließlich etwas sage, klingt meine Stimme dünn und säuerlich. »Ich finde es schön, neue Freunde zu finden. Immerhin ist er dein Sohn.«

»Freunde, Liebhaber, Ehegatten«, sagt er mit neckischer Singsangstimme. »Tu, was du nicht lassen kannst – und dann kommst du zurück und hilfst mir herauszufinden, wer mich umgebracht hat.«

»Und du hast wirklich nichts dagegen?«, frage ich böse.

Worauf er mich anblafft: »Lucille, du willst doch jetzt nicht um die Hand meines Sohnes anhalten, oder?«

In diesem Augenblick hasse ich ihn. Ich schäume vor Wut und möchte ihm am liebsten eine langen. Ich möchte meine Hand an seiner Wange spüren, seine Haut an meiner. O Gott, er treibt mich in den Wahnsinn. »Vielleicht haben wir ja so eine Verabredung, die ganze zwölf Stunden dauert ... oder sogar zwölf Jahre.«

»Solange du danach zurückkommst und deine Arbeit tust und dein Versprechen einhältst.« Er ist wieder vollkommen kühl und beherrscht.

»Das war's dann? Das war alles?«

»Hattest du dir eine andere Antwort erhofft, Lucille?«

Mit lautem Geklapper fülle ich meine Vorratsregale auf und mache hastig meine Blätterteigteilchen. Währenddessen sitzt er auf der Arbeitsfläche und schaut mir zu und sagt zur Abwechslung kein einziges Wort.

Wir sind beide wild entschlossen, einander beim Schmollen zu übertrumpfen.

Frankie schlägt eine Alternative zu meinen Teilchen vor, was ich einfach überhöre. Warum bin ich bloß so wütend?

Schließlich bin ich fertig und fange an aufzuräumen und erwarte eigentlich irgendeinen Klugscheißerkommentar von ihm, aber nein, kein Wort. Ich wische die Arbeitsflächen ab. Nichts. Nehme meine Tasche. Nada. Knipse das Licht aus und schließe die Tür. Nix.

# 44

## Frankie

Allmächtiger, das hier ist die Mutter aller komplizierten Beziehungsgeschichten; genauso gut könnten wir auf der Akropolis auf der Bühne stehen. Sie ist zu sehr damit beschäftigt, stinksauer zu sein, als dass sie hören würde, wie ich ihr hinterherrufe.

»Solange du am Ende wieder zu mir zurückkommst.«

# 45

## Lucy

Sich für eine Nicht-Verabredung aufzudonnern macht doch eigentlich einen Riesenspaß ... oder? Warum geht mir also gerade alle Freude so völlig ab? Eine intime, intensive Beziehung mit einem Geist zu führen hat gewisse Nachteile. Zum Beispiel muss man sich keine Hoffnungen machen auf eine Entschuldigung in Form einer Textnachricht, eines Anrufes oder einer E-Mail oder dass er plötzlich mit einem Strauß Blumen vor der Tür steht und sagt: »Hör zu, ich bin ein Idiot, ein Volltrottel, natürlich will ich nicht, dass du dich mit meinem Sohn verabredest ... Ich liebe dich.« Wie sollten wir unsere Liebe je ausleben? Einen Geist zu küssen, mit einem Geist zu schlafen ist keine besonders verlockende Vorstellung, aber genau da liegt der Hund begraben – für mich fühlt er sich so echt an, dass ich irgendwie stinksauer auf ihn bin, dass er mich nicht einfach packt und mich leidenschaftlich küsst. Dabei ist das unmöglich.

In meiner blinden Wut fahre ich nach Paddington und marschiere schnurstracks zu Scanlan Theodore, meinem liebsten Klamottenladen auf der ganzen Welt. Natürlich kann ich mir nichts von den Sachen leisten, aber sich ein bisschen umzuschauen kann ja nicht schaden – das läuft für mich unter visueller Shoppingtherapie. Ach, was sind wir nur für Narren, wenn die Leidenschaft ins Spiel kommt. Drinnen stehe ich wieder staunend vor der kühlen Eleganz der polierten Böden, den perfekt ausgestellten, wunderschön gearbeiteten Stücken, den großzügigen Umkleideräumen ... die ich natürlich nicht nutzen werde. Und dann sehe ich es plötzlich – das Kleid meiner Träume, das Kleid, das ich zu der Verabredung tragen möchte, zu der ich mir wünschen würde zu gehen. Vielleicht kann es die Kluft zwischen meinen beiden Welten überwinden.

Seit einer Ewigkeit habe ich mir nichts Neues mehr zum Anziehen gekauft. Ich muss für meine neue Wohnung sparen und außerdem die Bilder vom Rahmen abholen – wobei Matthias Drewe angeboten hat, die Rechnung zu übernehmen, damit er die Bilder in seiner bevorstehenden Retrospektive zeigen kann ... Meine Finger gleiten über die schimmernde Seide, und wie ein gewitzter Zauberer lässt der Stoff allen Stress und alle Strapazen mit einem Mal verschwinden. Und ich überlege, dass es dumm wäre, es nicht wenigstens anzuprobieren – das weiche mokkabraune Kleid gurrt vor Entzücken, als ich damit in der Umkleide verschwinde. Jay, die Verkäuferin (die Kunst studiert und mit ihrem sexy Schmuckdesignerfreund stetig neue Höhen des gegenseitigen Verstehens und orgastischer Ekstase erreicht), hilft mir. Ich schließe den Reißverschluss, trete aus der Umkleide, schaue in den hohen Spiegel und sehe, trotz der Erschöpfung und der krisseligen Haare, ein glücklicheres Ich, als ich es seit Jahren gesehen habe. Es ist lange her, seit ich die gemocht habe, die ich bin. Manchmal kann ein neues Kleid helfen, sich selbst wieder mehr zu mögen und zu schätzen. Es kann einen in seiner persönlichen Entwicklung unterstützen. Ob der richtige Mann das auch kann? Ich weiß jedenfalls, dass das richtige Essen einen nicht nur in die Vergangenheit zurückbefördern kann, sondern auch einen Vorgeschmack bieten kann auf das Leben, das man sich erträumt.

Mit dem Kleid in der Tüte, gehe ich nach Hause und mache mich an ein kleines Umstyling. Es ist lange her, seit ich mir das letzte Mal die Zeit genommen habe für eine Haarkur, eine

Gesichtsmaske und die Wimpernzange. Wie sehr ich mich auch bemühe, mich aufzuhübschen, habe ich doch meist das Gefühl, ein bisschen zerzaust und zerknittert auszusehen. Ich bin wohl ein ziemlich kinetischer Mensch – meine Haare neigen zum Fliegen, meine Knöpfe zum Abgehen. Aber heute Abend nicht.

Meine Mutter mustert mich, als ich im Flur stehe. »Ein bisschen mehr Glitzer könnte nicht schaden.«

»Lass gut sein, Mum.«

»Wo wollt ihr denn hin?«

»Zum Japaner in Potts Point.«

Ich kann ihr förmlich ansehen, wie sehr sie versucht, sich die Bemerkung zu verkneifen, die ihr dann doch über die Lippen kommt. »Ohne Türklingel kann man nicht läuten, Luce.«

»Mum, wir lernen uns gerade erst kennen.«

»Du gehst doch nur hin, um mehr über Frankie zu erfahren. Für den hast du dir das Kleid gekauft. Nicht für den armen kleinen Charlie.«

»Du kennst Charlie doch gar nicht, und ich kenne ihn auch nicht. Darum will ich ja …«

»Wie der Guru immer sagte: Man kann vor seinem Schicksal davonlaufen, aber man kann sich nicht vor ihm verstecken.«

»Was soll das denn bitte bedeuten?«

Mum beißt in einen Brownie und überlegt. »Man sollte sich nicht selbst in die Tasche lügen.«

»Sag jetzt bitte nicht, das Herz ist ein einsamer Jäger.«

»Wollte ich gar nicht. Ich weiß, dass du panische Angst hast vor Nähe. Aber du setzt aufs falsche Pferd, wenn du mit Charlie ausgehst. Benutze ihn nicht.« Ach, wie ich es hasse, wenn meine Mutter recht hat.

»Mum, eins der beiden Pferde ist ein Geist.«

»Der dich wieder zum Leben erweckt hat. Jetzt sei nicht so eine Spießerin.«

»Tschüss, Mum.« Und dann gebe ich meiner verrückten Mutter einen Kuss und gehe aus dem Haus.

Das Restaurant liegt gegenüber vom Springbrunnen auf der Macleay Street. Der perfekte Laden für eine Verabredung mit jemandem, den man noch nicht so gut kennt, weil er jede Menge Ablenkung bietet. Außerdem ist das Essen meisterlich zubereitet und überragend gut.

Charlie erwartet mich schon. Er sieht wirklich toll aus, die sanften braunen Locken umrahmen das männlich engelsgleiche Gesicht. Er steht auf, als er mich erblickt, und gibt mir zur Begrüßung ein Küsschen auf die Wange. Zu Jeans und T-Shirt trägt er einen gut geschnittenen Blazer, und seine Lederschuhe sind auf Hochglanz poliert. Und während ich den Duft seines edlen Aftershaves einatme, geht mir auf, dass ich den Sonntagsbratengeruch von Frankie zu erschnuppern versuche. Aber Charlie ist, so wie er ist, auch ganz reizend.

»Ich dachte, wir setzen uns an die Bar. Für den Fall, dass uns der Gesprächsstoff ausgeht.«

Humor hat er also auch. Ich mag ihn.

»Du siehst umwerfend aus«, sagt er.

Ich mag ihn sehr.

Sake ist ein bewährtes uraltes Mittel gegen die unvermeidliche Nervosität beim ersten Date. Eigentlich sollte man ihn am besten kalt servieren, aber wenn man wirklich zappelig und aufgedreht ist, gibt es nichts Beruhigendes und Tröstlicheres als den reisig-warmen Alkohol, der einen wie eine weiche Wattewolke umhüllt. Wir bestellen eine Runde und dann noch eine …

»Danke, dass du nicht mit mir ins Circa gegangen bist.«

»Also, das wäre ja nun wirklich unverschämt gewesen. Du weißt, dass Leith noch ein weiteres …«

»Ich weiß.«

»Seid ihr noch miteinander befreundet?« Charlie ergänzt die Frage mit einem hoffnungsfrohen Nicken.

»So würde ich es nicht unbedingt nennen.«

»Ich weiß, dass Maia …«

»Ich dachte eigentlich, sie und ich seien Freundinnen. Falsch gedacht.«

Charlie lacht. »Ja, komisch, oder, dabei hat sie immer gesagt, sie will keine Kinder.«

»Wie bitte?«

»Wir waren zusammen auf der Uni, und ich war damals mit einer Freundin von ihr zusammen. Du hast doch gemeint, dass sie schwanger ist, oder?«

Ein Schlag in die Brust, und ich leere hastig meinen Porzellanfingerhut. »Klar. Ja. Große Neuigkeiten …«

Eine kleine Gesprächspause entsteht, und Charlie wünscht sich offensichtlich, er könnte das Gesagte wieder zurücknehmen.

»Hat Leith es dir nicht gesagt?«

»Ich habe sie bei der Kirschauktion gesehen … Wie weit ist sie denn?«

»Drei Monate, sie sagen es jetzt allen. Wie lange seid ihr inzwischen getrennt?« Charlie schenkt noch Sake nach. Besorgt schaut er mich an.

Vage wedele ich mit der Hand herum, als wollte ich eine Zahl aus der leeren Luft greifen. »Eine ganze Weile … ähm, also … ja … schon eine Zeit. Wollen wir jetzt bestellen?«

Wir schauen uns die Karte an, während ich im Kopf Zahlen überschlage. Leith hat es wohl noch nicht gewusst, als er mich zu diesem grauenhaften Trip nach Seal Rock überredet hat, der ein Neuanfang hatte werden sollen, aber sein bizarrer Auftritt bei Mum und sein tödliches Schweigen seit der Eröffnung des Fortune sprechen Bände. Jetzt verstehe ich.

Es ist ein seltsames Gefühl, wenn der eigene Ehemann mit einer anderen Frau ein Kind erwartet. Wir hatten uns entschieden, keine Kinder zu bekommen. Das Restaurant war unser gemeinsames Baby. Und verstehen Sie mich nicht falsch. Ich will ihn nicht zurück. Aber wie konnte ich bloß so dumm sein, nichts von ihrer Affäre mitzubekommen und beim Markt nicht gleich eins und eins zusammenzuzählen? Ich habe sogar im Zusammenhang mit dem neuen Lokal das Wort Schwangerschaft gebraucht, Herrgott noch mal. Was bin ich nur für eine Idiotin. Die arme Frau ist jetzt für den Rest ihres Lebens an ihn gefesselt. Ich nehme mir vor, Hugos Onkel anzurufen und endlich die Scheidung einzureichen. Ich will meinen Eames-Sessel, meine restlichen Klamotten …

»Magst du Aal?«

Charlies Stimme holt mich wieder zurück in die Gegenwart. Mit Kennerblick geht er die Speisekarte durch, und ich schaue auch hinein und versinke in der Welt von Miso und Sashimi, während in meinem Kopf Daten und Schwangerschaftsfakten herumschwirren. Ob das geplant war?

»Der Krebs ist großartig«, erklärt Charlie.

»Ja, ich mag Krebs …«

Ob sie darum dort geblieben ist – weil sie wusste, dass sie schwanger ist? Warum hat sie es mir nicht gesagt? Aber wie hätte sie es mir auch sagen sollen? Ich hasse sie noch immer nicht, nur ihn … das dafür umso mehr.

»Austern?«

Jetzt hat Charlie meine volle Aufmerksamkeit – ich traue keinem Mann, der keine Austern isst oder gelegentlich mal was trinkt. »Du magst Austern?«

»Ich bin absolut verrückt danach, und hier machen sie sie …«

»Mit einer Wasabi-Infusion. Ich weiß, ich liebe sie.«

Er ist ein reizender Mann, ein reizender alleinstehender,

schnuckeliger, austernliebender Mann, der hier am Tisch neben mir sitzt. Komm schon, Lucy, weiter im Text. Du solltest deinen Glückssternen danken.

»Bist du hier in der Gegend aufgewachsen?«, erkundigt er sich.

Aber das kann ich nicht. Ich kann nicht erstes Date spielen. Ich weiß nicht, ob es an Leith liegt oder an Frankie, aber beim Gedanken daran, in das Universum eines anderen Menschen einzutauchen und ihn in mein ramponiertes Universum hereinzulassen, will ich mich am liebsten in eine dunkle Ecke verkriechen. O Gott, Mum hatte doch recht, ich habe Angst vor Nähe, und darum habe ich mich in einen Geist verknallt. Jetzt reiß dich zusammen, Lucy, und antworte dem armen Mann.

»Ich bin an der Südküste aufgewachsen, bei meinen Großeltern, und im Norden, in der Nähe von Casino, hauptsächlich in einer Kommune.«

»Wow. Und wie war das so?«

»Bunt.« Das sage ich immer, wenn ich nicht ins Detail gehen will. Komm schon, Lucy, erzähl davon. »Ich meine, es war lustig, und wir hatten als Kinder viele Freiheiten, aber vieles war auch nicht so toll, und das Essen war grässlich.«

Charlie lacht.

»Und du?«

»Viel beschaulicher als bei dir, von meinem Vater mal abgesehen. Ich bin in Cremorne aufgewachsen, bei meiner Mutter. Einmal die Woche gab es Risotto – das war mein kulinarisches Highlight –, und nach der Schule durfte ich mir Fritten holen.«

»Hat deine Mutter noch mal geheiratet?«

»Ja. Dave. Sehr ruhig und gesetzt, so ganz anders als Dad.«

»Sind die beiden noch zusammen?«

»Wären sie, aber Dave ist letztes Jahr gestorben.«

»Das tut mir leid. Standet ihr euch nahe?«

»Ich glaube schon. Ich mochte ihn, weil er alles war, was mein Vater nicht war: Er war geduldig und immer da und hat meine Mutter von unterwegs angerufen und gefragt, ob er was mitbringen soll.«

»Klingt sehr nett. Tut mir leid …«

»Mum kommt ganz gut damit zurecht, sie arbeitet wieder.«

»Gut. Was macht sie denn?«

»Sie lehrt Ökonomie.« Er lächelt. »Sie ist toll, du musst sie unbedingt mal kennenlernen. Wir sind uns sehr ähnlich. Ich meine … ich meine nicht … du weißt, was ich meine.«

»Ja, bestimmt. Aber von deinem Vater hast du vielleicht die Liebe zum Essen geerbt, kann das sein?«

Hör auf, nach Informationen über Frankie zu fischen, Lucy.

»Ehrlich gesagt, war er ein ziemliches Arschloch, und er hat sich umgebracht, weil er mit seinem Leben nicht mehr klargekommen ist.«

Autsch.

»Wie meinst du das?«

»Mein Vater hat sich für einen Rockstar gehalten, er wollte jeden Tag leben, als sei es sein letzter. Alles musste groß sein und laut, und alle sollten dem Genie Beifall klatschen. Alles Alltägliche – Kinder oder Hausaufgaben oder Zeit mit der Familie verbringen – hat ihn zu Tode gelangweilt … Beziehungen genauso. Ich glaube, ihm ist klar geworden, dass er nicht ewig so weitermachen kann, dass er irgendwann ein geregelteres Leben würde führen müssen, und das wollte er nicht. Er wollte lieber einen großen, dramatischen Abgang.«

»Dann bist du dir ganz sicher, dass es Selbstmord war?«

Charlie guckt mich komisch von der Seite an. »Er hat sich erhängt. Er hat einen Abschiedsbrief hinterlassen.«

Hör endlich auf, Fragen zu stellen, Lucy.

»Aber könnte das nicht alles inszeniert gewesen sein?«

Hoppla.

»Von wem denn? Du solltest eins über meinen Vater wissen: Wenn man mal hinter die Fassade schaut, war er eigentlich ziemlich uninteressant. Große Klappe, aber nichts dahinter – nur viel Rauch und Knalleffekte und klappernde Pfannen. Bestimmt bewunderst du ihn wegen des Fortune.«

»Vielleicht, aber ... irgendwie habe ich das Gefühl, dass er dich nicht einfach so im Stich gelassen hätte, und wenn er könnte, würde er dir das auch sagen.«

Wieder schaut Charlie mich komisch von der Seite an. »Danke.«

»Das liegt sicher nur am Sake und meiner pseudomedial veranlagten Mutter. Aber ... mochtest du ihn ... damals, als er noch lebte?« Jetzt mache ich es schon wieder. Hör endlich auf, dauernd über Frankie zu reden.

Charlie verzieht schmerzlich das Gesicht. »Ich habe ihn vergöttert.«

»Hattest du nie den Wunsch, sein Restaurant zu übernehmen?«

Unbehaglich rutscht Charlie auf dem Stuhl herum. So hatte er sich die Unterhaltung heute Abend sicher nicht vorgestellt. »Meiner Mutter hätte das überhaupt nicht gefallen, sie wollte den Laden unbedingt verkaufen, aber die im Testament genannten Bedingungen lassen das nicht zu. Sie sagt immer, das sei typisch Dad – selbst im Tod macht er noch Scherereien und lässt uns einfach nicht in Ruhe.«

»Ist das denn schlimm?«

»Wenn man schon zu Lebzeiten ein Arsch war ...«

»Haben denn alle ihn so gehasst? Ich meine, so wirklich abgrundtief verabscheut?« Du liebe Güte, als Undercoverschnüfflerin bin ich wirklich eine Niete, und langsam kommt Charlie mir auf die Schliche.

»Unter den anderen Restaurantbetreibern der Stadt hat er sich nicht nur Freunde gemacht, und mit Paul Levine hat er sich nach einer schlechten Kritik fürchterlich zerstritten, und er hatte ein ganzes Hinterzimmer voller stinksaurer Exfreundinnen, und als er gestorben ist, hat meine Mutter schon lange nicht mehr mit ihm geredet. Und warum geht es hier die ganze Zeit um meinen verstorbenen Vater?«

Ungeschickt versuche ich, seine Frage mit einem Lachen abzutun. »Entschuldige – liegt vermutlich daran, dass ich ständig im Fortune bin, und da ist er irgendwie immer noch allgegenwärtig.«

»Ich weiß. Neulich Abend habe ich ihn sogar riechen können. Aber könnten wir ihn heute Abend bitte nicht zwischen uns sitzen lassen?«

»Natürlich, entschuldige.« Und dann stoßen wir noch mal mit unseren kleinen Becherchen an und sprechen über die Themen, über die man bei einer ersten Verabredung so spricht, wobei wir immer wieder auf Restaurants und Essen zurückkommen. Er ist wirklich nett, und ich würde alles geben, um mich von ihm küssen lassen zu wollen.

Das Essen wird gebracht, mehr und immer mehr, bis wir schließlich satt sind, und dann schlendern wir gemeinsam mit einem Hörnchen Eis von Messina zur Oxford Street. Eigentlich ein perfektes Date.

Dann schauen wir uns einen neuen Actionfilm an, womit wir geschickt sowohl politische Themen als auch jeden Ansatz von Romantik vermeiden. Eigentlich fühle ich mich wohl mit ihm, aber die ganze Zeit ... ach, verflixt ... ich starre auf seine Hände und muss daran denken, wie ähnlich sie Frankies Händen sind, dass alles an ihm mich an Frankie erinnert, wie er den Kopf schief legt, wie er lacht, wie er geht.

Er ist ruhiger als Frankie, gesetzter, höflicher – bestimmt

auch sanfter. Ob es anders wäre, wenn ich ihn getroffen hätte, bevor ich seinen Vater kennengelernt habe? Immer wieder höre ich Mums Stimme im Kopf, und diesmal muss ich ihr recht geben. Er ist ein netter Kerl, das wäre wirklich daneben.

Der Film ist aus, das Popcorn alle, Charlie bringt mich zu meinem Lieferwagen, und das für das Ende eines ersten Dates typische verlegene Schweigen stellt sich unversehens ein.

»Das war sehr nett, danke für den schönen Abend«, sage ich.

»War mir ein Vergnügen. In Redfern gibt es einen neuen koreanischen Laden, möchtest du den vielleicht nächste Woche mal ausprobieren? Soll angeblich sehr hip und anders sein.«

»Hipper Koreaner ... hm.«

Ich schaue ihn an, wie er mich erwartungsvoll anstrahlt. Er ist wirklich reizend. Er zieht mich zu sich.

Das ist der Moment. Ich sehe ihm in die Augen, und für einen Moment sind es Frankies, und es tut weh, so sehr will ich, dass unsere Lippen sich berühren. Ich hole Luft, drehe den Kopf zur Seite und drücke ihm einen Kuss auf die Wange.

»Danke. Hat Spaß gemacht mit dir.«

O Gott, wie kann man nur so einen Schwachsinn so ungeschickt herausblubbern?

Charlie, Gentleman durch und durch, hält mich an den Armen fest. »Du und Leith ... das ist bestimmt nicht leicht. Willst du es noch mal mit ihm versuchen?«

»Himmel, nein. Aber, ähm, danke.«

Noch so eine peinliche Pause. Soll ich jetzt was sagen? Die Es-gibt-da-einen-anderen-Nummer?

»Ich muss meine Mutter überreden, mal mit mir ins Fortune zu gehen«, meint Charlie.

»Sehr gerne!«

»Keine Ahnung, ob sie mitkommt. Seit Dads Tod war sie

nicht mehr da, aber sie muss unbedingt deine Küche kennenlernen.«

Sag jetzt nichts, Lucy. Halt einfach die Klappe und steig in den Wagen. »Du bist wirklich ein netter Kerl, Charlie. Dein Dad wäre stolz auf dich.«

Dreck.

Charlie nickt verdattert. »Danke.«

»Also dann, gute Nacht.« Und damit klettere ich in den Wagen, drehe den Zündschlüssel und fahre los, und er steht am Bordstein und winkt mir nach.

Ich fahre schnurstracks ins Fortune.

# Austern mit Wasabi-Infusion

**Zutaten**

- ein Dutzend Austern
- 1–2 Teelöffel hochwertige Wasabipaste
- eine Prise Pfeffer
- ein Spritzer klarer Essig
- ein Spritzer Mirin

**Zubereitung**

Die Austern bei niedriger Flamme in einem Topf mit Wasser aufgehen lassen und dann mit einem Austernmesser vollständig öffnen (diese Arbeit sollte man nicht machen, wenn man in Eile oder gerade sehr aufgebracht ist).

Während die Austern aufgewärmt werden und sich öffnen, die übrigen Zutaten in einer separaten Schüssel miteinander verrühren.

Mit einer Marinadenspritze jeder Auster einzeln die Wasabi-Infusion injizieren. Nur ein wenig in jede hineingeben, eine Menge, etwa so groß wie ein 5-Cent-Stück.

Unverzüglich zu einem Glas sehr trockenem Schaumwein und prickelnder Unterhaltung servieren.

# 46

## Frankie, 1982

Ich habe mich gerade zum Mittagessen hingesetzt, als es passiert. Mein Fleischlieferant Merv hat mir die saftigsten Kalbskoteletts liefern lassen, frisch von der Fleischerei in Casino, artgerecht gehalten und von der Mutter gesäugt, zartrosa und nach Milch duftend. Es ist Herbst und damit Pilzsaison, es gibt frische Pfifferlinge aus Bowral, gesammelt von Jungfern mit wallender Mähne und strahlendem Lächeln, hergebracht von ihrer Anführerin, der furchtlosen April, die sich standhaft weigert, einen BH zu tragen, und nie die Gummistiefel auszieht. Kalbfleisch und Pfifferlinge gehen miteinander die romantischste aller möglichen Beziehungen ein: Die Pilze schmelzen in einer cremigen Weißweinsoße, und dazu serviert man Rosenkohl, zu zartester Vollkommenheit gegart. Der Mozart unter den Gerichten.

Letzte Nacht habe ich kaum geschlafen. Der Vollmond schien mir ins Gesicht; er war mein einziger Bettgefährte. Während er mich milchig weiß anstrahlte, überkam mich ein seltenes Gefühl tiefen Friedens. Es war fast, als säße ich im Beichtstuhl: In diesem hellen Licht kam mir plötzlich die Erkenntnis: Was ich mir wünschte, war ein Leben voller Liebe, nicht der schnelle Fick-und-weg. Mit aller Macht versuchte ich, diesen Gedanken von mir zu schieben und mir einzureden, ich führte mich auf wie ein prämenstrueller Hippie. Aber der Vollmond flüsterte mir beharrlich zu: Lebe ein besseres Leben, Frank – tu etwas, das ihm einen Sinn gibt.

Eigentlich hatte ich immer schon gewusst, dass ich in meinem Leben etwas bewirken wollte, und zwar mit Essen. Es sollte, auf seine eigene kleine bescheidene Art, das Leben der Menschen feiern und fördern. Aber ich war immer so verdammt gierig, so ausgehungert, dass ich nicht die obligatorische Viertelstunde abwarten konnte, bis der Sättigungseffekt einsetzt – vielleicht aus Angst, nie wirklich satt zu werden. Wie dem auch sei, ich kenne die Gefahren solch spontaner Eingebungen nur zu gut. Aber die von letzter Nacht brachte eine so stille, sanfte Zufriedenheit mit sich wie ein wahrhaft liebevoller Kuss – nicht zu schwer, ganz warm und heimelig. Gegen fünf Uhr bin ich dann eingenickt, und zum ersten Mal seit ewigen Zeiten wachte ich ohne Kater auf.

Ich kochte Kaffee, tätschelte den Hund des Nachbarn, ging früh zum Markt, besorgte die Zeitung und war noch vor Serge im Restaurant. Ich habe alles für heute Abend vorbereitet und mir was zum Mittagessen gemacht, und jetzt habe ich mich eben mit der Zeitung und einem Glas Chablis an den Tisch gesetzt. Ich habe gerade drei Bissen gegessen und genieße ehrfürchtig diese himmlische Geschmackskombination, als ein Arm mich von hinten in den Schwitzkasten nimmt, jemand mir eine Tüte über den Kopf stülpt und mir schwarz vor Augen wird.

Die Dreckskerle hätten mich wenigstens in Ruhe zu Ende essen lassen können. Und sie hätten den Mumm haben können, mir in die Augen zu sehen. Feiglinge.

# Kalbslende mit Weißwein und Pfifferlingen

## Zutaten

- 8 einen Zentimeter dicke entbeinte Stücke von der Kalbslende, sorgfältig pariert
- Salz und frisch gemahlener schwarzer Pfeffer
- Weißmehl zum Bestäuben
- 2 Esslöffel Butter
- 250 Gramm frische Pfifferlinge, abgetupft, geputzt und in feine Scheiben geschnitten
- 2 Esslöffel vollmundiger Weißwein oder, wenn es sein muss, Madeira
- ¾ Tasse Crème double
- 1 gestrichener Esslöffel gehackte Petersilie

## Zubereitung

Das Kalbfleisch mit Salz und Pfeffer würzen und mit Mehl bestäuben.

In einer großen, viel geliebten Bratpfanne bei mittlerer Hitze die Butter zerlassen. Das Kalb von beiden Seiten je zwei Minuten anbraten oder bis es leicht gebräunt ist.

Eine Servierplatte vorwärmen und bereitstellen.

Die Hitze reduzieren, dann die Pfifferlinge dazugeben, den Deckel draufgeben und vier Minuten ganz leicht köcheln lassen. Das Kalb aus der Pfanne nehmen und auf der vorgewärmten Platte beiseitestellen.

Die Pfifferlinge sanft weitergaren, bis die Flüssigkeit verdampft ist – aber nicht trocken werden lassen! Den Wein dazugeben und aufkochen. Kurz köcheln lassen, dann probieren. Liebevoll die Crème double unterrühren, dann vier bis sechs Minuten weiterköcheln lassen, bis die Soße dickflüssig und samtig ist.

Mit Salz und Pfeffer abschmecken, anschließend die Pfifferlinge über das Kalbfleisch geben. Die Petersilie darüberstreuen.

Heiß mit neuen Kartoffeln, knusprigem Brot zum Auftunken des Safts, einem Glas Chablis und einem exzellenten Zeitungsartikel zur Lektüre servieren.

# 47

## Lucy

Das Problem bei japanischem Essen, ganz gleich wie hervorragend es auch sein mag, und ich halte die japanische Küche für eine der besten der Welt: Nach ein paar Stunden habe ich wieder Hunger. Die Leichtigkeit macht viel von ihrem Reiz aus, aber manchmal braucht man einfach – manchmal brauche *ich* einfach – ein Steak, ein gigantisches T-Bone, in das ich die Zähne schlagen kann. Ach, wem will ich was vormachen. Das ist wohl einfach sexuelle Frustration. Charlie und der Beinahekuss und das ganze Durcheinander mit Frankie.

Der alte Bill steht Wache vor dem Restaurant, und als er mich sieht, tippt er sich an den nicht vorhandenen Hut. Dann verbeugt er sich leicht und verschwindet in die Nacht.

Ich mache das Licht an und erwarte eigentlich, Frankie zu erblicken. Aber es ist niemand da. Ich rufe nach ihm – nichts. Panik steigt in mir auf und schnürt mir die Brust zu. Ist er endgültig verschwunden, hat er wegen meiner ewigen Launen die Flinte ins Korn geworfen? Hat er überhaupt ein Mitspracherecht, wie lange er als Geist hierbleibt? Hat er sein Karma abgearbeitet, oder meint er, seine Arbeit sei getan, oder ... wo steckt er bloß?

Ich schnappe mir ein T-Bone-Steak aus der Kühlung, lege es auf den Grill und gieße mir ein Glas Shiraz ein.

Was, wenn ich ihn nie wiedersehe? Was, wenn ich ihn mir wirklich bloß ausgedacht habe? Dann fällt mir wieder ein, dass

Mum ihn ja auch gesehen hat und er also wirklich existiert, wenn auch nur auf postmortaler Ebene. Was, wenn er weg ist? Ich würde immer bereuen, dass wir im Streit auseinandergegangen sind. Vielleicht schmollt er auch bloß, überlege ich, während ich meinem Steak beim Brutzeln zusehe. Ich sautiere etwas Spinat als Beilage und rühre rasch eine Sauce béarnaise an.

»Frankie?«

Bestimmt wird er mir gleich sagen, dass da mehr Crème frâiche dran muss.

»Frankie?«

Während einer der Therapiesitzungen mit Leith – in den fünf Jahren unserer Ehe waren wir bei vier verschiedenen Paartherapeuten – bekamen wir eine Aufgabe. Der Therapeut fragte uns: Was, wenn Sie einander zum letzten Mal sähen, wenn dies ihr Abschied auf immer wäre? Was würden Sie dem anderen sagen? Wir sollten unsere Antworten aufschreiben, uns auf dem ausladenden roten Samtsofa des Therapeuten an den Händen nehmen, einander tief in die Augen sehen und »unser Herz sprechen lassen«. Ich schäme mich, es zuzugeben, aber ich habe gelogen. Ich habe alles gesagt, was man so sagt, damit der andere mit beschwingtem Schritt in Frieden von dannen ziehen kann – »Danke, du hast mein Leben verändert, ich habe jeden Augenblick mit dir genossen, bla, bla, bla« –, aber was ich eigentlich sagen wollte, war: *Ich habe das Gefühl zu ersticken, ich hasse es, dass du mich nie leckst, ich wünsche dir nichts Böses, und früher fand ich unseren Sex gut und danke für die tolle Zeit, aber du hast auf meinem Herzen herumgetrampelt, du siehst mich nicht, wie ich bin, und ich wünsche dir alles Gute, aber ich bin froh, wenn ich dich von hinten sehe.*

Und Leith muss auch gelogen haben. Damals vögelte er gerade Sabrina, unsere Küchenhilfe.

Aber was, wenn Frankie endgültig weg ist? Ihn nie wiederzusehen wäre das Allerschlimmste, was mir passieren könnte. Wie kann jemand nur so in mein Leben platzen und es vollkommen auf den Kopf stellen? In kürzester Zeit hat er mich inspiriert, wie ich es noch nie erlebt habe. Seine wilde Entschlossenheit, mich aufblühen zu sehen, sein Humor, sein Sinn für die guten Dinge, selbst seine unstete Launenhaftigkeit ... Noch nie habe ich mich so sehr nach einem Menschen gesehnt wie nach ihm. Würde ich ihn nie wiedersehen, ich wäre am Boden zerstört. Weil ich nicht mehr die Gelegenheit bekomme, mich bei ihm zu bedanken. Ihm von ganzem Herzen dafür zu danken, dass er mich angefeuert und ermutigt hat und dass er einfach er selbst war, in seiner ganzen haarigen, sexy, politisch unkorrekten, urkomischen, diktatorischen Liebenswürdigkeit. O Gott, *wo steckt er bloß?*

»Wie kommt es eigentlich, dass ihr Frauen bei der ersten Verabredung nie ordentlich esst?«

Er ist wieder da. Auf der Arbeitsplatte. Sitzt da mit dem Buch in der Hand. Ich bin so erleichtert, dass ich in Tränen ausbreche.

»Siehst du, genau das passiert, wenn du zu lange nichts gegessen hast, Lucille. Was gibt es denn da zu weinen? Dein Steak ist fertig, und ja, es gehört noch etwas mehr Crème fraîche in die Béarnaise.«

»Danke«, gurgele ich unter Tränen.

»Wofür? Dass ich deine Soße vorm Verwässern gerettet habe? Ja, gut, das rechtfertigt eine gewisse Dankbarkeit, da hast du recht. Aber du brauchst dich deswegen nicht gleich so aufzuregen, Engelchen.«

Wieder flenne ich los und brabbele: »Danke, dass du hergekommen bist und mir geholfen hast und ...«, setze ich an.

»Lucille, ich lebe hier, wenn man das so sagen kann, und du hilfst mir. Heiliger Herr im Himmel, Mädchen, hast du einen Hollywoodfilm über einen Krebskranken oder über Weihnachtsferien mit den Schwiegereltern gesehen oder so was? Was ist bloß in dich gefahren?«

»Ich konnte Charlie nicht küssen.«

Auch wenn er es zu verbergen versucht, die Erleichterung ist ihm deutlich anzusehen. »Und warum nicht? Er ist ein gut aussehender, sehr anständiger junger Mann.«

»Er ist genauso alt wie du.«

»Anständig war ich nie. Inzwischen wünschte ich, ich wäre es gewesen.«

Ich fasse mir ein Herz – was habe ich schon zu verlieren? »Ich konnte Charlie nicht küssen, weil ich mir jedes Mal, wenn meine Hand seine gestreift hat oder er den Kopf schief gelegt hat oder er sich bei mir untergehakt hat, gewünscht habe, er wäre du.«

»Ach …«

»Ich wollte *dich* küssen.«

Und dann stehen wir da und starren uns an, und es kommt mir vor wie eine ganze Ewigkeit. Bitte sag doch was, Frankie. Sag mir, dass du das auch möchtest. Sag irgendwas.

»Dein Steak ist gleich durch.«

Nicht das. Ich schalte den Herd aus und fülle meinen Teller. Setze mich hin. Gieße mir noch ein Glas Wein ein.

Frankie steht auf und nimmt sich auch ein Weinglas. »Ich glaube, ich brauche jetzt auch ein Glas.«

Ich schenke ihm den Wein ein. Er sitzt da und schnuppert und genießt, und wie er so in das Glas schaut, murmelt er: »Würde mir auch gefallen.«

»Der Wein? Ja, er ist sehr gut.«

»Dich zu küssen.«

»Oh.« Das Herz schlägt mir bis zum Hals, und er greift nach meinen Händen, und fast berührt er mich. Ich spüre seine Wärme, und ich will ihn so sehr küssen, dass ich glaube, gleich zu zerplatzen. Seine Hände verharren über meinen, und er sieht mich fragend an. Ich nicke. Ganz langsam legt er seine Hände auf meine, und für den Bruchteil einer Sekunde versinken wir ineinander. Irgendwie spüre ich seinen Körper fast ganz in mir, und dann – rumms – werden wir quer durch den Raum geschleudert.

Der Wein kippt um. Mir tut der Hintern weh.

»Frankie?«

Er liegt auf dem Boden, aber gleich darauf schüttelt er sich wie ein Hund und steht wieder auf. »Daran müssen wir wohl noch arbeiten.«

»Aber hast du das gespürt, ganz kurz vor dem Schlag?«

Er grinst breit. »Eine süße Sekunde lang konnte ich jede deiner Kurven spüren.«

»Können wir das noch mal machen?«

»Ich glaube, liebes Fräulein, wir sollten uns mäßigen ... Ich fühle mich ein bisschen schwach.«

Ich bin außer mir vor Freude, ihn zu spüren. »Das war unglaublich.«

Unsere Blicke treffen sich, und ohne dass er den Mund aufmacht, höre ich ihn sagen: »Ja.«

Später liege ich allein in meinem Bett und kann nicht einschlafen. In meinem Kopf findet eine Gedankensafari statt, und eine wild gewordene Horde von Möglichkeiten trampelt mir durchs Gehirn. Wir haben uns berührt. Er mag mich. Wir können es wieder tun und wieder, und mit ein bisschen Übung können wir es vielleicht immer länger ausdehnen, und ... Ach, wie schön es wäre, wenn er jetzt hier neben mir läge und wir gemeinsam grübeln könnten. Es muss eine Möglichkeit geben, es muss einfach.

# 48

## Frankie

Was, wenn ich ihr ganzes Leben verpfusche? Ich habe mir geschworen, ihr zu helfen und Charlie ein guter Vater zu sein, aber dieser Augenblick mit ihr ist etliche Lebenszeiten in der Zwischenwelt wert. Um den berühmten englischen Dichter zu zitieren: »Sie macht hungrig, je reichlicher sie schenkt.«

Ich will ihr nie mehr von der Seite weichen, aber was hätte sie schon davon? Gütiger Gott, ich möchte sie überall küssen, sie aufs Bett legen und jeden Zentimeter ihrer weiß glühenden Haut berühren, ich möchte ihre Wärme tief drinnen spüren und sie halten, sie halten … Was, wenn ich ihr Leben verpfusche? Was, wenn es uns beide auslöscht? Stecke ich deshalb hier fest – als Strafe, bis ich mich verlorener fühle als eine kleine Pfadfinderin, die sich bei einer Schnitzeljagd verlaufen hat? Ich will sie schmecken. Außer dem Offensichtlichen will ich nur, dass es ihr gut geht. Ihr Glück ist mir wichtiger als mein eigenes. Ihre seidige Haut, ihre rosigen Lippen; sie friedlich neben mir liegen zu sehen, ihr zuzuschauen, wenn sie schläft, und sie im Arm zu halten, wenn sie aufwacht. Was ist nur aus mir geworden? Bestimmt haben meine enttäuschten Ex sich zusammengerottet und sich diese hundsgemeine Sache ausgedacht. Der Witz, meine Lieben, geht auf meine Kosten. Aber sie lasst bitte in Ruhe.

# 49

## *Lucy*

Ich wache auf vom unverkennbaren Geruch nach Aftershave. Aber es ist nicht irgendein Aftershave. Barfuß tappe ich in die Küche, und tatsächlich, am Herd steht Serge und macht Pfannkuchen für meine Mutter, die anscheinend noch im Bett liegt. Serge trägt die Schürze meiner Großmutter und hantiert fröhlich pfeifend mit der Pfanne.

»Magst du Pfannkuchen, Prinzessin?«

»Prinzessin?«

»Ja, heute Morgen du strahlst wie die Sonne. Heute Morgen alles strahlt. Du bist Prinzessin, und deine Mutter, sie ist Königin.«

Mein Magen grummelt, aber nicht vor Hunger.

»Und die Königin schläft noch?«

Serge nickt. Wie ich sehe, hat er einen Großeinkauf gemacht und Mums Kühlschrank aufgefüllt.

»Was wir machen heute?«, fragt er, als sei diese absurde Situation das Normalste der Welt.

»Ähm, also ... Ich sollte schleunigst zum Markt fahren.«

»Soll ich mitkommen?«

»Serge.« Mit säuselnd verführerischer Stimme lockt meine Mutter aus dem Schlafzimmer. »Ich hätte Lust auf Pfannkuchen.«

Verlegen lächelt Serge mich an.

»Du bleibst wohl besser und kümmerst dich um deine *Köni-*

*gin*. Und außerdem treffe ich mich auf dem Markt mit Julia. Wir sehen uns dann später im Restaurant.«

Fluchtartig verlasse ich die Küche und schaue kurz nach meiner Mutter, die in einem Morgenmantel mit Paisleymuster im Bett thront und sich die Hände hingebungsvoll mit einer teuren Creme einreibt.

»Wie war deine Verabredung?«, fragt sie erwartungsvoll.

»Wie war denn *deine*?«

Mit einem selbstzufriedenen Grinsen zuckt sie die Achseln. »Gar nicht so übel. Ich hatte Lust auf Pfannkuchen, also hat Serge angeboten herzukommen und welche für mich zu machen …«

Abwehrend hebe ich die Hände. »Bitte, erspare mir die Details.«

»Er heißt jedenfalls nicht umsonst Serge, der Hengst.«

»Mum! Er ist mein Souschef. Bitte! Kein Wort mehr.«

»Wie du willst.« Und dann hört sie auf, sich die Hände einzucremen, und mustert mich aufmerksam. »Du siehst irgendwie verändert aus.«

»Wie meinst du das?«

Vielsagend schaut Mum mich an.

Auf der Fahrt zum Markt überlege ich mir, dass ich mich allmählich nach einer eigenen Wohnung umschauen sollte. So entzückend Serge auch sein kann, die Vorstellung, ihm und Mum bei einer Neuinszenierung von *9½ Wochen* zuzusehen, ist mehr, als ich ertragen kann.

»Du brauchst etwas in der Nähe des Restaurants«, erklärt Julia und packt eine Riesenladung Rosenkohl in eine Tüte. »Dann meinst du also, die beiden …?«

»Ich vermute, schon«, unterbreche ich sie. Ich bringe es einfach nicht über mich, die Worte laut auszusprechen oder auch nur zu hören.

»Das ist womöglich das am wenigsten antörnende Bild des gesamten Jahres.«

»Und jetzt stell dir vor, du bist auch noch mit einem der beiden verwandt.«

Wir gehen weiter. Just in dem Moment, als ich die Pfirsiche rieche, muss ich an Frankies Rezept denken, und daran, wie er in Frankreich auf dem Wochenmarkt herumstreunte.

»Und, wie war's? Mit Charlie?«

»Nett.«

»Nett?«

»Nett«, wiederhole ich.

Julia schaut mich an und seufzt. »Du stehst nicht auf ihn.«

»Es ist kompliziert.«

»Ist er schwul?«

»Nein. Und er ist ganz reizend. Es ist bloß ...«

»Lucy, sag mir jetzt nicht, es ist wegen Leith.«

»Ganz bestimmt nicht.«

»Gut. Was denn dann? Er ist dir zu perfekt?«

»Er ist ganz reizend«, wiederhole ich wenig überzeugend. »Er erinnert mich bloß so sehr an seinen Vater.« So, jetzt habe ich es gesagt. Mir fällt ein Stein vom Herzen.

Julia schaut mich mit einer hochgezogenen Augenbraue an. »Seinen Vater? Seinen *toten* Vater, der jetzt, warte, dreiundsechzig wäre, hätte er sich nicht vor Jahrzehnten umgebracht? An *den* Vater erinnert er dich?«

»Womöglich.«

»Du weißt schon, dass du total durchgeknallt klingst, wenn du so was sagst, oder? Es war wohl alles ein bisschen viel diesen Monat, und jetzt vögelt deine Mum auch noch deinen Souschef, da können selbst die Besten unter uns schon mal den Verstand verlieren. Herrje, sorg dafür, dass er sich gründlich die Hände wäscht, ehe er in der Küche irgendwas anfasst, ja?«

Ich beschließe, lieber nicht auf Serges Handhygienegewohnheiten einzugehen.

Ich muss es ihr einfach sagen. »Frankie ist ermordet worden. Er ist …«

»Ermordet! Hat Charlie dir das erzählt?«

»Nein … er selbst.«

Julia nimmt mir den Pfirsich, an dem ich gerade schnuppere, aus der Hand. »Was ist bloß in dich gefahren?«

Tief durchatmen, Lucy, und dann raus damit … jetzt. »Er ist ein Geist. Frankie ist ein Geist, und er ist im Fortune, und ich kann ihn sehen, und er kann mich sehen, und wir reden miteinander, und ich habe mich in ihn verliebt.«

»Wunderbar, warum hast du das denn nicht gleich gesagt?«

Verdattert warte ich auf die Gardinenpredigt, die nun unweigerlich folgen muss. »Jules?«

»Nächstes Mal sag mir einfach, dass ich meine Nase nicht in deine Angelegenheiten stecken soll«, sagt sie mit einem zitronensauren Gesicht.

»Das war kein Witz. Er ist im Restaurant. Der Duft, den du so magst – das ist er.«

Angestrengt mustert Julia mein Gesicht und sucht wohl nach einem Anzeichen dafür, dass ich sie auf den Arm nehmen will. Sie setzt mehrmals an, etwas zu sagen, schüttelt dann aber nur ganz langsam den Kopf.

»Jules, es ist die Wahrheit. Ich schwöre.«

Sie läuft vor den Pfirsichen auf und ab. Bleibt stehen. »Wie lange schon?«

»Seit dem ersten Tag, als wir da waren, um klar Schiff zu machen.«

»Ein Geist?«

Ich nicke.

Julia atmet ganz langsam aus. »Okay.«

»Okay, du glaubst mir, oder okay, du lässt mich jetzt einweisen?«

»Ich sage nur vier Worte: *Ein Gespenst auf Freiersfüßen.*« Als sie mein ratloses Gesicht sieht, erklärt sie: »Ein Filmklassiker von 1947, basierend auf dem Roman von Josephine Leslie, geschrieben unter dem Pseudonym R. A. Dick, weil eine Frau als Autorin damals nicht ernst genommen worden wäre. In den Hauptrollen der ach so heiße Rex Harrison und Gene Tierney, er spielt in England und wurde auf der Monterey Halbinsel vor Kalifornien gedreht. Du musst diesen Film sehen.« Julia verstummt plötzlich, keucht und kreischt dann los. »Warte, die Heldin hieß auch Lucy Muir – oder Lucia. Du bist sie!«

»Was passiert denn in dem Film? Kommen sie zusammen?«

Ungläubig starrt Julia mich an. »Er ist ein Gespenst!«

»Und, kommen sie zusammen?«

»Er hilft ihr, dann geht er, irgendwann stirbt sie, und dann kommt er zurück, um sie dahin zu bringen, wo die Toten so hingehen.«

»Wie, das war's?«

»Nein, sie verliebt sich vorher noch in einen Deppen, der ihr das Herz bricht.«

»Na toll. Das sind ja rosige Aussichten.«

Julia gibt mir den Pfirsich zurück. »Wir fahren jetzt nach Hause, ich muss den Babysitter ablösen, und dann erklärst du mir ganz langsam und zum Mitschreiben, was genau passiert ist. Und ja, ich bin stinksauer auf dich.«

»Warum?«

»Ich erwarte, dass du mich über die aktuellen Entwicklungen in deinem Liebesleben auf dem Laufenden hältst. Dafür sind beste Freundinnen da, vor allem übermüdete, verheiratete, gerade Mami gewordene beste Freundinnen.« Sie legt mir den Arm um die Schultern.

»Meine Mutter hat ihn auch schon gesehen.«

»Habe ich mir gedacht. Und ihr Lover?«

»Der nicht, aber er kann ihn riechen, genau wie du. Frankie möchte, dass ich ihm dabei helfe, seinen Mörder zu finden.«

»Und warum hat er dich dazu auserkoren und nicht Charlie?«

»Ich war wohl zur richtigen Zeit am richtigen Ort. Ich glaube, er war ein echter Schürzenjäger.«

»Ein toter Schürzenjäger, der ermordet wurde. Schätzchen, du machst es dir aber auch wirklich nicht leicht in Liebesdingen, was?«

Und damit nimmt sie mich am Arm und führt mich zum Lieferwagen. Und ich mache mir nur ein kleines bisschen Sorgen, dass sie mich gleich einweisen lässt. Aber ihre Schwäche für Filmklassiker kommt mir gerade sehr gelegen.

# 50

## Frankie

Sie essen Seite an Seite, die Lebenden und die Toten. Wüssten wir bloß, wie es ihnen gelingt, so mühelos ineinanderzugleiten, dann hätte ich meine Antwort und könnte einen Weg suchen, im echten Leben zu ihr zu gelangen. Aber so bleibt mir vorerst nichts anderes übrig, als sie zu ermutigen und für sie da zu sein. Auf Dauer wird das nicht reichen; irgendwann wir sie es leid sein, mit mir in diesen vier Wänden festzusitzen, sie wird hungern nach einem wahrhaftigen Austausch und jemanden lieben wollen, der atmet.

Aber heute ist sie glücklich, und der Gedanke, meinen Mörder zu suchen, verblasst neben dem Wunsch, so lange bei ihr zu sein, wie sie bei mir bleibt.

# 51

## Lucy

Ich wusste, dass irgendwas nicht stimmte, sobald ich vor dem Restaurant anhielt. Die letzten paar Tage habe ich versucht, Mums und Serges Schlafzimmergeschichten aus dem Weg zu gehen, bin von Julia ins Kreuzverhör genommen worden und verbringe so viel Zeit wie irgend möglich mit Frankie. Ich bin ganz kribbelig, typisch Frischverliebte eben, und möchte nichts anderes, als mit ihm in der Küche zu stehen.

Die Tür ist nur angelehnt – ein Einbruch, ist mein erster Gedanke. Ich gehe rein und sehe überall Rosen. Das ganze Restaurant ist voller Rosen, wunderschöne Blüten, wo man auch hinschaut, in allen erdenklichen Farben.

Ich rufe nach Frankie, der antwortet: »Küche! Sofort!«

Ich gehe durch nach hinten, und da ist der alte Bill, der von einem gut gekleideten Schlägertyp gegen die Wand gedrückt wird, während Paul Levine Bills Fingern gerade Frankies kleines rotes Büchlein entwindet.

Frankie läuft aufgebracht vor ihnen auf und ab.

»Kann ich Ihnen helfen?«, platze ich heraus.

»Höflich wie immer. Was seine Manieren angeht, hätte Frankie sich ein Scheibchen oder zwei von Ihnen abschneiden können.« Paul wedelt mit dem Büchlein vor meiner Nase herum.

»Was will er?«, frage ich Frankie. »Und was macht Bill hier?«

»Bill sollte mir einen kleinen Gefallen tun. Die haben sich von hinten an ihn rangeschlichen und ihn überrumpelt. Die Deppen meinen, da drin steht ein Code.«

»Was denn für ein Code?«, frage ich.

»Sie kennen den Code?« Sofort schaut Paul von dem Büchlein auf.

»Sie haben hier nichts verloren. Ich rufe jetzt die Polizei.«

»Woher wissen Sie von dem Code, Lucy?« Paul ist bemüht, ganz beiläufig zu klingen.

»Sag ihm, dass du weißt, wo er ist«, fleht Frankie mich an.

»Ich weiß, wo er ist«, sage ich zögerlich. »Wofür soll der gut sein?«

Frankie und Paul zögern beide, und in dieses kurze Schweigen hinein erklärt der alte Bill: »Der ist für den Safe, in dem die Verträge sind und alle Informationen zu dem dubiosen Immobiliendeal.«

»Danke, Bill«, sage ich, und Bill brummt kurz und nickt.

»Lass ihn los«, befiehlt Paul dem Schläger mit einem Nicken. Daraufhin lässt er von Bill ab.

»Bisschen muffig, mein Freund. Lange nicht mehr geduscht, was?«

»In letzter Zeit nicht mehr.« Bill grinst und atmet den Schlägertypen direkt an. Angeekelt weicht er zurück.

»Wo ist der Code, Lucy?«

»Wo er ist?«, wiederhole ich.

»Sag ihnen, auf der Rückseite meines Porträts.«

»Beim Rahmen«, sage ich.

»Was?«, fragt Paul.

»Das Porträt, das Matthias Drewe von Frankie gemalt hat. Er steht auf der Rückseite.«

»Wo wird es gerahmt?«

»Da bin ich überfragt. Irgendwo in Paddington. Da müssen

Sie Matthias selber fragen. Wobei, die werden sicher auch die Rückseite auswechseln, vielleicht ist er dann weg.«

»Ach, kluges Kind.« Frankie klatscht begeistert in die Hände. »Schick sie auf eine Schnitzeljagd ins Nichts!«

»Haben Sie den auch gesucht, als Sie Frankie umgebracht haben?«, frage ich Paul.

Alles erstarrt.

»Frankie hat sich selbst ins Jenseits befördert, wie wir alle wissen.«

»Nein, hat er nicht. Er wurde ermordet.«

Der alte Bill fängt an, sich nervös vor und zurück zu wiegen.

»Haben Sie ihn umgebracht, um an den Code zu kommen, damit Sie diese Grundstückdeals durchziehen können, das Casino hier bauen, oder was für krumme Geschäfte das auch immer waren, in die Sie damals verwickelt waren? Oder haben Sie ihn umgebracht, weil er alles, was Sie gemacht haben, in den Schatten gestellt hat und Sie ihm nicht das Wasser reichen konnten?«

»Vorsicht, Lucille«, ermahnt mich Frankie, der neben mich getreten ist.

Der Schläger kommt näher, bis er direkt vor mir steht.

»Lass die Finger von ihr, oder ich mach dich alle.« Der alte Bill richtet sich auf. Er müffelt wirklich zum Gotterbarmen, aber ich bin ihm gerade sehr dankbar.

»Und ich helfe dir dabei.« Wie aus dem Nichts taucht Hugo plötzlich auf.

Die Spannung wird schier unerträglich. Keiner rührt sich.

»Tschuldigung«, murmelt der Schläger betreten und tritt einen Schritt zurück.

Wir atmen erleichtert auf.

»Heiratet jemand – oder wozu die ganzen Blumen?«, will Hugo wissen.

»Keine Ahnung«, entgegne ich.

»Von mir sind sie jedenfalls nicht«, versucht Paul zu witzeln, aber keiner lacht.

Wieder tiefes Schweigen.

»Das ist übrigens ein sehr schöner Anzug«, sagt Hugo zu dem Schlägertypen. Das macht er immer, wenn er nervös wird; er versucht, mit Komplimenten das Eis zu brechen. Aber ich befürchte, in diesem Fall könnte ihm das eher den Arm brechen.

Doch der Schläger scheint hocherfreut. »Armani. Ein Mann braucht einfach einen guten Anzug.«

»Es gibt nur einen Menschen, der verantwortlich ist für Francis Summers Tod, und das ist er selbst«, sagt Paul zu mir.

»Das glaube ich Ihnen nicht.«

»Hol dir das Büchlein wieder«, drängt Frankie mich. »Ich werde nicht zulassen, dass der Waschlappen meine Rezepte klaut.«

Ich strecke die Hand aus. »Geben Sie es mir zurück, Paul.«

Paul blättert noch mal hastig darin herum.

»Jetzt.«

»Ich rufe gleich Matthias Drewe an«, sagt er und reicht mir das Buch zurück.

»Möchte jemand Tee?« Eilig wieselt Hugo zum Wasserkocher und schaut dann den Schläger wieder an. »Wie trinken Sie ihn?«

»Mit Milch und Zucker, merci.«

Paul guckt seinen Handlanger an und knurrt: »Mark, wir gehen.«

Entschuldigend grinst Mark erst Hugo an und dann mich. »Hübsches Restaurant. Ich komme sicher mal mit meiner Frau zum Essen.«

Dann gehen sie.

»Ich bin dann auch mal weg«, sagt Bill und nickt mir zu.

»Du, Bill«, wirft Hugo ein, »was hältst du davon, wenn ich dich ein bisschen aufmöbele? Ein neuer Look und so?«

»Ach, hör bloß auf.« Bill gluckst amüsiert vor sich hin.

»Was genau war das gerade?«, stellt Hugo die Frage, die mir schon die ganze Zeit auf der Zunge brennt.

»Bill hat mir geholfen«, erklärt Frankie. »Stimmt's, Bill?«

»Und was soll die Rosenlawine da draußen?«, hakt Hugo nach.

»Keine Ahnung.«

»Charlie?«, mutmaßt Hugo.

Das ist zu viel für Frankie, der donnert: »Die sind von mir, Mädchen! Ich habe Bill gebeten, mir einen kleinen Gefallen zu tun. Ich habe ihm gesagt, er soll überall im Restaurant Rosen verteilen. Er hat das ein bisschen zu wörtlich genommen, aber bitte, da hast du den Salat.«

»Die sind von Bill«, erkläre ich Hugo strahlend.

Das muss Hugo erst mal schlucken. Belämmert steht er da und nickt und zieht dann die Augenbrauen hoch, ehe er schließlich rüber in den Gastraum geht.

An den alten Mann gewandt, sage ich: »Danke, Bill.«

»Ich habe geträumt, Frankie hätte gesagt, du bräuchtest Blumen, Rosen. Und zwar ganz viele.«

»War das ein Traum oder ein Gespräch?«, hake ich nach.

Bill pfeift leise. »Dann siehst du ihn also auch? Dabei trinkst du nicht mal.«

»Siehst du ihn hier gerade irgendwo?«, will ich wissen.

»Du etwa?«, gibt er die Frage zurück.

Ich nicke. Und er auch.

»Und was sollte das eben mit Paul?«, frage ich die beiden.

Bill antwortet. »Egal. Mit dem Code werden sie kein Glück haben, selbst wenn sie ihn finden.«

»Wie das?«

»Ich war vor ihnen da, schon vor Jahren, und hab den Safe ausgeräumt. Den in seinem Lager. Die hätten die ganze Stadt niedergebrannt.«

»Stimmt«, bestätigt Frankie und schaut seinen alten Freund voller Zuneigung an. »Paul hat mich nicht umgebracht – er wollte den Code, und er wusste nicht, dass Bill den Safe ausgeräumt hat. Paul wollte bloß sichergehen, dass alles unter dem Teppich bleibt, und sich ganz nebenbei meine Rezepte unter den Nagel reißen.«

»Wie bist du denn an die Verträge gekommen?«, will ich wissen.

»Ein ausgedehntes Mittagessen hier im Laden, sie alle voll wie tausend Russen, ich habe den richtigen Moment abgepasst und sie abgelenkt ... und dann hat Bill sich die Papiere geschnappt.«

»Dann ist es also jemand gewesen, der bei diesem Essen dabei war?«

»Die haben es erst gar nicht geschnallt, haben überhaupt nicht kapiert, dass sie das Original einfach liegen gelassen haben und dass sie jetzt – wie soll ich das möglichst nett umschreiben? – gefickt sind.«

Ich schaue von Frankie zu Bill. »Bill, hat im Laufe der Jahre sonst noch jemand hier herumgeschnüffelt?«

»Aber klar doch. Fast alle waren an deinem Eröffnungsabend hier. Aber ich glaube, von denen kannte keiner den Code.«

»Und was ist mit Victor?« Frankies Gesicht glüht vor Aufregung. »Der war ein furchtbarer Choleriker.«

»Der hatte mitten auf dem Tennisplatz einen schweren Herzinfarkt und ist einfach tot umgekippt. Das ist bestimmt schon zehn Jahre her.«

»Ach, wie schade ... Komisch, dass er nie zum Essen hier war.«

»Und Frankie, da war die ganze Geschichte längst gegessen. Die Landesverwaltung hatte das Bauprojekt abgesegnet – das mit dem Casino wurde erst mal verschwiegen –, aber es gab einen gewaltigen Aufschrei der Empörung unter den Anwohnern, die sich daraufhin zusammengeschlossen haben, bis sie das Projekt irgendwann aufgeben mussten.«

»Dann war der Mord an mir, wenn er denn wegen der Verträge war, vollkommen umsonst?«

»Ja und nein. In den Verträgen standen Details bezüglich des Casinos, und sie deuten auf eine Handvoll Männer, die damit nicht in Zusammenhang gebracht werden möchten.«

Mit weit aufgerissenen Augen schaue ich Bill, von dem ich in den letzten Wochen mit kaum mehr als einem unverständlichen Grunzen bedacht worden bin, beim Reden zu. »Und würde es was nützen, wenn wir jetzt damit an die Presse gehen?«, frage ich.

Bill schüttelt nur den Kopf. »Das behalten wir lieber als Ass im Ärmel.«

»Verbringt ihr beiden eigentlich viel Zeit zusammen?«, frage ich unvermittelt und muss an die gut dreißig Jahre denken, von denen Bill den größten Teil vor dem Restaurant herumgelungert hat.

Frankie grinst. »Heute habe ich ihn zum ersten Mal bequatschen können reinzukommen. Die ersten zehn Jahre habe ich ihn mit meinem Anblick jedes Mal zu Tode erschreckt, aber so langsam gewöhnen wir uns aneinander.«

»Wie bist du denn reingekommen, Bill?«

Bill hält einen Schlüssel hoch.

»Woher hast du den?«, frage ich, während Bill und Frankie sich vielsagend anschauen. »Hast du mir den geklaut?«

Abwehrend hebt Bill die Hände. »Unschuldig im Sinne der Anklage.«

»Jetzt sei nicht albern, Mädchen. Bill ist der stille Teilhaber des Restaurants.«

Verdattert gucke ich Bill an, der nickt. »Du bist der stille Teilhaber, dem einundfünfzig Prozent des Ladens gehören?«

»Das war das Mindeste, was ich tun konnte«, murmelt Frankie. »Außerdem wusste ich, dass das Restaurant bei ihm in guten Händen ist. Er hat mehr als einmal den Kopf für mich hingehalten. Er hat alles verloren, weil er einer der wenigen wirklich integeren Menschen auf dieser Welt ist. Er mag vielleicht aussehen wie ein obdachloser Penner, der dringend duschen müsste, aber er ist ein verdammter Heiliger.«

Endlich finde ich die Sprache wieder. »Bill, warum hast du den Laden denn nicht verkauft?«

»Weil ich Frankie versprochen habe, dass ich das nicht tue. Ein Versprechen habe ich schon gebrochen, damals, vor ganz langer Zeit, und das hat böse geendet. Noch mal mache ich das nicht.«

»Aber du hättest doch wenigstens hier wohnen können!«

»Tue ich doch«, entgegnet er nüchtern. »Ich will es so. Und jetzt muss ich zum Wettbüro, mein Mädel läuft heute ein Rennen.« Und damit verbeugt er sich und verschwindet.

Ich schaue Frankie an. »Wow.«

»Mehr hast du dazu nicht zu sagen?«

»In Anbetracht der Tatsache, dass ich vor einer halben Stunde gedacht habe, mein letztes Stündlein habe geschlagen, halte ich mich eigentlich ganz wacker, finde ich.«

»Und die Rosen?« Frankie schaut mich an wie ein Schuljunge, hoffnungsvoll, verängstigt und sehr, sehr verletzlich.

»Ich bin hin und weg.«

»Gut.«

»Danke.«

Und dann grinse ich von einem Ohr zum anderen wie ein

sechsjähriges Mädchen, das ein Pony zum Geburtstag bekommen hat.

Mit einer Rose zwischen den Zähnen kommt Hugo in die Küche spaziert und reicht sie mir. »Wir sind schon wieder ausgebucht. Und Charlie kommt mit seiner Mutter her. Polly hilft uns.«

»Ach, du liebes Lieschen.« Frankie wird weiß wie die Wand, genau wie ich. Seit unserem Date habe ich mich nicht mehr bei Charlie gemeldet. Wie soll ich ihm bloß beibringen, dass es da einen anderen gibt? Seinen eigenen Dad. Und was wird er denken, wenn er die vielen Rosen sieht? Warum muss eigentlich immer alles auf einmal passieren?

Ich habe den Gedanken kaum zu Ende gebracht, da klingelt mein Telefon. »Maia«, sage ich tonlos.

»Gehst du ran?«, fragen Hugo und Frankie im Chor.

Mit dem Telefon in der einen Hand, schnappe ich mir das Grillhähnchen, das ich für heute Abend ausgesucht habe, und marschiere damit in den Kühlraum.

»Schluss mit dem Versteckspielen, Lucille«, ruft Frankie mir nach. »Für uns beide. Es ist an der Zeit, uns unseren Dämonen zu stellen.«

Ich knalle ihm die Tür vor der Nase zu, zögere noch einen Augenblick und gehe dann ran.

# Pfannkuchen

## Zutaten

- 3 Eier, leicht verrührt
- 1½ Tassen Milch
- 1 Teelöffel Vanilleextrakt
- 2 Esslöffel zerlassene Butter
- 1½ bis 2 Tassen Weißmehl (je nach Wetterlage und Eiergröße)
- Prise Salz
- und natürlich Butter für die Pfanne

## Zubereitung

In einer Schüssel Eier, Milch, Vanilleextrakt und zerlassene Butter mit einem Schneebesen verrühren. Das Mehl in eine separate Schüssel sieben und das Salz dazugeben. Dann eine Kuhle in die Mitte drücken und die Eier-Milch-Mischung dazugeben. Mit einem geruchsneutralen Holzlöffel das Mehl ganz allmählich hineinkomplimentieren.

Dann mit dem Schneebesen glatt rühren, bis ein seidiger. geschmeidiger Teig entsteht. Den für eine Stunde stehen lassen.

Eine gut gefettete kleine, schwere Pfanne (am besten Gusseisen) über mittlerer Hitze anwärmen. Ich wische die gefettete Pfanne kurz mit einem Stück Küchenkrepp aus, um überschüssiges Fett zu entfernen. Zwei bis drei Esslöffel Teig hineingeben und gleichmäßig verteilen (die Pfanne dazu in alle Richtungen schwenken). Wenn kleine Bläschen an der Oberfläche entstehen und der Teig fest wird, leicht an der Pfanne rütteln und dann den Pfannkuchen mit Schwung wenden und von der anderen Seite bräunen. Man kann auch einen Pfannenwender zu Hilfe nehmen, wenn man nicht so geübt im Pfannkuchenwirbeln ist. Den Pfannkuchen herausnehmen und den Vorgang wiederholen, bis der Teig aufgebraucht ist und man einen ansehnlichen Pfannkuchenstapel vor sich hat.

Auf einem Teller anrichten und mit allem garnieren, was einem so in den Sinn kommt. Auf einem Tablett mit Tee, Saft und einer Tageszeitung arrangieren und der Geliebten ans Bett bringen ... Tür schließen nicht vergessen.

# 52

## Frankie

*Was uns Rose heißt, wie es auch hieße, würde lieblich duften …* Was uns Lucille heißt, wie es auch hieße … nein. Sie ist es. Sie allein und nur sie. Alle anderen erscheinen mir im Vergleich wie verwelkte Gerbera. Sie ist *Clair de Lune*, gespielt von einem Meister, und sie ist Picknickkörbe voller Hoffnung. Niemand sonst könnte Lucille sein. Und wer auch immer mein Mörder ist, es ist nur er … oder sie … aber wer ist es?

Hätte ich doch besser aufgepasst. Es war alles so vage und unscharf, bis ich kapierte, was da gerade passierte, und dann war da der Strick, und es war alles zu spät. Waren da Schritte von mehr als einer Person zu hören? Harte, schwere, flinke Hände. Wenn es eine Frau war, dann hatte sie einen Handlanger dabei, der ihr beim Hochheben geholfen hat. Was auf einen ausgeklügelten Plan hindeuten würde. Es ging alles so schnell. Bestimmt hat im Hintergrund jemand alles weggeräumt, während der andere mich gefesselt und geknebelt und mir die Augen verbunden hat. Und ich bin beileibe kein Leichtgewicht. Aber er hob mich hoch, als wöge ich nicht mehr als eine Feder.

Hätten sie den Code für den Safe gewollt, dann hätten sie mich sicher erst ein bisschen gefoltert, ehe sie mich haben hopsgehen lassen. Sollte es eine wie auch immer geartete Warnung sein, ist die ganze Aktion fürchterlich in die Hose gegangen. Oder ein Streich, der aus dem Ruder gelaufen ist? Aber so was von.

Wer lebt heute noch mit der Last dieser Schuld auf seinen Schultern? Oder hat die Zeit die Schuldgefühle verblassen lassen? Ich war mir sicher, die Wiederbelebung des Fortune würde denjenigen oder diejenige auf den Plan rufen. Hätte jemand unbedingt an meine Rezepte kommen wollen, hätte er auch einfach mein Rezeptbuch klauen können. Oder es mir mit Bestechung oder Erpressung aus den Rippen leiern. Aber ich wurde ermordet. Es müssen wie auch immer geartete Gefühle im Spiel gewesen sein. Zumindest rede ich mir das gerne ein.

# 53

## Lucy

Ich biege ab in die Military Road und betrachte das atemberaubende Panorama der steilen Klippen von Vaucluse, die hinunterführen bis zum Hafen der Watsons Bay mit seinen sanft schaukelnden Booten und dem Anleger, der die Touristen erwartet, die mit der Fähre herüberkommen, um Fish and Chips zu futtern und malerische Urlaubsschnappschüsse zu machen, und wegen des Seebads, wo Wettkampfschwimmer ausdauernd ihre Bahnen ziehen. Watsons Bay ist ein Zufluchtsort vor der Hektik und dem Lärm der Stadt, ein Kurzurlaub am Strand, der mit nackten Füßen, Sandburgen und einem Mittagsschläfchen unter den ausladenden, fast mütterlichen Moreton-Feigen lockt.

Wir treffen uns am Dunbar House, einer Lieblingslocation für Brautpartys und Teestündchen mit tüdeligen Tanten. Sie wartet schon auf mich. Nervös sieht sie aus. Als wir noch Freundinnen waren, haben wir an unseren freien Tagen gerne einen kleinen Strandspaziergang gemacht und ein bisschen in den Wellen geplantscht und anschließend hier gebruncht. Jetzt liegt allerdings eine Anspannung in der Luft wie bei einem ersten Date. Nur ohne die kribbelige Vorfreude. Ich wünschte, mir fiele eine kleine spitze Bemerkung ein, ein Seitenhieb, pointiert, aber nicht zu gemein. Aber das Einzige, was ich zustande bringe, ist: »Ganz schön komisch, was?«

Maia nickt. In ihrem Gesicht die Mischung aus ungesundem Grün und strahlender Schönheit, wie Schwangere sie in der ersten Zeit so gerne haben. Ich setze mich zu ihr und schaue rüber zum Nebentisch, wo kichernde Mittdreißigerinnen ausgelassen feiern: eine Brautparty in vollem Gang.

»Glückwunsch zum Fortune. Ist ja gerade der angesagteste Laden der Stadt.«

»Danke. Und dir auch Glückwunsch.«

»Meinst du das ernst?«

»Eigentlich schon. Das mit mir und Leith war schon lange durch, und nach allem, was in letzter Zeit passiert ist ... kommt es mir fast vor, als sei das in einem anderen Leben gewesen.«

Eine kleine Pause entsteht. Vielleicht wäre jetzt ein guter Zeitpunkt, einfach wieder zu gehen? Aber ich muss es wissen. »Liebst du ihn?«

Maia nickt und bricht in Tränen aus. Und ehe ich mich's versehe, habe ich sie in die Arme genommen. »Warum hast du mir denn nichts gesagt?«

Es blubbert nur so aus ihr heraus. Anscheinend ist sie erleichtert, mir alles gestehen zu können. »Das war doch nicht geplant.«

»Das Baby oder die Affäre?« Diese Bemerkung kann ich mir einfach nicht verkneifen.

»Weder noch.«

»Wie lange schon?«

»Ungefähr ein Jahr.«

Wieder ein Faustschlag in den Magen. »Und wie hat das ... Ach, jetzt ist es auch schon egal.«

»Ich wollte es dir so oft sagen, ganz besonders weil du so todunglücklich warst und dich sowieso von ihm trennen wolltest.«

»Aber du weißt doch, wie er ist, Maia.«

»Ich weiß, aber ... wir sind da verschieden, du und ich. Ich liebe ihn. Ich liebe ihn wirklich.«

»Was ihn nicht daran hindern wird, dich zu betrügen und dir das Herz zu brechen.«

Maia nickt, aber ich sehe diesen Blick. Den Blick, den wir alle irgendwann schon mal draufhatten. Diesen arroganten Blick der Frischverliebten. Diesen »Mit uns ist das ganz anders, weil meine Liebe alles überwindet und ihn verändern und erretten wird«-Blick. Den hatte ich im ersten Jahr mit Leith auch. Und jetzt bilde ich mir allen Ernstes ein, Frankie von den Toten zurückholen zu können. Ich muss wirklich ganz still sein. Mein Leben ist eine Art Teenievampirfilm.

»Mist. Das ist alles Mist«, seufzt sie.

»Das war wirklich großer Bockmist, mir so was anzutun, Maia. Warum hast du gesagt, dass du mitkommst und für mich arbeitest?«

»Habe ich nicht, Lucy«, widerspricht sie vehement. »Du hast es vorgeschlagen, und dann bist du davon ausgegangen ... Du hast mich nie richtig gefragt.«

»Doch, habe ich wohl«, antworte ich. Wobei mir erste Zweifel kommen ... Ich weiß jedenfalls, dass ich es wollte.

»Nein, hast du nicht. Ich habe schrecklich gerne mit dir zusammengearbeitet. Ich wollte dich unterstützen. Und ich wusste nicht, wie ich ansprechen soll, was da passiert ist, also habe ich einfach nichts gesagt. Ich dachte, wenn du und Leith euch endgültig getrennt habt, kann ich dir alles sagen und ...«

»Und was? Dann treffen wir uns sonntags gemütlich zum Grillen und machen an Weihnachten gemeinsam einen Braten? Du hast hinter meinem Rücken meinen Mann gevögelt und gleichzeitig, ohne mit der Wimper zu zucken, mit mir Millefeuilles gebacken. Ganz zu schweigen davon, dass ihr ein neues Restaurant geplant habt. Das *macht* man einfach nicht.« Wieder flennt Maia los. Ich reiche ihr eine Serviette, in die sie sich mit lautem Trompeten schnäuzt.

»Entschuldige, das sind die Hormone.«

Auf einer dreistöckigen Etagere bekommen wir Scones mit Marmelade und Clotted Cream serviert. Das sonnige Lächeln unserer Kellnerin verblasst allerdings schlagartig, als sie unsere Gesichter sieht. Rasch verkrümelt sie sich wieder.

»Dann war die Schwangerschaft also nicht geplant?«

»Geplant sicher nicht, aber … ich bin jetzt vierunddreißig, ich will es auf jeden Fall behalten.«

»Und was sagt Leith dazu?«

»Er ist völlig aus dem Häuschen und freut sich schon darauf, endlich Vater zu werden. Er sagt, du hättest ihm das vorenthalten.«

»*Ich* habe ihm das vorenthalten? Ach, Herrgott noch mal, *wir beide* waren uns einig, dass wir uns lieber auf das Restaurant konzentrieren wollen.«

Verdattert schaut Maia mich an. Die Mädels bei der Brautparty nebenan quieken und lachen und stoßen klirrend miteinander an.

Maia mustert mich durchdringend. »Sag mir ganz ehrlich, hast du ihn je geliebt? Ich glaube nämlich nicht. Nicht so wie ich.«

Wieder ein Stich. Das Leben hat doch wirklich eine wunderbare Art, einem seine größten Ängste auf dem Silbertablett zu servieren und dann ganz nonchalant zu fragen, ob man Fritten dazu möchte. Wegen Leith hatte ich immer so meine heimlichen Zweifel. Nicht bloß, was seine Gefühle für mich anging, sondern auch meine eigenen Gefühle betreffend. Und was ich in der kurzen Zeit, die ich Frankie nun kenne, für ihn empfunden habe, ist so anders, so viel tiefer und intensiver, und dabei hat das mit uns nicht einmal eine körperliche Ebene. Das mit Leith waren Hormonwallungen und die verführerische Aussicht auf etwas, das sein könnte. Das mit Frankie ist Seelenverwandtschaft. Er steht immer hinter mir. Leith war stets ein Konkurrent, was irgendwie sexy ist, aber diese schwindelige Erregung hatte auch damit zu tun, dass ich mir nie wirklich sicher sein konnte, ob er im Fall der Fälle wirklich auf meiner Seite ist. Bei Frankie habe ich da nicht den geringsten Zweifel. Ich vertraue ihm blind.

»Entschuldige, das sollte ich dich nicht fragen, das geht wirklich zu weit.« Wieder fängt Maia an zu heulen.

»Du weißt, worauf du dich einlässt«, sage ich.

Maia nickt ernst.

»Und trotzdem willst du ihn?«

»Ich glaube an ihn.« Ah, darum geht es. Das ist des Pudels Kern. Sie glaubt an ihn. Was ich nie getan habe.

»Tja, dann viel Glück euch beiden. Ich habe die Trennungszeit zurückdatiert auf den Tag, als wir aufgehört haben, das Bett miteinander zu teilen, also müsste die Scheidung in sechs Monaten durch sein.«

Wieder wirkt Maia irritiert. »Er meinte, ihr hättet schon seit einem Jahr nicht mehr miteinander geschlafen.«

Und da sind wir wieder. »Willkommen in Leiths Welt.«

Schweigend mümmeln wir unsere Scones.

»Weiß Leith, dass du dich mit mir triffst?«

Sie schüttelt den Kopf. »Er weiß, dass du das mit der Schwangerschaft weißt. Ich glaube, es ist ihm peinlich.«

Verantwortung zu übernehmen war noch nie Leiths Stärke. Der armen Frau stehen schwere, schmerzvolle Zeiten bevor.

Wie schnell das ganze Leben Kopf stehen kann. Ein Stein kippt, und plötzlich gibt es kein Zurück mehr. Ich bin für meinen Anteil an dieser toten Ehe verantwortlich. Viel zu lange habe ich mich daran festgeklammert, weil ich Angst hatte zu gehen. Und nun sind Leith und ich zu Konkurrenten geworden. Das Spiel beginnt

Obwohl Maia und ich eigentlich nur weg wollen, geben wir uns alle Mühe, uns nichts anmerken zu lassen und die frischen, warmen Scones mit Sahne und Erdbeermarmelade zu vertilgen, ohne dass es aussieht, als hätten wir es besonders eilig. Schließlich, nach viel Porzellangeklapper und etlichen Toilettenbesuchen auf Maias Seite, sage ich, ich müsse allmählich los und mit den Vorbereitungen anfangen.

Sich von einer Freundschaft verabschieden zu müssen, ist nie schön, ganz gleich, unter welchen Umständen.

Ich steige in den Lieferwagen und mache mich auf den Weg nach Elizabeth Bay. Ich weiß, dass er jetzt zu Hause sein wird. Bestimmt hört er Lenny Kravitz und knipst sich die Zehennägel oder schmiert sich Selbstbräunermousse auf die gemeißelten Gesichtszüge. Maia hat mir gesagt, dass sie ihre Mutter in Rose Bay besuchen will, also weiß ich, wir werden ungestört sein.

Ich öffne das Sicherheitsschloss an der Haustür mit meinem Schlüssel, dann gehe ich die Treppe hoch und klopfe. Im Hintergrund höre ich, wie Lenny Kravitz sich verausgabt, als Leith die Tür öffnet.

»*Stand By My Woman* – das nenne ich mal ironisch.«

»Du bist gegangen, nicht ich.« Leith verzichtet auf höfliche Begrüßungsfloskeln.

»Und wenn ich geblieben wäre? Hätte ich euch helfen sollen, euer Kind großzuziehen? Vielleicht hätten wir ja alle zusammenwohnen können. Eine große, glückliche Familie.«

»Du bist doch in einer Kommune aufgewachsen«, stichelt er.

»Sie liebt dich.«

»Ja, und ich liebe sie auch.« Eine gefährliche Pause entsteht, während er mich abschätzend mustert. »Ich liebe euch beide.«

»Hör bloß auf.«

»Luce ...«

»Halt die Klappe und hol mir den Eames von Opa, und dein Scheckheft kannst du auch gleich mitbringen.«

Sein Gesicht verzieht sich angewidert. »Den Sessel kannst du gerne haben, er ist unter der Bügelwäsche, aber auf keinen Fall ...«

»Wenn nicht, dann gebe ich mein Okay für einen Artikel für die Wochenendausgabe einer bekannten Tageszeitung über die dunklen Geheimnisse von Promikochpaaren – also im Grunde darüber, wie du mir das Herz gebrochen hast, weil du mich immer wieder schamlos betrogen und ausgenutzt hast, und was für ein unglaubwürdiges Arschloch du bist. Das Ding liegt fertig auf Lanas Schreibtisch.«

»Wie viel?«

»Zehn.«

»Tausend? Auf keinen Fall.«

»Wie du willst. Wir wissen beide, dass das ein verdammt gutes Geschäft für dich ist – eigentlich stünden mir hunderttausend zu. Und sag jetzt nicht, du hast nicht so viel – ich weiß nämlich, dass du das Geld hast.«

Leith ringt mit sich, aber nach einer Weile gewinnt seine Eitelkeit (mal wieder) die Oberhand, und er stellt mir den Scheck aus. Ich habe Lana noch gar nichts von der Idee für diesen Artikel erzählt, aber ich weiß, sie stünde hinter mir, und ich weiß, damit würde ich Leith da treffen, wo es am meisten schmerzt.

»Du wirkst irgendwie verändert, LiLi.« Unschlüssig steht er da und hält mir den Scheck hin. »Stärker. Sexyer.«

»Das passiert, wenn man sein eigenes Leben führt und eine gute Beziehung. Versuch wenigstens, den Schwanz lange genug in deiner Hose zu lassen, um rauszukriegen, wie es sich anfühlt, Vater zu werden, Leith.«

Im Hintergrund laufen die ersten Akkorde von *It Ain't Over*

*Till It's Over*. Das war mal unser Song. Entschlossen gehe ich hin und schnappe mir den Sessel.

»LiLi, das ist unser Song.«

»War. Wir zwei sind Geschichte. Viel Glück, Leith.«

Und so selbstbewusst und hocherhobenen Hauptes, wie es möglich ist für eine Frau, die einen Sessel vor sich herträgt, stolziere ich zur Tür hinaus und die Treppe hinunter.

Ich fühle mich sehr lebendig.

# Scones mit Erdbeermarmelade und Clotted Cream

## Zutaten

### *Scones*

- Weißmehl zum Bestäuben
- 3 Tassen Mehl
- 3 Teelöffel Backpulver
- 80 Gramm Butter, in Würfeln
- 1 bis 1¼ Tasse Milch

### *Erdbeermarmelade*

- 800 Gramm Erdbeeren, gewaschen und geviertelt
- 2 Tassen Zucker
- 3 Esslöffel Zitronensaft

### *Clotted Cream*

- 600 Milliliter Vollrahmsahne oder Crème double (Fettgehalt 45 Prozent)
- 1 Esslöffel weißer Zucker

## Zubereitung

Den Ofen auf 200 °C vorheizen. Ein Backblech leicht mit Mehl bestäuben.

Mehl und Backpulver in eine große Schüssel geben.

Mit den Fingerspitzen die Butter unter das Mehl kneten, bis es eine streuselige Konsistenz bekommt.

Eine Kuhle in die Mitte drücken und eine Tasse Milch dazugeben. Vermischen, bis ein weicher Teig entsteht. Bei Bedarf mehr Milch hinzufügen. Das ist oft abhängig von Wetter, Luftfeuchtigkeit und Laune. Auf eine saubere, leicht bemehlte Arbeitsfläche geben.

Den Teig liebevoll, aber bestimmt durchkneten, bis er glatt ist. (Aber nicht zu viel kneten, sonst werden die Scones zäh.)

Den Teig circa zwei Zentimeter dick ausrollen oder glatt drücken. Mit einem runden Ausstecher mit fünf Zentimeter Durchmesser zwölf Kreise ausstechen. Die Teigreste wieder verkneten, Arbeitsfläche neu bemehlen und dann noch mal vier Kreise ausstechen. Die Scones mit einem Zentimeter Abstand aufs Backblech legen. Sie dürfen sich nicht berühren. Etwas Mehl darüberstäuben. 20 bis 25 Minuten backen oder bis sie goldbraun und schön aufgegangen sind. Zum Abkühlen auf ein Kuchengitter geben.

### *Erdbeermarmelade*

In einem schweren Topf (am besten Gusseisen) die Erdbeeren mit einer Gabel oder einem Kartoffelstampfer leicht zerdrücken, dann Zucker und Zitronensaft hinzufügen. Den Topf bei schwacher Hitze auf den Herd stellen und rühren, rühren, rühren, bis sich auch das letzte Zuckerkörnchen aufgelöst und sich Flüssigkeit im Topf gebildet hat. Nun auf mittlere Hitze stellen und weitere 45 Minuten köcheln lassen und dabei gelegentlich umrühren. Den Marmeladentopf nicht aus den Augen lassen – er kann gelegentlich etwas launenhaft sein. Die Marmelade wird eine dunklere Farbe annehmen und ist fertig, wenn sie an einem Holzlöffel klebt oder ein Tropfen auf einer Untertasse fest wird. Abkühlen lassen.

Die Sahne in einen Topf geben. Zucker hinzufügen und aufkochen lassen, dann die Hitze herunterdrehen und für zehn Minuten sanft köcheln lassen.

In eine Schale geben, sodass die Sahne bis 2,5 Zentimeter unter den Rand kommt. Zum Festwerden in den Kühlschrank stellen; oben wird sich eine dicke Haut bilden.

Vor dem Servieren die Haut abschöpfen und wegwerfen oder einem felligen Hausfreund verehren. Sahne über Scones und Marmelade geben.

Mit Tee und viel Verständnis servieren.

# 54

## Frankie

Dreck und Mist und Schande und Ungemach, meine Ex und mein Sohn und die Liebe meines Lebens sind alle am selben Abend hier im Restaurant.

Als ich Helen das letzte Mal gesehen habe, stand sie in der Haustür, es war 1982, und schrie mich an, weil ich »ihren Sohn« ein bisschen zu spät nach Hause gebracht hatte. Zugegeben, es waren fünf Stunden, und womöglich war ich mit ihm auf der Rennbahn, in Begleitung einer recht jugendlichen Dame, die ihm solche Mengen an Limo zu trinken gegeben hat, dass er, als ich ihn schließlich zu Hause ablieferte, ein zuckergetriebener Hyperaktivitätshurrikan kurz vor dem Ausbruch war – der kam dann direkt vor der Haustür, wo er sich schwungvoll und reichlich in die Azaleen übergab. Wir konnten zusehen, wie er grün wurde, und wir beide wussten, dass Helen einen eher unschönen Abend damit zubringen würde, ihn wieder gesund zu pflegen. Aber da war der Frau ihr Sinn für Humor schon längst abhandengekommen. Sie konnte nicht mal ansatzweise darüber lachen.

Und ich bin mir ziemlich sicher, dass sie den Buchhalter da schon kennengelernt hatte – sämtliche Lebenszeichen waren aus ihrer früher so überschäumenden Persönlichkeit verschwunden, und ständig redete sie darüber, wie »friedlich« alles sei, seit wir nicht mehr zusammen waren, und wie angenehm es sei, »ein bisschen Sicherheit im Leben« zu haben. Natürlich wollte sie das Restaurant verkaufen – ich hatte ihr das Herz gebrochen. Aber ich wusste, auf lange Sicht wäre es für sie und Charlie viel besser, es zu behalten – zumindest rede ich mir das gerne ein. Eigentlich war das meine Art, ihnen zu zeigen, dass ich sie trotz allem liebte, und ich wollte ihnen etwas hinterlassen, das Bestand haben würde. Vielleicht hätte ich nicht so viele vertrackte Klauseln einbauen sollen. Hätte ich das gelassen, hätte ich nicht jahrelang mutterseelenallein hier herumsitzen müssen. Aber nun wird Lucille erfahren, was für ein egoistischer Mistkerl ich wirklich war. So ist das Leben. Ich will nichts weiter, als die kleinen Freuden der Häuslichkeit mit ihr zu teilen, Schmortöpfe und Sonntagszeitung – genau das, was Helen sich immer von mir gewünscht hat. Die Arme, es gibt doch nichts Schlimmeres, als jemanden zu lieben, der diese Liebe nicht erwidert ... Na ja, höchstens vielleicht, von jemandem geliebt zu werden, dessen Liebe man selbst nicht erwidern kann.

Das Menü für heute Abend klingt perfekt. Lucille hat sich mal wieder selbst übertroffen: Als Vorspeise Terrine mit Kalbfleisch und Hühnchen; ich habe ihr verraten, dass es eins von Helens Lieblingsgerichten ist. Dann Ente à l'Orange, asiatisch angehaucht, dazu schwarzer Reis mit Nussbutter und Pak Choy, in Sesam sautiert, was Charlie wohl besonders gerne mag. Und zum krönenden Abschluss Schwarzwälder Kirschtorte. Fick die Henne, die Frau ist wirklich eine Klasse für sich. Klingt wie ein Garant für Sodbrennen und Magendrücken, aber Lucille bereitet das alles mit einer solchen Leichtigkeit zu und haucht meinen alten Rezepten derart behutsam neues Leben ein, dass es ganz großartig sein wird.

Heute war sie ganz aufgekratzt und hatte verquollene Augen, als sie herkam. Ihr Ex hat diese Freundin von ihr geschwängert. Was für ein Wichser. Aber sie ist zu ihm gefahren und hat sich geholt, was ihr zusteht – gut gemacht, Mädchen.

Warum habe ich nur damals den Schmerz nicht gesehen, den ich den Menschen um mich herum zugefügt habe? Vermutlich weil ich, wie der alte Bill sagen würde, zu sehr damit beschäftigt war, meine Eier zu schaukeln.

Diese andere Freundin von Lucille, Doktor Polly, starrt mich immer so neugierig an; ich bin mir nicht sicher, ob sie mich tatsächlich sieht oder nur das Chaos spürt, in dessen Zentrum ich stehe. Und dann Julia. Was für eine Frau. Heute ist sie hier reinmarschiert gekommen und hat mir eine Gardinenpredigt gehalten, die sich gewaschen hat. Dazwischen hat sie immer witternd geschnüffelt und ist ihrer Nase nach und mir hinterher, ganz egal wohin ich mich auch verkrümeln wollte, um ihrer geharnischten Standpauke zu entgehen. Als unser kleiner Hugo hereinkam, hat sie es dann gut sein lassen, aber was sie mir bis dahin um die Ohren gehauen hatte, traf den Nagel wirklich auf den Kopf. Lucille hätte was Besseres verdient als mich – jemand Lebendiges, zum Beispiel –, und ich solle sie nur ja gut behandeln und ehrlich zu ihr sein. Die Frau kann einem Angst machen. Ich mag sie. Und dann Charlie. Ihm das Herz zu brechen ist wirklich das Letzte, was ich will. Lucille lässt keinen Zweifel daran, dass sie sich nicht zu ihm hingezogen fühlt. Wie gerne ich ihn kennenlernen würde. Wie schön es wäre, wenn er mich sehen, mich hören könnte. Wie das alles enden wird, ich weiß es nicht. Der Jenseits-Knigge lässt einem da nicht allzu viele Möglichkeiten.

Und als sei das alles noch nicht genug, kam dann auch noch Lucilles Mutter an Serges Arm hereinspaziert. Ich dachte, ich krieg die Tür nicht zu. Serge steht im Saft wie ein junger Kerl, so verknallt ist er in sie. Lucille hat nicht übertrieben; ihr schmatzend feuchtes Geknutsche hallt durch den ganzen Gastraum. Serge folgt Sara wie ein Hündchen überall hin. Freut mich für ihn, er hatte nie viel Glück in der Liebe – meistens wurde seine schmachtende Verehrung von der auserwählten Herzensdame nicht erwidert. Ich hoffe, Sara zerschmettert ihm nicht allzu brutal das Herz. Und doch ist, wie bei den meisten von uns, die Sehnsucht danach, in den Arm genommen und geliebt zu werden, stark genug, alles zu riskieren. Die Lebenden unterschätzen, wie sehr es Berührungen braucht, damit die Welt sich weiterdreht. Was würde ich geben, um Lucilles Haut an meiner zu spüren ...

Kaum ist Serge im Kühlraum verschwunden, kommt Sara zu mir und stellt sich noch mal vor. Sagt mir, dass sie mich die ganze Zeit gesehen hat und dass Lucille ihre übersinnlichen Fähigkeiten, genau wie all ihre guten Seiten, von ihr geerbt hat. Und dann liest sie mir auch gleich noch die Leviten. Was ich zu kontern versuche, indem ich sie zu ihren Absichten, Serge betreffend, befrage. Aber damit komme ich bei ihr nicht weit. Schönheit und Weiblichkeit hat Lucille jedenfalls ganz eindeutig von ihrer Mutter geerbt.

»Sie liebt dich«, erklärt Sara.

»Das beruht auf Gegenseitigkeit.«

»Und was hast du jetzt vor? Willst du versuchen, wieder zurückzukommen, als Mann aus Fleisch und Blut, oder willst du hier ewig rumgeistern?«

»Ich wüsste nicht, dass ich das zu entscheiden habe.«

»Ach, ich bitte dich! Du hast bloß Schiss, was danach kommt.«

»Ich versuche, meinen Mordfall aufzuklären«, sage ich zu meiner Verteidigung.

»Und dann? Verschwindest du?«

»Ich weiß es nicht. Das war so nicht geplant ...«

»Ach, das ist mal wieder typisch Mann! Du erinnerst mich an Malcolm aus der Kommune: Drei Frauen hat er geschwängert und hat sich bloß immer ratlos am Kopf gekratzt und gesagt: ›Das war so nicht geplant.‹ Frankie, *kein* Plan ist auch ein Plan – nimm dein Schicksal selbst in die Hand.«

»Steht das auf einem deiner Kühlschrankmagnete?«

»Und wenn schon? Ich lebe danach. Und du hast noch viel über das Jenseits zu lernen.«

»Dann warst du also kürzlich mal da, hm, Sara?«

»Warum wolltest du dich eigentlich nie mit mir verabreden, damals, als ich immer hier war?«, fragt sie unvermittelt.

»Du warst vergeben. Selbst ich ziehe irgendwo die Grenze.«

»Da haben die anderen Mädels aber was ganz anderes gesagt. Du dachtest, ich bin verrückt.«

»Du warst so jung, du warst die Freundin von meinem besten Freund – und ja, du warst ein bisschen verrückt.«

»Ich weiß. Lucy aber nicht. Tu ihr nicht weh, sie ist ein gutes Mädchen.«

»Was schlägst du vor? Soll ich verschwinden?«

»Ich schlage vor, dass du einen Weg findest, wie du bleiben kannst, aber als Mensch. Es gibt Mittel und Wege.« Sie schaut mich mit einem Blick an, der wohl geheimnisvoll und vielsagend wirken soll.

»Hast du Serge von mir erzählt?«, frage ich.

»Ich weiß nicht, ob er damit zurechtkäme. Dass du gestorben bist, hat ihm das Herz gebrochen.«

»Hast *du* vor, bei Serge zu bleiben?«

Sara überlegt. »Wer weiß? Aber bitte, du brauchst einen Plan, Frankie. Hör endlich auf, im Jenseits nur Wasser zu treten.«

Und damit marschiert sie in den Kühlraum und schließt die Tür hinter sich, und den Geräuschen nach, die dann nach draußen dringen, sollte ich wohl lieber nicht reingehen. Sara ist echt ein Luder. Ich fasse es nicht, dass ich eifersüchtig bin auf Serges Liebesleben.

# 55

## Lucy

Meine Mutter ist immer noch da. Mit ihr und Frankie, die mir auf die Finger schauen, kommt es mir vor, als kochte ich vor einem Millionenpublikum. Und dann kommt auch noch Charlie mit seiner Mutter herein. Sie ist so umwerfend elegant, dass es mir den Atem verschlägt. Groß und schlank, die silbergrauen Haare zu einem weich fallenden Bob geschnitten, Leinenjäckchen von Chanel zu Jeans und blütenweißem T-Shirt, auf das sie sicher nie kleckert. Manschettenknöpfe aus Rotgold, Diamantohrringe, bedachtes Lächeln. Charlie sieht genauso schnuckelig und süß und offen aus wie immer. Polly mustert ihn von Kopf bis Fuß, und ihre samtige Stimme ist plötzlich eine Oktave tiefer, als sie für ihn die Menüfolge herunterschnurrt.

»Heiß«, zischt sie, als sie die Terrine an der Durchreiche abholt.

»Er ist echt süß«, entgegne ich, während Frankie im Hintergrund die Augen verdreht und widerstrebend nickt.

»Das ist die Untertreibung des Jahres. Der Kerl ist *Dynamit*«, erklärt Polly und ist schon wieder verschwunden.

Frankie nickt stolz. Schließlich wage ich mich hinaus, um Helen zu begrüßen. Frankie, auch ganz überdreht, folgt mir.

»Charlie hat mir schon so viel von Ihnen erzählt«, sagt Helen. Mein nervöses Kichern ist ein scharfer Kontrast zu ihrer kühlen Weltgewandtheit. »Darf ich fragen, wo Sie das Rezept für die Terrine gefunden haben?«

»Das ist von Frankie. Na ja, genauer gesagt, aus seinem Rezeptbuch.«

»Die mochte ich immer besonders gerne. Aber ich finde, Ihre Version ist sogar noch besser als seine.«

Ich höre Frankie leise knurren.

»Danke, dass Sie mir die Gelegenheit gegeben haben, das Fortune wiederzueröffnen«, sage ich.

»Ich danke *Ihnen*, dass Sie den Mut hatten, es zu riskieren. Es müsste schrecklich viel gemacht werden, leider.«

Wieder ein Stöhnen von Frankie.

»Der stille Teilhaber, dem die Mehrheit der Anteile gehört, lässt nicht mit sich reden.«

Ich nicke.

Charlie nickt.

Helen nickt.

Dann schauen wir die Terrine an, als hätte sie die Antwort auf all unsere Fragen.

Helen mustert mich aufmerksam. »Ich freue mich wirklich, Sie kennenzulernen.«

»Danke, gleichfalls. Lassen Sie es sich schmecken.«

»Lucy, wenn Sie fertig sind, kommen Sie doch zu uns an den Tisch«, schlägt Helen vor, und in dieser freundlichen Bitte schwingt unterschwellig ein Befehl mit.

»Gerne.«

Charlie begleitet mich bis zur Küche, genau wie Frankie.

»Und, wie war deine Woche?«, erkundigt Charlie sich.

Ach, er ist wirklich zu nett.

Wie soll ich bloß ...

»Gut. Viel zu tun.«

Charlie bleibt abrupt vor mir stehen und lacht. »Lucy, ist schon okay, ich hab's kapiert.«

»Was denn kapiert?«

»Dass du mir lieber die Haare zerstrubbeln als den Hals küssen willst.«

»Schön gesagt, Junge«, murmelt Frankie.

Ich weiß überhaupt nicht mehr, was ich sagen soll, aber Charlie scheint das nicht zu kümmern. »Als wir uns kennengelernt haben, habe ich gleich etwas gespürt, eine besondere Anziehung. Ich dachte, das ginge dir genauso, aber dann, nach dem Abendessen neulich, war ich mir nicht mehr so sicher. Am Auto wusste ich dann Bescheid ...«

»Charlie, es tut mir leid. Das ist gerade alles sehr kompliziert.«

Frankie stampft mit dem Fuß auf. »Sei ehrlich, soweit wie möglich. Mach ihm keine falschen Hoffnungen.«

Charlie hebt die Hände.

»Lass mich bitte ausreden. Ich habe bei dir so ein Gefühl. Es ist seltsam, und ich hoffe, du verstehst das jetzt nicht falsch, aber irgendwie erinnerst du mich an meinen Dad. An seine guten Seiten. Sein Essen. Und vielleicht liegt es daran, dass du so besessen bist von ihm, dass du dauernd über ihn redest, aber irgendwie habe ich bei dir mehr ein vertraut-familiäres Gefühl als ein erotisches.«

»Ach.« Puh.

»Und dann war ich am Wochenende auf dem Markt in Glebe und habe Sara mit ihrem Tarotstand gesehen. Serge stand bei ihr, also bin ich hingegangen und habe Hallo gesagt – und sie hat mir die Karten gelegt.«

»Mhm ...«

»Sie ist wirklich ziemlich gut – wobei ich natürlich nicht an so was glaube –, aber weißt du, was sie gesagt hat?«

»Ich kann es mir fast denken.«

»Sie hat gesagt, wenn es keine Klingel gibt, kann man nicht läuten.«

»Ja, und das ist einer ihrer besseren Sprüche, der und – die Welt ist ein Dorf, da will man keine Nutte sein.«

Charlie gluckst. »Sie ist echt cool.«

»Sie … na ja.«

»Sie ist sehr stolz auf dich.«

Das verschlägt mir glatt die Sprache. Mum und ich hatten nie Grußkartenpoesie in unserer Mutter-Tochter-Beziehung. Und ich hätte nie damit gerechnet, dass es mich so rühren würde zu hören, dass sie stolz auf mich ist.

Er lächelt wieder dieses umwerfende Lächeln. Frankies Lächeln. »Meinst du, wir können Freunde werden?«

Mir fallen ganze Gesteinsbrocken vom Herzen. »Das wäre wirklich toll.«

»Seltsamerweise hab ich das Gefühl, wir zwei sitzen im selben Boot, und ich habe gleich gemerkt, dass meine Mutter dich mag. Sie würde gerne was mit dir besprechen.«

»Wegen Frankie?«

»Nein … Wie es in Zukunft weitergehen soll.«

Ich bleibe wie angewurzelt stehen. Genau wie Frankie. Wir starren einander an: Wie wird es in Zukunft weitergehen?

»Lucy?«, holt Charlie mich zurück in die Wirklichkeit.

»Entschuldige, ich …«

»Nur noch eine Frage: Ist Polly Single?«

Etwas später passiert noch ein kleines Malheur, als Serge, um mal kurz mit meiner Mutter zu verschwinden, die Kirschreduktion unbeaufsichtigt auf dem Herd stehen lässt, wo sie munter vor sich hin blubbert und überkocht und fast einen Großbrand verursacht. Frankie versucht, den Topf vom Herd zu ziehen, was ich nicht mitbekomme, weil ich gerade mit der Ente beschäftigt bin, und beim Kontakt mit dem Metallgriff wird er samt Topf quer durch die Küche geschleudert. Er schreit so laut, dass meine Mutter entsetzt angelaufen kommt, begleitet von Serge, den ich daraufhin anbrülle. Polly und Hugo gucken rein und sehen die Bescherung. Serge entschuldigt sich umständlich und versichert, wir hätten genug Kirschen, um noch mal von vorn anzufangen.

Polly begutachtet die Sauerei und sagt grinsend: »Die Hauptzutaten des Urknalls? Hitze, Chaos und Bewegung.«

»Ist das deine Art, dich nach Charlie zu erkundigen?«, frage ich und versuche, mich wieder auf die Ente zu konzentrieren.

»Nein, es geht um die Ansammlung sich bewegender Partikel, die ich hier im Restaurant überall sehe – aber das sind womöglich nur die Nachwirkungen der Chemikalien, die ich noch von gestern Abend im Körper habe. Aber wo ich schon mal hier bin, was läuft denn da? Du weißt, ich esse niemandem den Nachtisch weg.«

»Wir sind uns einig, dass wir Freunde sein wollen, mehr nicht, und es würde mich freuen, wenn du dich mit ihm verabredest – chaos-, hitze- und bewegungsmäßig.«

Polly mustert mich aufmerksam und nimmt dann die fertigen Teller. »Verstanden.«

Frankie zwinkert mir zu, und mir schlackern die Knie. O Gott, ob ich ihn jemals werde küssen können, und warum denke ich überhaupt darüber nach, während seine Exfrau gerade meine Ente à l'Orange isst?

Die ganze Küche klebt. Serge entschuldigt sich tausend Mal, und meine Mutter geht nach Hause, um ein bisschen auszuspannen – mit anderen Worten, um *Inspector Barnaby* nicht zu verpassen. Und damit ist die Ordnung, mit ihrem fadenscheinigen Mäntelchen, wiederhergestellt.

»Was meinst du, was könnte Helen von mir wollen?«, frage ich Frankie.

»Helen ist eine patente Frau, vielleicht sieht sie dich als Chance, den Laden doch noch zu verscherbeln.«

»Aber ich bin doch gar nicht …«

»Kannst du dir uns beide zusammen vorstellen, Lucille?«

»Sie ist wirklich bildschön, so elegant.«

»Ich meinte dich und mich. Aber ja, Helen ist eine Wucht und eine tolle Frau, und es tut mir sehr leid, dass ich sie nie wirklich geliebt habe.« Er lässt mich nicht aus den Augen, sein Blick verlangt nach einer Antwort.

»Du und ich … ja, ja. Na ja, von den offensichtlichen Hindernissen mal abgesehen.«

»Kannst du dir auch nur im Entferntesten vorstellen, wie sehr ich dich gerade küssen will?«

»Ist das nicht ein bisschen schräg, wenn man bedenkt, wer gleich da drüben im Speiseraum sitzt?«

»Ein bisschen was Schräges kann großen Spaß machen«, sagt Frankie und wackelt vielsagend mit den Augenbrauen. Manchmal ist er immer noch im Jahr 1982.

»Du schockierst mich.«

»Darling, und das ist erst der Anfang.«

»Flirten Sie etwa mit mir, Chef Summers?«

»Käme ich denn damit bei Ihnen an, Chef Muir?«

So hochrot, wie ich plötzlich werde, brauche ich diese Frage nicht mehr zu beantworten. Ich will ihn berühren. Muss.

Worauf ich dann versuche, meine ungestillte Leidenschaft in die Schokoladengrenache umzulenken, was mir ganz gut zu gelingen scheint, denn die Schwarzwälder Kirschtorte ist der Knaller, das Highlight des Abends. Ich persönlich glaube ja, es liegt am Extraschluck Kirschwasser, mit dem ich das fluffige Schokoladenbiskuit tränke, das den Unterschied macht.

Später, nachdem ich die Runde gemacht und meine Gäste einzeln begrüßt und mich bei allen bedankt habe, setze ich mich zu Charlie und Helen. Genau wie Frankie. Hugo kommt mit einer Flasche Bollinger und den guten Kristallflöten.

»Wo kommt der denn her?«, frage ich verdutzt.

»Von mir.« Helen hebt ihr Glas. »Ich wollte Ihnen standesgemäß gratulieren. Frankie hat den Laden in einem desolaten Zustand hinterlassen, seitdem hat sich keiner mehr drangewagt, aber Sie scheinen den Schlüssel zum Erfolg zu haben.«

»Das hier wird so was wie das kleine Café der zweiten Chancen«, fügt Charlie hinzu.

Wir stoßen an.

»Na ja, so schlimm war es nun auch wieder nicht«, wende ich ein. »Es war vielleicht nicht unbedingt im Bestzustand.«

»Frankie war hoch verschuldet, als er ging, und seine Trinkerei war ein echtes Problem. Er hat eine Schneise der Verwüstung hinterlassen, in der ganzen Stadt gab es Frauen, die nur darauf lauerten, sich an ihm zu rächen, weil er ihnen das Herz gebrochen hatte. Ganz zu schweigen von meinem, das er zu Staub pulverisiert hat.«

Frankie guckt wie ein gescholtenes Kind.

»Es muss wirklich schwer für Sie gewesen sein«, sage ich. »Das tut mir leid.«

»Ich weiß ja nicht, was Charlie Ihnen alles erzählt hat, aber sein Vater war kein netter Mensch. In gewisser Weise hat er uns allen einen Gefallen getan, als er sich aus dem Staub gemacht hat. Er war unterwegs auf einer Einbahnstraße ins Desaster.«

Ehe ich ihn zensieren kann, taucht unvermittelt ein Gedanke in meinem Kopf auf, und mir wird schlecht: Ob Helen Frankie umgebracht hat?

»Aber wie ich das verstanden habe, hatte er doch ein gutes Herz«, merke ich an und kann sehen, wie Frankie in einem Meer aus Scham zu versinken droht.

Helen denkt kurz darüber nach. »Das hatte er, aber er war ein schrecklicher Egoist, und das hat ihn klein gehalten.«

»Herrgott noch mal, Frau, *es tut mir leid*!«, brüllt Frankie mit vor Reue und Zorn verzerrtem Gesicht. »Sag ihr, dass es mir leidtut, verdammt.«

»Er sagt, dass es ihm leidtut«, platze ich heraus.

»Wie bitte?« Perplex schaut Helen mich an, ebenso wie Charlie. Hugo stürzt an den Tisch und füllt ohne ein Wort unsere Gläser wieder auf.

»Also, ich meine«, stammele ich und versuche, mir irgendwas aus den Fingern zu saugen, »nach allem, was ich weiß, und das ist nicht viel, und vermutlich sehe ich nur seine beste Seite, weil ich ihn durch seine Rezepte kennengelernt habe, hatte er aber doch das Herz voller Liebe, und er ... er muss sich schrecklich gefühlt haben wegen dem, was er Ihnen angetan hat, und Charlie. Er hat sich sicher in Grund und Boden geschämt.«

Helen nickt. »Ich glaube, Sie haben eine etwas romantisierende Vorstellung von ihm, aber danke. Es ist nicht leicht, hier zu sein, und darum wollte ich auch mit Ihnen reden.«

O nein. »Bitte schmeißen Sie mich nicht raus.«

»Natürlich nicht. Aber wir wüssten gerne, wie Ihre Zukunftspläne aussehen.«

Da ist sie wieder. Frankie und ich sehen uns an. Die Zukunft, unser beider Achillesferse.

»Ähm, na ja, ich mache gerade eine Scheidung durch und denke nicht viel weiter als die nächsten ein, zwei Monate, aber ...«

»Sag ihr, dass du hierbleiben musst«, fleht Frankie mich an. »Du musst den Laden behalten. Egal was mit mir ist, das Fortune sollte dir gehören.«

»Aber?«, hakt Helen nach. »Was ist mit der Zeit danach?«

»Ich würde gerne hierbleiben. Ich würde das Fortune gerne weiterbetreiben.«

»Genau darauf hatten wir gehofft«, sagt Charlie.

»Wenn die andere Partei auch ihr Okay gibt, würden wir Sie

gerne auf Dauer hierbehalten«, erklärt Helen. »Und darüber hinaus möchten wir Sie zur Teilhaberin machen.«

»Sag ja, Mädchen«, befiehlt Frankie. »Ich rede mit Bill. Sag sofort ja!«

»Ja!« Wie kommt es bloß, dass sich plötzlich alles so wunderbar ineinanderfügt?

»Und wir möchten die längst fälligen Renovierungsarbeiten durchführen lassen, die der Laden dringend braucht«, redet Helen weiter, aber um mich herum läuft alles wie in Zeitlupe ab.

»Wie meinen Sie das?«

»Was Sie hier aus dem Ärmel gezaubert haben, ist einfach genial, aber die Elektroleitungen sind hoffnungslos veraltet, der Boden braucht neue Dielen, die Rohrleitungen müssen erneuert werden. Ganz zu schweigen davon, dass der Fassade ein kleines Facelifting nicht schaden könnte. Ich möchte hier gerne investieren – wir beide möchten das. Und ich möchte, dass Sie auch in diesem Bereich die Leitung übernehmen.«

»Aber das Restaurant kann doch so lange geöffnet bleiben, oder?«

»Wir würden vorschlagen, dass Sie wie vereinbart die nächsten zwei Monate noch weitermachen und die Publicity nutzen, um Ihren Bekanntheitsgrad zu steigern und Stammgäste zu gewinnen. Und dann schließen wir für die notwendigen Renovierungsarbeiten und eröffnen mit einem großen Knall noch mal neu, und zwar rechtzeitig, bevor die Kritiker ausschwärmen, um die Läden für die Restaurantführer des kommenden Jahres zu testen.«

Verzweifelt schaue ich Frankie an. Der Gedanke daran, ihn auch nur einen Tag nicht zu sehen, ist schier unerträglich, und das hier könnte Wochen dauern, und was, wenn die Atmosphäre dadurch so radikal verändert wird, durch die Elektrik oder was auch immer, dass Frankie genauso verschwindet wie die alten Dielenbretter?

»Und wie lange wird das dauern?«

»Ungefähr sechs Wochen.«

»Stimm zu, Lucille«, sagt Frankie sanft, aber bestimmt. »Ich gehe nicht weg.«

»Wie will man sich da so sicher sein?«, entgegne ich.

Helen und Charlie schauen sich an. Und Charlie sagt ganz sanft: »Wir sind uns sehr sicher. Ich habe bereits ein paar Angebote eingeholt, und Ewan von der Stadtverwaltung hat uns dabei geholfen. Wenn wir diese Arbeiten nicht durchführen lassen, kann er uns keine dauerhafte Zulassung ausstellen.«

»Sag ja, Lucille.« Frankie starrt mich durchdringend an.

»Eine andere Idee wäre, dass wir Sie unterstützen, an einem anderen Standort neu zu eröffnen«, schlägt Helen vor.

»Nein, nein, es muss schon hier sein.«

»Ja, Charlie sagte schon, dass Sie sehr an dem Laden hängen. Ich würde Ihnen gerne dabei helfen, dem Restaurant zum Erfolg zu verhelfen. Frankie hat das nie zugelassen.«

»Das stimmt, ich habe sie auf Abstand gehalten, weil ich nicht wollte, dass sie meine Frauengeschichten mitbekommt, aber ehrlich gesagt hat sie ein Näschen fürs Geschäft. Das bin ich ihr schuldig.«

»Und wenn wir uns verlieren?«, platze ich heraus.

»Wie sollen wir uns denn verlieren?«, lacht Charlie.

»Die Verträge sind unterschriftsreif«, sagt Helen. »Ich möchte es so einrichten, dass Sie Anteilseignerin werden, und zwar mit einem erheblichen Anteil. Haben Sie einen guten Anwalt?«

»Ja«, entgegnet Hugo und leert den Bollinger in unsere Gläser. Und dann johlt er ganz aufgeregt wie ein kleiner Junge im Feriencamp den versammelten Anwesenden zu: »Ladys und

Gentlemen, einen Toast auf die Neuauflage von Lucys Lebensglück hier im Fortune!«

Applaus von ringsum, wobei ich mir nicht sicher bin, ob meine anderen Gäste überhaupt wissen, was er da redet.

Später geht Frankie mit herum, als ich die letzten Lichter ausmache.

»Warte«, sagt er. Er schnappt sich den Besenstiel und tippt damit auf dem iPod herum.

»Frankie, du machst ihn kaputt!«

»Ich habe geübt ... passt auf ...« Mit zufriedener Miene dreht er sich zu mir um, dann berührt er ein paar Kerzen, die sich sofort entzünden. »Tanz mit mir.« Er streckt mir den Besenstiel entgegen. Ein Softrocksong von Air Supply dudelt los. »Ach, verflucht, doch nicht das. Serge hat mal wieder an dem Ding rumgefummelt, verdammt.«

»Dann wolltest du also nicht *Lost in Love* spielen?« Wir lachen. Ich nehme ein Ende des Besenstiels, er das andere, und dann rücken wir so dicht zusammen, wie es geht, ohne uns zu berühren. Langsam dreht er mich im Kreis. »Frankie, diese Renovierung ... Ich habe Angst, das könnte dir was anhaben.«

»Darling, der Tod hat mir kaum etwas anhaben können, was sollen da ein paar Renovierungsarbeiten anrichten? Ich lasse dich nicht allein.«

»Niemals?«

»Ich bleibe, solange ich kann. Ich will nirgendwo anders sein als hier. Jetzt nicht und auch in Zukunft nicht.«

»Du bist dir ganz sicher, dass Helen auf gar keinen Fall in den Mord verwickelt ist?«

Darüber muss Frankie herzlich lachen. »Ich könnte es ihr nicht verübeln, aber nein, Helen war es nicht. Sie ist eine von den Guten. Dein Restaurant kann von ihr nur profitieren.«

»*Unser* Restaurant.«

»Das Fortune wird davon profitieren. So, und jetzt sei still und tanz mit mir, während diese unsägliche Schnulze uns in Zuckerwatte wickelt.«

Ich tue, wie mir geheißen, und er schwenkt mich wieder herum.

Und allem Anschein nach haben wir wohl beide dasselbe im Sinn, denn bald sind wir nur noch wenige Millimeter voneinander entfernt. Ich atme heftig genug für uns beide, unsere Blicke treffen sich, unsere Hände berühren sich beinahe. Wir schließen die Augen, unsere Lippen treffen sich, und wir tauchen ins Innerste des anderen ein. Ich spüre all seine Hoffnungen und Sehnsüchte, Verletzungen und Träume, sehe Blitzlichter seines Lebens, schmecke das Essen, das er gekocht hat, fühle, wie sein Lachen in mir pulsiert, berühre durch seine Hände verflossene Geliebte, werfe den kleinen Charlie hoch in die Luft, merke, wie es dunkel wird, als ihm ein Sack über den Kopf gezogen wird, wie sich Hände um seinen Hals legen, und dann …

Rumms!

Ich liege auf dem Boden, er hängt unter der Decke, die Kerzen sind ausgegangen, und der iPod ist explodiert.

»Ich konnte dich spüren.«

»Ich dich auch.«

»Diesmal noch mehr«, sage ich. »Ich konnte spüren, wie es ist, *du* zu sein.«

Frankie schwebt herunter, und ich richte mich auf.

»Diese Kommune war echt schräg für ein Kind«, murmelt er und starrt mich mit derselben Verwunderung an, die ich auch empfinde. »Und deine Großeltern – Mann, deine Großmutter konnte echt kochen. Und Leith, verdammt, jetzt habe ich das auch kapiert. Lucille, deine Lippe, die blutet. Alles in Ordnung?«

»Ich habe den Sack gesehen, den sie mir … dir über den Kopf gezogen haben.«

»Hier.« Er reicht mir eine Serviette. »Ich habe Angst, dir wehzutun.«

»Schon okay«, entgegne ich und presse den Stoff gegen meine Lippe. »Ich liebe dich.« Er richtet sich kerzengerade auf. Ich tupfe weiter, habe Angst, ich könnte zu weit gegangen sein.

»Und ich liebe dich. Das habe ich noch nie zu irgendwem gesagt … zumindest nicht in nüchternem Zustand.«

Er liebt mich! Er liebt mich, er liebt mich, *er liebt mich*!

»Lucille?«

»Fühlt sich das komisch an?«

Er schüttelt den Kopf. »Das fühlt sich richtig an.«

Eine Weile sitzen wir da und genießen den tiefen Frieden unserer Zweisamkeit. Irgendwann sagen wir dann gute Nacht, er bringt mich zur Tür und sieht mir nach, so wie immer. Draußen vor dem Fenster bleibe ich stehen, drehe mich um und schaue ihn an. Er steht da und sieht mich an und lächelt. Noch einmal winken wir uns zu, dann gehe ich, nur um unerwarteterweise meine Mutter und den alten Bill auf der anderen Straßenseite nebeneinander auf dem Bordstein sitzen zu sehen. Bill hat eine Hand um die obligatorische Flasche, in der anderen hält er Mums Hand und weint hemmungslos. Sie wirkt bedrückt.

Ich winke ihnen zu. Meine Mutter steht auf und hilft Bill auf die Füße.

»Was ist denn aus deinem Date mit *Inspector Barnaby* geworden?«, erkundige ich mich.

»Bill und ich mussten uns mal dringend unterhalten. War längst überfällig.«

»Alles okay, Bill? Mum hat dir doch nicht die Karten gelegt und dich damit zum Weinen gebracht, oder?«

Geräuschvoll putzt Bill sich die Nase und trinkt einen großen Schluck aus der Flasche. Dann schüttelt er den Kopf.

»Bis bald, mein Lieber«, sagt Mum herzlich. Das hat sie bei all ihren Fehlern echt drauf, sie ist immer sehr mitfühlend, wenn es jemandem schlecht geht. Sie verabschieden sich, und dann gehen Mum und ich, und ich weiß, es ist besser, nicht nachzufragen. Sie wirkt ein bisschen mitgenommen, gelinde gesagt.

»Ich habe heute mit Frankie geredet«, sagt sie.

»Ach herrje.«

»Ich glaube, er wird endlich erwachsen.«

»Woher willst du das wissen?«

»Er wirkte reifer, offener.« Das ist auch wieder typisch Mum, so was über einen *Geist* zu sagen.

»Hat er gesagt, war er ... also, hat er ...« Ich verstumme.

»Spuck's aus, Lucille.«

»Hat er irgendwas ... über mich gesagt?«

»Ja, er mag dich. Ich glaube, er will deinetwegen bleiben, aber wenn er seine Lektion gelernt hat, wird er reinkarnieren müssen oder in einen anderen Körper wechseln oder ...«

»Wie viele Möglichkeiten gibt es denn?«

»Wie viele Sandkörner gibt es auf dem Boden des Meers?«

Es ist, als unterhielten wir uns über meine Berufswahl nach dem Schulabschluss ... was wir übrigens nie gemacht haben.

»Ich liebe ihn, Mum.«

»Ich weiß.«

»Aber es ist anders als alles andere, was ich je empfunden habe.«

»Gut.«

»Ich glaube, er ist der Richtige.«

»Natürlich ist er der Richtige! Ihr habt dem Tod und der Realität getrotzt, um einander zu finden, also muss euch eine große karmische Reise vorherbestimmt sein.«

»Hast du jemanden je so geliebt? George vielleicht?«

»Wir hatten nicht genug gemeinsame Zeit, aber ja, ich hatte einmal das Gefühl einer solchen Seelenverwandtschaft, und es hat mich zu Tode erschreckt. Was ist denn mit deiner Lippe passiert?«

»Ich wollte Frankie küssen.«

Darüber muss Mum lächeln. »Du solltest dich mal mit Polly über Quantenphysik unterhalten, könnte hilfreich sein für dich und deinen Geist.«

Wir sind beide hundemüde, und so fahren wir schweigend den kurzen Weg nach Hause und lauschen auf die unendlichen Fragen der Nacht über unseren Köpfen. Zu Hause angekommen, kippe ich vornüber aufs Kissen und schlafe sofort ein, und im Traum wirbele ich mit Frankie durch Raum und Zeit und Ewigkeit, und dann spazieren wir durch einen Weinberg, und er füttert mich mit Crêpe Suzette.

# Ente à l'Orange

## Zutaten

- zwei 2,5 Kilo schwere frei laufende, ehemals glückliche Enten, innen wie außen von überschüssigem Fett befreit, Hals und Kaumagen herausgeschnitten und beiseitegelegt und in mundgerechte Stücke geschnitten
- 1 Orange, in Spalten geschnitten
- 2 Thymianzweige
- Salz und frisch gemahlener schwarzer Pfeffer
- 2 mittelgroße Karotten, geschält und grob gewürfelt
- 2 Selleriestangen, grob gewürfelt
- 1 kleine Zwiebel, geschält und grob gehackt
- 1 Esslöffel Kognak
- 2 Esslöffel Grand Marnier
- 1½ Tassen Hühnerbrühe
- Saft von 4 Orangen
- 1 gestrichener Esslöffel Orangenmarmelade
- 1 gehäufter Teelöffel Pfeilwurzpulver, mit etwas Wasser angerührt
- geriebene Schale einer Orange
- 2 Esslöffel kalte, ungesalzene Butter

## Zubereitung

Den Ofen auf 220 °C vorheizen. Die Orangenspalten und den Thymian in die Öffnungen der Ente füllen. Innen und außen mit Salz und Pfeffer würzen. Die Ente dressieren und, wenn sie hübsch zusammengebunden ist, mit Küchenkrepp abtupfen.

Beide Enten auf einem Bratrost mit einem tiefen Backblech darunter arrangieren, Brust nach oben. 20 Minuten schmoren, bis sie langsam braun werden und das köstliche Fett austritt.

Herausnehmen und das ausgelassene Fett in einer Schüssel beiseitestellen.

Die Hitze auf 190 °C reduzieren und die Entchen eine weitere Stunde schmoren lassen.

Während sie im Ofen sind, ist Zeit, die Soße zuzubereiten. Das ausgelassene Fett in einem robusten gusseisernen Topf erwärmen. Die zerkleinerten Hälse und Mägen dazugeben und bräunen. Dann das Gemüse hinzufügen, bis es ebenfalls Farbe angenommen hat.

Kognak und Grand Marnier dazugeben – und mindestens an einem nippen ... an beidem, sollte zufällig Weihnachten sein. Kochen und brodeln lassen, bis die Soße zu einem dickflüssigen, zähen Sirup reduziert ist. Hühnerbrühe, Orangensaft und Marmelade dazugeben. Dann die Mischung 30 Minuten köcheln lassen und in einen sauberen Topf abseihen. Die festen Bestandteile wegwerfen. 15 bis 20 Minuten stehen lassen und dann das überschüssige Fett abschöpfen.

Kochen und reduzieren (auf etwa ein Drittel der ursprünglichen Menge), bis die Soße dick und aromatisch ist. An dieser Stelle dann den Pfeilwurz einrühren, der die Soße noch etwas mehr andickt. Schließlich die abgeriebene Orangenschale und die Butter zugeben und weiter köcheln lassen.

Wenn die Enten gar sind, gut 10 bis 15 Minuten ruhen lassen. Anschließend von ihren Fesseln befreien. Wenn Ihnen danach ist, können Sie des Effekts wegen am Tisch tranchieren. Das kommt immer gut an. Die warme Soße schwungvoll aus der Sauciere über die auf dem Teller drapierte Ente gießen.

# 56

## Frankie

Ich hoffe, die Lippe tut ihr nicht mehr weh.

Verdammt, sie küsst wirklich verflucht gut.

Wir haben hier kein rechtes Zeitgefühl, aber es kommt mir jetzt schon vor wie eine Ewigkeit, und ich lausche auf die Tür, lauere auf die Morgendämmerung, sehne mich danach, dass sie wiederkommt.

# 57

## Lucy

Die Tage fließen ineinander, es ist wie ein steter Strom aus Arbeit und Liebe, Inspiration und Kochen. Gäste kommen und genießen, Frankie führt mich durch sein rotes Büchlein und erzählt mir Anekdoten zu den Rezepten. Jedes einzelne hat eine ganz besondere Bedeutung. Viele davon hat er als junger Mann auf seinen ausgedehnten Reisen gesammelt und während der Zeit im Fortune perfektioniert.

Meine Tage verlaufen in einem steten, dynamischen Rhythmus. Ich habe ein kleines Studioapartment gemietet, nur ein paar Ecken vom Restaurant entfernt, und meine Klamotten, den Sessel und das Gästebett in meine neue Bleibe gebracht. Aber eigentlich bin ich nur zum Schlafen dort. Mein wirkliches Zuhause ist das Fortune. Die Zeit, die ich dort mit Frankie verbringe, nachdem das Restaurant geschlossen hat, wird immer länger, und die Zeit, die ich bis zum nächsten Morgen fort bin, immer kürzer.

Serge umwirbt weiter meine Mutter, die sich das nur zu gerne gefallen lässt. Bill kommt immer öfter herein und setzt sich beim Personalessen zu uns an den Tisch. Ich gebe ihm ein paar Taschentücher, die er gerne benutzt, aber er schlägt hartnäckig all meine Angebote aus, ihm zu helfen oder ihm ein Dach über dem Kopf zu besorgen. Warum auch immer, er scheint sich mit dem Leben, das er führt, arrangiert zu haben. Unsere Renovierungspläne hat er angesichts der allgemeinen Begeisterung

(Frankie eingeschlossen) abgenickt, wenn auch etwas zögerlich. Als Helen und Charlie erfahren haben, wer der geheimnisvolle dritte Teilhaber ist, waren sie erleichtert, rätselten aber, warum er all die Jahre so ein Geheimnis daraus gemacht hat. Worauf Bill nur meinte, er hätte keine Lust gehabt, irgendwas mit der ganzen Sache zu tun zu haben.

Charlie hat sich mit Polly verabredet, und ganz im Gegensatz zu unserem Fehlstart scheint es bei den beiden auf Anhieb zu funken, und seitdem verbringen sie fast jeden Abend zusammen. Charlie ist immer öfter bei Serge und Frankie und mir in der Küche anzutreffen. Ich glaube, das liegt daran, dass er seinen Dad hier spürt, aber er schwört Stein und Bein, dass er nur da ist, weil er hier endlich richtig kochen lernt. Und Serge macht es großen Spaß, ihm alles von der Pike auf beizubringen. Julia hält mir immer wieder Vorträge über die Gefahren von Geistern und zwingt mich, mehrfach *Ein Gespenst auf Freiersfüßen* anzuschauen. Ich finde den Film deprimierend, sie findet, er ist ein abschreckendes Beispiel. Polly versucht, mich in die Feinheiten der Quantenphysik einzuführen, aber das meiste geht völlig an mir vorbei, und ich höre gar nicht richtig zu, weil ich eigentlich nur bei Frankie in der Küche sein möchte. Meistens schlafe ich abends mit dem Kissen im Arm ein und wünschte, es wäre er. Alles plätschert gemütlich vor sich hin, und dann, wie es eben ist im Leben, ist plötzlich die Kacke am Dampfen.

Es beginnt am Morgen der Vernissage von Matthias Drewes Ausstellung. Das Catering ist quasi in trockenen Tüchern. Ich bin besonders früh ins Fortune gefahren, aber der alte Bill, der normalerweise pünktlich wie die Maurer auf der Matte steht, um seinen Morgenespresso in Empfang zu nehmen, ist nirgends zu sehen. Ich denke mir nichts dabei, weil noch so viel zu tun ist. Die Zeit vergeht wie im Flug. Blumen werden geliefert, genauso wie spezielle Zutaten, später schaut Vivienne Drewe mit ihrer

Entourage von PR-Leuten herein. Das Restaurant ist für den Empfang geschlossen, darum läuft heute alles ein bisschen anders als sonst, und Frankie ist ganz aufgekratzt. Wie gerne würde er sich die Ausstellung ein paar Straßen weiter anschauen. Ich lasse ihn über die Qualität des Schinkens schimpfen und mache mich auf den Weg zu der glamourösen Galerie mit ihrer hochmodernen Ausleuchtung, der mehr als wohlbetuchten Klientel mit ihrem erlesenen Geschmack und den Meisterwerken von Matthias Drewe.

Sein Talent lässt sich nicht leugnen; die Arbeiten aus dem Restaurant, nun geschmackvoll gerahmt, zeigen das junge Genie, das in den Jahren darauf zusehends reifte und sich stetig weiterentwickelte. Das Herzstück der Ausstellung, das Porträt von Frankie, thront majestätisch über dem ganzen Rummel und dem selbstgefälligen Bussi-Bussi der oberen Zehntausend von Sydney.

Leider ist auch der grässliche Paul Levine da und scheint nicht besonders erfreut über meine Anwesenheit. Schon seit Wochen haben Frankie und ich kein Wort mehr über die unschönen Einzelheiten der schmutzigen Unterweltsaga gesprochen. Wir klammern das Thema aus, wohl aus Angst, wenn wir das Rätsel lösen, könnte man ihn mir wegnehmen.

Mit langen Schritten kommt Paul auf mich zu. »Ihr Freund hat uns verarscht. Wir haben den Code gefunden, aber der Safe war schon leer geräumt.«

»Paul«, entgegne ich, »ich habe nicht die geringste Ahnung, wovon Sie reden oder was Sie eigentlich suchen. Aber sollte es doch noch irgendwelche Schwierigkeiten geben, würde ich vorschlagen, wir schalten die Polizei ein.«

Was ihm ganz und gar nicht passt, weshalb er schnell wieder abzieht.

Sobald sie sich vergewissert haben, dass alle zum Verkauf stehenden Werke mit einem roten Punkt versehen sind, rottet die Glitzermeute sich zusammen und macht sich auf dem Weg ins Fortune.

Im Restaurant werden die Canapés herumgereicht, und es geht zu wie in einem Bienenstock. Frankies Laune scheint sich auch gebessert zu haben, und er klatscht zufrieden in die Hände und flaniert zwischen den Gästen herum und verteilt gute Ratschläge und rüde Rüffel unter seiner tauben Zuhörerschaft. Matthias ist sturzbetrunken, was wohl sein bevorzugter Bewusstseinszustand zu sein scheint. Er springt den Frauen förmlich ins Dekolleté, die unbehaglich kichern und rasch einen Schritt zurücktreten.

Frankie steht neben mir und sieht dem bunten Treiben zu. »Manchmal überschreitet Talent die Grenzen des Erträglichen, aber lass dich von ihm nicht blenden, bei ihm ist alles nur Show.«

Ich will gerade zur Toilette gehen, als Matthias mich beiseite nimmt. Zum Glück ist Frankie noch da. »Nicht schlecht, die Fressalien – die Pflaumen im Speckmantel waren das Erste, was Frankie mir damals beigebracht hat.«

Sein heißer, alkoholgeschwängerter Atem schlägt mir ins Gesicht, als er mich gegen die Wand drückt und mich an den Schultern festhält. »Das Porträt von ihm, das würde ich gern behalten.«

»Weg von ihr, du Dreckskerl!«, brüllt Frankie.

»Das brauchen wir hier.« Ich versuche ihn wegzuschieben, aber ohne Erfolg.

»Ich kaufe es zurück.«

»Es ist nicht zu verkaufen, Matthias. Wir hatten eine Vereinbarung.«

»Ich will es aber.«

»Es geht um den Code, oder? Den Vertrag?«

»Ich scheiß auf den Vertrag, das Porträt ist eine meiner besten Arbeiten. Ich male dir ein neues.«

»Das war so nicht ausgemacht.«

»Du hast ihn doch nicht mal gekannt, was kümmert dich das also?« Wieder drückt er mich heftig gegen die Wand. Ich versuche, mich seinem Griff zu entwinden, aber er hält mich fest und leckt mir in einer schnellen Bewegung mit der Zunge über das Schlüsselbein bis zur Stirn.

Wutentbrannt packt Frankie einen Wasserkrug und schlägt ihn Matthias auf den Kopf. Entsetzt rückt Matthias von mir ab. Ich befreie mich aus seinem Griff.

»Sag ihm, du kennst sein Geheimnis!«, befiehlt Frankie.

»Ich weiß ...«, ist alles, was ich herauskriege.

»Du weißt *was*?« Panik schwingt in Matthias' Stimme mit.

Ich schaue Frankie an, dann beschließe ich zu improvisieren. Zu Matthias sage ich: »Alles. Genau wie Frankie.«

Erleichterung und Scham spiegeln sich in Matthias' Gesicht, und er wankt und sackt dann in sich zusammen.

»Sag: ›Wie du aus dieser Nummer rausgekommen bist‹«, weist Frankie mich an.

»Wie Sie aus dieser Nummer rausgekommen sind.« Ich habe nicht die geringste Ahnung, was ich da rede, aber Matthias bricht in Tränen aus.

»Und was du mitgenommen hast!«, schreit Frankie, und ich wiederhole es.

Matthias zuckt zusammen.

Frankie schaut sich das Häufchen Elend an, das sich da auf dem Boden krümmt, und bekommt wohl Mitleid. »Ach Mann, jetzt hör schon auf zu flennen. Du warst ein dummer Junge und hast dich da in was reinmanövriert, das viel zu groß für dich war.«

»Was ist denn passiert?«, frage ich.

# 58

## Frankie, 1982

Es ist so früh, dass es noch nicht mal hell ist.

Ich komme aus dem Restaurant, wir haben nach einer Geburtstagsparty weitergefeiert und sind schließlich im Fortune gelandet. Eine große schwarze Stretchlimousine wartet am Ende der Straße.

Der kleine Matthias, dieser talentierte, langfingrige Mistkerl, drückt sich auch schon hier herum. »Frankie.«

»Was machst du denn hier, Kleiner? Deine Schicht fängt erst um neun an – komm in vier Stunden wieder.«

»Ich habe Ärger.«

Ich spitze die Ohren. Da ist er nicht der Einzige; das Fortune steht kurz vor der Zwangsversteigerung. Seit Neuestem trinke ich meinen morgendlichen Espresso mit einem Schuss Wodka. »Große-schwarze-Stretchlimo-Ärger?«

Er nickt und unterdrückt mühsam ein Winseln.

»Was ist los?«

»Es gibt da einen Typen, der immer herkommt«, sagt Matthias. »Er ist stinkreich und steht auf meine Bilder.«

»Und wieso hast du Ärger?«

»Er hat gesagt, wenn ich ... du weißt schon ...«

»Nein, klär mich auf.«

»Wenn ich ... wenn ich ihm einen blase und mich von ihm ficken lasse, dann gibt er mir Geld, damit ich in London auf die Kunsthochschule gehen kann.«

»Dafür gibt es Stipendien«, kontere ich.

»Ich bräuchte trotzdem noch ein Flugticket. Er hat gesagt, er lässt mich erster Klasse fliegen.«

»Dann prostituierst du dich also. Bist du überhaupt schwul?«

»Nein. Und er auch nicht.«

»Schon klar.«

»Er bringt mich um, Frankie, wenn ich das nicht durchziehe.«

»Quatsch.«

»Nein, er meint es ernst. Er ist Mitbetreiber eines Nachtclubs und ein ganz dicker Fisch.«

»Er ist ein Kinderficker.«

Inzwischen laufen dem Jungen die Tränen über das Gesicht. Er ist ein kleiner Stinker, aber das hat keiner verdient, nicht mal so ein hintertriebener, gieriger Lümmel wie Matthias Drewe.

»Verschwinde, ich kümmere mich darum«, sage ich zu ihm.

»Nein, dann bringt er erst dich um und dann mich.«

»Das bezweifle ich.« Mein Blick geht zurück zu der schwarzen Limo. »Wenn ich nicht um neun im Fortune bin, ruf die Bullen.«

»Du brauchst das nicht für mich zu machen, ich war ein kleiner Wichser.«

»Stimmt, aber du bist einer *meiner* kleinen Wichser. Und jetzt geh nach Hause und pack deine Sachen. Tiffany soll dir ein Ticket buchen, du fliegst heute Nacht nach Heathrow. Dass du deinen mickrigen kleinen Körper verkaufen musst, will ich nicht auf dem Gewissen haben. Aber Matthias, ich erwarte, dass du das Beste aus dir machst, hart arbeitest, gut malst und einen Haufen Kohle verdienst. Komm als Mann zurück, verstanden? Und jetzt verschwinde. Sofort!«

Er wieselt davon in die Dunkelheit vor dem Sonnenaufgang.

Ich rauche meine Kippe zu Ende und marschiere zu dem wartenden Wagen, öffne die Tür zum Fond und steige ein.

»Überraschung«, sage ich.

Wir staunen beide nicht schlecht. Es ist John, mein alter Fußballkumpel. Gute Familie, die ihre Finger an jedem Kuchen hat. In mehreren Vorständen, Mitglied im Rotary.

»Scheiße, du bist das.«

Einige Sekunden herrscht betretenes Schweigen, weil wir beide nicht wissen, was wir sagen sollen.

»Extra einen dicken Schlitten angemietet für diesen besonderen Anlass, John?«

»Was zum Teufel hast du hier zu suchen?«, sagt er.

»Der Junge muss leider passen – du musst wohl mit mir vorliebnehmen«, säusele ich und klimpere mit den Wimpern.

»Raus.«

»Minderjährige Jungs, John ... Das ist nicht fair.«

»Der Junge ist ne Schwuchtel, der weiß, worauf er sich einlässt.«

»Au contraire.«

John sagt dem Fahrer, er soll losfahren.

»Warum fährst du nicht einfach zum Schwulenstrich, John? Da kriegst du, was du willst. Wo fahren wir hin? Nach Hause zu Pippa auf ein Gläschen Rosé?«

»Wenn du irgendwem auch nur ein Wort sagst, bist du ein toter Mann.«

»Ich setze dich auf die Warteliste. Aber vorher solltest du deinen Namen vielleicht lieber von der Befürworterliste für das Casino streichen lassen.«

»Was hat das denn damit zu tun?«

»Wäre doch wirklich schade, wenn Pippa das aus der Zeitung erfahren müsste. Ich sage es ihr besser persönlich – nachdem ich sie ordentlich durchgenommen habe, natürlich.«

Unvermittelt stürzt John sich auf mich. Ich stoße die Tür auf und lasse mich rausfallen. Aber ich weiß, die Strafe wird auf dem Fuß folgen.

Wir setzen Matthias in den Flieger. Erst als ich ins Restaurant zurückkomme, bemerke ich, dass mein letztes Geld aus dem Versteck verschwunden ist. Der kleine Dreckskerl. Ich hätte es ihm auch so gegeben, hätte er mich darum gebeten.

# 59

## Lucy

Matthias beendet seine Geschichte mit einem tiefen Schluchzen. Er ist mit dem Flieger, den Frankie ihm gebucht hat, aus der Sache rausgekommen, und ist über zehn Jahre in London geblieben. Frankie, Serge und Charlie stehen inzwischen neben mir und hören ihm zu.

»Er hat mir das Leben gerettet.«

Ich stimme ihm zu. »Und warum hassen Sie ihn dann so?«

»Er hat mich gerettet, und ich bin ihm was schuldig geblieben. Als ich zurückkam, war er tot, und ich konnte meine Schuld nicht mehr begleichen. Ich habe damals ein bisschen Geld mitgehen lassen, das er sicher gebraucht hätte.«

»Scheißkerl«, platze ich heraus.

Matthias schluchzt und stimmt mir zu.

»Drei Monate nachdem Sie abgehauen sind, war er tot – Sie müssen doch sicher davon gehört haben?«

Matthias, der offensichtlich Angst hat und sich gleichzeitig in Grund und Boden schämt, jammert wieder los. »Ich glaube, das ist alles meine Schuld.«

»Ich bring dich um!« Unvermittelt stützt Serge sich auf Matthias. Und ich glaube, er hätte ihn tatsächlich umgebracht, hätte Charlie ihn nicht aufgehalten.

»War ich schuld?«, blubbert Matthias.

Ich schaue Frankie an.

»Ich hatte die Geschichte schon völlig vergessen«, sagt er. »Wer weiß?«

»Wer könnte denn mehr darüber wissen?«, frage ich und bin ein bisschen stolz auf Frankies Heldentat. Gleichzeitig überkommt mich ein Anflug von Panik. Ist das nun des Rätsels Lösung? Stehen wir kurz davor, den Mord an Frankie aufzuklären? Und wenn ja, heißt das dann ... *Was* heißt das dann?

Darauf hat niemand eine Antwort, und Serge meint nur: »Da sollten wir Bill fragen.«

»Oder John – John müsste mehr darüber wissen, wenn er dahintersteckt. Lebt der eigentlich noch?«

Die ganze Aufregung führt zu noch mehr Drinks und Diskussionen, bis die letzten Gäste, darunter auch Matthias, der sich halb bewusstlos getrunken hat, schließlich gegangen sind. Während Frankie und ich herumgehen und die letzten Gläser abräumen, besprechen Serge, Charlie, Polly und Julia die Ereignisse bei einem Glas Wein. Meine Mutter, die behauptet, sie habe mal nach mir sehen wollen, dann aber gleich auf Serge zusteuert, gesellt sich zu ihnen. Gerade, als ich mich auch dazusetzen will, rumst es heftig an der Tür.

»Geschlossen!«, rufe ich.

Wieder ein lauter Schlag. Ich gehe zur Tür, Frankie gleich hinter mir. Ich mache auf, und der alte Bill stolpert, übel zugerichtet, über die Schwelle und sackt in sich zusammen.

Von da an geht alles ganz schnell. Ohne erst einen Krankenwagen zu rufen, laden Serge, Charlie und Mum Bill in meinen Lieferwagen. Er atmet noch, ist aber nicht ansprechbar. In der Notaufnahme wird Bill auf eine Krankentrage gelegt, während ich an der Anmeldung stehe und versuche, das Aufnahmeformular auszufüllen. Ich gebe das Fortune als Adresse an.

»Nächste Verwandte?«, fragt die Schwester.

Ich versuche mich daran zu erinnern, ob Bill mir gesagt hat, ob seine Exfrau noch lebt, da mischt meine Mutter sich plötzlich ein.

»Sie«, sagt sie und weist mit dem Kinn auf mich.

»Wie bitte?«

»Bill ist dein Vater.«

Ich erwarte, dass sie mir zuzwinkert, um mir zu verstehen zu geben, dass das eine kleine Notlüge ist, damit Bill schneller drankommt, aber Mum verzieht keine Miene.

»Ich hatte eine Affäre mit ihm. Er war verheiratet. Ich war damals viel zu jung. Ich habe ihn geliebt, aber ich bin total durchgedreht und abgehauen, als ich erfahren habe, dass ich schwanger war.«

»Bill … Bill … Der alte Bill, Bill … der Penner, ist mein Vater?«

Die Schwester hat aufgehört zu tippen und starrt uns unverhohlen an.

»Ich habe ihm gesagt, ich will seine Ehe nicht zerstören. Wir haben uns aus den Augen verloren. Ich wusste nicht, dass es mit ihm so bergab gegangen ist.«

»Hat er dich geliebt?«

Mum nickt und schnieft. Unvermittelt habe ich tausend Bilder im Kopf, wie es hätte sein können: Geburtstage mit Bill, Mum mit einem Mann, der sie liebt, ich, wie ich Frankie »Onkel Frank« nenne …

»Ich habe ihm gesagt, in der Liebe ist Timing alles, aber eigentlich hatte ich bloß furchtbare Angst.«

»Weiß Bill es?«

Mum nickt. »Er sagt, er wusste es sofort, als er dich das erste Mal gesehen hat – du hast meine Augen … Die sind das Schönste an dir.«

»Heiliges Kanonenrohr.«

Wir werden vom behandelnden Arzt unterbrochen, der uns mit nach hinten nimmt. Sofort wird Bill durchgecheckt, und schnell steht fest, dass er eine schwere Herzattacke erlitten hat. Die vielen Jahre massiven Alkoholmissbrauchs haben seine Leber irreparabel geschädigt, und die Prügel, die er einstecken musste, hat es nur noch schlimmer gemacht. Seine Überlebenschancen sind gering.

Fest umklammere ich seine Hand und versuche mir vorzustellen, wie er wohl früher mal ausgesehen haben muss, ehe das Leben ihm so übel mitgespielt hat. Bill, der Frankie den Arsch gerettet hat, der seine Frau verloren hat und seine Geliebte und seinen Beruf – und der trotzdem treu Wache geschoben hat. Bill, der Frankie gegenüber loyaler gewesen ist als alle anderen. Bill, der mein Dad ist. Er darf jetzt noch nicht sterben.

Stunden vergehen bei Styroporbechern mit lauwarmem Tee, den wir abwechselnd in der seelenlosen Miniküche kochen. Auf Intensivstationen verliert man jedes Zeitgefühl. Nichts von dem, was im Fernseher im Wartezimmer läuft, ist zu hören oder zu verstehen. Sämtliche Zeitschriften sind uralt, das Herz schlägt einem jedes Mal bis zum Hals, wenn ein Arzt oder Pfleger durch die Stahltür tritt, die gleich wieder zurückgleitet, ehe man einen Blick auf das, was sich dahinter abspielt, erhaschen kann.

Bill übersteht die OP. Sein Zustand stabilisiert sich. Mum sagt, er ist ein zäher Bursche.

Als ich ihn das nächste Mal sehe, ist er an unzählige Maschinen angeschlossen, deren Monitore durchdringend piepsen und plingen. Wir warten, bis er zu sich kommt. Man muss sagen, von den blauen Flecken mal abgesehen, sieht er besser aus denn je. Vor der OP wurde er gewaschen, und er bekommt intravenös Flüssigkeit und Nährstoffe zugeführt. Das ist also mein Vater. Der Mann, von dem ich mein ganzes Leben lang geträumt habe.

Mit meinem Opa als Ersatzpapa konnte ich den Gedanken an meinen richtigen Vater immer halbwegs verdrängen. Als kleines Kind, damals in der Kommune, da habe ich, wenn ich Angst hatte, das gemacht, was alle kleinen Mädchen tun – ich habe mir den perfekten Vater ausgemalt: groß, gut aussehend, mit tollen Zähnen, der auf einem Pferd angeritten kommt oder wahlweise einem Einhorn – oder später, als ich älter wurde, im Jaguar vorfährt –, um mich aus dem alles durchdringenden Patschuliduft zu retten. Natürlich war er ein Chirurg, der Menschenleben rettet und auf einer Sondermission in einem Dritt-Welt-Land gewesen ist, oder Mitglied des Geheimdienstes, unterwegs im Auftrag des Königshauses, um unser Land vor Schaden zu bewahren, und darum war er an meinem Geburtstag und an Weihnachten nie da. Aber jetzt, wo er wieder da war, würde er mit mir zum Pfannkuchenessen zu The Rocks fahren oder welches Restaurant ich damals auch immer gerade für das angesagteste hielt. An meinem achten Geburtstag war es ein französisches Restaurant, das ich auf Fotos gesehen hatte, Pig Alley hieß es; an meinem dreizehnten das sich drehende Restaurant an der Spitze des Centrepoint Tower; an meinem achtzehnten das Rockpool; an meinem einundzwanzigsten das Jean-Georges in New York. Ich stelle mir unsere Gespräche vor, die fröhlichen Stunden, wie ich ihm von meinen Zukunftsplänen erzählen und wie er mich unterstützen würde, mir bei der Eröffnung meines eigenen Restaurants helfen und mich anspornen, immer weiterzumachen, nicht aufzugeben, groß zu denken.

Und nun war er da. Der zerknitterte alte Penner, der mich beschimpft und um eine Zigarette angeschnorrt hat, als ich ihn das erste Mal vor dem Fortune gesehen habe. Auf äußerst seltsame Art und Weise hat er in der Zwischenzeit für Frankie auf das Fortune aufgepasst … und irgendwie auch für mich.

Bitte, lass mir noch ein bisschen Zeit mit ihm, ehe er gehen muss. Ich möchte den Menschen kennenlernen, der sich hinter dem durchdringenden Gestank und den Schnapsflaschen versteckt.

Ich drücke ganz fest seine Hand.

# Pflaumen im Speckmantel

## Zutaten

- 12 getrocknete Pflaumen, entsteint – wer es süßer mag, kann auch Datteln nehmen
- 1/2 Tasse Brandy
- 12 ganze blanchierte Mandeln
- 1 Teelöffel gehackter Rosmarin
- 2 Salbeiblätter, in Butter frittiert, bis sie braun sind, abgekühlt und fein gehackt
- 1 Teelöffel Orangenzesten
- 200 Gramm Speck
- 1 Esslöffel natives Olivenöl

## Zubereitung

Die Pflaumen mindestens eine Stunde lang in Brandy tränken, bis sie sich vollgesogen haben. Danach die überschüssige Flüssigkeit abseihen und beiseitestellen. Wenn nötig, ein bisschen am Brandy nippen; den Rest für später aufheben.

Eine Mandel in jede Pflaume geben.

Rosmarin, Salbei und Orangenzesten zu den brandygetränkten Pflaumen geben und miteinander vermischen.

Die Speckstreifen so zurechtschneiden, dass man pro Pflaume eine sechs bis sieben Zentimeter lange Scheibe Speck hat. Den Speck um die Pflaumen wickeln und mit einem Zahnstocher feststecken.

Eine Grillpfanne vorheizen, die speckummantelten Pflaumen mit Öl beträufeln und so lange grillen, bis der Speck gebräunt ist.

Auf einer Platte anrichten und servieren. Noch himmlischer wird es, wenn man die Pflaumen durch Austern ersetzt.

# 60

## Frankie

Wie oft übersehen wir das, was wir direkt vor Augen haben? John. Klar war es John: ein dicker Haifisch im Karpfenbecken; hätte ich ausgeplaudert, was ich über seine ekelhaften Vorlieben wusste, er hätte einpacken können. Das konnte ein Kerl wie er nicht riskieren. Ganz zu schweigen von der Gefahr, dass sein Immobilienimperium zerbröckelt.

Klar war es John.

Wir haben Matthias in den Flieger gesetzt; meine Kreditkarten waren Gott sei Dank noch nicht gesperrt.

Aber dann war der Vorratsschrank leer.

John hat sich von da an ferngehalten vom Restaurant. Ich dachte, er schämt sich, und mir schwirrten so viele andere Schmeißfliegen um den Kopf, dass ich die Sache schnell wieder vergessen habe.

Er anscheinend nicht.

# 61

## Lucy

Erstes Morgenlicht fällt durch die Zweige der Jakarandabäume, als ich zurück zum Fortune laufe. Ich möchte Frankie sagen, dass Bill stabil ist, aber mindestens einen Monat im Krankenhaus bleiben und dann in die Reha gehen muss. Und ich will ihm sagen, dass Bill mein Dad ist.

Ich höre Frankie, noch bevor ich ihn sehe. »Ich glaube, ich habe mich bei den Mengenangaben vertan.«

Er ist in der Küche und brütet über seinem Rezept für Stör mit Enteneiern. Ganz ruhig sitzt er da auf der Arbeitsplatte, aber er wirkt blass – wie ein verblichenes Foto aus einem alten Album. Sogar seine Stimme klingt, als käme sie von einem weit entfernten Hügel. Traurig lächelnd hebt er die Hände, die zusehends durchscheinender werden. Ich schreie ihn an, er soll das lassen.

»Ich versuche mein Bestes, mein liebstes Mädchen. Ich frage mich, ob es ein Rezept gibt, um das wieder hinzubiegen, irgendeine geheime Verbindung.«

»Bill ist mein Vater«, platze ich heraus.

»Ja, das ist er«, bestätigt Frankie und nickt zufrieden.

»Er hat es dir gesagt?«

»Das brauchte er nicht. Du hast sein Rückgrat, sein Kinn und seinen Intellekt.«

»Macht das die Sache zwischen uns irgendwie noch seltsamer?«, frage ich.

Er lacht dieses tiefe Lachen. »Irgendwie komisch, wenn man so drüber nachdenkt, oder? Meinst du, er kriegt noch mal die Kurve?«

»Ja. Was geht hier vor sich, Frankie?« Mein erschöpftes Herz hämmert wie wild unter einem neuen Adrenalinstoß.

»Das große Rätsel ist gelöst. Es war John.«

»Der Typ, der Matthias in sein Auto locken wollte, dein Fußballkumpel?«

»Fußballkumpel, Mörder – eigentlich eine ziemliche Antiklimax, findest du nicht? Ich wette, Bill wird dir mehr dazu sagen können, wenn er wieder aufwacht. John steckt auch hinter der Attacke auf Bill – das Timing lässt keinen anderen Schluss zu. Matthias' Ausstellung hat ihn sicher aufgestört. Außerdem steckte er mit Paul unter einer Decke, auch wenn ich das damals nicht kapiert habe. Er wollte das hier«, sagt er und hält das kleine rote Büchlein hoch, das so viel Chaos angerichtet hat, »um sich zu vergewissern, dass meine Rezepte nicht mit meinen Memoiren garniert waren.«

»Und jetzt? Was passiert jetzt?«

»Alle Lektionen sind gelernt, alle Rätsel sind gelöst.«

»Und wo ist John?«

»Bill wird euch helfen, ihn aufzuspüren. Geh zur Polizei, erzähl ihnen alles, was du weißt.«

Ich rücke noch etwas näher an ihn heran. »Und was ist mit dir? Du kannst nicht einfach gehen.«

»Ich will nicht gehen. Ich kämpfe darum hierzubleiben, aber anscheinend nützt es nichts, verdammt noch mal.« Er verblasst zusehends.

»Frankie, du hast es mir versprochen, bitte, du kannst doch nicht, du kannst doch nicht einfach so ... Es muss doch einen anderen Weg geben. Mein ganzes Leben lang habe ich auf dich gewartet.«

»Und ich habe über mein Leben hinaus auf dich gewartet, Lucille.«

Es muss einen Ausweg geben, eine Lösung, einen Weg, um zu verhindern, was hier gerade geschieht. Ich darf ihn nicht verlieren. »Und was ist mit Polly? Den Zeitportalen? Was ist mit Mum und ihrem Esoterikkram?«

»Ach, Liebes, wir klammern uns an Strohhalme. Lieber möchte ich die wenige Zeit, die uns noch bleibt, mit dir verbringen, hier im Restaurant, und … und was kochen.«

»Frankie, wir müssen es versuchen.«

Es dauert keine Stunde, bis meine Mutter da ist, Sandy und den ziemlich verdatterten Serge im Schlepptau.

»Frankie ist hier?« Er kann immer noch nicht begreifen, was er da hört.

»Ja, ich bin hier!«, schreit Frankie frustriert, aber seine Stimme ist kaum mehr als ein Wispern. »Ich war die ganze Zeit hier.«

»Frankie, du jetzt hier bei mir. Ich bin dir immer treu, Frankie. Und endlich ich habe gefunden große Liebe. Und sie hat auch nette Freundin.«

»Danke, Serge«, sage ich, nur damit er die Klappe hält, bevor er noch mehr unerwünschte Informationen über Sandy verbreitet, die kokett mit der Hüfte wackelt.

Meine Mutter und Frankie nicken einander zu. »Du glühst fast.«

»Das höre ich nicht zum ersten Mal, Sara.«

Julia kommt, und zur Krönung erscheint auch noch Charlie, der aussieht, als sei er eben erst aufgewacht, und zwar an Pollys Seite. Polly hat ein dickes, mittelalterlich anmutendes Lehrbuch dabei, das aussieht, als stammte es aus einem Harry-Potter-Film. Und ihr iPad ist vollgestopft mit irgendwelchen Formeln.

»Möchte sonst vielleicht noch jemand mitmachen?«, fragt Frankie und schlägt die Hände über dem Kopf zusammen.

»Was machen wir hier eigentlich?«, will Charlie wissen und gibt mir zur Begrüßung ein Küsschen auf die Wange.

»Das habe ich dir doch gesagt«, entgegnet Polly ganz sachlich. »Wir helfen Lucy mit einer Wesenheit, die mal dein Vater war.«

»Dein Vater *ist*«, korrigieren Frankie und ich sie gleichzeitig.

»Ist das so was wie ein Exorzismus oder so?« Charlies offensichtliches Unbehagen wird von seiner Neugier besiegt.

»Der Duft, den du so magst«, erklärt Polly. »Dieser Bratengeruch – das ist dein Dad. Und Lucy liebt ihn.«

»Ach wirklich?« Charlie lacht. Und hört gleich wieder auf, weil niemand mitlacht. Mit großen Augen schaut er mich an und sieht sich dann misstrauisch und in alle Richtungen schnuppernd um. »Dad?«

»Sag ihm, er hat sich gut gemacht, und er soll weiterkochen.«

Das richte ich aus. Charlie ist verständlicherweise verwirrt und hat tausend Fragen, die Polly und Sara ihm abwechselnd beantworten, während ich dasitze und Frankie mittels schierer Willenskraft zu halten versuche.

Julia, die ihr Leben lang eine Abneigung gegen alles Okkulte hatte, faltet im Hintergrund schweigend Servietten.

Viel zu schnell, nach einem Kräuteromelett, wie Frankie es sich gewünscht hatte, stehen wir im Speiseraum im Kreis. Charlie und Serge haben eine Kurzfassung der Ereignisse erzählt bekommen. Sandy, Polly und Mum, die Hexen von Woolloomooloo, haben das Orakel befragt und sich auf eine Vorgehensweise geeinigt.

»Fehlt nur noch ein Ouija-Brett.« Charlie versucht wieder witzig zu sein. Und scheitert grandios.

Frankie und ich sollen uns voreinander stellen, so nah wie möglich, ohne uns zu berühren. Ich versuche, jedes seiner Moleküle einzuatmen. Er ist jetzt so hell und licht, dass er aussieht wie ein Heiratsantrag in Wolkenschrift, die ein Propellerflugzeug an einem wolkenlosen Tag in den blitzeblauen Himmel gemalt hat. Mum und Sandy stehen rechts und links von Polly, die uns anweist, uns unseren schönsten Moment mit Frankie ins Gedächtnis zu rufen. Und auch Frankie soll an seine liebsten Erinnerungen denken.

»Sie fliegen nur so vorbei«, flüstert er.

»Und jetzt stell dir vor, was du dir wünschst, wo du sein möchtest«, ruft Polly.

»Was? Ich verstehe dich nicht.« Frankie ist nicht mehr als ein Echo.

Ich darf ihn nicht verlieren. Ich will mitgehen. Ich strecke die Hand nach ihm aus, greife nach ihm, in ihn, durch ihn hindurch. Ich höre Kreischen und Rufe und wildes Wellenrauschen. Ich spüre seine flüchtige Berührung, und dann ...

# 62

## Frankie

Die Tarte Tatin an der Bar des Restaurant Balthazar in New York. Das Sirloin-Steak, das ich an dem Abend gegrillt habe, als Charlie mir erklärte, er wolle Astronaut werden. Die Biskuittorte mit Zuckerrübensirup meiner Mutter. Lucille. Lucilles Soufflé, die Baisers, die sie fallen gelassen und dann als dekonstruiert deklariert hat. Ihre Haare und ihr …

Die Bilder flackern kurz auf und verschwinden. Es geht alles so schnell. Als ich das erste Mal gehen musste, konnte ich es gar nicht genießen, die Bilder zu sehen, ich war viel zu panisch, es tat weh, und dann wurde alles schwarz. Aber nun blitzt Bild um Bild vor meinem inneren Auge auf, und es kommt mir vor, als schwämmen meine Glieder durch das Quecksilber von Raum und Zeit, suchend und tastend nach Lucille, um sie zu halten, nicht zu fallen, anzukommen. Ein Ozean aus purer Freude und Küssen und Schokomousse, samtige Soßen aus sexuellen Höhepunkten und einsamen Morgen, Blätterteiggebäck aus Küchenlachen, fallen, fallen, fallen durch seidigen Eischnee. Ich spüre, wie sie die Hand nach mir ausstreckt, mich berührt und kurz mitgerissen wird auf meiner Reise. Wieder spüren wir einander ganz: Schmerz, Seufzen, die Süße aller ihrer Untiefen, und ihre Wärme, die sichere Wärme ihrer Lebenskraft, die in mir pulsiert, dann das gleißend helle Licht, und dann bin ich fort.

# 63

## *Lucy*

Sie beugen sich über mich, die Gesichter vor Sorge verzerrt. Polly und Charlie hocken sich zu mir und halten mich fest. Ich höre, wie Mum Serge sagt, er soll jetzt nicht panisch werden – es ginge mir gut.

»Frankie?«, frage ich.

»Er ist weg, Liebes.«

Wieder versucht Serge, das Unfassbare zu fassen. »Also war er wirklich *hier*?«

»Der Duft ist weg«, klagt Charlie. Es stimmt, man riecht nur noch Omelett und Kaffee, aber keinen Frankie mehr.

»Wo ist er?«, will ich wissen.

Die drei Hexen schauen mich ratlos an. Polly erklärt: »Die Theorie, basierend auf Quantenphysik und der Traumzeit der Aborigines, besagt, dass es spirituelle Portale gibt, durch die man im Leben jederzeit kommen und gehen kann.«

»Aber Frankie war doch schon tot«, stammele ich.

»Genau, das verkompliziert die Sache. Selbst wenn es funktioniert hat, könnte immer noch was schiefgegangen sein – er könnte im Portal von jemand anders auftauchen, oder in seinem eigenen in einer anderen Inkarnation, oder …«

»Oder wenn sein Karma wirklich erlöst ist, dann kommt er gar nicht mehr zurück«, wirft meine Mutter ein.

»Aber wo ist er denn dann jetzt?«, frage ich verzweifelt und schlucke gegen die in mir aufsteigende Panik an.

»Das ist die Millionenfrage«, seufzt Mum.

»Er ist in deinem Essen«, antwortet Serge. »Jedes Rezept, das du kochst, er ist drin, war er immer schon.«

Das tröstet mich nicht so richtig, und dass diese ganze Geschichte langsam an das Ende von *Der Zauberer von Oz* erinnert, hilft auch nicht gerade. Mir fällt nichts anderes ein, als mich zusammenzuringeln wie ein Tausendfüßler und haltlos zu weinen. Julia schickt alle raus und nimmt mich in den Arm.

Ich will bei ihm sein, selbst wenn das nirgendwo ist.

Wie kann das Schicksal bloß so grausam sein?

# Kräuteromelett

## Zutaten

- 3 tagesfrische Eier von frei laufenden Hühnern, auf Zimmertemperatur
- Murray River Meersalz (oder ganz gewöhnliches Salz) und frisch gemahlener schwarzer Pfeffer
- 3 Teelöffel Butter
- 1 Esslöffel Wasser
- 2 Esslöffel frische gehackte Kräuter (Kerbel, Petersilie und Schnittlauch oder Estragon)
- 1 Teelöffel Parmesan (nach Geschmack)

## Zubereitung

Die Eier aufschlagen, in eine Schüssel geben und leicht verquirlen. Wasser hinzufügen, mit Salz und Pfeffer und – je nachdem, wie wagemutig Sie sind – dem Parmesan würzen.

Die Hälfte der Butter und das Öl in eine Omelett- oder Bratpfanne geben und bei mittlerer Hitze auf den Herd stellen. Wenn die Butter blubbert und schäumt, aber noch nicht braun geworden ist, die Eimischung hineingeben. Wenn sie unten ansetzt, mit dem Spatel von den Seiten her zusammenschieben, damit alles gleichmäßig gegart wird.

So weitermachen, bis das Omelett gestockt, aber noch weich ist.

Die Kräuter drüberstreuen. Die Pfanne rütteln, damit Kräuter und Ei sich setzen. Mit dem Spatel eine Seite des Omeletts zu einem Drittel auf die andere Seite falten und wieder umdrehen, dann vorsichtig auf einen Teller gleiten lassen. Die restliche Butter in der Pfanne zerlassen und über das Omelett geben.

Mit frisch gebackenem Brot, einer Schachtel Taschentücher und einem langen Abschiedsgruß servieren.

# 64

## Frankie

Wo bin ich?

# 65

## Lucy

Als meine Großmutter starb, wollte mein Großvater nicht mehr leben. Bei der Aufbahrung hat er sogar versucht, zu ihr in den Sarg zu klettern. Die Statistik besagt: Männer sterben üblicherweise recht schnell hinterher, wenn ihre Frauen tot sind, und alle, vom Organisten bei der Beerdigung bis hin zu unserem Nachbarn Mr. Jones, waren der Ansicht, das würde bei ihm nicht anders sein.

Bevor meine Großmutter starb, hat mein Großvater kaum je ein Ei selbst gekocht. Sie waren einander alles. Einen Monat nach ihrem Tod stimmte er widerstrebend zu, mich auf einen Roadtrip zu begleiten, bei dem wir die besten Angelplätze zwischen Manyana und Tweed Heads abklapperten, inklusive eines kleinen Abstechers zu meiner Mutter.

Die ersten Tage unserer Reise waren schier unerträglich. Zum ersten Mal in meinem Leben habe ich meinen Großvater weinen sehen. Aber noch schlimmer war das Schweigen, das dann kam. Zum Glück gehört Angeln zu den besten Beschäftigungen für Menschen wie uns, die nicht gerne reden. Ganz allmählich, Stückchen für Stückchen, kroch er aus seinem Schneckenhaus, und irgendwo zwischen Port Macquarie und Coffs Harbour beschloss er weiterzuleben. Er fing Fische, sein Appetit kehrte zurück. Er sagte mir, er bereue nichts. Sechzig Jahre hatte er mit meiner Großmutter verbracht – und wer konnte schon von sich behaupten, so ein Glück gehabt zu haben?

Es dauerte kein Jahr, da besuchte er regelmäßig Sinfoniekonzerte, telefonierte mit den örtlichen Radiostationen und diskutierte live über Rosenanbau und rief mich an, wenn er mal wieder am Wochenende mit mir essen gehen wollte. Was ich nur zu gerne tat. Ich besuchte ihn im gemütlichen, geräumigen Lebkuchenhaus, das er und meine Großmutter an der Küste gebaut hatten. Nach einem seiner Ausflüge ins Sydneyer Opernhaus saßen wir bei einer Bouillabaisse in einem winzigen Fischrestaurant in Surray Hills, wo er lautstark verkündete, das Essen sei vorzüglich und er sei froh, dass er noch lebe. Diesen Augenblick werde ich nie vergessen.

In den Wochen nach Frankies Verschwinden überlege ich ein paar Mal ernsthaft, am Gap von den Klippen zu springen, aber die meiste Zeit liege ich einfach nur im Bett und schaue mir alte Filme an. Oft kommt Julia vorbei und kuschelt sich zu mir unter die Decke. Jeder versucht auf seine Art, mich zu trösten, aber das ist beinahe unmöglich, wenn man etwas verloren hat, von dem man sich nicht sicher sein kann, ob es je wirklich wahr gewesen ist. Oder nur für einen selbst.

Irgendwann kommt die Wut. Es erscheint mir besonders herzlos vom Universum, ihn mir so schnell wieder zu nehmen – wir waren doch gerade erst dabei, einen Weg zueinander zu finden. Ganz im Gegensatz zu meinen Großeltern bleiben mir keine Jahrzehnte gemeinsamer Erinnerungen. Serge beharrt darauf, dass ich weiter Frankies Rezepte kochen soll, und Hugo sorgt dafür, dass ich auch meine eigenen Kreationen entwickle. Ich habe Hugo erzählt, was passiert ist, und mit seiner üblichen Leichtigkeit und Anmut verglich er es mit einer heimlichen schwulen Beziehung, von der niemand wissen darf, so wie viele seiner älteren schwulen Freunde sie früher hatten. Verloren sie den geliebten Menschen, mussten sie ihre Trauer vor der Welt verbergen. Das wäre genauso unerträglich.

Es dauert nicht lange, bis das Fortune für die anstehenden Renovierungsarbeiten schließen muss. In der Zwischenzeit konzentriere ich all meine Kraft auf den alten Bill. Ich besuche ihn fast jeden Tag, wir spielen Schach zusammen, und hin und wieder erzählt er mir Geschichten aus Frankies oder seinem Leben. Irgendwann kommt auch seine Exfrau Sheila zu Besuch, und bald erholt er sich zusehends. Meine Mutter und Serge sind auch oft bei ihm. Bevor Bill aus der Reha kommt, suche ich eine geräumige Wohnung für uns beide. Er ist ein bisschen wackelig auf den Beinen, aber glücklich, hier zu sein. Nach Rücksprache mit Lana übergibt er die Verträge der Immobilien-/Casinogeschichte einer renommierten Journalistin, Clare McKay. Sie ist knallhart und unbestechlich und fest entschlossen, die Korruption im Hintergrund aufzudecken, von der die Politik auch heute noch durchdrungen scheint. Die Verträge sorgen für ein nicht unerhebliches Aufsehen, als sie einer unabhängigen Kommission übergeben werden, und etwas später erscheinen Auszüge daraus auf den Titelseiten sämtlichen Sydneyer Tageszeitungen. Frankie hatte recht: John war derjenige, der Bill am Abend von Matthias' Ausstellungseröffnung fast zu Tode geprügelt hätte. Womöglich hat die Ausstellung alte Gefühle wieder hochkochen lassen, aber warum auch immer, als er Bill sah, nutzte er die sich bietende Gelegenheit. Obwohl Bill eigentlich gar nicht gemeint war.

Die Kommission beginnt, Beweise zu sammeln, und John gesteht den Mord an Frankie. Angeblich war das alles ein »Versehen« – er hatte Frankie nur eine Lektion erteilen wollen, damit der sich nicht verplapperte und etwas über seinen Hang zu viel zu jungen Männern ausplauderte, aber Frankie hatte sich mit Händen und Füßen gewehrt, und als Johns Muskelmann gegen den Stuhl gestoßen war, hatte es Frankie das Genick gebrochen, und es war alles zu spät.

Endlich die wahren Hintergründe zu kennen scheint für alle in Frankies engstem Umfeld eine große Erleichterung sein. Nur für mich nicht. John wird verurteilt, und Bill fühlt sich gleich viel sicherer und leichter. Für ihn ist es, als fände Frankie jetzt endlich seinen Frieden.

Noch mehr Zeit vergeht. Polly und Charlie sind immer noch sehr verliebt, und als im Herbst in der Macleay Street die Blätter fallen und unter den Schuhen rascheln, verloben sie sich. Wir feiern eine Party für sie im Restaurant, und ich hoffe den ganzen Abend, genau wie jeden Morgen, wenn ich das Restaurant aufschließe, dass Frankie wie von Zauberhand erscheinen wird.

Manchmal träume ich von ihm, von dem elektrischen Schlag, als wir uns küssten, oder wenn ich aufwache, habe ich noch im Halbschlaf den Geschmack eines Satzes auf den Lippen, den ich gerade zu ihm gesagt habe.

Im Mai verkündet Charlie, er wolle Koch werden. Er schreibt sich auf einer Kochschule ein und macht sein Praktikum im Fortune. Schnell wird klar, er ist ein Segen für uns und unsere Küche, und Serge fördert ihn wie einen Meisterschüler.

Etwas später im selben Monat bekommen Maia und Leith ihr Baby, ein kleines Mädchen namens Rose. Kurz frage ich mich, ob das Universum, auf das ich gerade gar nicht gut zu sprechen bin, mir den Todesstoß versetzen will, indem es Frankie als Leiths Tochter reinkarnieren lässt, aber bisher scheint sich mein Verdacht nicht zu bestätigen. Nach langen Gesprächen mit Julia besuche ich das kleine Bündel im Krankenhaus und wünsche seinen Eltern alles Gute. Maia freut sich allem Anschein nach, mich zu sehen. Leith puhlt sich gerade mithilfe einer Rassel etwas aus den Zähnen. Wir tauschen ein paar Höflichkeitsfloskeln aus, und dann geht er, weil er angeblich noch einen Anruf erledigen muss. Einen kurzen Augenblick glaube ich, Leith könnte sich wirklich geändert haben. Er ist völlig hin und weg von dem kleinen rosa Schnuckel – »meine kleine Rose«, nennt er sie. Und Maia wirkt erschöpft, aber glücklich und entspannt. Erst als ich auf dem Weg zum Fahrstuhl mitbekomme, wie er sich an eine sehr junge und sehr hübsche Ärztin mit beeindruckendem Dekolleté heranmacht, muss ich wieder daran denken, dass Menschen sich nur selten ändern, und wenn, dann nur durch harte Arbeit. Veränderungen fallen einem nicht einfach in den Schoß. Maias und Leiths neues Restaurant wird mit Pomp eröffnet, aber in den Bewertungen verliert das Circa eine Kochmütze. Darauf trinken Hugo und ich erst mal ein Glas Champagner.

Noch mehr Zeit vergeht. Nach einem missglückten Dreier mit Sandy lässt meine Mutter sich endlich auf eine monogame Beziehung mit Serge ein. Bill sagt, dass ihn das nicht stört. Es reiche ihm schon, mit ihr befreundet zu sein. Zu meiner großen Erleichterung hat er keinerlei Ambitionen, sich mit Sandy zu verabreden; bei Vegetarierinnen hört sich für ihn alles auf.

Jeden Morgen wache ich mit dem Kissen im Arm auf und wünschte, es wäre Frankie. In allem, was ich koche, suche ich seinen Duft, und wenn ich in der Küche arbeite, höre ich seine Stimme. Nichts schmeckt mehr, wie es soll, obwohl Serge beharrlich versichert, es sei alles ganz grandios.

Bill und ich erben unverhofft einen Hund, einen zu groß geratenen schokobraunen Labradorwelpen namens Beau, dessen Familie auswandert. Bill und Beau werden schnell beste Freunde und sind unzertrennlich ... Es sei denn, ich koche gerade. Ich habe Bill nie glücklicher gesehen.

Im folgenden März wird das Fortune als bestes Restaurant der Stadt ausgezeichnet, und wir feiern eine Party mit jeder Menge Champagner und feierlichen Ansprachen, und Charlie fängt jetzt auch an, eigene Gerichte zu kreieren. Mir kommt das alles vollkommen unwirklich vor. Als ich noch mit Leith zusammen war, habe ich mich häufig in Tagträume geflüchtet, um der Realität zu entkommen. Aber das hier ist anders, es ist die bis ins Mark schmerzende Sehnsucht nach etwas, von dem die Erde sich längst weitergedreht hat; ein Geheimnis, ein Mysterium.

# Bouillabaisse

## Zutaten

- ½ Tasse Olivenöl
- 2 Speisezwiebeln, fein gehackt
- 4 Knoblauchzehen, geschält und in dünne Scheiben geschnitten, sowie eine weitere zum Einreiben, halbiert
- 1 Fenchelknolle, in feine Scheiben geschnitten, die grünen Triebspitzen zum Garnieren beiseitegelegt
- je 2 Zweige Thymian und Basilikum
- 2 frische Lorbeerblätter
- 1 Kilogramm sonnengereifte Tomaten, geschält und entkernt
- 16 große rohe Garnelen, aus der Schale gelöst, aber mit Schwanz, die Schalen aufheben und beiseitelegen
- 4 frische Bärenkrebse, aus der Schale gelöst, die Schale aufheben und beiseitelegen
- eine Prise Safranfäden
- ¼ Tasse Pernod
- 8 dicke Scheiben Sauerteigbrot
- 400 Gramm Lachs oder Forelle, in 3 Zentimeter große Stücke geschnitten
- 200 Gramm Snapperfilet, in 3 Zentimeter große Stücke geschnitten
- 12 Jakobsmuscheln
- 300 Gramm Miesmuscheln, geputzt und geschrubbt
- eine Handvoll grob zerrupfte glatte Petersilie

*Rouille*

- 1 Eidotter
- 1 Knoblauchzehe, fein gehackt
- 1 Teelöffel Dijonsenf
- 1 Teelöffel Tomatenmark
- 200 Milliliter natives Olivenöl

## Zubereitung

Die Hälfte des Olivenöls in einem großen Topf bei mittlerer Hitze erhitzen, dann Zwiebeln, Knoblauch, Fenchel und Kräuter dazugeben und fünf bis sieben Minuten anschwitzen oder bis die Zwiebel weich und zart ist. Die Temperatur erhöhen, Garnelen- und Krebsschalen und Safran dazugeben und unter gelegentlichem Umrühren fünf bis sieben Minuten anschwitzen oder bis die Schalen zart erröten. Tomaten und einen Liter Wasser dazugeben und 25 bis 30 Minuten sanft köcheln lassen, bis alles gut durchgezogen ist. Durch ein Sieb in einen sauberen Topf abgießen und den Inhalt des Siebs kräftig ausdrücken, damit so viel Flüssigkeit wie möglich herausläuft. Je fester man drückt, desto mehr Aromen werden freigesetzt. Die verbliebenen Reste im Sieb entsorgen. Pernod zur Suppe geben (zur Verdauungsförderung vorher kurz daran nippen), abschmecken, zwei Esslöffel für die Rouille abnehmen und zugedeckt bei angenehmer Temperatur in den Ofen stellen.

Für die Rouille Eidotter, Knoblauch, Senf und Tomatenmark in den Mixer geben und mixen, bis eine glatte Masse entsteht. Bei laufendem Motor die abgeschöpfte Brühe dazugeben und das Öl in einem dünnen Strahl dazugießen, bis es vollständig untergearbeitet ist und die Rouille dickflüssig wird. Abschmecken und beiseitestellen.

Auf hoher Hitze eine Grillpfanne vorheizen. Das Brot mit dem übrigen Olivenöl beträufeln, würzen und von jeder Seite ein bis zwei Minuten toasten oder bis die Scheiben goldbraun sind. Mit der Schnittfläche der Knoblauchzehen abreiben und dann in den muckelig warmen Ofen stellen.

Die Brühe zum Köcheln bringen und den Lachs / die Forelle, den Snapper, die Jakobsmuscheln, die Krebse und die Garnelen hinzufügen und unter gelegentlichem Umrühren ein bis zwei

Minuten mitköcheln lassen, bis sie gerade gar sind. Während die Suppe vor sich hin blubbert, die Miesmuscheln bei hoher Hitze in eine Pfanne mit zwei Zentimeter Wasser geben, zudecken und gelegentlich gut schütteln. Nach drei Minuten sollten sich die meisten Schalen geöffnet haben. Die geschlossenen aussortieren und wegwerfen. Die Suppe abschmecken und heiß servieren, mit den Miesmuscheln, der Petersilie und einem großzügigen Löffel Rouille garnieren und das getoastete Sauerteigbrot dazu reichen.

Zu herzerwärmenden Erinnerungen servieren.

# 66

## Lucy

Irgendwann fordert Julia ultimativ die Herausgabe der DVD *Ein Gespenst auf Freiersfüßen* und droht eindringlich mit den Gefahren, ganz zu schweigen der Langeweile, die es mit sich bringen würde, wenn ich die nächsten fünfzig Jahre allein am Strand auf und ab spaziere, oder in ein Restaurant rein und wieder raus, in der Hoffnung, irgendwann zu sterben und Frankie wiederzusehen, wobei mirakulöserweise der bis dahin fortgeschrittene Alterungsprozess umgekehrt würde. Sie hat recht, und ich will mich auch eigentlich gar nicht in Selbstmitleid suhlen.

Außerdem ermahnt sie mich eindringlich, meine Dreißiger neigten sich rapide und unaufhaltsam ihrem unvermeidlichen Ende zu und meine Fruchtbarkeit stünde kurz davor, hintenüber die Klippen runterzukippen, und sollte ich mir auch nur im Entferntesten vorstellen können, einmal Kinder haben zu wollen, sollte ich schleunigst ein paar meiner Eizellen einfrieren lassen. Oder besser noch, mir jemanden suchen, der sie schnellstmöglich befruchtet.

»Er ist weg, Lucy, und er kommt nicht wieder. Du musst nach vorn schauen.«

Jeder, der schon mal ein gebrochenes Herz hatte, weiß, wie sinnlos und geradezu grausam dieser Ratschlag ist. Nie im Leben hätte ich geglaubt, dass es eine Liebe geben könnte, wie ich sie für Frankie empfunden habe. Ich hatte darauf gehofft, aber nicht erwartet, dass sie wahr sein könnte. Und dann das Wunder, dass er meine Liebe erwiderte. Das mit uns kann noch nicht vorbei sein.

Bitte komm zurück, Frankie.

Ich suche ihn überall. Ich bin die Frau, die man an der Bushaltestelle sieht, im Kino und am Flughafen, die Frau, die man bemitleidet – allein und unglücklich. Von allen guten Geistern verlassen.

In einer Phase versuche ich es sogar mit spiritistischen Sitzungen, Tarotkartenlegungen, Chakren-Clearing – Dinge, die ich mein ganzes Leben lang als Humbug abgetan habe. Das meiste ist Scharlatanerie. Einige sehen einen Magier in den Karten, aber immer liegt er in der Vergangenheit. Keiner der Hellseher sieht Frankie. Einmal bekomme ich zu hören, ich würde einen jungen Brasilianer kennenlernen, mit dem ich einen Teppichimport eröffne. Mal ehrlich, welcher Teil meiner Aura hat *das* denn ausgestrahlt?

Einige Male mache ich allein Urlaub in Manyana und spaziere den Strand entlang, und in meinem Kopf laufen wieder und wieder unsere Gespräche ab. Nur wenn ich allein bin, kann ich mit ihm zusammen sein. Ich stelle mir vor, wie er im Kamin des nur ein paar Straßen vom Haus meiner Großeltern entfernt gelegenen kleinen Cottage, das ich gemietet habe, ein Feuer entzündet. Ich stelle mir vor, wie wir gemeinsam den Shiraz trinken, den ich entkorkt habe, wie er mir einen Zeitungsartikel vorliest, der ihn amüsiert hat. Wie er während der Spätnachrichten mit dem Fernseher schimpft. Wie er etwas Dekadentes zum Frühstück zubereitet. Wie wir anschließend wieder zusammen ins Bett gehen.

Ich weiß sehr wohl, dass es genauso destruktiv ist, sich in diese Fantasiewelt zu flüchten, wie in einer zerstörerischen Beziehung zu bleiben, aber was soll ich denn machen? Wie ich von Emily Dickinson und ihrem einsamen, zurückgezogenen Leben gelernt habe: *Das Herz will, was es will – alles andere ist ihm gleich.*

Bei Pollys und Charlies Einweihungsfeier verkündet Lana, sie habe das perfekte Heilmittel für meinen eingebildeten Liebeskummer gefunden. Ich mache mich schon darauf gefasst, dass sie gleich vorschlagen wird, ich solle es mal mit Onlinedating versuchen, wozu Julia mich ständig drängt, aber bin angenehm überrascht, als Lana mit vor Begeisterung hochroten Wangen mit ihrer Idee herausrückt.

»Schreib doch ein Kochbuch«, schlägt sie vor. »Das ist gerade so was von angesagt. Zum Teufel mit Leith und seinem Weihnachtsquatsch, mach eins über das Fortune und Frankie und deine eigenen Rezepte. Das geht durch die Decke.« Und dann trinkt sie mit einem großen Schluck ihr Champagnerglas aus, und zwar mit so viel Elan, wie ihn nur die wahrhaft Inspirierten, die Erleuchteten und die mit einem guten Näschen für wirklich exzellenten Schampus an den Tag legen. Seit Neuestem trifft sie sich mit einem sehr interessanten Unterwasserkameramann und ist in den Ozean der Liebe eingetaucht. Sie strahlt wie das blühende Leben.

Polly, die mit uns am Tisch sitzt, erklärt die Idee für »irre heiß« und spinnt den Faden gleich weiter: »Du musst an all die Orte reisen, von denen Frankie dir erzählt hat, und dort deine eigenen Gerichte entdecken. Wer weiß, vielleicht lernst du sogar jemanden kennen – oder auch nicht ... So oder so, du musst mal eine Weile raus in die Welt. Sollte Frankie wieder auftauchen, sage ich dir sofort Bescheid.«

»Ach«, sage ich nur, aber irgendwie kribbelt es bei diesem Gedanken vor Aufregung ein bisschen in meinem Bauch.

Einen Monat später und mit einem Buchvertrag in der Tasche stehe ich am Flughafen und verabschiede mich von Sara,

Serge, Julia und Bill. Vor mir liegt eine herrliche Reiseroute: LA, New York, weiter nach London, Paris, dann Südfrankreich, Barcelona, Indien, Bali und schließlich wieder zurück nach Hause.

Und wie immer suche ich in allen Gesichtern, die mir begegnen, seins. Die alte Frau neben mir im Flugzeug, die Pfefferminzbonbons lutscht, schnarcht und ächzt. Der Mann bei der Zollabfertigung, der mich in Amerika begrüßt und mir gleichzeitig das Gefühl vermittelt, wenn es nach ihm ginge, würde ich augenblicklich in Handschellen gelegt und abgeführt. Der Kellner mit dem Dessertwagen in der Taco-Bude, von der Frankie so geschwärmt hat und die jetzt ein Fünfsternerestaurant ist.

Manchmal habe ich das Gefühl, ganz nah dran zu sein. Bei Sonnenuntergang am Pier in Malibu, beim ersten Bissen eines Pfirsich-Burrata-Salats. Auf dem Meeresfrüchtemarkt von Santa Monica, als ich die Half-Moon-Bay-Austern verkoste. In New York, als ich in Soho an der Bar von Frankies Lieblingsrestaurant, dem Balthazar, sitze und Steak mit Pommes esse, gefolgt von den legendären Profiteroles mit Eiscremefüllung, die genauso köstlich sind, wie Frankie es prophezeit hatte.

Ob ich den Borough Market in London nach dem perfekten Prosciutto durchforste oder in St Germaine in einem Bistro bei einem Stück Baguette mit Brie und einem Glas Rotem sitze, immer stelle ich mir vor, was er wohl sagen würde, wo wir hingehen und was wir machen würden. Ganz zaghaft zeigen sich die Ideen zu neuen Rezepten, frühmorgens an fremden Ufern, und ich schreibe sie in unser rotes Büchlein, zu Frankies Rezepten dazu.

Das Büchlein füllt sich zusehends. Mein Leben bekommt wieder mehr Substanz, als ich zurückkomme und mein Buch veröffentliche und wieder koche. Bei Pollys und Charlies Hochzeit feiere ich fröhlich mit und tanze bei der anschließenden

Party ausgelassen mit Helen. Im Jahr danach werde ich erneut Patentante, als Polly und Charlie einen kleinen Jungen bekommen, den sie Louis Francis nennen. Polly beginnt eine Dissertation, in der die Geburt eines Kindes mit einer neuen Dimension in der Quantenphysik verglichen wird. Bill bekommt erst Gicht und dann eine Lungenentzündung, erholt sich aber wieder. Der Labrador Beau ist immer noch treu an seiner Seite. Serge hält fünf Mal um die Hand meiner Mutter an, bis sie schließlich zögerlich zustimmt. Sie bittet Bill, sie zum Altar zu führen, was den beiden irgendwie einen kleinen perversen Kick zu geben scheint.

Mein neues Leben nimmt eine Form an, die dem geneigten Betrachter sicher sehr ansprechend erscheinen würde: ein Beruf, den ich mit Herzblut und Leidenschaft verfolge, eine Patchworkfamilie aus interessanten Menschen, die sich oft und gern zusammenfindet, Patentantendienst bei Attica und Lou – ich liebe diesen kleinen Kerl, aber auch bei ihm glaube ich nicht, dass er die Reinkarnation seines Großvaters ist. Wobei man das womöglich erst mit der Zeit definitiv wird sagen können. Und sollte er es wirklich sein, dann werde ich, wenn er volljährig ist, die reizende alte Tante sein, die er zum Seniorentag in die Oper begleitet.

Ich schreibe zwei weitere Kochbücher, inspiriert von meinen alljährlichen Reisen; dabei spüre ich eine besonders starke Verbindung mit Frankie. Eigentlich sollte ich jetzt berichten, dass ich mich auch wieder mit anderen Männern verabrede, aber das tue ich nicht. Allem Bitten und Betteln und Fragen meiner Freunde zum Trotz bleibe ich Frankie in dieser Hinsicht treu. Ich will die Lücke, die er hinterlassen hat, einfach nicht wieder füllen. Meine Leidenschaft gehört jetzt allein dem Kochen und meinen Rezepten.

Jedes Jahr nehme ich mir vor, eine neue, andere Reiseroute zu wählen, aber meistens zieht es mich dann doch wieder zu den herrlichen, altbekannten Orten, die Frankie mir so anschaulich und lebendig geschildert hat. Ich gestehe es mir nicht gerne ein, aber auch drei Jahre später suche ich ihn noch überall. Nicht mehr so offensichtlich, nur in ein paar kleinen, geistesabwesenden Momenten.

Nach einer Zugreise von Paris nach Monaco und sonnigen Sommertagen am türkisblauen Meer der Côte d'Azur mache ich mich eines Morgens auf den Weg zum Markt in St Paul de Vence. Für den Mittag habe ich im La Colombe d'Or reserviert, und um mir die Zeit bis dahin zu vertreiben, schlendere ich durch die langen Reihen der Marktstände mit ihren üppigen Beerenschalen – Himbeeren, Brombeeren, Blaubeeren und Stachelbeeren. Ich spaziere zwischen dem Steinobst hindurch und entdecke zufällig jene goldenen Pfirsiche, von denen Frankie immer behauptete, es seien die besten der Welt. Sofort steuere ich darauf zu und überlege schon, in meinem nächsten Buch ein Rezept für Pfirsich-Crostata zu veröffentlichen.

Und da höre ich es.

Diese unverwechselbar tönende Stimme, die mit französischer Leidenschaft und dem typischen Gusto und Humor kritisiert, anzweifelt und schimpft. Ich verstehe gerade genug – ich habe bei Alliance Française einen Auffrischungskurs gemacht, aber meine Kenntnisse sind trotzdem bestenfalls rudimentär –, um zu begreifen, dass er gerade sämtliche Pfirsiche durchgeht auf der Suche nach den sechs *perfekten* Früchten. Unbemerkt stelle ich mich neben ihn und begutachte meinerseits das Obst. Und da entdecke ich ihn: den, wie Frankie mir zustimmen müsste, perfekten Pfirsich. Ich drehe mich zu ihm um und reiche ihm die Frucht. Noch ehe unsere Blicke sich treffen, weiß ich, dass er es ist. Sein Duft ist unverkennbar.

»*Merci*«, murmelt er, ohne aufzuschauen.

»Gern geschehen«, entgegne ich.

Er stutzt. Sieht hoch. Und guckt und guckt. Das emsige Treiben des Markts um uns herum verschwimmt und verschwindet, als ich ihm in die Augen sehe.

Endlich macht er den Mund auf. »Ach, du bist das«, sagt er in tiefem, wohlklingendem Französisch.

Ich bekomme kein Wort heraus.

»Du hast mich gefunden«, staunt er.

»Ja.« Mehr bekomme ich nicht heraus, ehe ich nass bin vor Tränen, seinen und meinen, und er mich in die Arme nimmt und hochhebt und festhält, in einer warmen, starken, wunderbaren Umarmung. Die Pfirsiche kullern nach allen Seiten davon.

Mittels der wenigen Bröckchen Französisch, die ich verstehe, erfahre ich, dass dieser Markt in einer von Frankies liebsten Erinnerungen eine wichtige Rolle spielte und er gerade daran dachte, als er weggezappt wurde. Eine ganze Weile, er weiß nicht genau, wie lange, musste er warten, aber er war fest entschlossen zurückzukommen und mich zu suchen.

Er hatte andere Angebote für andere Körper. Aber wenn man nicht im Körper eines Kindes wiedergeboren werden will und keine mildernden Umstände bekommt, wird es wohl schwierig. Eine Möglichkeit wäre der Körper eines fünfundzwanzigjährigen Models gewesen, das eine Überdosis genommen hatte und einen Ausweg aus seinem verkorksten Leben suchte. Vom tragischen Tod des jungen Supermodels hatte ich vor einiger Zeit gehört. Sie war groß und schlank und hatte volle Lippen und schmale Hüften und war weltweit überall auf Reklametafeln zu sehen gewesen.

»Die hat man dir angeboten?«, frage ich verdattert. »Das Supermodel?«

»Ja, aber was hätte ich, was hätten du und ich damit angefangen? Ich wäre zwar immer noch ich gewesen, aber was hättest du dann gemacht? Wobei, dich als Frau zu lieben«, sagt er mit diesem unverkennbaren Blitzen in den Augen, »hätte einen gewissen Reiz gehabt.« Dann strahlt er sein Tausend-Watt-Grinsen. »Also habe ich gewartet, und dann – das.« Er hebt die Arme. »Keine Kinder, verwitwet. Er wollte zu seiner Frau. Man hat mir seinen Körper angeboten … nicht mehr der jüngste, aber ich habe die Gelegenheit genutzt.«

Frankie deutet auf seine neue sterbliche Hülle. Er ist Mitte vierzig, größer als der alte Frankie, kräftiger, von muskulöser Statur und mit dichtem grau meliertem Haar, das in alle Richtungen vom Kopf absteht. Kurz gesagt, ein kraftvoller, heißer Typ.

»Weißt du, wer ich bin?«, fragt er erwartungsvoll, aber ich habe keinen blassen Schimmer. »Der Mann in Paris, Bjørn Wiinblad, der mich das Savoire-vivre gelehrt hat, der Künstler? Sein Neffe – mit dem ich damals Angeln war, als ich vor Jahren hier war – der ist mein Papa! Mein Vater ist toll, er und sein Sohn haben sich nie besser verstanden! Ich wünschte, das könnte ich von meiner Mutter auch behaupten, sie mästet mich, sie verhätschelt mich, kein Wunder, dass der Kerl hier wegwollte, seine Mutter hat ihn zu Tode geliebt. Ich glaube, ich habe immer noch Karma abzuarbeiten von meinen vielen Frauengeschichten. Sie haben einen eigenen Weinberg, der seit Jahrhunderten im Familienbesitz ist, da war ich damals auch schon.«

Frankie erzählt mir, dass Jullian (Frankies neuer Name, zumindest fürs Erste) mit seiner Mutter zu Mittag gegessen hatte, eine einfache *pâté de campagne*, danach hat er sich verabschiedet und wollte gerade die Straße überqueren, da …

»Bumms!«, ruft er und deutet auf seinen neuen Körper. »Aber Lucille, ich bin es wirklich.« Und dann starrt er mich an mit dieser grün funkelnden Eindringlichkeit, die ganz allein und unverwechselbar Frankies ist. Mit jeder Faser meines Körpers weiß ich, dass er die Wahrheit sagt. Und je länger ich ihm in die Augen schaue, desto mehr erkenne ich in ihnen den Mann, in den ich mich verliebt habe. Er ist es, endlich, in Fleisch und Blut. »Wird das gehen? Ich weiß, ich bin ganz anders, als ich war …« Wieder blitzt es in seinen Augen.

Ich muss lachen. Sein Ego hat jedenfalls keinen Schaden genommen. Ob das geht? Und wie das geht.

Frankie erzählt, dass er erst seit ein paar Monaten in seinem neuen »Habitat« lebt, lange genug, um drei Kilo zuzunehmen und mit seiner neu gewonnenen Lust am Leben seine Familie in Staunen und seine Nachbarn in Angst und Schrecken zu versetzen. Er stiftet nichts als Chaos und Verwirrung unter den anderen Winzern. Eigentlich wollte er sofort zurückkommen, aber wegen des Unfalls darf er ein halbes Jahr nicht fliegen. Seitdem versucht er Englisch zu lernen, aber noch ist es grottenschlecht. Er war in ständiger Sorge, wenn er zurückkommt, könnte ich womöglich nicht mehr da sein. Er erinnert mich daran, wie er mir gesagt hat, ich solle ihn in seinen Rezepten suchen, und erzählt, dass er jeden Tag auf mein Kommen gehofft hat – worauf ich entgegne, ich hätte nicht gedacht, er könnte das wortwörtlich gemeint haben.

»Und was ist mit Telefon oder E-Mail?«, frage ich.

»Ist das dein Ernst? Sollte unser großes Wiedersehen in einem belanglosen Tweet stattfinden? Hätte ich dir eine Freundschaftsanfrage über Facebook senden sollen? Irrsinn, Lucille, *non*!«

Und dann folgt eine wüste Schimpftirade auf Französisch und Englisch, die schnell zu einem unverständlichen Kauderwelsch verschwimmen. Jetzt gibt es nur noch eins. Ich muss es tun, bevor ich platze. Entschlossen packe ich sein Gesicht mit beiden Händen, und endlich, endlich, nach all dem Schmerz und dem Sehnen und den vielen Tränen, küsse ich ihn, und als unsere Lippen sich treffen, verschmelzen wir wie beim ersten Mal im Fortune.

»Dann ist also alles gut?«, fragt er unsicher, als wir uns voneinander gelöst haben.

Ich bin außer mir vor Freude.

Und dann küssen wir uns wieder, und unsere Finger umschlingen sich, und dann erzählt er mir im Weitergehen, dass wir unbedingt sofort eine Crostata backen müssen. Na ja, beinahe sofort.

Ich werde überflutet mit neuen Rezeptideen. Und die Geheimzutat in ihnen allen ist Hoffnung.

Wir sind zusammen. Wir haben eine zweite Chance. Ich sehe unseren Schatten auf dem uralten Kopfsteinpflaster vor unseren Füßen – unsere Hände, unsere Hüften, unsere Arme, die sich berühren –, und ich kann nicht anders, als hoffen, dass dieser Moment in möglichst vielen Universen echt ist, dass er ewig ist und dass wir nie wieder voneinander getrennt sein werden.

# Pfirsich-Crostata

## Zutaten

### *Teig*

- 2¾ Tassen Mehl
- ½ Tasse Zucker
- 1½ Teelöffel Backpulver
- ½ Teelöffel Salz
- abgeriebene Schale einer Zitrone
- 240 Gramm gekühlte ungesalzene Butter in Stücken
- 1 ganzes Ei und 1 Eigelb
- 1 Teelöffel Vanilleextrakt

### *Füllung*

- 2 Tassen entsteinte, geschälte und in Scheiben geschnittene frische, saftige goldgelbe Pfirsiche
- ½ Tasse Kristallzucker
- 2 Esslöffel Mehl

### *Überzug*

- 1 Ei
- 1 Esslöffel Wasser
- grober Zucker zum Bestreuen

## Zubereitung

Für den Teig in einer großen Schüssel Mehl, Zucker, Backpulver, Salz und Zitronenschale vermischen. Die Butterflocken auf die Mehlmischung geben. Mit sauberen Fingerspitzen die Butter gemächlich unterkneten, bis man einen Teig aus großen krümeligen Streuseln von ungefähr Heidelbeergröße hat. In einer kleineren Schüssel das Ei, das Eigelb und die Vanille aufschlagen, bis sie eine harmonische Verbindung eingehen.

Die Eimischung auf die Mehlmischung geben und umrühren, bis der Teig gleichmäßig durchfeuchtet ist und zusammenhält. Wenn die Mischung zu trocken erscheint, etwa einen Teelöffel kaltes Wasser hinzufügen.

Den Teig auf eine saubere, bemehlte Arbeitsfläche geben und in zwei Teile teilen, wobei ein Teil etwas größer sein sollte als der andere. Einzeln in Klarsichtfolie einpacken und mindestens 45 Minuten oder über Nacht kühl stellen.

Vor dem Backen den Ofen auf 180 °C vorheizen.

Für die Pfirsichfüllung die Pfirsiche mit den Gewürzen, dem Zucker und dem Mehl zusammen in eine Schüssel geben und alles miteinander vermischen. Beiseitestellen und durchziehen lassen.

Auf einer sauberen, leicht bemehlten Arbeitsfläche zum Nudelholz greifen und die größere Teigportion zu einem Kreis mit circa 30 Zentimeter Durchmesser ausrollen. In eine Springform geben, die etwas kleiner ist als der Teig. Den Teig glätten und sanft, aber bestimmt unten und an den Seiten festdrücken. Die überstehenden Kanten abschneiden und dabei circa 2 Zentimeter überstehen lassen, die man dann als hübschen Abschlusssaum nach innen falten und festdrücken kann. Die Pfirsiche in der mit Teig ausgekleideten Form gleichmäßig verteilen.

Dann die zweite Teigportion ausrollen. Mit dem Messer in zehn circa einen Zentimeter breite Streifen schneiden.

Die Hälfte der Teigstreifen mit gleichmäßigem Abstand auf die Tarte legen, dann die übrigen quer dazu anordnen, sodass sich ein Gittermuster ergibt. Sollte ein Streifen reißen, mit einem Tropfen Wasser eine Not-OP durchführen und wieder zusammenflicken. Die Enden der Streifen am Rand der Tarte festdrücken.

Für den krönenden Abschluss Ei und Wasser in einer Schüssel aufschlagen. Mit einem Backpinsel die Teigstreifen behutsam mit der Eimischung einpinseln. Für den kleinen Glitzereffekt die Streifen mit Kristallzucker bestreuen.

45 Minuten backen oder bis der Teig goldbraun ist. Auf einen Kuchendraht geben, durchatmen und die Crostata zehn Minuten abkühlen lassen, bevor man den Ring der Springform entfernt und die Tarte noch etwas mehr oder vollkommen abkühlen lässt.

Mit frischer Schlagsahne zum Happy End servieren.

# Danksagung

Zuallererst möchte ich mich bei Jaki Arthus bedanken, die sich unermüdlich für meine Arbeit eingesetzt und mich ermutigt und darauf bestanden hat, dass ich diesen Roman schreibe. Deine furchtlose, beständige Unterstützung, deine vielseitige Begabung und deine unbezwingbare Energie haben dieses Abenteuer erst möglich gemacht. Danke dir.

Danke auch der wunderbaren Vanessa Radnigde, dafür, dass sie sich in das Manuskript verliebt hat und eine wahre Naturgewalt an Optimismus, Klarheit und Liebreiz ist, was die Zusammenarbeit mit ihr zu einem großen Vergnügen macht.

Danke auch meiner Lektorin Karen Ward, für deine unermüdliche Geduld und deinen Scharfsinn.

Und dem ganzen Team von Hachette für die Ermutigung und Unterstützung.

Außerdem möchte ich den folgenden außergewöhnlichen Menschen danken, für Unterkunft, Verpflegung und gesunden Menschenverstand während des Schreibens und Bearbeitens dieses Buchs: Antonia Murphy, Emma Jobson, Sarah Smith, Neal Kingston, Kim Lewis, Edwina Hayes, Deb Fryers, Grania Holtsbaum, Dr. Roger Hampshire, Ellenor Cox, Joanna Briant, Mel Rogan, Kim O'Brian, Andrew Knight, Gwendolyn Stukely, Jaison, Molly, Coco und Bodhi Morgan, Marc und Stacy Rivett, Sandy Webster, Jacqueline Hughes (Mum), Trudy Johnston und Brad Heydon, Caroline Teague, Marie Burrows, Dr. Janice Herbert und Rod Adams, Lulu Fay, Heath Felton, Lorin Adolph und Jonathan Wood.

Und nicht zuletzt wurde dieses Buch geschrieben in Erinnerung an die grandiose Tiffany Moulton und den großartigen James Teague Hampshire und für die Menschen, die sie am meisten geliebt haben.

**Eine kleine Insel an der Westküste Schottlands und ein Geheimnis, das alles verändert …**

384 Seiten. ISBN 978-3-7645-0593-6

Isla Grant ging es schon mal besser. Ohne Wohnung und ohne Job bleibt ihr keine andere Wahl, als nach Hause zurückzukehren, nach Bailevar, eine winzige Insel an der rauen Westküste Schottlands. Und das, obwohl sie kaum Kontakt zu ihrer Familie hat. Als sie auch noch ausgerechnet ihre Jugendliebe Finn wiedertrifft, sind alle unliebsamen Erinnerungen zurück. Ihr einziger Lichtblick ist die alte Dame Shona, die wie keine andere Geschichten erzählt, besonders gern die Legende von der verschwundenen Insel. Doch schon bald erkennt Isla, welch tragisches Geheimnis Shona zu verbergen versucht. Und auch ihre eigene Vergangenheit holt Isla unaufhaltsam ein …

Lesen Sie mehr unter: **www.blanvalet.de**